"像我这样糟糕的人，
你为什么会愿意跟我做朋友？"

"我觉得你并不糟糕。"

我做到了。可你没看到。

『漂亮吗?烟花。』

『漂亮。比那天晚上更漂亮。』

魅丽文化　花火工作室

装乖

Pretend To Be Nice

李温酒 著

长江出版社
CHANGJIANG PRESS

图书在版编目（CIP）数据

装乖 / 李温酒著 . -- 武汉：长江出版社，2024.12. -- ISBN 978-7-5492-9886-0

Ⅰ．I247.5

中国国家版本馆 CIP 数据核字第 20246BT348 号

装乖 / 李温酒 著
ZHUANG GUAI

出　　版	长江出版社
	（武汉市解放大道 1863 号）
出版统筹	曾英姿
市场发行	长江出版社发行部
网　　址	http://www.cjpress.cn
责任编辑	李剑月
印　　刷	湖南天闻新华印务有限公司
版　　次	2024 年 12 月第 1 版
印　　次	2024 年 12 月第 1 次印刷
开　　本	880mm×1230mm 1/32
印　　张	10.5
字　　数	366 千字
书　　号	ISBN 978-7-5492-9886-0
定　　价	46.80 元

版权所有，侵权必究。如有质量问题，请与本社联系退换。
电话：027-82926557（总编室）027-82926806（市场营销部）

目录 Contents

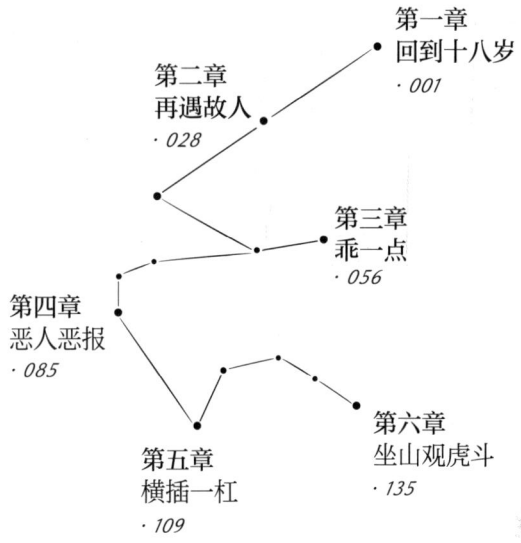

第一章 回到十八岁 · 001

第二章 再遇故人 · 028

第三章 乖一点 · 056

第四章 恶人恶报 · 085

第五章 横插一杠 · 109

第六章 坐山观虎斗 · 135

第七章
泄密
·160

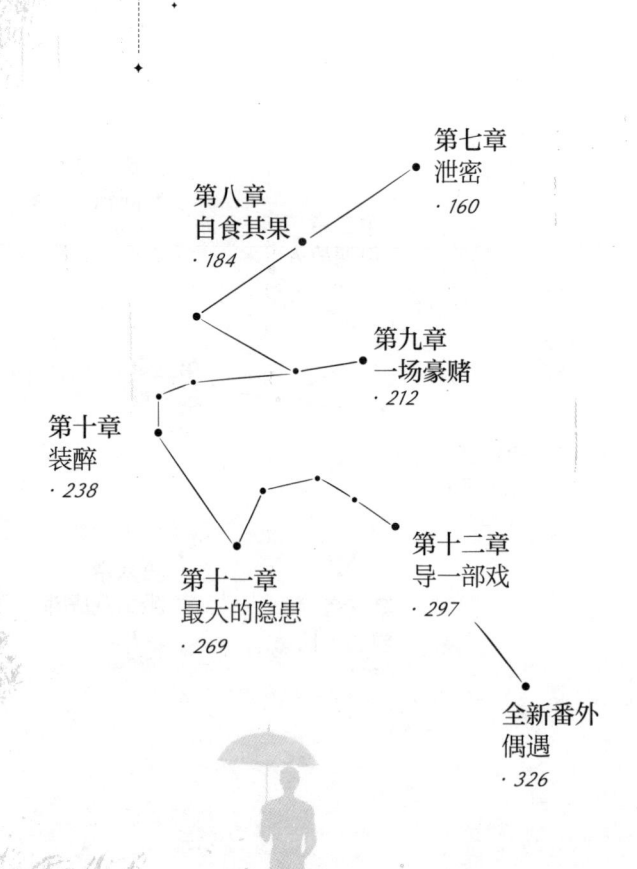

第八章
自食其果
·184

第九章
一场豪赌
·212

第十章
装醉
·238

第十一章
最大的隐患
·269

第十二章
导一部戏
·297

全新番外
偶遇
·326

第一章 回到十八岁

大雨倾盆，车流穿梭。车厢内的寂静被一阵铃声打破，铃声停了又响，反复几次后，司机用余光瞥了瞥车内后视镜。

略显空旷的后座上，只坐着一位乘客，身着西裤白衬衫，姿态慵懒，挽起的袖口露出白皙的手臂，青筋隐约可见。他冷淡的目光停留在手机屏幕显示的名字上，眼中毫无波澜。尽管岁月已在男人脸上留下了痕迹，但他天生的优秀骨相仍使他保持一副好容貌。

当铃声第四次响起时，电话终于被接听。男人开启扬声器，随即把手机搁置在一旁。

电话接通瞬间，那头传来的咒骂声既暴躁又粗俗，极具穿透力地在静谧的车厢内回荡开来。

"陈其昭，你有种，藏得真够深的，做人这么阴险，你也不怕短命……"骂声连绵不绝，电话那头的语气愈发急躁，"哦对，不是你短命，是你命硬克亲。你爸重病死了，你妈没过多久也跟着走了，就连你大哥也当着你的面自杀了，陈家人都被你克没了，怎么就你这个废物还活着？"

喋喋不休的骂声持续着，电话那头的人在宣泄情绪，话语刺耳难听。正值红灯，驾车的司机抬眼瞥了后视镜一眼，只见后座的男人依然是一副冷漠的面孔。

男人开口："林伯，斯文人不骂脏话。"他笑了笑，语气诚恳得像是在问好，"你那边有没有下雨？带伞了吗？"

电话那头不明所以，接着骂道："带什么伞，陈其昭，你疯够了没有？！"

"我这儿下雨了,好大的雨。"陈其昭侧头看向窗外的滂沱大雨,声音不带一丝情绪,"我大哥死的那天也下着雨。"

电话那头沉默了片刻,没等他开口,陈其昭又说道:"雨天是好日子。"声音里带着一丝喟叹,"是那种适合让人把牢底坐穿的好日子。"他忽然笑了一声,话锋一转,"听说林伯的生日就在下周,晚辈没什么好送的,就送一句祝福吧。"

"我祝您长命百岁,终身监禁。"

电话那头的骂声在片刻后戛然而止,司机瞄了一眼后视镜,发现陈其昭已主动挂断通话,仿佛刚才的咒骂未曾发生过,丝毫没有影响到他的情绪。

车辆随即在某个路口转弯,驶入了人迹罕至的郊外。大雨滂沱,司机急忙从驾驶座出来,开启车门并撑开雨伞。

陈其昭随手递给他一支烟,吩咐道:"在外面等我。"

司机恭敬地接过来,目送对方撑伞步入雨中,一步步走进山间的墓群。

墓园静谧无声,陈其昭驻足停留。

"我没带花来。"陈其昭目光平和地望着眼前的三块墓碑,"林士忠没救了,他的账目不干净,下半辈子注定要在监狱里度过。遗憾的是没能让他当着你们的面接受审判,你们说,你们走得是不是太早了点?"四周寂寥,唯有风声呼啸而过,无人应答。

陈其昭不在意,他点了支烟:"我买了块地,自作主张选在你们旁边,也不知道下去之后你们有没有给我留个位置。"

"算了,留不留无所谓,省得你们再被我气死。"

静静地抽完一支烟,陈其昭透过雨幕,逐一看着墓碑上的照片。陈时明的面孔映入他的眼帘,他恍惚间仿佛回到了多年前的一个下雨天。

大哥陈时明就是在这样一个雨天去世的,他选择的日子很特别,与母亲去世的那天是同一天。

陈家破产,父母相继离世,最终大哥也选择了自杀。尽管时光流转多年,陈其昭依然清晰记得,当他踏入大哥住所的那一刻,看到沙发上安详闭目的亲人,耳边唯有窗外细雨的滴答声。那时的雨声似乎更加轻柔,不像现在这样,嘈杂得连对话都难以听清。

有时候人们说得没错,陈家人的确都死了,到最后,只剩下他孤身一人。

"该送进牢里的我都送了,陈家的债我也还了。"陈其昭扯了扯嘴角,自嘲地笑了笑,自顾自地在陈时明的墓碑旁坐下,"这十几年,没功劳也有苦劳，能给我留个位置就最好了。"

风雨中无人回应，夜色笼罩了整片墓地，雨幕中似乎亮起了几盏孤灯。雨水打在脸上，冰冷逐渐侵蚀四肢，陈其昭闭上了眼睛。

灯红酒绿，闪烁的灯光伴随着微妙的节奏，喧嚣声此起彼伏。寂静如潮水般退却，紧接着又被更刺耳的声响所取代。陈其昭是被嘈杂声吵醒的，迷迷糊糊间，雨水的冰凉与酒精的灼热让他的思绪混沌一片。他似乎在墓地里坐着睡着了……雨这么大，自己该不会真的着凉发烧了吧？

好吵，是谁在说话呢？

"高考志愿这事儿，不好说……"

"现在管志愿，以后还不知道要管什么呢。"

"不过小昭确实得有点危机感，你家的东西，将来总不能都交给你大哥吧？"

高考？志愿？陈其昭猛然睁开了眼。

灯光极为刺眼，嘈杂的声音从四面八方涌来，庞大的信息量夹杂其间。针扎般的头疼拽回了混乱的思绪，陈其昭望着眼前陌生的场景，目光带着审视扫过周围的人，那些面孔有的熟悉，有的陌生，但都显得稚嫩而年轻。

这是哪里？他不应该在郊区的墓地吗？酒吧？就算因淋雨发烧被送去就医，也不可能送到这种地方。

在酒吧的卡座里，坐着五六个男生，他们正举着酒杯相互碰撞，交谈着。陈其昭首先注意到的是坐在他斜对面的那个穿着白衬衫、戴着眼镜的男生，他身上那股书卷气与这里的环境格格不入。见陈其昭没有回应，白衬衫男生开口问道："其昭，你怎么想？志愿是一回事，你对未来有没有别的打算？"

陈其昭没有作声，心里疑惑：什么怎么想？

"说的是志愿的事情啊，怎么扯到别的话题上了。"

"秦哥这不是在帮其昭出主意嘛。"

"对啊，其昭既然跟我们说了这事，我们总不能袖手旁观吧。"

"行风哥说得也没错。你和你大哥关系不好，他平时很少管你，这时候却在你填志愿前突然插手，劝你读金融或管理专业，你不觉得这有点奇怪吗？"

"你是不是傻，陈时明现在混得风生水起，等其昭毕业后进集团，还不是得在他眼皮子底下，他这么做，在人前演了一出好哥哥的戏，里外都

003

赚足了面子，最后其昭还是得被他压制。"

留意到对方话语中的细节，他拼凑出了一个既陌生又熟悉的名字。

秦行风……陈其昭大概有八年没听到这个名字了。上一次听到这个名字，还是秦行风因金融犯罪上了新闻报道。从某种意义上说，早年的秦行风确实算得上是他"好朋友"之一，那种把他害得很惨的好朋友。

高考志愿、酒吧、秦行风……那应该是十七年前的事了，不对，时间线似乎不对劲。

梦？那些经历是一场梦？陈其昭觉得自己可能是淋雨后发烧，导致现实与梦境混淆，感觉自己仿佛身处十七年后的时空。他低头望向面前卡座上摆放的各种啤酒，在昏暗闪烁的光线中，依稀辨认出玻璃瓶上的英文标签。这些都是酒精度数不高的啤酒，是他十八岁时能够饮用的范畴。年轻时，他热衷于聚会玩乐，常与朋友相聚，享受狂欢，所幸那时的放纵让他练就了不错的酒量。这在他后来遭遇陈家破产时，成为他与人应酬交际的一项资本。

然而，随着时间流逝，他的身体渐渐不再能承受过多的酒精。

回想起十八岁那年的酒吧，卡座设计透露出那个时代的特色，灯光错综复杂，直射得人眼花缭乱，且卡座之间的私密性较差，就连啤酒瓶都是旧式的包装。他越是仔细观察周围的环境，越能感受到这一切与耳边嘈杂的声音交织在一起，变得异常真实，仿佛将他置身于一场荒诞不经的梦境之中，使他真切地回到了十八岁的那段狂放岁月。

陈其昭的目光无意识地转动，最终定格在桌面上那只透明的玻璃酒瓶上。

周围的声音嘈杂得令人不悦，秦行风望着对面的陈其昭，眼神中闪过一抹不耐烦，随即又恢复了那份谦和温文，语气温和地说："事情其实也没那么复杂，大学里专攻理论知识，入行后自然会顺畅许多。不过，其昭，如果你在为自己的将来打算，有些准备还是要做……真要在你大哥手下做事，可能会处处受到限制。"

周围的人对此意见不一。

"不至于这么严重吧，毕竟是亲兄弟，不会这么绝情吧？"

"……亲兄弟也有明算账的时候。"

"谁知道你大哥脑子里在想什么。他对商场上的对手都那么狠，万一真要对你下手，你可得小心提防……"

此时，酒吧内的音乐转换，更显喧闹。

秦行风注视着自始至终沉默的陈其昭，正欲继续劝解，却见陈其昭突然望向他，眼神平静无波，只是轻轻端起了眼前的酒杯。

"说完了吗？"陈其昭问道。

秦行风愣了下："什么？"

陈其昭没说话，只是举杯示意。

秦行风感到莫名其妙，但仍举起杯子与之碰杯："小昭，刚才说的那些……"

"啪——"突如其来的一声响，让周围的众人猛然一惊。回过神来，只见陈其昭手里的玻璃杯滑落桌面，瞬间四分五裂，碎片散落一地，不少玻璃碴则蹦到了他的身上，啤酒则顺着桌沿汩汩流淌。这一变故让周围瞬时陷入了寂静，所有人的目光惊诧地聚焦在陈其昭身上，秦行风更是愣住了，举着酒杯的动作就此凝固。

一旁的服务员急忙赶来，目睹此景，不由自主地顿住了脚步。

玻璃杯脱手，酒水四溅，桌面与地面皆是玻璃碎片，有的甚至弹射到旁人身旁。沙发上，一名身着名牌潮服的青年男子漫不经心地坐着，他那白皙而纤瘦的手臂上，几滴血珠缓缓冒出，迅速汇聚成小流，在这特殊的光影下显得有些惊人。

"没发烧吗？"陈其昭低声自语，他的目光微微一侧，短暂停留在手臂上的血珠上，旋即又快速转向对面穿着白衬衫的秦行风，语气淡漠地问道，"你没受伤吧？"

"没……没事。"秦行风心有余悸，一种莫名的心虚感悄然升起。

注意到两名服务员走近，陈其昭转移了视线，似乎带着些许遗憾，他对服务员说："你好，请拿些医用纱布和碘酒来。"

"好的，您稍等片刻。"服务员愣怔了一下，随即转身去取医药箱。

卡座里其他人见状正想开口，与服务生交代完的陈其昭忽然将眼神移向他们："喝得有点多，手滑了。"

几个男生听完松了口气，马上反应过来。

"喝啤酒也醉啊，其昭，你这酒量不行啊。"

"这吓死人了，你身上的玻璃要不要处理一下？还有手，手是不是被划到了？"

"你还好吗？现在不会头还晕吧？"

陈其昭又道："酒醒了。"

服务生很快就拿来了医药箱，顺带把狼藉的现场清理干净。酒吧的热闹并未被这一点小插曲打乱，陈其昭面无表情地处理着手上的伤口，酒精消毒的刺痛感无时无刻不在提醒他，眼前这个荒谬场面的真实性。

脑海中的记忆十分清晰，不久前雨夜中的寒冷似乎还未散去。与眼前的现实相比，那雨夜、车、林家，一切显得更加荒诞不经。难道那竟是梦？梦境竟会如此逼真？他仿佛经历了一场预知未来的梦境，那些情景深刻地烙印在脑海中，让他觉得自己仿佛已历尽沧桑，体验了另一段人生。

他的目光缓缓扫视一圈，最终定格在秦行风身上，语气自然地问道："行风哥，我们刚才聊到哪儿了？可能是因为喝多了有些迷糊，没听清楚。"

秦行风略显意外，尽管方才的小插曲让他心有余悸，但见陈其昭酒醒后态度和善，他也随之放松下来，继续说道："其实我也是在大学期间就开始尝试创业，对于阅历和经验的重要性自是深有体会。我的建议是，如果你想在将来更有发言权，不妨尝试自己积累资本和经验。"

"那要怎么积累呢？"

"行风哥有什么好办法吗？"

"创业并非仅靠理论知识，如果其昭感兴趣的话，我有个朋友正巧手头有一个关于人工智能的研究项目，前景十分可观，目前正四处寻求投资。"秦行风语气温和，望向陈其昭的眼神满含友好，"如果你考虑尝试自己创业，可以考虑亲自投资试水。这个项目我们公司做过评估，虽不敢说大赚，但至少不会亏损，不知道你是否感兴趣。"

"自己投资也是个好主意，记得之前有谁投资了一个大学生的项目，结果收益颇丰。"

"这确实是个不错的选择，其昭一旦有所成就，将来即便想加入集团，也不会太被动。"

"即便不加入，多积累些资本也是增加了自己的底气。"

面对众人略显滑稽的成本效益分析，陈其昭内心异常平和，甚至唤起了他对往昔久远记忆的回想。

年少时，他与兄长陈时明关系并不融洽，这在圈内几乎是尽人皆知的事，甚至有人私下以此作为谈资，或是作为挑拨离间、牟取私利的手段。

秦行风便是其中之一。

这人在外人眼中年轻有为，二十多岁便离家创业并取得成功，加之他性格温和、待人谦和，故在朋友圈中人缘颇佳。当陈其昭与大哥陈时明因为填报志愿的事闹得不愉快时，秦行风仅用几句话便将家庭琐事的导火索导向为陈时明的刻意行为，更以加入集团后陈其昭会遭受陈时明排挤为由，煽风点火。

秦行风也很聪明，表面上堂而皇之称之为建议，实则是在利用职权牟取私利。

年轻时的陈其昭缺乏实践经验，对于创业细节知之甚少，很快便被秦行风的巧言令色所迷惑，所谓的合作实质上只是为秦行风输送资金。资金输送之余，还让秦行风借此机会依附于陈氏集团这棵大树，私下里不知牟取了多少便利。直至陈氏集团资金链出现问题，他回想起该项目，才意识到与秦行风的合作不过是一个笑话，投入的资金化为乌有，那个被吹嘘得天花乱坠的项目原来只是一个空壳。

陈其昭转向旁人问道："有烟吗？"

旁人熟练地递上烟并点燃，但陈其昭似乎并无抽烟之意。秦行风注视着他，莫名感到一股压力。

"好啊，行风哥有空的话把项目拿来给我看看。"陈其昭手里夹着烟，继续说道，"只是我不懂，有些事还得仰仗你帮忙。"

秦行风见到他这举动，心里松了口气。

陈其昭不过是徒有其表，表现得像是老江湖，实际上连烟都拿不好。他了解陈其昭，陈家的家教不错，从陈其昭今晚喝酒的样子就能看出，此人以前很少沾酒，酒都不常喝，更别说吸烟了。

"那回头我再跟你细说。"秦行风又说了些生意场上的事情，聊了大约十分钟后，他看了看时间，站起身来说，"我还有点事要回公司处理，你们少喝点，回去的路上别忘了叫代驾。"

"行风哥，放心吧。"

"你先去忙你的。"

秦行风很快就走了。

"行风哥人真不错。"

"是啊，上次我自己乱投项目差点出岔子，多亏事先问了问他。"

"其昭，行风哥的人品我们有目共睹，这个人信得过。"

"是吗？"陈其昭微微抬起眼皮，"确实挺帅的，长相不错。"

"人设"做得很好，花言巧语，演技不错，做投资可惜了。

其他人看向陈其昭，对他这句话不太理解，有人打着哈哈道："行风哥确实长得不错，有点电视剧里翩翩公子的感觉。"

陈其昭没理他们，他的手熟练地在烟灰缸上弹了弹，任凭那星火一点点熄灭。

"陈其昭。"忽然间，一个熟悉又年轻的声音在陈其昭的身后响起。

陈其昭愣了下，猛然回头。

卡座后的走道里，西装革履的陈时明就那么站着，冷峻的脸孔覆着一层寒霜。两人的目光撞在一起，没过一会儿，陈时明的目光从他的脸上移到他拿烟的手上。

"时明哥。"对于陈时明的突然出现，卡座里喝酒的男生们一个个如遇洪水猛兽，瞬间收敛起刚才的嚣张气焰，放下酒杯站起来问候。

陈时明是什么人？他是陈氏集团的高层，在商场上以雷厉风行、手段狠辣著称，威名远播。就连他们的父母见到陈时明，也得客客气气，更不用说他们这些晚辈了。他们可以背地里与陈其昭同仇敌忾，吐槽陈时明，但真见了陈时明，都得夹起尾巴做人。

陈时明："挺热闹的？"

"时明哥，你怎么来了？"几个男生面面相觑，最后目光汇聚到坐在卡座中央的陈其昭身上。

陈其昭没有说话，也没有动，只是用一种异常古怪的眼神盯着陈时明。

陈时明并未理会他们，他的视线从陈其昭夹烟的手上掠过，随即转向卡座上横七竖八的酒瓶，直接发问："抽烟喝酒，陈其昭，你今年多大了？"

卡座桌面显得有些凌乱，烟灰缸里满是熄灭的烟蒂。陈时明视力颇佳，除了烟蒂和酒瓶，周围的地面上也散落着些许杂物，甚至陈其昭身上还带着伤痕，手臂上的碘酒痕迹十分醒目。

陈其昭慵懒地瘫坐在卡座中，手指间夹着烟，面对陈时明毫无惧色，坦然抬头与他对视，沉吟片刻后道："……好像也没多大，十八了吧？"

众人："……"这里谁不知道你今年十八岁啊！

陈家两兄弟，一立一坐，氛围愈发诡异，仿佛下一秒就要剑拔弩张。陈其昭是什么性格？陈家小霸王，直来直往、任性骄纵，别说陈时明在这儿，就算他老子陈建鸿亲自过来，他也是想发脾气就发脾气，完全不看人脸色。

周围其他人不敢出声，听到陈其昭这句话，心想完了，这两个人肯定要吵起来。这两兄弟之间的关系本来就紧张，现在陈时明亲自来酒吧抓人，真要闹起来，再把背后议论陈时明的事情抖出去，他们这些人估计都得上陈时明的黑名单。

陈时明瞥了眼桌面上的啤酒，注意到夹杂在啤酒堆里的几瓶白酒："挺有能耐的。"

陈其昭回道："也没多少能耐，凑合吧。"

陈时明冷冷地看着他："这么有能耐，要不再多点几瓶，白的啤的混着喝？"

年轻的躯体本就健康，不像后来那样因抽烟喝酒而垮掉一半。但他的身体毕竟未曾沾过酒精，起初并未有何不适，此刻酒劲却猛然袭来，令他头痛欲裂。不知是酒精的作用，还是脑中纷乱的信息所致，陈其昭望着陈时明，有种虚幻与现实交错的错觉，莫名感到一阵烦躁，以至于听不清陈时明的话语。

见陈其昭没有回应，陈时明的语气变得更为强硬："陈其昭。"

陈其昭强忍着头疼问道："你刚才说什么？白酒混啤酒？"

眼瞅着二人间的紧张气氛愈演愈烈，周围的几个男生连忙出面调解，其中一个开口道："时明哥，其昭他喝多了。"

身着西装革履的陈时明，在这喧闹的酒吧里显得格格不入。他年轻时便偶有将谈判桌上的压迫感带入日常对话的习惯，自认为身为兄长，态度不免高傲，每次相聚总免不了说教一番，这让陈其昭颇为不悦。

不过还好，至少眼前的陈时明精神饱满，身体健康，那点臭脾气也不是不能忍。

陈其昭想了想，打算找个话题缓解下氛围："你下班了？今天不用加班吗？"

"陈其昭。"陈时明尽量控制着自己的语气，"难道我应该去加班，然后再从社会新闻里看到你吗？"

陈其昭倍感莫名其妙："那倒不至于。"

陈时明冷声问："你喝够了没？"

陈其昭："喝够了。"

陈时明微微皱眉："喝够了就跟我回家。"

他努力平复着烦躁的情绪，无意与陈其昭在此争执，丢下一句："车在外面，给你两分钟处理好。"

周围的人提心吊胆地望着转身离去的陈时明，又侧头看向蜷缩在沙发中脸上阴晴不定的陈其昭。以陈其昭的倔脾气，就连高考志愿都不愿让陈时明插手，更不必说喝酒这样的小事了。

陈时明话音落下，陈其昭并未如往常那样起身与之对抗，而是安静地坐在卡座里，目送陈时明离开。

"小昭，你大哥这……"

"你回去别和他起冲突，硬碰硬你会吃亏的。"

"志愿的事自己拿主意，回头可以让行风哥帮你参谋参谋。"

卡座里的几个男生揣摩不透陈其昭的心思，彼此交换着不安的眼神，目光不时偷偷瞥向陈其昭。

陈其昭的眼睛盯着陈时明，直至对方消失在视线中，才缓缓地掐灭了烟头："走了。"

走出酒吧，迎面扑来一阵冷风，让陈其昭的头脑清醒了几分。他望见不远处，陈时明正站在车门旁等候。

见到陈其昭出现，陈时明二话不说便钻进了车内。

入座后，两人皆沉默不语，陈时明手握平板专心处理着工作，仿佛来酒吧接人这事并不怎么重要，甚至没有表现出想要询问陈其昭状况的意思。

对于陈时明的这种态度，陈其昭早已习以为常，不过这次稍有不同，在梦中的那个夜晚，陈时明同样来酒吧接他，两人在酒吧里发生了极为不愉快的争执。

年轻时候的他顽劣贪玩，到处闯祸，依仗家境胡作非为，爱憎分明，从不考虑是非对错。兄长出类拔萃，受人尊敬，而他资质平平，对商场之事毫无兴趣。在这样的家庭背景下，难免会遭受外界的比较和猜疑……不知何时起，他开始在意别人的目光，受周围人的影响及叛逆心理的驱使，与陈时明的关系日渐疏远，离家人也越来越远。

今晚的风波，缘起于高考志愿的选择。

大哥期望他能为未来打算，挑选利于进入陈氏集团的金融或相关管理专业。而他认为大哥不尊重他的个人意愿，干预他的抉择，强迫他为了所谓的前程牺牲理想。争执中，双方误解了彼此的初衷，冲突突然爆发，最终不欢而散。兄弟俩都固执己见，陈时明来酒吧接他是想主动缓和关系，没想到却在那里发生了更为激烈的争执，导致二人关系进一步恶化。

无论是因专业选择与家人争执，还是刚满十八岁便在酒吧里放纵自我，那时的他稚嫩又天真，叛逆又傲慢，无所畏惧，仗势欺人，是个名副其实的纨绔子弟。

而陈时明却在青春正好的年纪遭遇车祸，不幸半身不遂。

那时候，陈时明刚巧遭遇了车祸，而陈家重点推进的项目又突然出现大问题，资金链断裂，货源被切断，紧接着，他父亲突发脑出血紧急送医，母亲因悲痛过度，入院检查后发现患有癌症，事情接踵而至。最终，他父亲未能救治过来，母亲的肿瘤迅速恶化，也随父亲一起走了。

陈时明目睹着陈家的基业在他手中一步步瓦解，直至无力回天。

陈家，轰然倒塌。

车窗紧闭，陈其昭感到有些憋闷，便摸索着开窗，侧头之际，目光猝不及防地与陈时明的对上。

"你的手怎么了？"陈时明视线下移。

男生的外套袖子被挽起，露出的手臂上有两三道红色痕迹，似曾流血，在他纤细白皙的手臂上格外显眼。尚显稚嫩，就尝试抽烟饮酒，还莫名添了伤。冷风吹过后，陈其昭的头疼了起来，见他询问，便敷衍回答："玻璃杯碎了，不小心划的。"

陈时明不自觉地蹙了蹙眉："这么不小心？"

"嗯。"陈其昭回应，"喝得有点多，手就不稳了。"

陈时明的目光在他受伤的地方扫视："那可真是够不小心的。"

陈其昭见他在意，于是抬手给他看："也还好，没划到大动脉。"

"划到大动脉，你还指望我来拉你？救护车这会儿都得在酒吧门口等你了。"陈时明克制着脾气，无意与他争执，又问道，"抽烟呢，谁教你的？你能不能让人省点心！"

陈其昭回答："我没抽烟。"他一时不知该如何解释，"……就是拿着玩玩？"

陈时明差点被气笑，玩什么不好，偏要玩烟？

两人的对话就这样突然中断，没有了下文。

时隔这么多年，陈其昭发现他和陈时明的对话模式依然如故，这种牵强的理由连他自己都无法相信，更不用说陈时明了。

此后，两人没有再交谈，车内重新归于宁静。车窗外风景飞逝，陈其昭轻轻侧头，默默打量着陈时明，一言不发。

与那个车祸后满脸胡楂、神情沮丧，最终在一个雨夜吞药自杀的男人不同，此时的陈时明显得意气风发。他早已在陈氏集团站稳脚跟，其手段与智谋令人钦佩，是年轻一代中的佼佼者。

作为天之骄子，他自负且受人敬仰，本应拥有更加辉煌的人生，而非落得黯然离世的下场。

如今，父母尚未查出患有重病，大哥也没有遭遇那场车祸，陈家依旧风光无限，而那些导致陈家破产的幕后黑手仍躲在暗处，虎视眈眈地觊觎着他们。

陈其昭低下头，无声地笑了。

他的十八岁，是一个一切尚未开始的年纪。

夜间,陈家别墅一片静谧,车辆缓缓地驶入车库。陈时明已然下车,见陈其昭未动,便问道:"怎么?不打算下车吗?"

陈其昭没说话,跟着他下了车。

夜间宁静,车库一侧紧邻着后花园,鹅卵石小径上的路灯明亮,照亮了这片小小的空间。陈其昭的目光不由自主地被这些景致吸引,恍惚间仿佛隔世。

陈时明正与管家交谈,走出了几步后发现陈其昭还站在花园内,他的眼神有些阴沉。撇开其他不谈,今晚的陈其昭异常沉默,与白天那个据理力争、毫不退让的他判若两人;而在酒吧里,好几次对话都险些引发争执,以陈其昭往常的脾气,早就发作了。

"大少爷?"见陈时明驻足,管家顺着他的视线向后望去。

陈时明说:"他的手臂受了伤,需要重新处理一下伤口。"

在酒吧那种环境,恐怕不会认真处理伤口。

当陈其昭回过神来,陈时明已经走远了。

灯火辉煌的别墅里热闹非凡,他的视线在那儿停留了片刻,随即迅速离开。刚一推开门,客厅里的谈话声便传入耳中,会客室的沙发上,一位美丽的妇人正与陈时明交谈。

察觉到这边的动静,那位美妇人远远望来,一看到陈其昭就立刻挥手招呼:"昭昭,快过来。"

陈其昭微微张嘴,一种莫名的情绪自心底涌起,双脚像灌了铅一样难以挪动。坐在沙发上的人不是别人,正是他的母亲张雅芝。她今年已近五旬,面容依旧美丽,保养得如同三十岁左右的人,丝毫不见老态。

陈时明眼角余光瞥见还站在对面不动的陈其昭,便对张雅芝说:"我先上楼休息了,你也早点睡。"

张雅芝没理会大儿子,伸出手朝陈其昭招了招:"昭昭,怎么不进来呢?"

陈其昭收拾起情绪,走上前去。

这样的张雅芝,神采奕奕,谈笑风生,只存在于陈其昭的记忆之中。他已有多年未见张雅芝,如今再见她健康的样子,不由得回想起病榻上那个枯瘦虚弱的妇人。

管家提着医药箱走近,张雅芝这才知道陈其昭在酒吧受了伤。

"怎么会搞成这样,消毒过了吗?"张雅芝接过管家递来的医药箱,同时吩咐道,"老张,把我的眼镜拿过来,还有我上次出国出差带回来的那瓶消炎药水。"

陈其昭说："就是一点小伤，没那么严重。"

张雅芝瞪了陈其昭一眼："什么小伤，这种伤口不留神是会留下疤痕的。"话音刚落，她突然咳了一声。

陈其昭神色一滞，脸色立刻沉了下来："怎么咳嗽了？"

张雅芝没抬头，帮他清洗掉手臂上的药水："有点小感冒，说话嗓子就痒。你别动，等妈妈把这个洗掉。"

陈其昭盯着张雅芝，语气微沉："你看医生了吗？"

"吃过药了。"张雅芝按住他的手，"别动了，伤口清理完再上点药。"

陈其昭脸色难看，语气强硬了几分："你明天跟我去医院做个体检。"

"好端端的做什么体检，我又没什么病。"张雅芝被陈其昭突然强硬的语气激起几分抗拒，深感莫名其妙，"再说都快好了，就是说话时喉咙有点痒，过两天就没事了。"

陈其昭察觉到自己的语气不对，他已经很多年没跟家人交流过，也想不起来当年自己是怎么跟父母交流的，唯一记得的就是差点把家人气得半死。他性格强硬，后来又习惯了发号施令，很久没有温和地跟人交谈过。可看着张雅芝，想到已经气了她一辈子，他的情绪和语气不由自主地缓和了几分："妈，严重的感冒可能会引起肺炎。"

张雅芝了解陈其昭的个性，这孩子说话向来直截了当，正值青春叛逆期，白天刚和陈时明吵了一架。她心里责怪这孩子不懂事，在外面闯祸，对于这突如其来的无理要求感到有些恼火，正打算教训陈其昭几句，却忽然发现眼前的男孩微微低下了头，原本的怒气似乎消散了一些，说话的口吻也柔和了下来。

陈其昭的面容本就清秀，只是平日里那份桀骜不驯常常盖过了他外表给人的第一印象。

此刻，他的声音里少了先前那种不容置疑的强硬，多了几分让步与妥协，张雅芝那股莫名其妙的烦躁瞬间平息了："严重什么？我不过是咳嗽两声，就成了严重感冒？你这孩子，总是胡思乱想。"

梦中的张雅芝被查出患有恶性肿瘤，病情恶化得非常快，在他的父亲陈建鸿去世后不久，她也随他而去。平时那么健康且爱打扮的一个人，说走就走了。如果他们早些注意到张雅芝平日里的异常，提前带她进行全面检查，或许就不会发展到那个地步。

现在别说小感冒，就算张雅芝一切安好，他也得坚持拉着她去医院做全面体检。

陈其昭见张雅芝没有松口的意思,回想起现代年轻人与父母沟通的方式,尽量放低自己的姿态:"我有个同学的父母前段时间就查出了健康问题……而且我最近两天感觉身体有点不太舒服,你明天陪我去医院做个体检,好吗?"

张雅芝选择性地略过了前半句话,一听到陈其昭说身体不适,立刻察觉到陈其昭的脸色似乎确实不太好,顿时紧张起来:"你哪里不舒服?身体不舒服还出去喝酒,你怎么就不多关心关心自己呢。"

陈其昭感觉到张雅芝的态度有所缓和,便面不改色地继续编织谎言:"心脏有点不舒服,不过还好。"

张雅芝更加紧张了,连忙说道:"老张,你赶紧联系一下李医生,就约在明天早上吧。"

管家张叔刚把消炎水拿来,闻言立刻就着手打电话预约时间。

"那明天你和我一起去吗?"陈其昭问道。

"你都这么说了,我能不跟着去吗?我不在旁边都不放心啊。"张雅芝说着,语速一快,又忍不住多咳了几声,"既然是体检,今晚就要禁食禁水,你晚上没多喝酒吧?早些休息,别熬夜了,明天妈陪你一起去。"

说完,她拉起陈其昭的手:"别乱动了,你这孩子就是不知道爱惜自己,伤口处理不好会感染的。晚上先用消炎水消毒,明天到医院让医生顺便给你检查一下……陈其昭,你在听我说吗?"

陈其昭定睛望着张雅芝,仿佛时光倒流回多年前。以前,他对张雅芝的叮咛感到厌烦,但后来当他因胃出血住院,第二天醒来便要匆忙继续工作时,才发现几乎没有人真正关心他是否哪里感到不适。

"我在听。"陈其昭的目光落在正擦拭伤口的医用棉签上,"你接着说。"

浴室内光线明亮,镜中映出年轻且稚嫩的面孔,带着些许婴儿肥,沾湿的发梢遮住了半只眼睛。原本显得幼小又乖巧的模样,因额前的碎发而显得有些无精打采。

陈其昭凝视着镜中的自己,打量着现在的样貌,与梦境中的形象截然不同,梦与现实的反差感受变得尤为鲜明真切。他不经意地回想着,早年间,他的确是这般易于受欺的模样,柔弱且缺乏气场,直至后来四处奔走收拾各种残局,脸上的婴儿肥消减后,才勉强有了一丝威严的气质。

头发太长了,他不禁纳闷,十八岁的自己究竟是出于何种心理,弄了这样一个发型。

随即,他收拢视线,用余光快速扫视洗手台旁的工具柜,从中翻找出一把剪刀,干净利落地修剪掉了遮挡视线的额发。

头发理毕,他简单洗漱一番,从衣帽间随手抓了顶帽子戴上,便往楼下走去。

今日阳光明媚,陈其昭下楼之际,发现陈时明已不在家中。由于陈建鸿近期出差未归,少了陈时明,仅剩下他和张雅芝二人,家中更显清静。

张雅芝昨天就已经预约了医生为陈其昭做检查,并按陈其昭的要求,禁食禁水,说是要陪同做体检。她了解自己孩子的脾气,担心他到时候闹情绪不肯检查,只好答应一同体检。

抵达医院后,陈其昭让护士拿了份表格,把张雅芝的信息填写上去,没等她反应便擅自决定:"我把能做的项目都给你勾选了。"

张雅芝见此情景,略感惊讶:"怎么勾选了这么多?"

"不多。"陈其昭展示了自己的体检单,"反正等待的时间差不多,不如一次性做完。"

"这样弄完都得中午了。"张雅芝看了看手机说,"中午就不回家吃饭了。"

整个体检过程颇为耗时,部分检查结果还需等待数日。陈其昭的检查进度稍快,当他来到医生办公室时,李医生正拿着心电图对他解释:"目前来看一切正常,但年轻人还是应减少熬夜,保持规律作息为好。"

陈其昭自然清楚自己的身体状况良好,在梦中他在陈家中的确算是较为健康长寿的一位。

他将自己的报告放到一边,问道:"我妈呢?她有没有什么问题?"

面对他对自己状况的漠不关心,而全然询问张雅芝的情况,医生依旧耐心地解答:"目前看确实有些小问题,不过张女士这个年纪出现些微不适也是常见现象,这些都可以通过调养来解决,问题并不严重。"

陈其昭眉头微蹙:"那其他方面呢,她的肝脏有问题吗?"

"根据当前的检查报告,肝脏没有发现大的问题。"医生留意到陈其昭面色的变化,"你是担心你母亲的身体吧?放心,你母亲的身体状况还是很不错的。"

陈其昭的脸色不太好。

张雅芝的问题是在三年后被诊断出来的,陈其昭原以为若她身体有异,越早发现就能越早控制病情,按照时间推算,患病大约就在这段时间。癌症从早期发展到晚期可能历时十几年、几年,也可能仅需数月,而张雅芝一切表现正常,身体状况也算得上健康……

"不过,你们做的是全面体检,综合所有结果来讨论会更加准确。"医生接着说,"还有几份报告没有出来,大概还需要等待半个小时,你先在这里坐一下,等护士把结果打印出来我们再谈。"

陈其昭在诊室坐了一会儿,表示有些闷,想出去走走。

医院里到处是朴素的白色,医生和护士们来去匆匆,走廊中还交织着其他病患的声音。他下意识地摸了摸口袋,没摸到烟,便收回了手,记起来了,他现在并不抽烟。

检查结果与他推断的时间有所出入,这样一来,只能缩短体检的间隔时间。一年一次的体检还好,陈家每年都会安排健康检查,一年一次的基础上增加几个项目没什么问题,张雅芝对他一向宽容。但若是将体检频率提高,张雅芝必然会询问。

陈其昭不怕张雅芝的询问,他有足够的理由可以应付过去,但他担心张雅芝嫌麻烦而拒绝,毕竟完成一整套体检下来既耗时又耗力。

陈其昭心事重重,不觉间远离了诊室门口,来到了相对喧嚣的大厅。他快速查看手机应用,发现报告信息还未推送,便决定先前往其他诊室寻找张雅芝。然而,刚行至大厅转角,一阵尖锐的哭声猛然闯入耳际。陈其昭微蹙眉头,顺着声音望去,只见某个诊室的门口,一名男子正拉着一个小女孩,女孩紧紧抓着诊室门外的候诊椅,哭得撕心裂肺。

男子哄劝道:"宝宝听话,爸爸带你去打针,打完了我们就回家,好不好?"

小女孩看似只有四五岁的模样,哭得喘不过气来,口齿不清,嘴里不停地喊着妈妈。

医院里孩童众多,哭泣和吵闹是常态。周围的候诊人群不禁出言相劝:"你把她抱起来哄一哄,或许给她点糖吃,小孩子都怕打针,这样硬拉不是办法。"

男子敷衍地笑了笑,回应说"明白",手上的力道却没有放松,继续用力拖拽着小女孩。

陈其昭本来打算往左边走,但注意到男人的动作后,余光瞥了下诊室的牌子,便改了方向,朝男人的位置走去。

周围人见着这位"父亲"总算将孩子的手从椅子上掰开,却未料到一个年轻小伙直接走到男子身旁,二话不说就抓住了他的手腕。

男子惊讶地叫道:"你干什么?"

"奇了怪了,这里大多数诊室是妇科,你一个男的做什么检查才带孩子来这边?带孩子打针?我没记错的话,儿科的诊室应该是相反的方向。"陈其昭指尖用力,骤然施加的力道让男人不由得松开了手。被他拽着的小女孩撒开腿就跑,不停地哭着喊妈妈。

男人环视四周,面色渐渐阴沉下来:"我带孩子做什么检查,要你管吗?你放开。"

"我管不着,但我怀疑你是人贩子。"陈其昭表面平静,但钳着男人手腕的力道又加重了几分,"既然是带孩子来检查,医疗卡呢?挂号了吗?拿出来看看呗。"说完,他扭头对旁边的人说,"麻烦帮我叫下医生或护士。"

周围人迅速反应过来,连忙跑去喊医生和护士。

男人见状愈发慌乱,目光闪烁不定,极力想要挣脱陈其昭的控制。然而,陈其昭的力气太大,他无法摆脱。眼见护士被叫了过来,他情急之下,另一只手突然从衣服里掏出一把刀。

"小心!"周围人惊呼,眼睁睁地看着那把刀朝那年轻人刺去,紧接着,一声闷响传来。

那年轻人看起来瘦削,但手上的力气出奇地大,只见他扭住对方的手腕轻轻一转,瞬间卸掉了对方的力量,顺势将那人撞到了墙上。闻声而来的几个路人赶紧上前协助,有的帮忙制服那个男人,有的则夺下了他手中的刀。陈其昭这时松开手,退后几步,目睹医院保安赶到,将那人压制住,小女孩已被护士安全护住。

纷乱中,一位路人拾起他的帽子,提醒道:"你的帽子掉了,你的手在流血,可能需要处理一下。"

陈其昭闻言低头,发现衣衫被割破,手臂上新添了一道长长的口子,鲜血正滴落在医院走廊的地砖上。

一旁的护士连忙拉他过去,说:"跟我来,我帮你处理伤口。"

陈其昭刚接过帽子,还未来得及向好心人道谢,就被身边的护士催促着离开。

陈时明收到张雅芝的消息,说下班后有空可以一起吃个饭,询问之下才得知陈其昭和张雅芝一同出门体检了。

电话那头的声音持续着,张雅芝似乎刚刚完成检查,正准备去拿报告。她说:"我告诉昭昭检查不用做得那么全面,但他坚持把体检项目全选了,这会儿才做完,不知道他跑去哪里了,你到医院这边了吗?"

"到了，我现在去李医生那儿。"陈时明下车，让助手在停车场等候，边走边对张雅芝说，"做个体检也是好的，年初的体检你就是因为工作推掉了。"言罢，陈时明挂断了电话。

他并不认为陈其昭是那种感觉身体不舒服就会主动来医院做体检的人，更有可能是被他妈押过来的。然而，从电话里听来，提出体检的是陈其昭本人，不仅如此，他还拉着张雅芝一起体检。

电梯抵达大厅，陈时明刚迈出几步，忽然察觉到大厅里异常的喧闹。几个警察正押着一名男子从他身旁经过，旁边还有一位抱着孩子拭泪的母亲。他没走出多远，忽然注意到前方诊室里有人走了出来。

陈其昭刚处理完伤口便接到了张雅芝的电话，没过多久，迎面就遇上了一道人影。他抬头一看，正是陈时明，板着张脸，目光定定地看着他的手。

他仅穿着一件浅色薄外套，为了包扎方便而卷起了袖子，此刻手臂上缠绕着几圈医用绷带，衬得那被染红的衣服更加显眼。

张雅芝："报告我已经拿了，你哥说要来接我们，估计快到了。"

陈其昭与站在面前的陈时明对上目光，语气淡淡："知道，我看到他了。"

他挂了电话，对陈时明道："好巧，刚到？"

"不巧。"陈时明面色冷冷，"陈其昭，是不是我再晚几个小时见你，你这条手臂就可以直接废掉了？"

"我的手又不是纸糊的……"陈其昭话刚说一半，忽然注意到站在陈时明身后不远处的一个年轻男生。

男生穿着黑色的外套，戴着银框眼镜，一眼望去身材颀长挺拔。似乎注意到陈其昭的目光，他微微颔首致意，很快就收回了目光。

陈时明逮着陈其昭就是一通说教，等他说完，忽然发现站在面前的男生微低着头没看他，大半天一句话也没说。

陈其昭因早上空腹体检，加之轻微受伤，更显得气色不佳。路过的护士留意到陈其昭的状态，好心叮嘱了几句，陈时明这才得知弟弟受伤的原委。然而，陈其昭并未向他解释，或者说没想跟他解释。

"见义勇为"这个词，若在过去，陈时明绝不会将其与自己那位惯于闯祸、大大咧咧的弟弟联系起来。他沉默片刻，回想起陈其昭与张雅芝一同出现在医院的情景，不知是否心理作用，他感觉陈其昭似乎有了一些变化。

望着面前面色苍白的陈其昭，陈时明的语气柔和了几分："见义勇为还挂彩,真是你的风格。还有哪里不舒服吗?已经去检查过了?"

陈其昭回过神,耳边是陈时明少有的关切询问,他惊讶地抬头,眼神中带着不解:"你喝酒了吗?"

陈时明感到莫名其妙,回应道:"我早上一直在公司上班。"

陈其昭微微敛眸,余光中瞥见那个男生渐行渐远,随即把目光重新投向陈时明:"没,我只是好奇你到底喝了多少,大白天竟说这种话。"

陈时明:"……"

"陈其昭,你是宿醉未醒吧?"

"已经醒了。"

陈其昭轻轻拉低帽檐,不再朝那边张望。

陈时明按捺住情绪:"伤口给我看看。"

陈其昭莫名其妙地举起手让他查看,心想这都已经包扎好了,哪能看出什么来。

只见白皙的手臂上缠绕着绷带,周围还残留着昨晚在酒吧留下的伤痕,外衣上也沾有血渍。

陈时明一眼便知那人贩子所割的伤口不小,不禁追问道:"医生怎么说的?跟我去李医生那里开些消炎药,那家伙的刀不知道干不干净,保险起见还得打破伤风针。"察觉对方注意力不集中,他的语气加重了几分,"陈其昭。"

陈其昭应了一声"哦",随即解释:"刚打过破伤风了。"

而在医院另一侧的走廊上。

"怎么走到这儿了,不是让你在那边等我吗?"穿着西装长裤的干练女子踩着高跟鞋走过来,将手中的资料袋递给年轻人,动作麻利地披上西装外套。见眼前的青年没说话,又道,"沈于淮,你在听吗?"

沈于淮收回目光:"在听。"

不远处,那个穿着米色外套的男生安静地低着头,帽檐遮住了大半张乖巧清秀的脸庞,仅露出略显稚嫩的下半侧脸。此刻温顺安静的模样,与之前凭借巧劲制伏歹徒时的凌厉形成鲜明对比,令人颇为意外。

沈雪岚问道:"刚才这里是不是发生了什么事?我在诊室里听见外面声音挺大的。"

沈于淮回答:"有点小状况,警察来了。"

"是吗?"沈雪岚的目光轻轻掠过那边的动静,整理好袖口,又问,"你下午研究所那边没事吧?没事的话,晚上跟我回家吃饭,妈说你好几天没回去了。"

那男生已随人远去，只留下一个略显单薄的背影。

"走不开。"沈于淮低头看了看手表，"陪你吃完饭，下午还得赶回去开会。"

"看什么呢？走路还走神。"陈时明留意到陈其昭的心不在焉，"再摔一下，你这手还想不想好了？"他眼神不经意一扫，发现后方人贩子的事已有他人料理，大厅内的喧嚣已散去大半，"这是私人医院，真出事他们也怕有影响，后续他们会处理妥善的。"

陈其昭戴着帽子，遮住了帽檐下的表情。

"没，好像看到个熟人。"

不知道是不是错觉，他好像看到了沈于淮。

在S市偌大的圈子里，每逢提及别人家的孩子，总少不了提到几个固定的名字。而谈到陈家时，说完陈时明，陈其昭往往是作为反面教材被提及。

提到沈家的时候，情况就不一样了。

沈家的一双儿女皆是佼佼者，在圈内备受赞誉。长女沈雪岚，是手段与才能不输陈时明的女强人，年纪轻轻便接管家族企业，不出意外，她将是沈家事业未来的掌舵人。至于沈家幼子沈于淮，更是才华横溢，在化工界小有名气的天才，遗憾的是，在梦境中，正值壮年的他遭遇实验室事故，不幸在三十一岁英年早逝。

陈其昭见过沈于淮，但在这个时间点，那件事还没发生，他和沈于淮没有多少交集，沈于淮应该是在B城上大学……可能是他眼花了。两人还是陌生人，将来见面或许也不会有太多交集，但若能够……

陈其昭垂眸望向受伤的手臂，忽地嗤笑一声。

诊室内的白炽灯明亮，照在陈其昭身上，映出刺目的白光。尽管伤口经过了紧急处理，乍看之下仍旧有些骇人。这个十八岁的少年脸上还带着未脱的稚气，此刻乖巧地坐在椅子上，更显小了。

张雅芝很多次想过，这孩子终究不及他哥哥，总长不大，带着那种无所畏惧的天真……然而，当真见他受伤坐于眼前，处理伤口时一言不发，连平日里的抱怨与嫌弃都不见踪影，她才恍悟，或许一直在她庇护下成长的孩子，已悄然披上了成熟的外衣。

她目光落在他衣物上的血渍上，忍不住说道："遇到这种事你就别逞能，你那点拳脚功夫哪里是歹徒的对手。这次幸好有人帮忙，若是那刀刺在别的位置怎么办？你这孩子什么时候才能让人少操点心。"

陈其昭没有回答，从昨天以后，他就明白面对张雅芝的唠叨不能硬碰硬，以往他总喜欢逞一时口舌之快，那样的回应其实只会让张雅芝说得更多。

他一边听着张雅芝的念叨，一边向医生询问："她的身体需要调理吗？"

李医生回答说："基本上没什么大问题，不过肝脏和脾胃还是要多留意，平时注意调理。我会给你们列出调理的注意事项，她的感冒也快痊愈了，药物按照原来的处方继续服用即可。"

一旁的陈时明仔细观察着，反复翻阅着张雅芝和陈其昭的体检报告，确认两人的身体状况并无大碍后，才放下了心。张雅芝年纪大了，有些小毛病在所难免，倒是陈其昭无缘无故地说自己心脏不舒服，这是为何？

他微微转头，瞥了一眼正低头查看报告的陈其昭，心中不由得浮现出一个猜测。

难道这小子开窍了？开始懂得关心父母的身体，甚至不惜装病带家人来看医生？

正当陈时明思绪万千之时，忽然对上一双锐利的眼睛。

陈其昭从小就长得像张雅芝，脸孔也不像父亲陈建鸿那样具备攻击性，不说话的时候乖乖巧巧，就算恼羞成怒跟人吵架，光是那张脸气势就要逊色三分。可就在刚刚，陈其昭朝他看来的时候，眼神却充满了攻击性，宛如假寐的老虎发现了身后窥探的视线，流露出无畏且高傲的光芒。

"你看什么？"陈其昭问道。

"看你刘海，像被狗啃过。"陈时明回应道。

陈其昭这会儿没戴帽子，他打开手机摄像头，看到镜头里参差不齐，甚至有点凌乱的头发，与他在镜中所见大相径庭……他面无表情地戴上了帽子。

陈时明难得看到小兔崽子吃瘪，见陈其昭戴完帽子不理他，他忽然想到昨天晚上到今天陈其昭某些反常的举动，拿起手机就给助手发了消息。

"查查陈其昭昨晚和哪些人聚会。"

陈时明的助手姓徐，一结束会议就跟着上司匆匆赶到医院接人。他在停车场与司机闲聊了约半个小时，刚接到上司让他调查陈家二少爷的指令，转瞬间就见上司带着两个人朝他走来。他表面上保持沉默，但实际上已暗暗留意起现场的气氛。

在陈时明身边待久了，难免会碰到一些棘手的事务。他们助手团队内部公认，最棘手的任务之一便是处理上司的私事，而这些私事中，十有八九都与陈家那位小霸王息息相关。

陈其昭，何许人也？陈家二少爷，于S市社交圈内赫赫有名的陈家小霸王。陈家家教严格，陈其昭本人的行事风格却与陈家对外的形象大相径庭。称他为纨绔子弟并不为过，因为他常与圈内那些同样放纵的富二代为伍，行事任性妄为，直率冲动，从不顾及言行后果。然而，若说他是不学无术之辈又不尽然，因为他的学业成绩其实相当不错，初中和高中均凭自身实力考入知名私立学校，甚至在高考中也凭借自己的能力取得了不错的成绩。

之所以说他是小霸王，除了他本身的性格外，更大一部分原因在于陈家对他也束手无策。陈家采取的一视同仁教育方式，在两位继承人身上产生了截然不同的效果。

陈时明是后起之秀，堪称年轻人的典范，而陈其昭则行事嚣张，既不惧怕陈时明，也不把陈建鸿放在眼里。况且，陈时明与陈其昭之间的关系向来紧张，见面就争吵是常态。不过，今天的情形似乎有所不同，两人见面居然没有争吵。

徐特助暗暗松了口气，侧身替上司打开车门，一转头留意到后方投来的目光。

陈其昭的一条手臂被厚厚的医用绷带包裹着，衣袖上还沾有血迹，仅仅是那道目光，就让徐特助莫名感到自己被锁定，后背的寒毛瞬间竖立起来。那视线很快收了回去，陈其昭上了车，仿佛刚才只是无意间瞥了他一下。

上车后，陈其昭问道："你的助手姓什么？"

"姓徐。"陈时明疑惑道，"你不是知道吗？"

"哦，我记性不太好，没记住。"话音刚落，他又补充道，"这次记住了。"

徐特助："……"不，他一点也不想被记住。

几人很快来到预订的包间，人到齐后，厨房开始上菜。

吃完后，张雅芝与陈时明讨论起工作上的事宜。陈其昭一边听着他们的对话，一边漫不经心地浏览着财经新闻。

这让他回想起自己十八岁时的往事，与自己相关的事情还能记起一些，但对于那一年具体发生了哪些大事，没有确切的信息作为线索，就如同雾里看花，而他的记忆力也不太行，加之如今的时代背景已不同往昔，之前那种凭借机遇白手起家的情况难以复现，关注新闻资讯才是把握当前市场动态的关键途径。

尽管有些事情目前尚未发生，但他也不能坐视不理，真要等到林士忠成功扳倒陈家才采取行动，那就为时已晚。

正在搜索之际，顶部的通知栏却不断弹出聊天软件的新消息提示。陈其昭无奈之下切换界面查看，发现秦行风已经给他发送了二十多条信息。

秦行风："小昭，你看看这份文件，项目的基本概况都在里面了。我已经过了一遍，没什么问题，你如果不放心，可以找律师或者懂行的朋友再看看。"

除了群聊，发消息最频繁的是秦行风。自从昨晚陈其昭回复他后，此人便持续展现出一副"热心肠"的姿态，宛如一位好哥哥，甚至生怕他不明白，贴心地附上注解，又发送了更为详尽的文件。

陈其昭点开了秦行风发来的文件，直接跳过了那些冗长的套话，直奔核心内容。实际上，他可能高估了秦行风，这类文件通常倾向于过分渲染项目的美好前景，只强调目标而不谈具体实施策略，简言之，就是在描绘一幅诱人的蓝图，旨在吸引投资者入局。

通读文件，与项目实质相关的信息仅有寥寥数行。尽管描述得天花乱坠，但若真让律师来审阅，倒也找不出明显的陷阱或漏洞。

张雅芝好奇问道："在看什么呢？怎么忽然笑了起来？"

陈其昭答道："没什么，只是看到了一个很好笑的东西。"

张雅芝想到昨天两兄弟吵架的事，又见这两人吃饭时都没几句交谈，便开口问道："考完试后是该放松放松，前阵子听说你在看人工智能方面的书，妈有几个朋友对这个领域也很熟悉，要是你感兴趣的话，可以去他们的工厂参观一下。"

陈其昭简单应了一声。

梦中的他对这些智能科技方面抱有浓厚的兴趣，大学所学的专业也与此相关，甚至已经做好了研究生阶段继续深造人工智能领域的打算。遗憾的是，事与愿违，还未等他毕业，陈家便遭遇了变故。之后，他被迫仓促接手处理陈家的后续事务，转眼间十几年光阴流逝，仿佛一眨眼就回到了现在。

陈时明见他反应平淡，不禁感到疑惑："你昨天不是说想报考 S 大吗？"

陈其昭盯着秦行风的文件看得有些困倦，"是 S 大……"话未说完，正打算关闭文件的他忽然注意到文件最末端的落款信息，话音戛然而止。

落款处的公司名为"锐振电子"，这家公司与林士忠有关联，陈其昭的脸色顿时阴沉下来。

秦行风的事,只能归咎于年轻时的自己容易上当受骗,但一旦牵扯到锐振电子,情况就不一样了。陈家垮台后,陈其昭耗费数年时间,才逐步揭开陈家破产背后的阴谋。搜集证据这一过程,不仅耗资巨大,还异常漫长,他不放过任何蛛丝马迹,特别是与林士忠利益相关的各方,其中就包括那个鲜为人知的小公司——锐振电子。

这家公司虽未直接登记在林士忠名下,却经常替他处理一些隐秘账务,林士忠许多不可告人的财务往来,都是通过这类公司进行操作。表面上光鲜亮丽的林氏集团,背后隐藏着诸多不可见人的事情,而锐振电子不过是众多这类"公司"中的一个,也是后来成为林士忠锒铛入狱的关键证据之一。

秦行风为何会与这家公司有所关联?陈其昭忽然想到什么,眼神中闪过一丝异样。

张雅芝没有察觉到陈其昭的微妙变化,继续说:"S大确实不错,离家又近。学校的专业看好了吗?志愿填报不是只剩两天了吗?"

陈时明则瞥了陈其昭一眼,略带不满地插话:"你的分数完全能上B大。"

尽管S大也是名牌大学,但在声望显赫的B大面前,还是稍逊一筹。

陈其昭回应道:"B大的专业分数线我达不到。"

陈时明正要开口,一旁的张雅芝紧接着说道:"去B大也行,分数线够了先进去,之后再转专业。"

"妈,他自己有能力转,就是跟你较劲。"陈时明侧头望向陈其昭,发现对方的注意力全在手机上,提醒了一声,"陈其昭。"

陈其昭的思绪被短暂拉回,抬头迎上陈时明略带不悦的眼神。他将目光又移回手机屏幕,语调平和地说:"我不会去B大的。"

B大离S市太远,一旦离开这里,很多事就超出了他的掌控范围。

为了避免重蹈昨日争执的覆辙,陈时明调整语气,与陈其昭商议道:"你的分数足够,如果不想白白浪费几年时间,填报这个志愿就得慎重考虑。"

"传统行业在衰退,不少企业纷纷谋求转型。所有人都紧盯着新兴产业的动向,一旦有机会就忍不住挤进去分一杯羹。"陈其昭并未看向陈时明,自顾自地说着,"但这份蛋糕只有最初尝到时是甜的,后来者分食便索然无味了。移动互联网现已占据市场较大份额,再深入看,各行业对互联网的依赖度不断攀升,早已非昔日传统市场主导的格局,智能科技发展如此迅猛,你如何断定未来不会是人工智能的天下呢?"

陈时明听罢,眼神中透露出几分诧异与审慎,问道:"这些是谁告你的？"

陈其昭没说话，大大方方把手机屏幕亮给他看，随即又收了回去："网上看到的，想听的话我可以继续念给你。"

陈时明："……"他感觉有些血压升高。

不料，陈其昭又冒出一句："我已经报名了，昨晚回家就填写了申请。"

陈时明太阳穴猛地一跳："别告诉我，是因为宿醉手抖才报的。"

"没错。"陈其昭熄灭了手机屏幕，说道，"手一抖，不经意间就选择了金融专业。"

随后，陈时明返回公司，徐特助则负责送张雅芝和陈其昭回陈家别墅。

想到上司刚才离去时的表情，徐特助不禁悄悄瞥了一眼镜子，后座戴着帽子的青年正低头看手机，修长的手指快速在屏幕上划动着，似乎在查阅着什么信息。

张雅芝回想起刚才的情景，说道："关于志愿的事情就这么定了，妈妈觉得S大挺好的，离家近，以后周末想回家也方便些。你们兄弟俩总是嘴硬，有时候明明可以好好沟通的事情，非要吵得面红耳赤，就像刚才那样，不是挺好的吗？"

陈其昭微微抬起眼帘，显得有些不确定："……挺好的吗？"

他选择金融专业，纯粹是出于策略考虑，因为这样就有合理的理由介入集团事务，更便于找出林士忠安插的眼线。

"哪里不好了？昨天你们俩在家争执，还把两个花瓶都摔了，老张都跟我提了。"张雅芝轻轻拍了拍他的肩膀，"明明可以心平气和地交流，你们每次都搞得那么僵。你哥哥的脾气像极了你爸，你要是能稍微退让一步，事情也就过去了。"

陈其昭反问："退让？"

"也不是说要你完全退让。"张雅芝斟酌着用词，接着说，"就是态度温和点，尽量避免和他正面冲突。"

陈其昭正划着手机屏幕的手指顿了半秒，随即又继续往下划动到下一页。

梦里，他与陈时明的关系十分恶劣，几乎每次见面都以争吵告终，两人间从不曾有谁先服软。有时甚至无须争执，对方的一句话便足以引发怒火或争吵，这些似乎镌刻入骨，逐渐演变成了一种习惯。后来，陈时明遭遇车祸，半身瘫痪，他的世界仿佛坠入深渊，性情变得沉默寡言、抑郁冷漠。

陈其昭垂下眼帘，漫不经心道："吵架也没什么不好。"

通过激烈的争执来释放彼此的情绪，总好过将一切压抑心底，最终骄傲退化为萎靡，转瞬之间，人事已非。

张雅芝不以为然："吵架有什么好呢？"她放弃了劝说小儿子的念头，叹气道，"你和你大哥哪有什么解不开的心结，高考志愿的事已经过去了，别再耿耿于怀。"

回到家后，陈其昭着手调查锐振电子。

路上，他已利用手机查阅了林士忠名下资产的分布情况及几位已知亲信的信息，大致掌握了林氏企业当前的发展规模，虽未达到梦中的盛况，却也是块难啃的骨头。

浏览器很快就弹出与锐振电子相关的搜索结果，陈其昭快速浏览各类信息，尤其关注过去一至两年间锐振电子的发展动态，发现该公司在此期间发展势头迅猛，有几个项目在业内打响了名声，现如今有向互联网市场逐步推进的趋势。

正如秦行风所言，从表面上看，这家公司的未来发展颇为乐观。

陈其昭并未在此环节过多停留，随即转而查看股东及法人页面，视线掠过一个个名字，随着鼠标滚动逐渐放缓，既没有看见熟悉的名字，也未发现林士忠的亲信身影。难道目前锐振电子尚未落入林士忠手中？那么，秦行风在这里面又扮演什么角色？

陈其昭眼珠一转，最终目光定格在电脑屏幕旁的水杯上，若有所思地低语："有点意思……"

起初，他仅打算让秦行风自食其果，但若秦行风与锐振电子关系紧密，或与林士忠存在间接联系，事情的性质就大不相同了。梦中他未能查证两者的关联，锐振电子仅是林士忠一个微不足道的私人账目，可若这两人当真有关系……那林士忠的手伸得比他预料中还要长。

锐振电子在网上展示的资料有限，更深层次的内容仅凭表面信息难以归纳总结。以往遇到这种情况，陈其昭会即刻指派助手进行调查，不论是获取锐振电子的公开信息还是幕后情况，对他而言都轻而易举。但鉴于目前的处境，他的人脉和资金几乎为零，所认识的人也大多无能为力。要想在不引起林士忠注意的前提下调查锐振电子，唯有借助外部力量。

然而，他无法直接向陈时明说明此事，别说此事说起来匪夷所思，就算是他说集团里有商业间谍，以他平时的废物形象只会让人觉得他胡思乱想，在故意捣乱。

室内一片静谧，电脑屏幕上的页面已悄然更换。正当陈其昭沉思之际，手机忽然振动起来，来电提示跃然屏上。他匆匆一瞥，随即手指一划关闭了网页。从早上开始，就时不时有电话进来，陈其昭挂断了几次。

联系人备注的名字，他没什么印象，多半是他以前结交的那些狐朋狗友。十八岁前后那段时间，算是他迟来的叛逆期，那时交往的朋友五花八门，现在回想起来，高考没有搞砸，多少也有些运气成分在里面。而这些所谓的朋友，在陈家遇到问题时，跑得比谁都快。陈其昭后来才意识到，这些人不过是把他当作随叫随到的提款机，吃喝玩乐从不落下他，背地里却更多的是对他的非议和嘲笑。

说和他关系好，不过是个笑话，背后一个比一个更讨厌他。

来电的多半是昨晚酒局上的人，嘴上说着关心，估计实际上是在变相打听陈时明的状况，大概率是担心自己受到牵连，怕陈时明找他们麻烦。

电话铃声坚持不懈，陈其昭被这振动声搅得心烦意乱。刚一接通，对面就传来男子大大咧咧的声音，夹杂着些许嘈杂的背景音，陈其昭听了两句，便将手机丢在床上，转身去换了件睡衣。由于昨晚睡眠质量欠佳，才刚过一个早上，他的头就开始隐隐作痛。

等他换好衣服回来，电话仍未挂断。

"喂喂喂？昭，你那边信号不好吗？能听到我说话吗？"

"见鬼，难道是我这边的信号不好？"

陈其昭半眯着眼，喝了两口水，淡淡回应："你说吧。"

"我这儿信号好像不太好，刚才都没听到你说话。"对面的男生说，"晚上老地方见，给麟仔接风洗尘，你不来可就太过分了啊！"

陈其昭："嗯。"

对方没听到回应，以为信号确实不好，便挂断了电话，之后还给陈其昭发了条短信。

陈其昭轻笑一声，手指一划，删除了信息，随后将手机关机丢在一旁。

第二章 再遇故人

夜晚，别墅的车库中射入一束车灯光线，陈时明准时归来。刚到家，他就察觉到了微妙的变化，张雅芝不在家，外出和朋友逛街去了。客厅里空荡荡的，显得异常安静，陈时明皱了皱眉，问管家："他又出去玩了？"

管家答："没有，二少爷在楼上睡觉呢。"

陈时明正解开领带的手一顿，又问："他身体不舒服吗？"

管家摇头："应该不是，只是二少爷的药还没吃。"

从医院带回的那一袋消炎止痛药，至今仍孤零零地放在原处。陈时明淡淡地说："日夜颠倒，没病也得折腾出病来。"说完他又补充道，"去瞧瞧他，真不舒服就叫医生来看看。"

管家连忙上楼，没过多久又折返回来，报告说房门锁着。

陈时明吩咐："给他打电话。"

管家欲言又止，陈时明皱起了眉头。

管家解释道："二少爷手机关机了。"

走廊静悄悄的，明亮的灯光一直延伸到尽头。陈其昭醒来时已是晚上八点多，下楼时发现客厅里坐着陈时明。

陈时明刚挂断电话，见不让人省心的弟弟下楼，语气平静地说："厨房有热粥，吃完把药吃了。"

陈其昭没动，眼珠转动了一下，若有所思。陈时明本无意搭理，但陈其昭有事要找他。

陈时明正埋头看文件，但一直被直勾勾的目光打量着，终于忍不住抬头说:"如果你想手废掉或者伤口发炎感染,你可以继续站在那儿。"

陈其昭选择性地忽略了陈时明刚才的话,正要开口,瞥见某人一如既往的臭脸,猛然想起白天张雅芝的话。他斟酌片刻,思考了三秒钟,语气突然来了个一百八十度大转弯:"哥,有朋友找我合作投资,你有空帮我参谋一下吗?"

客厅里静默了五秒钟,陈时明的目光在陈其昭身上扫过,谨慎地吐出两个字:"梦游?"

陈其昭:"……"

两人都没再说话,客厅静得连针落地的声音都能听见,一旁的管家忍不住在两人脸上来回打量,已准备好迎接可能随时爆发的争执。

正当陈其昭打算再次开口时,陈时明淡淡地又说了一句:"看来不是梦游。"随后又补充道,"你上次这样叫我还是四年前,为了要零花钱去买限量版的鞋子。"

陈其昭面无表情地坐到对面的沙发上,微微闭眼后继续说道:"我没梦游,你很失望?"

陈时明的视线停留在手中的文件上,闻言只是简单回应:"还好。"

陈其昭没有再看陈时明,而是翻动着客厅桌上摆放的药片,从中挑选出止痛消炎药。

陈时明眼光挑剔,说话从不留情,和陈其昭说话向来没有和颜悦色的时候。陈其昭还记得梦境中自己上大学那会儿,有一次与同专业的同学突发奇想,想搞个工作室,在餐桌上说漏嘴之后,陈时明接连询问他的筹备、规划及技术细节,寥寥数语却字字犀利,将他的构想贬得一文不值,两人当场就吵起来。

与陈时明之间,谈话似乎从未轻松过。他心下如此思量,同时已在暗自盘算其他方案,却蓦然听见陈时明的声音响起:"把文件发给我。"

陈其昭动作一顿,侧头望向他。

陈时明依旧保持着阅读文件的姿态,未曾移动分毫,仿佛洞悉了陈其昭心中的困惑,继而说道:"既然让我帮你看,总得先把资料发过来吧?"

空气似乎凝固了一两秒,随后又悄然恢复流动。

陈其昭收回视线,拆开消炎药的包装盒,语气带着几分不自然:"那我一会儿发给你。"

陈时明用余光瞥了身旁的人一眼,只见对方身着睡衣,手臂上的医用绷带依然醒目。陈其昭平日里从不这般客套,言辞向来直截了当,满是要求,沉默时的陈其昭虽少了那份咄咄逼人的气势,但温顺些终归是好的。

陈时明继续翻阅文件:"既然想找项目尝试,就应该收心去干。"

管家贴心地端来热粥,陈其昭轻轻搅拌,随后打开手机。望着正在启动的手机屏幕,张雅芝那句"态度温和点"的叮嘱在他脑中回响,他克制着语气说:"嗯,知道了。"

陈时明刚感到一丝满意,忽然一连串短信提示音打破了宁静。在这安静的客厅里,这声音显得格外刺耳。陈其昭低头一看,刚开机的手机上已有多条短信,全是未接来电的通知,不难想象在他关机休息期间,有人曾连续不断地拨打他的电话。

铃声频繁响起,陈时明问道:"是垃圾短信吗?"

陈其昭正欲回应,手机猛然响起,屏幕上显示来电者为"颜凯麟"。

陈时明看着,他不便挂断,只能接通了电话。刚一接通,电话那头的大嗓门就穿透听筒:"昭哥!我回国了!人齐了,就差你了!"震撼的音乐声伴随着男声的呼喊,其间还夹杂着"喝一杯""干了"等纷杂的背景声,足见对面的热闹非凡。

陈时明望向陈其昭,只见陈其昭挂断了电话,切断了震耳欲聋的声响,然后平静地说:"骚扰电话。"言罢,当着陈时明的面,把这个号码加入了黑名单。

落地窗外,城市高楼林立,办公桌旁的西装男子打开了文件袋。

"已经查清楚了,所有资料都在这里。"徐特助认真严谨地继续道,"那天晚上和二少爷见面的都是熟面孔,给二少爷介绍项目的人也在场,名叫秦行风。"

"秦家的私生子?"陈时明翻动着资料,"陈其昭怎么会和他有交集?"

徐特助回答:"他们来往过几次,是王家小少爷搭的桥。"

对于秦行风的这个项目,陈其昭似乎热情非常高,昨晚就已将文件发了过来。他大致浏览了一遍,虽然概述资料并非详尽的企划书,但这个项目不算顶尖,从表面上看找不出明显的问题。

秦家这几年才逐渐往S市发展,之前一直在隔壁J市,关于秦家的事情他也略有耳闻。作为私生子,秦行风在秦家并不受宠,但他本人有能力,后来拿了笔资金出来自立门户,短短几年间便混得风生水起,如今与秦家其他继承人明争暗斗。

"秦行风找上陈其昭不是没理由,秦家内部斗争激烈,他是想拿这个项目作为进入陈氏集团的敲门砖。"陈时明随手将文件搁置一旁,"陈其昭涉世未深,最容易被糊弄诱导,秦行风的算盘打得挺好。"

徐特助微微颔首:"老板,这事需要向二少爷说明吗?"

"不必,他既然主动找上门,显然对这个项目很上心,我不会干预他的决定,即便吃亏也是种经验积累,权当给他一个锻炼机会。"陈时明重新翻开另一份文件,语气平和地吩咐道,"这件事你来处理,他那边有任何需求或遇到问题,要及时向我汇报。"

徐特助点头示意明白,正欲离去之际,又被陈时明唤住,对方未抬头,简短指示道:"若他需要协助,适当给予便利。"

徐特助领命后,恭敬退出。

S市某会所内,一群年轻人聚在一起,其中不少人的脸上仍有宿醉熬夜的痕迹。

"什么?你也被拉黑了?"

"估计是被拉黑了,打不进去。"

"换张卡试试。"

"陈其昭不会真被他大哥给制裁了吧,这两天都没消息了,也没在群里说话。"

几个聚在一起的年轻人脸上的神色各异。虽然知道陈家兄弟俩不合,但以往他们吵架也就是一晚上的事情,隔天陈其昭还是跟没事人一样联系他们。昨天正好是颜凯麟回国,他们做好给他接风洗尘的准备,还特意去联系陈其昭,谁知道电话没人接,到最后还直接关机了。

现在他们的电话基本上都被拉黑了,发过去的消息也是石沉大海。

程荣拿着手机,眉头紧紧皱着。

陈其昭是什么人,他最清楚不过。他平时随叫随到,出手阔绰,脾气虽然差了点,但向来好拿捏,没那么聪明。像现在这种情况还是第一次见,他不认为陈其昭会主动拉黑别人。

"麟仔,你也被拉黑了?"程荣按捺下心中的疑惑,转头问另一个男生。

男生长着一张娃娃脸,看起来年纪尚小,留着一头短发,裸露在外的皮肤上还有文身,看起来是个暴脾气。此时他手指不停地重复拨打着电话,奈何电话那头只有重复的机械女声,他不耐烦道:"他手机该不会欠费了吧?"

颜凯麟面色微沉:"我回国,他连接风洗尘都不来。"

"难不成他的人身自由受到限制了?陈时明这次这么生气啊,直接不准人出门？"

"会不会手机都被陈时明收走了？这确实有点古怪，你们最近两天有人联系上他了吗？"

"要不我们直接上门去看看？"

"算了吧，我可不想撞见陈时明。"

一群人七嘴八舌地说着，但没人敢真上门去看看情况。

"发的消息都没回。哦，我昨天听行风哥说，他跟小昭在谈项目。"

"秦行风能联系上他？奇怪了，那他为什么不回我们消息啊？"

程荣道："既然能联系上，让秦行风探探口风，看是什么情况，试试能不能把他约出来。"

颜凯麟没说话，又在网上"轰炸"了一番。没过一会儿，他发出去的消息前出现了个叹号。

颜凯麟骂了一句。

收到徐特助的短信，陈其昭并不意外。

他的人脉毕竟有限，有锐振电子作为借口，要在不引起他人怀疑的情况下调查林士忠的事，最好的方式就是借助外力。反正他给人的印象是败絮其外，纨绔子弟做什么都不过分，以想搞投资为由，理所当然地借用陈时明的人手帮忙，既省时又省力，再合适不过。

陈时明那么忙，不可能有时间天天跟他掰扯这个事情，最有可能的就是派个人来协助他。

他原先没想到陈时明这么好交流，甚至打算退而求其次找张雅芝帮忙。张雅芝虽不管集团的事，但通过她给父亲或大哥传递点信息还是可以的，只是过程麻烦些。

陈其昭若有所思，回想起昨天陈时明的态度，喃喃自语道："还真没发现他吃这一套。

"不过现在关系没以前那么差，他有点耐心也不奇怪。"

话音未落，手机屏幕上跳出新消息通知。陈其昭回过神来，猛然意识到自己刚才在自言自语："有点不太习惯，但也不是完全不能交流。"

发来消息的是秦行风，说程荣组了饭局，顺便给他带纸质版企划书过去。

年轻时狐朋狗友那么多，后来陈家出事一个个关系撇得干干净净，能记住一两个人算不错。他对程荣有点印象，还是因为他昨天打电话够多。

为了让他过去，还用企划书当借口，真是一个好计划。

房间内的电脑显示屏宽大的屏幕上打开着各种网页，还有几个页面上显示着现出私密性网站的内容。左半屏的文档上已经密密麻麻地写满了资料。陈其昭从中挑选出两个整理好的文件，连同秦行风后来发送的一系列文件，一起打包发给了徐特助。

周围一片寂静，桌面上的手机屏幕不时亮起。他没有立即查看手机，秦行风又接连发了几条信息过来。陈其昭晾了秦行风半个多小时，才悠哉地拿起手机。

S市某私人会所里，灯光略显昏暗的房间内摆放着各式各样的酒，尽显奢华之气。陈其昭进门便见到这番景象，他略感兴趣地挑了挑眉，周围的人已纷纷向他招手示意他过去。

现场依旧是那些熟面孔，其中一些是在那晚酒吧里见过的，还新增了几张陌生的面孔。他认出了坐在秦行风身旁的人，正是前几天在酒吧里与秦行风一唱一和的那位。

"小昭来了！还剪了头发呢。"

陈其昭一到场，几乎所有人的注意力都被他吸引，特别是他新剪的发型。陈其昭原来的发型遮住了眼睛，而今头发剪短后，搭配他精致的五官，更显出一副帅哥的模样。

程荣咳嗽了一声，周围人纷纷回过神来，开始七嘴八舌地说起来。

"可算来了啊。"

"你真被你哥给禁足了？"

"我们给你打电话都给拉黑了。"

"要不是行风哥能联系上你，我们差点就要冲去你家救人了。"

众人嘴上说得情深义重，可实际上没有一个人去过陈家。

陈其昭没搭理他们，刚一落座，就感觉到旁边投射过来极为热情的目光。他转头一看，是个留着寸头的男生，穿着打扮相当时髦，耳朵上还戴了耳钉。

察觉到他的视线，寸头男生立刻喊道："昭哥，你昨天怎么没来？我好不容易逮着机会从国外回来的！"

"颜凯麟？"陈其昭想了好几秒钟后才从久远的记忆里搜寻出些许对他的印象。

他是认识颜凯麟的，甚至跟颜凯麟的关系还算不错。两人从小相识，陈家和颜家的关系也不错，一起玩过一段时间。后来，颜家发展国外市场，颜凯麟随之出国,便很少在这里露面了。当其他人恨不得跟他划清界限时,只有颜凯麟给他打过钱,只是后来这人闯了祸,被颜家重新安置在国外,这才渐渐没了音信。

这时,程荣开口道:"哎,可不是嘛。昨天麟仔回来了,大家给他组了个局接风,就你一个人没来,今天要是不把昨天那份酒补上,那可就说不过去了啊。"言罢,他便开了一瓶酒,直接给陈其昭斟满。

坐在程荣身旁的秦行风见状,没有出声制止。自打前几天给陈其昭发了项目书后,陈其昭表现得挺感兴趣,但对于合同签约的事只字未提,回复信息的速度也是时快时慢,这让秦行风难以揣摩陈其昭的真实态度。

因此,当程荣主动提出要约陈其昭见面时,他并未拒绝。毕竟,这样的场合更适合谈生意,最好能借此机会敲定合同事宜。

包间内并不安静,程荣一开口,其他人便跟着起哄起来。

陈其昭端起玻璃杯闻了闻,眼神中流露出些许嫌弃,随后又将杯子放回原处。

程荣面露不悦:"什么意思?"

"既然说是接风洗尘,拿这种酒就显得不够诚意了。"陈其昭目光停留在程荣身上,随后又瞥向他身旁的秦行风,"你说对吧?"

"嗯,对,这些酒确实不得劲。"颜凯麟没有察觉到包间里众人的心思,直接理解了话中的字面意思,随即招呼服务员过来。

没过多久,包间内的酒就被换成了一批新的。

陈其昭意味深长地瞥了颜凯麟一眼,那眼神仿佛在看一只混迹于狼群中的小白兔。

颜凯麟坦然接受着审视,同时还为陈其昭开启了一瓶酒:"昭哥,你尝尝这个,他们这里的珍藏,你不来我都不舍得开呢。"

陈其昭浅尝了一口:"味道还可以。"

颜凯麟满意地轻哼了两声。

小插曲过后,几个年轻人有一搭没一搭地聊起了天。

秦行风见差不多了,便将项目书递给陈其昭:"小昭,之前提的那事儿,我朋友那边挺急的,如果你觉得没问题,咱们差不多可以敲定了。"

"行风哥和其昭要合作啊?!"

"早点定下来也好,小昭也该有点上进心了。"

颜凯麟对秦行风印象不深,但在聚会场合谈生意,显然没把他放在眼里。考虑到陈其昭是今天的主角之一,他不便发作,只好说:"昭哥,你要做生意啊？"

众人的目光都聚焦在中央的陈其昭身上，只见他手指轻点骰盅，漫不经心地摇了几下。待手停下，他目光直视秦行风，虽未言语，但意思不言而喻。

秦行风感觉手中的项目书又重了几分。

紧接着，陈其昭揭开骰盅，两枚骰子相加，数字是9。

陈其昭笑道："你手气可真不怎么样。"

颜凯麟在一旁起哄："来，干了这杯，给他满上。"

秦行风面前的玻璃杯被斟满酒，周围人的起哄对象从陈其昭转到了他身上。他控制着自己的表情，一饮而尽，再次抬头时，发现坐在对面的陈其昭仍在注视着他，还摇了摇手中的骰盅。

陈其昭这是在搞什么名堂？

见秦行风没有回应，陈其昭的目光转向程荣，随后又往骰盅内添了几颗骰子，语调轻松地说："一个人玩多没意思。"

"来吧。"

"今天把昨天的补上。"

"再开两瓶。"

秦行风刚要开口："我……"

颜凯麟打断道："你什么啊，来，再满上，我们继续。"

有人说道："行风哥其实不太能喝酒。"

颜凯麟略有不快。

陈其昭望向秦行风："行风哥不擅长喝酒？我以前看你挺能喝的。"

颜凯麟一听陈其昭这么说，立刻拉下脸："不喝酒来干什么？在旁边光看热闹吗？能不能行了？"

"没关系。"秦行风扶了扶眼镜。白衬衫穿在他身上恰到好处，总给人一种简洁纯净、与这环境格格不入的感觉。

可颜凯麟不吃他这一套，他又叫服务员上了酒，跟其他人玩了起来。

陈其昭与颜凯麟碰杯。

秦行风被迫加入了这个游戏，看着面前几乎满杯的酒和旁边已被众人遗忘在脑后的项目书，这与他的预期截然不同。他下意识地猜测陈其昭或许知道了些什么，但转念一想，回溯网上聊天时陈其昭表现出的兴趣以及程荣的坚定保证，又感觉不似如此。可为何陈其昭的态度前后反差如此之大？

"三个六！"

"四个六！"

"开开开！"

这只是刚刚开始，既然是玩骰子罚酒的游戏，自然有人喝得多，有人喝得少。

一旦玩开了，年轻人便畅所欲言。

"说到投资嘛，小昭都跟行风哥合作了，行风哥以后有赚钱的路子别忘了带上兄弟们啊。"

秦行风答道："有好的项目一定会告诉你们的。"

"我老子最近在搞医疗投资，听说前景不错。"

"听说咱们市要搞新兴区是真的吗？"

秦行风喝下第四杯倒得满满的酒，目光转向陈其昭。身着黑色外衣的青年的肌肤十分白皙，他神情自若，握着骰盅的手轻轻摇晃，眼前的那杯酒一直没动。

察觉到秦行风的视线，陈其昭忽而一笑："说到这事，陈时明最近在关注C市的项目呢。"

"C市的项目？小昭说说呗。"

"我哪里清楚这些，他和老爷子聊得起劲，我最烦这些了。"陈其昭语调未改，言语间满是对这个话题的不以为意，"该谁了？"

颜凯麟接话道："喝酒还谈什么正事，小杰，轮到你了。"

秦行风捏着酒杯，感受到酒劲渐渐上来了。不过半个小时，他已略显醉态。

"行风哥要去哪儿？"

"我去下洗手间，你们继续。"秦行风起身说道。

秦行风已经很久没这么被动过了，他清楚程荣这些人喝醉玩疯之后的状况，因此每次参与酒局，他都尽量控制酒量。但颜凯麟是个意外，他之前没跟颜凯麟接触过，颜家这位小公子经常不按常理出牌，言谈举止间透着一股霸道，除了陈其昭外，几乎不给任何人留情面。

颜凯麟似乎已留意到了他，每次都执意为他斟满酒杯。

明明年龄相仿，颜凯麟却比陈其昭更难以应对。秦行风从未遇见过如此不讲道理的人，并且此人颇擅长玩乐，所选之酒酒精度数都不低。鉴于目前他还不能得罪颜家，只好硬撑着继续喝下去。

洗手间里明显凉快许多，秦行风在洗手池前捧水洗了把脸，混沌的头脑稍微清醒了些许。

"行风哥，酒量真不错啊。"一旁突然响起声音，秦行风侧头一看，发现陈其昭不知何时已站在身旁。

秦行风诧异道："你……你怎么在这里？"

"我在这儿不是很正常的吗？"陈其昭边说边拧开水龙头，"行风哥，项目的文件我已经看过了，正好有个朋友在这方面有点人脉，我就问了他。锐振电子目前势头不错，但S市以及周围地区的市场基本上被瓜分了。"

秦行风见他说起项目，于是提起几分精神："你是担心抢占不到市场份额？"

陈其昭侧首注视着他，言语间字字意味深长："项目好是好，但锐振电子身为新兴企业，而我家也不是主要经营这个的。我朋友说后期不好推进，也难有出头之日。"

秦行风回应道："这个你不用担心，锐振电子有自己的路子和人脉，你不用担心市场问题。"

"做这个的该不会是盛家吧？"陈其昭漫不经心地问了句，"我爸跟盛家有点过节，如果盛家真的参与了这事，我担心我爸不肯给我钱。"

"那肯定不……"秦行风说到一半，忽然察觉了什么。

"不什么？"陈其昭依旧挂着那副虚心求教的表情，但语气很平静。

"……你放心，这个肯定没问题。"秦行风看着陈其昭，内心越发感到奇怪，但因醉酒而混沌的大脑使他暂时失去了判断力，他已经放弃了最初来这里的目的。莫名其妙的第六感告诉他，离开是最好的选择。他开口道，"我先回去了，合同的事改天再说。"

"你觉得明天怎么样？"陈其昭笑笑道，"你叫上你的朋友，我叫上律师，我们把合同签了？"

明明这是他想要的结果，可秦行风莫名觉得有些不舒服："行，那具体时间明天再约。"说完，他立刻离开了洗手间。

陈其昭站着没动，望着镜中映出的秦行风落荒而逃的身影，刚才的笑意已荡然无存，眼中一片深邃。他慢条斯理地洗完了手，随后将衣袖里的两颗骰子丢进了旁边的垃圾桶。

这时，镜中又闯进来另一个身影。颜凯麟走进来，见陈其昭正站在洗手池前洗手，便说："昭哥，你等我一会儿，放个水就来。"

陈其昭莫名其妙道："……你上个厕所也要人陪？"

颜凯麟已经走进隔间："这不是顺路的事吗？我们哥俩多久没聚了。我回国前还给你发了消息，结果老半天没见你回我，我还问人你微信是不

037

是换账号了。

"还有你手机是不是被你哥没收了,他们都跟我说被你拉黑了,我心想也不至于。"

陈其昭:"……"是拉黑了。

很快,颜凯麟从隔间出来,边洗手边道:"你一走程荣就直接叫人过来一起玩了,还问我喜欢年纪大的还是年纪小的。乌烟瘴气,我出来喘口气。"

陈其昭微微挑眉:"你不喜欢?"

"我爸知道了非得从国外杀回来把我抓走,喝点酒没事,玩大了我也就完蛋了,更何况我现在寄人篱下……"颜凯麟没说完,又问,"不对啊,昭哥,你喜欢年纪大的?"

陈其昭没兴趣陪小孩讨论情感问题:"走了。"

"等等我。"颜凯麟胡乱往脸上扑点水。

洗手间拐角处光线昏暗,仅有一盏悬挂在天花板上的橘黄色灯泡。陈其昭刚绕过拐角,迎面就撞见一人。他本能地停下脚步,想避开来人,却不料身后猛然传来一股大力——喝了酒有点冒失的颜凯麟刹不住车,直接将他往前推了两步。

"昭哥!"颜凯麟失声惊呼,抬头瞬间与来人目光交汇,即将出口的话语戛然而止,他显得有些手足无措,呆站在一旁,随即喊了来人一声,"淮哥。"

陈其昭猝不及防地撞上了对方,鼻子一阵酸痛。在听到颜凯麟呼喊的同时,他已抬起头,却有一只手掌适时地扶住了他。

沈于淮稳稳接住了他,语调平和地问道:"能站稳吗?"

陈其昭的目光短暂地停留在那只扶着自己的手腕上,随之缓缓上移,映入眼帘的是那位青年的面容。青年鼻梁上架着一副眼镜,身形修长,衣着整洁,与这充满纸醉金迷的会所环境格格不入。

"能站稳。"陈其昭答道。

颇为奇异的是,在四周弥漫的浓厚酒气中,他竟隐约嗅到了沈于淮身上那淡淡的消毒水气味,再细品之下,还有一抹清新的薄荷香气。

他望着沈于淮,仿佛能从他年轻的脸庞上预见他未来的模样。在那狭小阴暗的楼梯间内,四周充斥着刺鼻的清洁用品气味,外面则是一片喧嚣的骂声。二十七岁的沈于淮倚靠在门后,一双平静无波的眼睛就这样注视着他。

"嗯。"直到确认陈其昭站稳,沈于淮才收回手,转而望向一旁的颜凯麟。

颜凯麟顿时胆怯如鸡崽:"淮哥,你怎么来了?"

沈于淮没说话,只是将手机屏幕上显示的信息展示给颜凯麟看。

陈其昭从短暂的回忆中回过神来,察觉到自己已满身是汗。他就站在沈于淮跟前,视线随着沈于淮的手指向上移,清楚地看到那是一个聊天界面,其中的聊天记录附带着一张朋友圈截图,正是包间里那些狂欢的人在呼唤朋友。

颜凯麟看到了他大哥的评论,对方竟然老实回答了包间号码,将自己的位置彻底暴露无遗。他有些无语,包间里的那些人是不是脑子有问题,明明有他哥的微信好友,发朋友圈却不屏蔽他,这不是明摆着要提前把他送走吗。

"你哥看到朋友圈,让我过来接你。"沈于淮收起手机,"我记得你给我的出门理由是买书,我第一次听说这个地方可以买书。"

"这完全是个误会。"颜凯麟急于和朋友圈那人撇清关系,"我和那人没关系,只是正好和昭哥出来吃饭,遇到他们就去包间坐了一会儿。"

他朝着陈其昭拼命使眼色,趁沈于淮没留意,还在背后暗暗扯了扯陈其昭的衣服。

沈于淮闻言,目光转向陈其昭,问道:"是这样吗?"

陈其昭略一迟疑,随即反应过来,应了一声:"嗯。"

颜凯麟仿佛得到了解脱,满心感激地望向陈其昭,顺着这个拙劣的谎言继续往下编:"这不是买完书正好碰到昭哥了嘛,我们也好久没见了,就顺便过来吃了个饭。"

他编得一本正经,仿佛自己真是那个路上买书偶遇故友,便相约共餐的纯良青年。

沈于淮没有把人堵在洗手间门口质问的习惯,他后退几步让出路来,声音平静得仿佛这一切与他关联不大,只是问道:"吃完了吗?"

颜凯麟眼神闪烁,辩解道:"我有东西落在包间里了。"

陈其昭说:"吃完了。"

颜凯麟一脸蒙地看向陈其昭,心想哪里吃完了,包间里的酒才刚开呢。他想到那瓶还没来得及品尝的1976年的香槟,忍痛道:"吃……吃完了。"

沈于淮道:"我的车在外面。"话里的意思很明显,要么跟他走,要么留在这里继续消磨。

颜凯麟只好说拿完东西就走。沈于淮也没有逗留,仿佛此行只是为了完成朋友的一个委托。

沈于淮一走,颜凯麟便忍不住开始吐槽起来。

陈其昭目送对方的身影消失在走廊尽头,主动问道:"你怎么会认识他?"

"我不是说我回国寄人篱下吗……就住他那儿。"颜凯麟一脸菜色,"你也知道我们家生意大部分在国外,我哥过两个月要回国发展,我才逮着机会回来玩。沈于淮跟我哥关系好,我提前回来,我哥非不让我住酒店,就让我住他那儿。"

颜家跟沈家的关系确实不错。陈其昭对梦里的事记得不太清,仔细想想当年颜凯麟回来后好像没有单独住,说是住在他哥的朋友儿,大学似乎也在这边读的,只是后来因为闯祸被带走了。

陈其昭问:"他不是在京大读书吗?怎么会在 S 市?"

"哦,这事啊,听说是今年跟着导师来这边研究所了,我也不太清楚。反正我回来这两天,他都没怎么回家,听说是住在研究所那边。"颜凯麟叹了口气,如果不是沈于淮不在家,他也没胆子出来玩,"刚刚是不是刘凯那个浑蛋发的朋友圈?气死我了。"

陈其昭略显沉默,原来是第九研究所……原来他这么早就已经回 S 市了吗?

两人从洗手间出来,颜凯麟说:"不行了,沈于淮在外面,我得马上走,怕我哥真打电话过来查岗。"

"那就走吧。"陈其昭道,"留在这儿干什么?"

颜凯麟诧异地看向陈其昭:"可昭哥你刚刚不还玩得挺开心的吗?程荣还叫来几个漂亮妹子……"

陈其昭:"我哥这两天也查岗。"

颜凯麟露出同病相怜的目光:"我们这也太惨了吧。"

陈其昭:"你在包间里落了什么东西?"

"没落啊。"颜凯麟道,"这不刚刚还想争取点时间嘛。"

陈其昭"哦"了一声:"那去前台一趟,今晚程荣组的局?"

"对。"颜凯麟不是很明白陈其昭的意思,"去前台干吗?"

今天的夜风有点凉,沈于淮没进车里,正站在旁边透口气。聊天界面上颜凯麒接二连三地发着消息,三言两语离不开他那个宝贝弟弟,语音消息在略显空荡的露天停车场显得极其清晰。

"找到人了。"

"人好好的,你放心。"

"说是去书店,在路上遇到了朋友,就来会所吃了顿饭。"

颜凯麒道:"这种鬼话你居然也信。"

沈于淮的目光投向远方的夜幕,声音平静如常:"是啊,说得跟真的似的。"

颜凯麒接着说:"这小子现在连我的电话都不敢接,我回去之前,麻烦你帮我盯紧点,到时候请你吃饭。"

沈于淮用余光瞥见远处结伴而行的身影,其中一人正四处张望,似乎在寻找什么人。仿佛察觉到了他的注视,那两人的步伐加快,向这边走来,手里都没提东西。

颜凯麟快步走近:"淮哥,等久了吧?"

沈于淮回答:"没多久。"他的目光在陈其昭身上短暂停留,并未多问,径直说道,"上车吧。"

陈其昭跟着颜凯麟上了车,余光不经意地扫过驾驶座的位置。沈于淮解开了外套,里面穿着一件纯色短袖,神色平和且略显疏离。

车内酒精气味稍浓,颜凯麟便摇下车窗透气,一路上与陈其昭说着话。

陈其昭难得有耐心,不时回应着。

"这次回国估计要待几年,我拿到了交换生的名额,在S大就读。"颜凯麟问道,"昭哥,你去哪个大学?不会离太远吧,我记得你成绩一直很好来着。"

陈其昭答道:"不出意外的话,应该也是S大。"

颜凯麟闻言喜出望外:"那真是太好了。"他用眼角余光瞥了一眼前排的沈于淮,压低声音说,"等开学了,我就能解脱了。"

陈其昭没有接话,目光停留在前排座位的后视镜中,通过镜子能清楚地看见沈于淮的面容。

已经很多年了,是几年来着?望着那张年轻的脸庞,陈其昭心不在焉地回想起往昔。

哦对,他已经有八年没见过沈于淮了。如果沈于淮没有因意外离世,后来的自己还会不会孤注一掷,走向极端呢?

"昭哥?"

夜风徐徐,吹散了车内的酒气。陈其昭回过神来,注意到镜子中那双温和平静的眼睛:"嗯?"

颜凯麟说:"淮哥问你住哪儿,他送你过去。"

"几年没回S市,我连路都认不全了……我手机怎么没电了?"

坐在前座的沈于淮开口道:"用我手机导航吧。"陈其昭还在思索,沈于淮已将解锁的手机递了过来。

手机界面十分简洁,主屏幕上软件不多,陈其昭一眼就找到了导航软件的位置,随即打开了软件。

过了一会儿,车辆驶入主干道,沈于淮问:"弄好了吗?"

陈其昭启动了导航,默默关闭了一个后台程序:"好了。"

导航软件的电子语音在车内响起,喝醉的颜凯麟已靠在一旁沉沉睡去。

陈其昭望着窗外掠过的风景,余光偶尔瞥向前方专心驾驶的人。随即,他收回视线,心中默念起一串数字。

他记下了沈于淮的手机号码。

包间内纸醉金迷,服务员敲门进来,送来了几瓶酒。一群沉浸在快乐之中的年轻人丝毫没有察觉包间的变化,一个个喝酒玩骰子耍得尽兴。等他们反应过来的时候,已经过了半个多小时,程荣后知后觉地发现包间里似乎少了两个人。

程荣问:"陈其昭和颜凯麟呢?"

有人应道:"啊?他们不是去洗手间了吗?"

"去了好一阵子了吧……"

"好像是的,大家都没留意。"

"哈哈,该不会是喝吐了吧,有没有人去看看?"

"哦,我刚看到颜凯麟的信息,说他和陈其昭先走了,让我们继续玩,开心点。"

程荣也喝嗨了,没空去管颜凯麟与陈其昭是否还在场。这两位祖宗提前离场,倒也省去了他费心安抚的时间。

一直玩到半夜,一群完全玩尽兴的人正准备离开,却被服务员拦下:"您好,这是今晚的消费账单。"

服务员接着问:"您是刷卡还是付现金呢?"

程荣一时错愕:"陈其昭他们没结过账吗?"

服务员笑了笑,没说话。

程荣见状,眉头紧锁。往常这类聚会,都是陈其昭抢着买单。

他道:"刷卡吧。"他递上卡,等付完钱,看着手机上弹出的消息,他愣了,"怎么这么多?!"一下刷了近百万。

周围人看过来,程荣这才认真地看了账单,发现其中多了几瓶珍品香槟,他惊愕道:"这些哪里来的?!"

旁边有个人凑上来,道:"这个啊,前台送进来的,好像是陈其昭他们点的,说是让我们喝个尽兴。"

签合同的地方选在一个安静的商务会所里,秦行风带着特意加工过且不见破绽的合同来到包间时,宿醉的脸上还带着几分疲惫和萎靡。

锐振电子的负责人姓王,也就是秦行风口中所谓的"朋友"。进包间的时候,他的目光第一时间锁定了沙发上正在玩手机的男生,一如传闻中的放荡不羁、穿着随意,裤子上挂着条大链子,与他那天之骄子的哥哥陈时明有着天壤之别。

王负责人自然不会直言,他面带微笑,随秦行风上前寒暄,这时才发现陈其昭带了两个人。二人皆身着正装,举手投足间尽显职业风范,不出所料,应是陈其昭找来的专业人士,专为审核合同而来。

几人互相介绍后,才谈到了合同上。

"行风哥,真不好意思,昨晚走得匆忙,没能和你多喝两杯。"陈其昭的目光在秦行风身上短暂停留,随即转向一侧体态略显富态的王负责人,笑着道,"第一次搞这个,不太懂,就请了两位法务人员帮我把把关,你们不会介意吧?"

王负责人回应道:"哪里话,谨慎行事本就应当。有任何疑问或需求,我们都可以协商调整。"

一旁的两位法务人员交换了一下眼神,随即接过合同,开始仔细研究起来。

他们都是陈家的法务团队成员,来之前被徐特助特别叮嘱过,一切都要遵照陈二少爷的安排进行。原本以为此行只是为了审核一份商业合作协议,不料进入包间后,陈其昭寥寥数语便向他们提出了好几项要求,核心内容概括起来就是两点——提高违约代价及增加对己方有利的条件。

这份合同的倾向性过于明显,若非陈其昭在与他们交谈时表现出一副漫不经心的样子,还与其他人在一旁闲聊,他们几乎要怀疑坐在对面的并非陈其昭本人。

彼时,他们曾建议:"这些条件设置得过于严苛,对方可能不会接受,我们是否应该调整谈判策略，使之更为灵活？"

陈其昭轻松回应："放心，他们会签字的。"

果不其然，在他们提出要求后，那位姓王的负责人脸色就有点不好了："这事儿我得先和我们老板确认一下。"

对此，陈其昭欣然应允。

包间内，除了两位法务人员压低声音的讨论，一片寂静。

陈其昭则专注于玩着手机，相较于合同的进展，他似乎对玩手机更上心。秦行风望着此刻的陈其昭，不禁回想起昨日在洗手间偶遇的那一幕，至今记忆犹新，总感觉哪里有些不对劲……难道这只是他的错觉？

陈其昭略显不耐烦地说道："好慢啊。"

"我出去看看。"见王负责人没回来，秦行风走了出去，却发现对方正在打电话。

"临时提的条件，初步看没什么大问题。"王负责人毕恭毕敬地跟电话那边的人说着，"他找了两个人过来，应该是专门负责审合同的，提的问题都很专业，我们合同上的问题也都被挑出来了。"

说了一会儿，似乎已经得到对方的同意，王负责人才挂断了电话。

秦行风在一旁静观其变，说道："陈其昭这两天的态度有些古怪。"

"乳臭未干的小子行为古怪很正常，这份合同我们必须与他签，你要明白，我们签约的对象不是他个人，而是整个陈氏。"王负责人语气不善，"陈其昭无足轻重，他父亲和兄长才是关键，但毕竟他是陈家的一分子，借他的名头好办事。别忘了我们最初的规划，这个项目仅是个开端。"

王负责人又道："你怕什么，你只需要哄着那小屁孩。你这件事办得好，你干爹肯定对你青睐有加，到时候别说一个小公司了，你想要秦家也不是不行。"

想到秦家，秦行风点了点头。

没过多久，王负责人回来，说条件大部分可以商量，只是有两点需要改动。

两个律师见状有些讶异，纷纷看向陈其昭。

陈其昭并不担心这两人不签。秦行风昨天无意中透露的几句话，显然表明锐振电子背后有靠山，无须担心市场渠道，也无须顾虑前期运营成本。若在S市能走得通，且靠山并非盛家，那么剩下的可能性便只有少数散户和林氏了。通常情况下，旁人很难将此事与林氏联系起来，因为锐振电子表面上与林氏毫无关系。但若对方愿意妥协，那么幕后之人非林士忠莫属。

手机界面上弹出颜凯麟的消息,自从昨天回去后,他就把颜凯麟从黑名单里放出来了。颜凯麟很喜欢聊天,从昨晚到现在,两人的聊天就没断过。

颜凯麟:"无语了,沈于淮今天竟然不用去研究所,看样子晚上没法跟你一块儿吃饭了。"

陈其昭问沈于淮为什么不去。

颜凯麟回复道:"他说今天休假,我之前以为他在研究所挺忙的,现在看来也没那么忙啊!工作日竟然不用去。"

那是当然,沈于淮目前还是一名学生,去研究所大概率是参与导师的项目。

陈其昭简单地回应了颜凯麟两句,随后点开了另一个页面。手机通讯录里新添了一个号码,只是他没有合适的理由拨打出去。他现在跟沈于淮又不熟,顶多算是搭过顺风车的关系,请吃饭都显得有点刻意。

见陈其昭点头,两位法务人员也明白了自己的任务,再次与对方商讨起具体条款细节。

等到尘埃落定,颜凯麟已经和陈其昭聊到今天晚上吃什么了。看到对方发来的丰盛菜式,陈其昭的肚子也有些饿了,他回复道:"看起来不错,哪家的外卖?"

颜凯麟:"什么外卖,沈大厨亲自下厨。"

陈其昭回复的手微微一顿。

颜凯麟:"你别说,还真挺好吃的。"

这顿只有两个人的晚餐,难得的是沈于淮亲手做的三荤一素。颜凯麟拍完照,忍不住跟小伙伴分享,还乖巧地发了一条朋友圈夸了一番。

他拿着筷子,边吃边不忘看手机,见到哥哥颜凯麒点赞后,才放了心。想起另一件事,他又嘀咕道:"奇怪,怎么没回我了?"

沈于淮疑惑地望向他:"你哥?"

"不是。"颜凯麟举起手机寻找信号,"是昭哥,刚才还说饿,我发了照片后就没回我了。"

徐特助抵达会所门外,此时手机屏幕亮起,两位法务正通过信息向他汇报合同进展,谈判似乎颇为顺利,甚至有些过于顺畅。远方霓虹灯闪烁,路边灰尘不减反增,在时间又过了十分钟后,他终于按捺不住,向团队成员发送了信息。

在车辆喧嚣与人声鼎沸中,一个声音突然插入:"小徐?"

徐特助抬头望去,见不远处立着一人,不由得诧异道:"蒋哥?今天

045

休假吗？"

来人姓蒋，是陈建鸿的得力助手。徐特助刚入行的时候，曾在对方手底下历练过一段时间，因此对他十分佩服。

"嗯，刚结束出差，休息两天，你这是在忙吗？小陈总在里面吗？"蒋哥穿着休闲服，手里还拎着袋子，似乎是刚刚从隔壁商场出来。

徐特助带着笑脸："不是，我过来接人。"

蒋哥若有所思，又问："是二少吧？"

徐特助点头。

蒋哥拍了拍他的肩膀："你加油，加班辛苦了。"

徐特助干笑几声，远远地看到有人出来，他应了一声，匆匆地跑了过去。

蒋哥的目光随着徐特助的身影看去，最后停在会所门口，脸上的笑意淡了几分。但他只是停留了一小会儿，很快就从会所门口离开了。

陈其昭从会所出来，见到徐特助还有点意外，听闻是陈时明吩咐他来的，眼神中又添了几分疑惑："他怎么说？"

徐特助斟酌着道："说是有事，今晚要接你回去吃饭。"

陈其昭注视着他："原话？"

徐特助想到办公室里上司那张冷脸，又看着眼前不好相处的小霸王，马上改口："谈完之后把人带回家，别让他去外面鬼混。"他补充道，"老板的原话。"

陈其昭："是他一贯的风格。"

徐特助没敢说话。

陈其昭问："还不走吗？"

徐特助如蒙大赦："这边请。"

夏蝉鸣叫，酷热使空气显得沉闷。陈其昭心不在焉地玩着手机，略过那些不重要的信息，当刷到张雅芝与陈时明的消息时，他的目光不禁微微一顿。

陈时明半个小时前发了消息，说让助理去接他。张雅芝则问几点到家，说准备了大餐，让他别在外面耽搁太久。

陈其昭醒过来已有一阵，看到这些信息时还有点不太习惯。

窗外的风景快速倒退，离目的地越来越近。陈其昭到家的时候已经是晚上八点，他的视线习惯性地扫过昏暗的车库，发现离门口较近的某个一直空着的车位上停了车。他微微疑惑地看着别墅，今天有客人吗？

046

往常，张雅芝也常邀请闺密来家中聚餐，陈其昭并不以为意。然而，刚踏入别墅不久，一个熟悉的声音便传入耳中，令他微感诧异。他缓步至会客厅门口，只见沙发上多了一个人。

男人似乎刚从外面回来，还穿着西装，旁边放着一个公文包。年过半百，身材略微发福，和陈时明说话的时候皱着眉，挂着一张严肃的面孔。

注意到他的目光，男人停住话题看向他这边："回来了。"原来是他爸陈建鸿。

陈建鸿的语调几乎没有起伏，就像他回家只是一件非常平常的小事，点点头，就算是打过招呼了。

张雅芝道："小昭回来了？"她说完，拉着身旁的丈夫夸赞道，"你不知道，小昭最近也在考虑投资做生意，今天这么晚回来就是因为去跟人谈项目签合同了。之前就跟你说过，不用担心孩子们，他们一个个机灵得很，都有自己的主见。"

陈建鸿的神色没有多大变化，只是目光在陈其昭身上停留了片刻："是吗？"

张雅芝道："孩子懂事你就不能夸两句吗？"

陈建鸿还是那个态度："得做出成绩来，投资有钱都能做，能不能做好那才是本事。"

现在这个时间陈其昭和陈建鸿可能只是几天没见面，但在陈其昭的记忆里仿佛已经过去了十几年的时间，久到他差点想不起来陈建鸿的模样。

张雅芝是慈母的典范，而陈建鸿则如同教科书里描述的严父。

自幼年起，陈建鸿便总是一副不苟言笑的面孔，态度严厉且要求严格，他在教育孩子的方式上与陈时明如出一辙。对于正值青春期的陈其昭而言，这种严苛的表达无异于一枚定时炸弹。他与大哥关系不佳，与父亲的相处也并不融洽，甚至偶尔会故意挑衅，试图挑战陈建鸿的权威，妄图从这张严厉的面孔上看到其他的情绪。

然而，不管如何叛逆，在陈其昭心中，陈建鸿始终是家中那座不可动摇的山峰，直到有一天，这座山崩塌了。

陈其昭至今记忆犹新的是陈建鸿被送入医院的那天，他站在急救室外的走廊上，母亲和大哥在一旁焦急地与医生交谈，而他只是呆呆地站着，甚至天真地认为父亲进入急救室也没关系，只要救治过来一切就会好起来。

但世事难料，陈建鸿不久后便离世了。

客厅里并不安静，张雅芝在跟管家交流今晚的菜式，陈时明随意地坐在沙发上,与陈建鸿讨论工作时依旧是那副有些讨人厌的语气……如果不跟别人家比较,这大概也算他们这种家庭所谓的其乐融融。

张雅芝向管家交代完毕,转头之际,察觉到陈其昭并未像往常那样径直上楼,而是坐在客厅沙发的一隅。他只是静静地坐着,既没有玩手机,也没有参与到陈建鸿与陈时明的对话中。

少了些虚张声势的架势,显得安静又懂事,张雅芝在感到欣慰的同时,却又莫名生出几分疏离感。她对自己的这种感觉感到有些奇怪,按理说孩子懂事本应是件值得高兴的事,她怎么越想越远了?

到了吃饭的时候,这种莫名的疏离感变得更加明显。

陈其昭:"我吃饱了。"

张雅芝急忙道:"别忘了吃药,还有,你中午是不是忘了换药?"

"知道了。"陈其昭拿着手机,"我就先上去了。"

说完人就走了,张雅芝把目光放到陈时明身上:"你跟你弟又吵架了?"

陈时明诧异地看向他妈,语气一如既往的平静:"我不认为我们俩吵架了还能相安无事地坐在一桌吃饭。"说完,他又补充道,"不过,他今晚确实很安静。"

陈建鸿收回目光:"他做的那个项目不顺利吗?"

陈时明想了想回答:"小徐跟我讲进展还挺顺利的。"

张雅芝百思不得其解,排除了几个可能性后,她问陈时明:"那他做项目的资金是哪里来的?"

陈时明微微一顿,望向张雅芝:"不是你给的吗?"

张雅芝转而看向陈建鸿,陈建鸿直言道:"我没给过他。"

陈其昭上楼后才感到一丝放松,他担心再坐下去会忍不住多嘴。

陈建鸿刚出差回来,他并不想在这样的家庭聚会上弄得不愉快。

在他的记忆中,一家人能够和和气气坐在一起吃饭的场景,大概就只有他上初中那时候了。那时,陈建鸿和陈时明的工作还没那么繁忙,偶尔还能一起吃顿饭。但后来,随着陈建鸿和陈时明的工作越来越忙,回家吃饭的次数越来越少,就算聚在一起吃饭,多半也是在谈工作。

年轻的时候,他不理解,在家还谈工作,他们怎么不直接把公司搬到家里来?后来,他和陈时明的矛盾越来越大,饭桌上任何一点小事都能成为兄弟吵架的理由,别说和睦吃饭,少说一句就能算和平。

楼下的声音已经被隔绝,陈其昭停止回想以前的荒唐事,把合同文件锁进抽屉,他已经加上了那位负责人的联系方式,邮箱里收到了对方发来的部分文件。

签合同的时候，秦行风的态度到底还是透露了不少事情。虽然现在没有直接的证据，但他基本能确定秦行风跟林士忠脱不了干系。陈其昭以前没查出这一层关系，但如果顺着这个思路往下想，林士忠派人来接近他的目的很明显只能是陈氏集团。

也许这个看似无足轻重的小项目，就是林士忠埋进陈氏集团的一枚定时炸弹。

陈其昭了解林士忠，接下来秦行风和那位姓王的动向他也应该能猜个大概……他要做的就是放长线钓大鱼，然后再把这件事通过徐特助报告给陈时明。

事情还很多。

陈其昭把电脑文件缩小隐藏，打开了另一个页面，搜索脑出血的相关资料。要求张雅芝去体检和要求陈建鸿去体检完全是两码事，他现在毫无缘由地让陈建鸿去医院做全面体检，多半会吵起来。陈建鸿当初突发脑出血，虽说人至中年难免有些小毛病，但突发性疾病与平日里的不良生活习惯也有关系。

看着屏幕上越来越多的注意事项，陈其昭忽然感到处理这件事比处理秦行风的事情棘手多了。

就在这时，门外传来了敲门声，进来的是管家张叔。

陈其昭不解地看着他："我已经吃过药了。"

管家的托盘上摆放着一碗颜色很深的药液，旁边还放着两杯热气腾腾的茶水，解释道："这是夫人特意为您熬的补药，说是能够补血养气，叮嘱您务必要喝。"

见陈其昭没有动静，管家本以为需要费一番唇舌劝他服药，不料话还没出口，就见眼前的人单手端起碗，试了试温度，随即一饮而尽。

陈其昭喝完，见管家还没走，便问道："还有别的事吗？"

管家端着托盘的手上还提着一袋伤药，回答说："伤口发炎需要定期换药，绷带也该经常更换。"

"药我一会儿自己换。"陈其昭想起张雅芝之前的叮咛，从管家手中接过药，又随口问道，"他们已经吃完饭了吗？"

"夫人在打电话，先生和大少爷去书房了。"管家适时解释道。

陈其昭的目光停留在两杯茶上："是给他们送的？"

管家笑了笑，没有说话。

陈其昭没有再多问,拿着药关上了门。眼角余光瞥见尚未关闭的电脑屏幕上显示的网页内容,他脚步一顿,转身又打开了门,喊住了管家:"等等。"

管家问道:"还有什么事吗?"

"没日没夜地工作,还真当自己是年轻气盛的十八岁呢。"陈其昭的目光在茶水上停留了片刻,有些不自在地说,"大晚上的喝什么茶……随便弄点有助于睡眠的给他们送去。"

陈家书房外响起了敲门声。

"进。"

书房内的长桌旁,两个男人一坐一立。

陈时明疲惫地揉了揉眉心,看到管家送水进来,只是看了一眼,便继续说道:"这个项目我已派人继续跟进,有新的调整是好事,我会让人再修改一下合同,如果没问题就发给对方确认……"

"这件事交给你安排。"见管家到来,陈建鸿吩咐道,"老张,明天让司机提前半个小时过来。"

陈建鸿已不再年轻,眉宇间透露出些许岁月的痕迹,但多年商海沉浮所积淀的强大气场依然不减。他不苟言笑时,总能给人带来莫大的压迫感,即便是在家中书房,一旦涉及工作话题,他总是异常严肃认真。

管家即刻回应:"好的,我马上去安排。"

管家在陈家服务已有二十来年了,追随陈建鸿多年。他亲眼见证了集团在陈建鸿的掌舵下日渐壮大,发展至今日的宏伟规模。大少爷陈时明就是陈建鸿手把手带出来的,父子俩性格颇为相似,陈时明行事果断的风格很大程度上得益于陈建鸿的教导。

陈时明讨论许久,有些口干舌燥。他正想拿茶水,忽然瞥见什么,眼神顿了一下:"张叔?"

管家张叔端着的托盘上放置着四个杯子,原本的茶水并没有撤掉,而是在此基础上增添了两杯牛奶。他委婉地解释道:"大少爷,这是茶,另外一杯是牛奶。"

陈时明显然知道那东西是牛奶:"是我妈让你送来的?"

管家欲言又止:"不是夫人吩咐的。"

察觉到陈建鸿投来的目光后,管家又补充道:"牛奶是二少爷让送过来的……说是有助于睡眠。"

书房里两人同时沉默了，过了一会儿，陈时明问道："他喝酒了？"
管家回忆了陈其昭的原话和神情，做出判断："应该没喝。"
陈时明："……"
他并不认为陈其昭这状态像是清醒的，这种不可思议的行为更像是在梦游时做出的。
管家一时难以揣摩他们的想法，在他犹豫是否撤走牛奶时，陈时明开口道："风险方面我再准备三个预案，我先回去休息了。"言罢，他端起一杯牛奶，离开了书房。
管家望向一旁的陈建鸿，注意到陈建鸿的眼神在牛奶上短暂停留，面容平静无波，他小心翼翼地问道："先生，需要我把牛奶撤下去吗？"
陈建鸿继续看文件，声音如常："放着吧。"

时针已指向晚上九点，拨打第三次电话后，对方终于接听了。颜凯麟一听电话那头传来昭哥的声音，原本萎靡的精神瞬间振奋："你总算接电话了，我都快无聊死了。"
"刚刚在洗澡。"陈其昭身上还残留着些许水汽，他拆下贴在伤口上的塑料薄膜，开启了扬声器。
颜凯麟："程荣那小子又给我发消息约我出去，你晚上会去吗？如果你去，我就偷偷溜出去。"
"我不去。"陈其昭拆掉塑料薄膜后，拿起剪刀开始拆绷带。
伤口的位置都在手臂的正面，一个人上药处理起来很方便，只是绑绷带要费点时间。他一边应付着电话那头十八岁小孩的牢骚，一边给自己进行清创上药。
"算了，沈于淮还没睡，我怕我前脚出门，他后脚就给我哥告状……"颜凯麟喋喋不休地说着，又问道，"你那边什么声音？还有，你声音怎么这么小？你该不会一边跟我聊天，一边在干坏事吧？"
陈其昭回答："在给伤口上药呢。"
颜凯麟猛地坐起，音量提高了八度："不是吧，你被你哥打了？陈时明这么凶？！你没被你哥打死真是万幸。"
陈其昭："……挂了。"
颜凯麟哪肯让陈其昭挂电话，立刻提出要开视频，死缠烂打要看陈其昭的伤口。陈其昭被他吵得有些烦躁，但大概是颜凯麟送钱的情谊够重，他对颜凯麟的忍耐程度出奇地高。

实在不想再听颜凯麟啰唆，当第三次视频邀请弹出时，陈其昭妥协了，接受了视频请求。

颜凯麟原以为处理伤口只是开玩笑，直到亲眼看到陈其昭的伤口，他倒吸一口冷气："哪个浑蛋把你伤成这样，这伤口太深了，你自己能处理好吗？"

在酒吧那晚，他完全没有注意到这个伤口。

"有这伤口你还敢喝酒？！"

"昭哥，你对自己的伤口能不能温柔点？"

"你上药了吗？阿姨在家吗？还有你家那位管家，叫什么来着，张叔……"

沈于淮从浴室出来时，就听见了颜凯麟的声音，对方坐在他小公寓的沙发上，眼睛紧盯着手机屏幕，用夸张的语气说着话。他微微蹙眉，正打算提醒颜凯麟去洗澡，走近一看，却注意到了手机摄像头里的情景。

手臂上的伤口显眼，缝合线的痕迹交织在白皙的肌肤上，和药物及血渍混杂在一起。少年赤裸着上身，嘴里咬着绷带，一只手握着绷带另一端，正忙着给自己的手臂做包扎。湿漉漉的头发粘在脸上，发梢仍在滴水，他的眼睛半垂，包扎的动作显得生疏而粗犷。

陈其昭处理完伤口，耳边是颜凯麟持续不断叽叽喳喳的说话声，正打算结束视频通话，手指刚伸向挂断键，却猛然发现颜凯麟身后穿着睡衣的沈于淮。

摄像头另一边的男生皮肤白皙，身材瘦削，肌肉线条优美流畅。沈于淮的视线从对方已经缠绕好的绷带上移开，除了伤口，还能看到对方手臂上的肌肉，应该是经过锻炼，身体素质看起来非常不错。

他的目光与摄像头对面的陈其昭对上。或许是他的错觉，沈于淮觉得对面的陈其昭眼神有些奇怪，但对方的目光并未回避。

这种平静的对视引出了一丝莫名的尴尬，沈于淮收回目光，略带歉意地点了点头，随即迅速从陈其昭的视野中消失，镜头后展现出颜凯麟身后简约风格的客厅背景。

颜凯麟完全没有察觉到这一小插曲，他对兄弟身上的这个"光荣勋章"十分好奇，开始追问伤口的来历。然而，下一刻，通话界面突然弹出了挂断的提示，颜凯麟惊讶地睁大眼睛，连忙再次发起视频通话请求，却未得到回应。

"这里的信号也太差了吧，视频通话也能断？"颜凯麟拿着手机四处寻找信号,一回头就看到不远处站在卧室门口的沈于淮,吐槽道,"淮哥,你家Wi-Fi信号怎么这么差?"

沈于淮的视线从他手机上移开,建议道:"或许你可以考虑下次视频聊天时换个地方。"

颜凯麟一脸困惑:"啊?"

浴室里,陈其昭面无表情地用胶布固定好绷带的边缘,余光捕捉到镜子中反射出的视频通话请求,但他并未接听,直至电话因无人应答而终止,一切渐渐归于平静。

屏幕暗下,陈其昭的视线仍停留在手机屏幕上,脑海中浮现出年轻时的沈于淮。

在他记忆里,几乎没见过沈于淮穿睡衣的样子,更没有和沈于淮进行过视频通话。在梦中两人交往最为频繁的那段时期,沈于淮的科研项目正处于关键阶段,而他则没日没夜地为陈氏集团奔忙,仅在每晚临睡前才互回信息。

那时,他们似乎很少发送语音消息,更不用说视频通话了。

浴室里略显狼藉,陈其昭将沾染了血迹和药物的绷带扔进垃圾桶,返回卧室。

或许是因为睡前见到了沈于淮,陈其昭做了一个梦。

梦中的他处于二十七岁的年纪,那一年对他而言,堪称职业生涯攀升的关键阶段。彼时,他还在为过往的债务关系苦苦挣扎,几个项目推进屡遭挫折。然而,意外地,一笔来自海外的投资让他的境况首次出现了转机。他奔波在各个生意场上,目睹着项目逐一顺利推进,满心欢喜地将这一喜讯告知了沈于淮。

当时,沈于淮正因参与一项机密项目而处于封闭状态,陈其昭发出的信息总是要许久才能得到回复。起初,他并未对此过分在意,还以为如同往常一般,只需再多等待几日便会收到沈于淮的消息。然而,最终他没有等来回信,等来的却是震惊一时的实验室事故,以及沈家幼子不幸遇难的噩耗。

而他与沈于淮最后的聊天记录满是刺眼的喜悦,仿佛印证了林士忠恶毒的话,他命硬,跟他有关系的人都不得善终。

厚重的窗帘夹缝中透出几缕阳光,陈其昭从梦中惊醒,坐在床上沉默了几分钟,随后下床走向浴室洗漱。一觉醒来,镜子里映出的脸庞带着些许疲倦。陈其昭凝视着镜中的自己,即便皮囊变得再年轻,他也无法重拾真正无忧无虑的时光。

如今，距离他二十七岁还有些时日，他和沈于淮也并未发展成时常聊天的好友。

洗漱完毕后，他才注意到昨晚被遗落在浴室的手机。习惯性地解锁查看信息时，猛然发现几条未读短信。

"张雅芝已通过××银行向您尾号为1234的储蓄卡转入1,000,000.00元，当前余额……"

"您尾号1234的储蓄卡收到××银行转入的款项，金额为2,000,000.00元……"

"陈时明通过××银行向您……"

一连三条来自不同账户的转账信息，似乎是银行那边的提醒，显示有延迟，三条信息几乎在同一时间点涌入，都是在凌晨时分。陈其昭的脑子因此清醒了几分，现在不是每个月发放零花钱的时候，如果没记错的话，他也没跟谁提过没钱花，这三人没事给他打钱干什么，大清早的做慈善吗？

他一边漫不经心地想着，一边随手点开了微信，发现颜凯麟已经发来了二十几条未读消息。

"沈于淮家的网速也太差了，和你聊个天都能断线。"

"我本来还想帮他升级网络套餐，让他换个好点儿的网，结果他倒提议我下次视频聊天换个地点。"

"我严重怀疑沈于淮对我有意见。"

"昭哥，你还在吗？我这儿网终于好了，能聊天了。"

……

面对这二十多条消息，陈其昭也不知自己哪来的耐心，竟然全部看完了。看完后，他回复道："他对你有什么意见？"

消息甫一发出，颜凯麟几乎是秒回："你总算回我了！"

陈其昭随即又问："你今天起得这么早？"

颜凯麟大大方方地说："我没睡啊！"他回复陈其昭，"也不知道怎么形容，那种感觉……昨晚我本来还想说网速太慢，要不要升级个套餐之类的，结果他建议我下次视频聊天换个地方。"

"倒不是说他对我有意见，怎么说呢，感觉他那样的人可能不太会喜欢我这种性格。"

陈其昭的目光停留在"性格"二字上，随即打字问道："那他现在喜欢什么样的性格？"

"可能更喜欢乖一点的吧，就是那种很听话的类型。我上次看到他和一个学弟来家里，那学弟就是这样的性格，沈于淮对他特别和气。"

颜凯麟发完消息，又追问："你问这个干吗？等等，昭哥，你刚起床？你现在怎么睡这么早！"

乖一点？

陈其昭收敛起眼中的异样，若无其事地转换话题："问你个事，你哥会给你打钱吗？"

第三章 乖一点

陈时明今天起得有点晚，不过难得的是睡眠质量还不错。刚一出门，他就听见不远处的房门开启的声响，陈其昭从房间里出来，边走还边看着手机。

这是一件罕见的事，陈其昭以前不上学的时候经常睡到日上三竿，高考结束后更是经常与人外出鬼混，通宵达旦的玩耍是家常便饭。今日他似乎没有外出的打算，身上仍旧穿着宽松的睡衣，挽起的袖口下，隐约可见包扎得颇为显眼的伤口。

陈时明望着他，不由自主地联想起昨晚他在餐桌上那异常平静、未挑起任何争端的场景，以及半夜吩咐张叔送牛奶的古怪行为，无事献殷勤，非奸即盗。

懂事固然是好事，尽管陈时明对此颇不适应，但他不得不承认，相比过去，如今作息规律、让人省心的陈其昭确实让他感到舒心了不少。

"早。"陈时明主动打了个招呼。

西装革履的陈时明已经收拾妥当，一副典型的精英形象。他此刻停在陈其昭不远处，显然在等待对方的回应。

正玩手机的陈其昭闻声抬头，眼中闪过一丝讶异，余光迅速扫过手机屏幕。聊天记录中，颜凯麟连续发送了几条信息，而他们讨论的焦点正是陈时明。对于兄友弟恭，陈其昭并无太多经验，张雅芝给他转账尚可理解为零花钱，而陈时明的转账行为则显得十分异常。

"什么？你哥给你打钱了？"

"他是菩萨转世吗？"

"我哥要是给我打钱，我都要怀疑他是不是上班上傻了。"

"遇到一个主动给你打钱的大哥不容易，且行且珍惜。"

陈时明看到陈其昭略显怪异的目光："你什么眼神？"

陈其昭"哦"了一声："没，我在想你是散财童子还是菩萨转世。"

陈时明："……"

高考后漫长的假期，对陈其昭而言却过得飞快。与锐振电子的合作启动后，进展迅速，毕竟这是一个"前景和技术"都不错的项目。陈其昭加入时，项目研发已经告一段落，因此不久后，他便见证了短期盈利的成果及业务蓬勃发展的未来。

这是常规操作，先给予一点甜头，进而吸引他投入更多资金，美其名曰扩大规模，拓展市场。

但也因此，他在锐振电子的部分营销策略中发现了一些林氏集团运作的痕迹。陈其昭对林士忠名下部分子公司的了解颇为深入，有些事情看似悄然无声，实则已是公开的秘密。

陈其昭顺其自然地进了这个套，并随即把这个消息递给了徐特助。徐特助没有多言，但他心里清楚，这条信息很可能已经摆在了陈时明的办公桌上。

十八岁这年的短暂暑假宣告结束，高考的录取结果早已揭晓。

开学当日，阳光灿烂，天气晴好。九月的S市依旧炎热，一番报到流程下来，难免让人出了一身汗。

办完入学手续后，陈其昭去宿舍放行李。彼时，陈建鸿与陈时明都忙于工作，唯有张雅芝抽空前来。陈其昭申请的是单人间，便于进出，加之他的行李不多，很快便整理妥当。

张雅芝在S大校园里转了一圈，想到陈其昭住校后回家的机会将大大减少，便忍不住叮嘱道："其实这里离家不远，如果不习惯住校，随时可以回家。"

陈其昭回应："我知道。"

张雅芝没逗留太长时间，她原本还想和陈其昭吃个午饭，无奈工作室那边出了点状况，必须立即回去处理。

陈其昭收拾好东西，正打算随便找个地方解决午餐，就听见门口传来一阵异样的声响。

057

他走到门口查看情况,一推开门,就看见沈于淮正站在他的正对面。

听到动静,沈于淮侧过头来。他今天没戴眼镜,身上穿着一件浅绿色的运动T恤。

"又见面了。"沈于淮说道,"中午好。"

陈其昭望着他,略作一秒停顿后回应:"中午好。"

与此同时,锐振电子的某间办公室内,王负责人刚挂断电话,他望向站在落地窗旁的秦行风,直接说道:"上头指示我们可以行动了,陈氏集团近期在尝试涉足其他领域,这个项目正好可以作为合作的切入点。你最近和陈其昭的关系怎么样?找个合适的时机约他出来喝酒,让他设法去说服他父亲。"

秦行风闻言迟疑道:"会不会过于激进了?"

"不会,他和陈时明关系不好,如今有个机会能让他放手做项目,又可以在他老子面前出风头,他怎么会不去?"

王负责人觉得秦行风这人什么都好,就是有时候做事畏首畏尾,"现在只要能跟陈氏集团接上轨,想在陈氏内部做手脚就容易多了,别忘了我们还有人在陈氏集团里。"

"陈建鸿和陈时明确实难对付,但有时候这些人过于孤高自傲,总不把一些小事放在眼里。"王负责人走过去拍了拍秦行风的肩膀,语气轻松,"陈其昭是个蠢货,用得好就是我们的敲门砖,你觉得等到这个项目和陈氏扯上关系的时候,陈建鸿会不出手来填这个无底洞?"

秦行风低头沉思。

王负责人对秦行风还算了解:"我听说你最近在投资C市那边的项目,资金够吗?"

秦行风闻言微顿,陈其昭确实是个蠢货,可无奈他有个天才哥哥。

这段时间为了哄好陈其昭,他没少与陈其昭往来,因此从陈其昭口中听到了不少消息,比如C市的那个项目。这个项目他托人打听过,虽然没有具体消息传出,但私下里已有很多人蠢蠢欲动。

仅凭锐振电子,进度太慢,还是得另想办法为自己赚些钱。

然而,C市的项目毕竟是多个大公司预备竞标的对象,前期投资他已经投入了不少资金。

"资金确实有些紧张,但问题不大。"秦行风说。

王负责人笑道:"如果你能搞定陈家这事儿,以后还想投资项目,还怕资金问题吗?"

秦行风近来实在不愿与陈其昭有过多牵扯，尤其是对方每次外出，身边还跟着颜凯麟……

"再等等，那姓颜的整天跟着他，每次都坏我的事。陈其昭最近忙着开学的事，我找个周末约他出来谈。"

"你放心，让他开口不是难事。"

陈其昭与沈于淮又见面了，虽然见面次数并不多，但每次见面时，沈于淮的着装总有变化，比如今天就没戴眼镜。

沈于淮的着装很休闲，腿边放着一个行李箱。与昏暗的酒吧里以及视频聊天时相比，没戴眼镜的沈于淮外貌特征更加显著，肤色白皙，五官俊朗，说话时连笑容都仿佛有一个标准的弧度。

不认识沈于淮的人会觉得此人谦逊有礼，极易产生好感。但一旦认识沈于淮，就会发现他礼貌的背后隐藏着拒绝和疏远。

沈于淮的性格是冷漠的。

对面的宿舍门尚未打开，沈于淮似乎在等人。

陈其昭没有让沉默延续太久，调整了一下语气，适当地找了个话题："天气热，要不要进来吹空调？"

然而，他话音刚落，不远处的楼道里便传来一连串的抱怨声。

"累死我了，这栋楼的电梯也太容易坏了吧。"颜凯麟气喘吁吁地拉着行李箱从楼道里走出来，刚抬头便热情地朝着陈其昭打招呼，"昭哥！"

"宿舍钥匙拿了吗？"沈于淮接过行李箱，"行李都搬完了吗？"

"没了没了，就这两件。"颜凯麟擦了把汗，掏出钥匙开门，"剩下的以后再买。"

陈其昭的目光微微一转，落在颜凯麟身上。

他猛地想起前几天颜凯麟好像跟他说过，特意让人把宿舍安排在他隔壁。

沈于淮推着行李箱进去，颜凯麟凑近陈其昭说："昭哥，我上周约你出去吃饭你怎么没答应啊？早上也是，我还以为你要下午才到学校呢。"

陈其昭目光停留在他手上，问："你自己没手？"

颜凯麟一头雾水："啊？"

陈其昭语气平淡无波："行李不会自己搬？"

颜凯麟："……"

他都是自己搬的！三个行李箱都是他一个人扛上楼的！

颜凯麟早上特意早起搬运行李，只可惜他叫来的车堵在学校外，怎么也开不进来，他只好自己费力地搬运行李，一进校园还迷了路，最后不得不求助于沈于淮。第九研究所位于S大不远处，正值午休时间，沈于淮当时在S大图书馆，便顺道过来帮他。

他这辈子就没受过这种委屈，车在路上堵着，还得自己辛苦搬运行李，刚喘上两口气，又要进宿舍整理行李。

好不容易整理完行李，他已经饿得几乎要晕倒。

"我得先去找点儿吃的，昭哥，你吃过午饭了吗？"颜凯麟问道。

陈其昭回答："还没。"

颜凯麟说："那一起吧，淮哥你对S大熟悉，带我们去吃点儿好的。"

沈于淮原本在看手机，闻言用眼角余光扫了颜凯麟一下，似乎在确认他的话。最终，他领着两人来到了S大校园内的一家小餐馆。

新生入学的第一天，各个食堂都人满为患，这家位于校园偏僻角落的小餐馆也不例外，只剩下一个空位。菜品看上去种类繁多，唯一的遗憾是这家中餐馆不提供饮料，只有各式各样的汤品。

"我去买奶茶，你们想喝什么？"颜凯麟点完餐后站起身来。

沈于淮不喝，陈其昭说了声"随意"。

餐桌上只剩下了沈于淮和陈其昭两人。

陈其昭没有接触过这一时期的沈于淮，与沈于淮相识是在数年之后，彼时的沈于淮较之现在更为成熟且更加冷漠。加之两人结识缘由独特，于沈于淮看来，现今的陈其昭仅是一个寻常的晚辈，就连交谈的话题也显得苍白无力，仅剩下简单的寒暄问候。

餐厅依旧采用传统的手写点餐方式，不同于几年后普及的二维码点餐。

陈其昭将自己和颜凯麟所选的菜品记录下来，抬头看向沈于淮："淮哥想吃点什么？"

沈于淮报出一个菜名。

陈其昭记下菜名，笔尖刚落，眼角余光扫到菜单上的精致插图，便顺嘴问道："不要葱吗？"

沈于淮闻声，微微一愣。

陈其昭忽然意识到自己说漏了嘴，他知道沈于淮的部分口味偏好，两人有空聚餐时，他总会在一些菜品上特别备注不加葱："我跟你点的一样，菜品图片上似乎加了很多葱。我不吃葱，就问问你。"

沈于淮回答："不加。"

陈其昭应了一声，随即在沈于淮的菜品上做了备注。他表面上保持着平静，手指却悄然遮掩住菜单，暗暗画掉了自己原先点的菜品，并在沈于淮选的菜式后面多标记了一份。

标注完毕后，他拿着菜单走向前台。

沈于淮坐在靠窗的位置，余光不时掠过不远处的陈其昭。尽管天气确实闷热，餐厅里的空调因为进出人员较多也不太凉快，但陈其昭仍旧穿着一件外套。

这件外套是卡其色的，双臂装饰有蓝白相间的条纹，穿在皮肤偏白的陈其昭身上，使他看起来十分显小。加之他戴着帽子，从远处看，宛如一个乖巧的小朋友，与颜凯麟那一惊一乍、性格跳脱的形象截然相反。

他安静而乖巧，说话也总是轻声细语。

沈于淮的目光在陈其昭身上短暂驻留，待他转身之前便已悄然收回。

陈其昭点完餐回来，还没等他找话题化解尴尬，一向沉默的沈于淮主动开了口。

"手臂的伤好了吗？"沈于淮问道。

"好了。"陈其昭拉开椅子坐下，闻言也没多说什么，大方地拉起外套袖子展示给他看。

一个多月的时间，手臂上的伤口早已拆线，只留下一道疤痕。张雅芝对着这道疤念叨了好一阵，给了他好几种祛疤膏，叮嘱他早晚各涂抹一次。疤痕仍旧有些显眼，而他本身不是易出汗的体质，便索性穿着外套遮挡着。

陈其昭的手很白，白得连手背上的血管都清晰可辨。臂膀上汗毛稀少，薄薄的肌肉紧贴在棱角分明的骨骼上，唯一的缺憾便是那道横贯大半个手臂的刀疤，至今仍能让人联想到当初受伤时的触目惊心。

沈于淮记得在医院遇见陈其昭的情景，男生当时无畏无惧，甚至鲜血滴落在地上都没有察觉，直到听见他的提醒才发现。

当时两人没打照面，陈其昭未必会记住他。

陈其昭正疑惑沈于淮为什么突然问他手的事，忽然听到口袋里传来手机铃声。他拿起来一看，发现是徐特助打来的，他的注意力瞬间被转移，以为是锐振电子的那个项目出了问题。

"二少爷。"徐特助的声音里带着几分试探，"您现在还在学校吗？"

"在。"陈其昭的目光在沈于淮身上停留了片刻，见后者微微点头示意没事，他便继续问道，"项目出问题了？"

"不是。"徐特助瞥了一眼坐在后座的上司，"您吃过午饭了吗？"

陈其昭觉得莫名其妙:"有话可以直接说。"

徐特助稍微整理了一下措辞:"老板正好在学校附近,问需不需要接您出去吃饭。"

陈其昭更奇怪了:"他有什么事吗?"

徐特助看了看上司:"没什么事。"

他们正好在附近谈完工作,老板又接到张雅芝女士的电话,才会绕路过来S大附近接人吃饭。

"不用。"陈其昭道,"没事的话,我挂了。"

徐特助刚想劝两句,就听见电话那头传来嘟嘟的忙音。

坐在后座的陈时明语气平平:"他怎么说?"

徐特助斟酌片刻,委婉转述:"二少爷说要和室友一起吃,让我们不用过去了。"

陈时明脸色未变,但显然有些不悦:"他住的是单人间,哪来的室友?"

徐特助:"可能是隔壁的同学吧?"

明明他们兄弟俩一个电话就能问清楚的事情,为何要让他这个打工人为难!

陈其昭挂断电话不久,颜凯麟就买完奶茶回来了。

"这学校人也太多了吧,买杯奶茶都排了半天队。"颜凯麟将果茶递给陈其昭。

恰好菜品也送来了,三人便开始用餐。颜凯麟似乎饿坏了,难得地安静下来吃饭。

等差不多吃完的时候,沈于淮起身去洗手间,颜凯麟才跟陈其昭道:"昭哥,我打听过了,S大附近有两个不错的大型酒吧,到时候我们去看看。"

陈其昭的饭只吃了一半:"你前两周不才被你哥抓了?"

"怕什么,我现在自己住,就算夜不归宿,沈于淮也不会知道,我哥哪来的消息渠道。"颜凯麟见沈于淮不在,便一脸得意。和沈于淮在一起时,他总感觉不自在,说话得小心翼翼。

他又说:"我们住得这么近,到时候组局就容易了。当然,不能发朋友圈,我哥加的人太多了。"

陈其昭边听颜凯麟说着,边低头查看手机上秦行风的留言。

对方似乎已按捺不住,迫不及待地想要上钩。

他目光短暂地扫过信息内容,指甲轻点在秦行风的头像上,眸色深了几分。

颜凯麟还在追问:"昭哥?你有没有兴趣啊?"

"好啊。"陈其昭收回目光,语气变得十分轻佻,"我家在郊区有个车场,要不要过去玩玩?"

颜凯麟面露兴奋:"好啊!"

与此同时,餐厅前台处。

沈于淮没走远,他走到前台结账,等候的期间余光看向正背对着他坐的两个人。

服务员很快就拿来了用来结账的菜单:"您好,一共一百二十五元。"

沈于淮点了点头,看到菜单上的字迹。

陈其昭的字迹清秀,与他的外貌形成反差,行云流水,气势恢宏,显然是特意练过的。沈于淮的目光只在字迹上停留了片刻,便注意到中间被画去的"可乐鸡翅盖饭",以及某个菜品后面加的"不加葱"的潦草笔迹。

前后字迹的差异,透露出书写者心态的变化。

服务员询问:"您好,请问是用校园卡还是现金支付?"

沈于淮收回视线,语气平和地说:"现金。"

颜凯麟正和陈其昭聊得起劲,待到沈于淮回来时,才得知他已经结完账。

"我请客啊,淮哥,你中午还特意过来带我。"颜凯麟道,"改天请你吃饭,不许拒绝。"

沈于淮微微笑道:"那改天再说,我先回图书馆了。"

他一走,颜凯麟就迫不及待地想外出。

见沈于淮的身影从拐角消失,陈其昭收回视线,回复道:"不着急,改天再去。"他漫不经心地问,"沈于淮怎么在这边?"

"哦,研究所就在S大隔壁不远处,宿舍也在我们宿舍楼旁边。平时他没事时就会来S大图书馆看书,偶尔还会给导师打下手,当个助教之类的。"颜凯麟想起来什么就说什么,"反正他那人的学生生活和我们没法比……在我哥嘴里,他就是个牛人,什么都会。"

陈其昭若有所思。

颜凯麟问:"那我们什么时候出去玩?程荣他们几个天天找我。"

陈其昭的手指在手机屏幕上输入了些什么,没过多久又逐一删掉了。

他声音未变:"周日不错,是个好日子。"

刚结束一场会议,徐特助敲门步入陈时明的办公室,将新季度计划文件放在他的办公桌上。陈时明正在看一份文件,针对其中某些事项,眉头微蹙:"让你查锐振电子的事有眉目了吗?"

锐振电子这家小企业与陈氏集团交集不多,若非陈其昭突发奇想搞项目投资,恐怕它还不会引起陈时明的注意。然而,陈其昭对这个项目的上心程度一般,许多文件还没仔细审阅便转交给了徐特助处理,这也就让陈时明注意到了其中的问题。

锐振电子的合作项目显得过于诱人,短期内的盈利预期远超市场平均水平,犹如一块色泽鲜艳、味道甜美的蛋糕,让人难以抗拒。

隔行如隔山,若非近期陈氏集团子公司转型,与人工智能行业有交集,加之陈时明对市场敏锐,做过充分的市场调研,或许还不能一眼就看出这个项目的问题所在。但一旦察觉,他便意识到陈其昭极有可能被秦家那小子骗了。

徐特助说道:"锐振电子当前有几个项目在市场上反馈良好,表面上看无懈可击,然而深入调查便会发现,他们的业务范围颇为宽泛。我详细查阅了他们从前年至上一季度的投资动态,发现资金来源并不完全透明。"

陈时明道:"钱不干净,秦行风的公司呢,调查了吗?"

"秦行风的公司与锐振电子交往甚密,二少爷这个项目背后,似乎有秦行风操纵的痕迹。"徐特助递过两份资料给陈时明,接着说,"他们很可能是想先让二少爷获取短期利益,放长线钓大鱼,从而获得更高数额的投资。"

"继续往下查。"陈时明的眼神透露出些许不悦,"将秦行风和锐振的底细查清楚了。"

徐特助欲言又止,心中暗忖,之前不是还说让二少爷吃点亏长长记性吗?

他道:"还有一件事,需要跟您报备一下。"

陈时明看向他:"什么事?"

"刚收到消息,"徐特助看了眼上司的表情,接着说,"二少爷带人去郊外车场了。"

周日,郊外某私人车场内,露天停车场上停着各式各样的改装车辆。

几辆改装车从车道驶入,"哗"的一声在地面急刹停住,穿着光鲜亮丽的年轻人打开车门下车,嘻嘻哈哈地说着话。

秦行风也下了车,将车钥匙递给一旁的工作人员,他的目光随即扫视着整个车场的四周。

"荣哥,你这车真不错啊。"

"自己改装的吧,这引擎声太带劲了,一会儿让我试试手!"

程荣享受着周围的赞誉,拍开其他人搭在他车上的手:"我'老婆'也是你们随便能碰的?"

周围几个年轻人哈哈大笑。

一听说要来这地方,程荣想也没想就把自己的宝贝车开出来了。上次在酒吧被陈其昭和颜凯麟坑了,后来屡次约人还屡次被拒,好多人都看了他的笑话。

今天难得陈其昭组局,来的地方不是别处,正是陈家在郊外的私人车场。在陈其昭的地盘上抢他的风头,程荣乐意至极。

享受了一波吹捧后,程荣开着他的宝贝车在外圈车道飙了一圈后才慢悠悠地问:"陈其昭和颜凯麟呢?"

"说是在里面,让我们进去找他们。"

室内的冷气很足,一进门就吹散了满身的热气。程荣一进到室内车场,就看见坐在宽大沙发上的两人。两人面前的桌面上摆满了色泽鲜亮的冰镇水果和冷饮,满满当当一桌子,而陈其昭和颜凯麟就坐在那儿,一个在玩手机,另一个拿着平板正激烈地打着游戏,嘴里还含着半口西瓜,含糊不清地骂着什么。

满头大汗的一群人看到这一幕,一时觉得他们在外头车道顶着烈日飙车的行为颇有些傻气。

见到人来,陈其昭的目光才从手机上移开:"来了,坐啊。"

五六个人走到沙发旁坐下。陈其昭的目光在秦行风旁边的公文包上短暂地停留了一下,随即迅速转向其他人,丝毫没主动提起的意思。

秦行风望着陈其昭和颜凯麟,感到有些头疼。他听了别人的建议,把陈其昭约出来,本打算在市内找一家会所,认真讨论项目事宜,没想到陈其昭却把见面地点定在了这里,还擅自邀请了这么多人。

他并不反感聚会,只是讨厌有人坏事。

今天他过来,是与陈其昭谈事情。陈其昭参与的项目近期开始进行渠道推广,而陈家恰好有一家公司正在向这一领域转型,他得想个办法,让这个项目与陈家的公司搭上边,以便于推动后续计划的顺利实施。

谈话声此起彼伏,场上的每个人心中各有盘算。

秦行风正思索着如何让陈其昭心甘情愿地给他扫清路障,一旁的程荣突然开了口。

"小昭,听说你们这儿有几辆不错的改装车,让我们开开眼界吧。"程荣面带笑容说道,"既然来了车场,不玩玩车总觉得差点意思。"

陈其昭若无其事地吃着水果,回答:"有啊,在内场。"他看了看其他人,问道,"有兴趣吗?"

其他人立刻起哄,纷纷表示必须要看看,不然来这儿干什么。

私人车场内停着各式各样的改装车,不少车间里还有师傅正忙着进行车辆改装工作。这个车场是陈建鸿早年创办的,他私下还投资了一支赛车队,在 S 市小有名气。平日里车场鲜有外人来访,一听说陈其昭要来,车场经理便迅速做好了接待的准备。

车道上停放了几辆改装车,旁边站着两位车手,见到陈其昭走近便打招呼,并主动让出了驾驶位。不少年轻人随即掏出手机开始拍摄视频,一辆辆炫酷的赛车画面随即被分享到了朋友圈。

颜凯麟见状,出声道:"你们拍什么呢?!"

其中一名年轻人回应说:"就拍几张,麟仔,你放心,自从上次的事情之后,我们就把你哥屏蔽了。"

秦行风站在一旁,目光紧随人群中的焦点,察觉到陈其昭似乎又有了一丝不同。陈其昭反戴着帽子,略显碍事的刘海被帽檐压住,露出光洁的额头和那张看似无害的脸庞,一举一动都透着洒脱与肆意,相比之前那个头发遮住额头、混迹人群中的阴郁少年,此刻他似乎更加夺目。

然而,性格还是那样,越来越难伺候。

正当他思绪漫游之际,抬头时不经意与立于车边的陈其昭四目相对。后者的眼神中带着坦荡与戏谑,手搭在车窗上,姿态悠然自得。

此时,周遭的人群中有人喊道:"行风哥,你愣着干啥呢,其昭叫你过去呢。"

"这跑车改得真炫,肯定砸了不少钱吧。"

"单这车架就得那个数了。"

秦行风回过神来,虽心存疑惑,但还是走了过去。

等走近了,他才发现前排副驾驶座的门开着,似乎在等他坐上去。

陈其昭端坐于一辆改装精良的跑车内,副驾驶座显然是为他预留的。

秦行风察觉到周围的视线,目睹陈其昭这番行为,心中莫名升起一股快意。别人家境再优越又如何,对陈其昭百般讨好又怎样,最终陈其昭关注的仅是他一人。他毫不犹豫地坐进车内,眼角余光捕捉到不远处仍在用平板玩游戏的颜凯麟,心情愈发舒畅。

他合上车门，意外地感受到车厢内出色的隔音效果，外界的嘈杂似乎都被隔绝了。

秦行风启齿问道："其昭，需要我陪你试驾一下吗？"

"行风哥今天找我有什么事呢？"陈其昭漫不经心地回应，手指已娴熟地四处按动着。

秦行风微微一怔，目光跟随陈其昭的动作，语气平和地接着说："是关于市场拓展的问题。老王打算借助这个项目开发西区的市场，但我们在那里渠道不多。他听说你家在西区有两家子公司正考虑转型，与我们的项目很契合，他那个人脸皮薄，自己不太好意思开口，就托我来问问合作的事能不能谈……"

话音未落，他猛然意识到车辆正在启动。

"其昭？"秦行风话语一顿。

驾驶位上的青年姿态闲适，紧接着，突如其来的引擎轰鸣打断了秦行风的话语。

"呼——"秦行风瞬间忘记了说话，他的目光看着陈其昭的侧脸，留意到那双静谧如死水的眼眸，犹如疯狂前夕的平静。他本能地伸手去按开门按钮，却未得到应有的反馈，车门锁住了。

"陈其昭？！"秦行风惊呼了一声。

陈其昭默不作声，手搭在操纵杆上，随着引擎轰鸣声渐增，车厢内回荡起沉闷的共鸣。

这声音预示着提速将异常迅猛，而陈其昭依旧动作未停，这家伙疯了吗？！这可是在室内！

秦行风心率飙升，脑海中突现酒吧中碎裂的酒瓶画面，以及陈其昭眼中曾闪烁的嘲讽。极度的恐惧贯穿全身，这么开出去必是死路一条！他颤抖着试图拉出副驾驶座的安全带，却猛然发现手指冰冷，四肢近乎麻木，连简单的扣带动作都无法完成。

轰鸣的引擎声刺激着周遭每个人的神经，透过密封的车窗，外头喧嚣的起哄声仿佛从很远的地方传来。

在秦行风以为陈其昭要松开手刹时，强烈的引擎声猛然停歇，驾驶座上的男生手肘靠在方向盘上，用只有两人能听见的音量说："你怕什么，我可不会开。"

秦行风心有余悸地望着他。

陈其昭嗤笑一声："真没劲。"随即打开车门下车，少了车窗遮挡，各种声响扑面而来。

周围待命的安全员走上前来,询问道:"二少爷?"

"感觉还行。"陈其昭将钥匙抛给对方,边与其他人交谈,"音效不错吧?"

"音效绝了!"

"比荣哥那辆还带劲。"

秦行风注视着陈其昭下车并关上门,车内只剩他一人。他后知后觉地望向操纵杆,慌忙去按车门解锁键。这次车门没有上锁,他推开车门下车,脚刚触地便猛然一软,不由自主地向前跪倒。

一个正举着手机录视频的年轻人见状问道:"行风哥怎么了?"

秦行风脸色略显苍白,勉强解释:"下车时不小心绊了一下。"

颜凯麟正好站在旁边,见状笑了一声:"你该不会是腿软了吧?"

周围哄堂大笑,秦行风面色铁青。

跟他同样脸色难看的还有程荣。程荣不久前让车场的人把他的车开进室内车场,原本是想挫挫陈其昭的锐气,谁知道这人一下子就夺走了所有人的关注,甚至有人拿他的车和陈其昭的作比较,而他的车孤零零地停在外车道上,无人问津,像个笑话。

陈其昭试完车就回到沙发上坐着,其他人早已经跑到车场的其他区域去玩了。他玩了一会儿手机,忽然发现颜凯麟也走了回来:"你不是说想玩吗?"

颜凯麟原本还挺开心的,玩了半天后看到陈其昭独自一人坐在这里,不知怎的心里有些不是滋味:"昭哥,你怎么不过去啊?"

陈其昭的目光停留在不远处的程荣身上,注意到对方脸色泛青,却仍要强颜欢笑与他人应酬,不禁感到一丝莫名的好笑。他收回视线,问道:"颜凯麟,你觉得你的这些朋友怎么样?"

颜凯麟有些不解地回答:"还行吧,至少能玩到一块儿去。"

陈其昭眼神平淡,言语却直击要害:"那你认为,他们是看在颜家的地位上和你交往,还是真的纯粹想和你做朋友?"

颜凯麟闻言,略做沉吟,似乎从没想过这个问题。他犹豫再三后含糊答道:"可能两者都有吧。"

陈其昭又说:"如果有一天颜家不幸破产了……你觉得他们会收留你这个落难的兄弟吗?"

颜凯麟一下子愣住了,过了好一会儿才道:"应该会吧?"

"是吗?"陈其昭随手抓起一瓶冷饮扔给他,"喝点水醒醒脑子。"

颜凯麟静默了一会儿,忽而发问:"昭哥,要是哪天我家破产了,你会收留我吗?"

陈其昭的手指抠在冰饮的开口处,啪的一声将啤酒打开,语气未变:"不会,我只会给你打钱,让你滚去酒店住。"

颜凯麟想了想,道:"那也不错,住酒店更自由!"

陈其昭不可思议地看着颜凯麟:"我知道你哥为什么让你住沈于淮家了。"

颜凯麟:"啊?"

陈其昭没有解释,微微闭上眼睛,似乎在想事情。

一提起沈于淮,颜凯麟又找到了一个可以吐槽的点:"说起来,沈于淮最近好像开始忙起来了,这几天都没回市区的公寓,我上次回公寓拿东西都没见到他。"

陈其昭睁开眼:"他都在忙什么?"

"我哪儿知道,可能是他导师的项目那边的事情吧。他一忙,我反而更自在了。自从加了他好友,我都不敢在朋友圈随便发东西了。"颜凯麟翻了翻微信通讯录,说道,"虽然他看起来不像是会经常看我朋友圈的人,但为了保险起见,我每次发朋友圈都会屏蔽他和我哥,生怕出什么岔子。"

陈其昭:"把手机给我看看。"

颜凯麟二话没说就把手机递了过去:"你看什么呢?"

陈其昭接过手机,没出声,确认那个头像和他之前用手机号搜到的结果相符。他随手点开沈于淮的朋友圈,发现对方的朋友圈内容十分稀少。作为一个尚未毕业的年轻人,他的朋友圈几乎不展示他的社交状况,要么是转发研究机构的文章,要么是各种竞赛的照片,个人生活的内容少之又少。

沈于淮的朋友圈仅展示最近一年的内容,很快就被翻到底了。

颜凯麟后知后觉地说:"昭哥,我发现你挺在意沈于淮的。"

陈其昭没说话,正想退出朋友圈,忽然看到一张图片中与沈于淮并排站在一起的人。照片里,两人并肩站立,胸前都佩戴着参赛牌,似乎是某次合作参赛的好搭档。这张照片看似寻常,却让陈其昭猛然忆起一件与沈于淮相关的高校丑闻,此事即便多年后仍在圈内流传。

颜凯麟:"昭哥?"

陈其昭随即退出朋友圈,将手机还给颜凯麟,后者一脸茫然。

这时,陈其昭忽地问:"你上次说,沈于淮喜欢乖一点的……还有呢?"

颜凯麟一脸茫然:"啊?"

行驶的车内，陈建鸿刚结束一场线上会议，重归安静的车厢内只剩男人手指敲击扶手的声音。在十几秒漫长的沉默后，位于前座的精英男终于开口了。

"车内换香氛了？"陈建鸿捏了捏眉心，声音中带着几丝不易察觉的疲倦。

司机道："是的，先生。夫人挑选的，说您喜欢这个味道。"

"陈总，Y市的会议还去吗？"陈建鸿的助理蒋禹泽开口道。

"味道确实不错。"陈建鸿微微合上眼休息，对助理说，"去，通知Y市那边提前做好准备，我需要在会议开始前看到后续方案，给他们一周时间。"

蒋禹泽闻言，迅速记录下接下来的行程安排。

陈建鸿望向坐在前座的蒋禹泽，问道："时明最近的工作怎么样？"

蒋禹泽答道："大少爷最近负责的两个项目为集团贡献了2个百分点的利润，去年接手的K市欣锐项目更是达到了2.5个百分点的收益。"他接着说，"大少爷确实很出色。"

陈时明的能力自然出众，进入集团没几年，便已在众多元老面前站稳了脚跟。如今他所带领的项目团队蓬勃发展，成为集团内不容小觑的新势力。

"时明确实很优秀。"陈建鸿睁开眼，目光中流露出几分欣慰，"那其昭呢？"

蒋禹泽闻言，略微停顿了一下："二少爷年纪还小。"

陈建鸿回应："他不算小了，并且也有自己的想法。"

"不想走陈家的老路子，想要在新型产业那块开辟途径，这个想法不错。"

蒋禹泽听说了陈其昭最近投资的那个项目，这事在集团内部小范围传播着，众人持观望态度："二少爷有魄力，不如让二少试试。"

陈建鸿没说话，沉吟片刻后询问："郊区工业园那一带，有没有适合他练手的项目？"

"有几个子公司正尝试转型。"蒋禹泽思索后回答，"工业园没有，不过科技园那边倒是有做软硬件的。"

陈建鸿说："再看看，这孩子性情不够稳定，做事容易三分钟热度。"

"好的，我明白了。"蒋禹泽听罢，心里已经清楚。

虽然上司没有明说，但很明显已经在给陈其昭逐渐放权了。

临近傍晚,陈其昭没有回学校宿舍,而是改道回了一趟陈家,拿了上次落在家的部分资料。到家时张雅芝正好在家,拉着他聊了聊学校的事。

而陈其昭的关注点却在另一事上:"我上次让张叔给你安排的药膳,你每天都在按时吃吗?"

张雅芝闻言,略显停顿:"在的。"

陈其昭注意到她的表情,等到聊天结束去找管家询问,才知道张雅芝并没有遵循他的嘱咐,刚开始的几天还老老实实地吃了,后来就开始找理由推托,说减肥晚上不吃东西。

张雅芝的身体需要调养,去医院体检后,陈其昭在家时就一直监督她按时服用药膳进行调理。

张叔一脸无奈地望着陈其昭。

陈其昭皱眉:"晚上的药膳准备好了吗?"

张叔答道:"我这就去准备。"

陈其昭回到客厅,打算跟张雅芝讲讲道理。

这时候,院子里传来声音,有车辆驶入了车库。

陈时明从门外进来,正好看到客厅里的陈其昭,他压着语气道:"陈其昭,你过来,我们谈谈。"

张雅芝在看电视,听到陈时明一回家就用这种语气,顿时开口道:"有什么事情不能当着我的面讲?"

陈其昭没有理会陈时明,继续方才的话题:"张叔告诉我说你没按时吃药膳,这是你自己的身体,你能不能为自己多考虑一点?"

"前两天有点胖了,老张加的那些东西太补,你不懂,我们这个年龄不能吃太补的东西,吃多了身体会发胖。"张雅芝最近体重不稳定,前几天连最常穿的那件礼服都差点没穿下,"等妈妈体重控制住了再吃。"她急于转移话题,于是看向陈时明,"你找你弟什么事?"

陈时明把公文包递给张叔,见到陈其昭和张雅芝在说话,他干脆就在旁边坐下,视线一直停留在陈其昭身上:"我收到消息,你的小儿子去市郊车场飙车。"

陈其昭本来因为张雅芝的事有些浮躁,听到陈时明这句话,诧异地抬起头:"你看到我飙车了?"

张雅芝道:"这是怎么回事,好好说。"

陈时明压低声音道:"我是没亲眼看到,但你带一群人去车场这件事是真的吧?"

071

他之前打电话到车场询问过，陈其昭不是一个人过去的，还带着他那群狐朋狗友。听到陈其昭这无所谓的语气，他差点被气笑："我以为你最近懂事了。"

陈其昭解释："我只是去试车。"

"试车，然后呢？"陈时明盯着陈其昭，"车场里的车都经过了改装，你有没有想过，万一操作失误，那样的车速可是会出人命的。"

陈其昭盯着陈时明，仿佛回到了某一天："那你觉得怎样的车速才会出人命？"

那一天天气晴朗，他原本还坐在教室里听着枯燥的理论课，直到张雅芝的那个电话打进来，她的声音里充满不安与担忧，带着哭腔告诉他陈时明出车祸了。那是陈家一切悲剧的源头，起因于一场重要会议的临时赶路，在弯道处与一辆大货车相撞。

司机当场丧生，陈时明则落下终身残疾，从一个天之骄子变成了抑郁而终的病犬。

"一小时100千米？一小时120千米？"陈其昭紧盯着陈时明的眼睛，语速急促，语气冰冷，"你口口声声说车速太快会出事，长着一张嘴只知道教训别人，连自己都没做到的事，哪来的底气去要求别人？"

陈时明闻言一愣，随即反应过来："陈其昭，你胡言乱语些什么？"

张雅芝从未见过这样的陈其昭，喃喃自语道："小昭？"

陈其昭冲动地将话说出了口，但他的内心依旧无法平静。

胡话吗？没错，他确实是在说胡话，可陈时明凭什么教训他？记得当年，他特地查看过监控录像，就算当时是绿灯，就算那货车违规在先，监控画面中轿车的行驶速度还是超出了道路规定的限速。假如车速能稍慢一些，或许就能避免与那货车相撞。

客厅内一片寂静，这段时间以来，陈其昭很少发脾气，与陈时明之间维持着少有的和睦状态，连张雅芝都以为两兄弟之间的隔阂已经消除。这场突如其来的爆发，让所有人都措手不及。

陈其昭收回目光，拿出手机转移注意力，一遍遍地点开各种软件，随即又退出。他纷乱的思绪中快速闪过各式画面，有梦境中的，有现实生活的，但更多是医院那惨白的景象与郊区墓地里并排立着的三块墓碑。他强迫自己冷静，不愿将情绪糟糕的自己展现在家人面前，更不愿重蹈覆辙，让眼前的两人再被自己气死。

鬼使神差地，他点开手机通讯录，划到联系人沈于淮。在即将把电话拨打出去的时候,他终于冷静下来。

长久的沉默后,陈时明意识到自己的语气,放缓了声音:"陈其昭,我们谈谈。"

突兀的铃声在客厅里响起,陈其昭回过神来,看到手机屏幕上跳动着"沈于淮"三个字,胡乱划动的手指停了下来,几乎没有思考,他划开了那个绿色的接听键。

屏幕上的通话时长瞬间跳到 00:01,等到时间来到 00:05 的时候,陈其昭将手机放到耳边。

"你好。"陈其昭出声道。

手机听筒对面的说话声裹挟着呼呼的风声,没过一会儿,风声停了下来,沈于淮的声音从另一边传来:"你好,能听见吗?"

陈其昭:"能听见。"

"打扰了,我是沈于淮。"沈于淮进入话题非常直接,"我想问问颜凯麟现在在你身边吗?我一个小时前拨打他的电话没有回复,刚才接到电话提醒说对方关机。"

"他……"陈其昭皱眉,"他不在,但他下午的时候已经回学校了。"

下午在车场分别后,颜凯麟说要回学校,似乎是打车回去的。

沈于淮道:"我去学校找过了,他不在。"

"我下午和他是在市郊清河路分开的。"

陈其昭:"他回市区了?"

"公寓那边也没找到他。"沈于淮似乎正在车里,"你现在在哪里?"

陈其昭瞥了陈时明一眼:"在家。"

沈于淮又问:"现在方便吗?我正好在你家附近,不确定该往清河路哪个方向去。"

"方便。"陈其昭应声,从沙发上起身,抓起一旁的外套准备出门。

客厅里的另外两人见状感到不解,陈时明直接问道:"你要去哪儿?不吃饭了?"

陈其昭挂掉电话:"你们先吃,我有点事要出去一趟。"

陈时明嗅到陈其昭外套上沾染的酒气,不禁皱眉:"你下午喝了多少酒?"

"就三杯啤酒而已。"陈其昭迎着陈时明的目光答道,"不过恐怕要让你失望,喝酒之后我可没碰过车。"说完,他直接从客厅里离开。

陈其昭出门的时候遇到了刚刚回家的陈建鸿,他只是打了个招呼,很快与他擦肩而过。

陈建鸿进了屋,见到客厅里的两人,疑惑地问道:"他这是要去哪儿?"

两人没说话,陈建鸿问了张叔才知道事情的原委。

张雅芝望向陈时明,语带责备:"你刚才就不能收敛些语气吗?一进门就兴师问罪,每次都这样,兄弟俩就不能好好说话吗?"

陈时明的语气也逐渐平和下来:"改装车能随便开吗?想开至少得先考个驾照吧。"

"老张,你去厨房安排一下。"陈建鸿吩咐道,"时明,给你弟打个电话,让他回来,该道歉就道歉,一起吃晚饭。"

别墅外十分安静,静谧的小径上没什么人,甚至连过往的车辆都难以见到。陈其昭走到上次沈于淮送他过来时下车的地方,心中的那股莫名烦躁已经散去。他拿起手机给张雅芝发了消息,让她晚上记得吃药膳。

手机的铃声响了起来,是陈时明打来的电话。陈其昭不想再和陈时明进行无谓的争吵,便挂断了电话,一个人站在路边。

他微微抬起袖子,闻了闻衣袖的味道:"狗鼻子吗?怎么闻到的?"没一会儿,他又解开刚刚胡乱穿上的外套,让晚风散散酒气。

沈于淮到达时,远远就看到站在路边的男生,孤零零的,很安静。

他莫名觉得对方很孤独。

注意到这边的声响,男生的视线朝这个方向看来,微眯着眼似乎在判断。

沈于淮放下车窗:"等久了吧,先上车。"

上了车,沈于淮才注意到陈其昭的头发有点乱,连外套的拉链都没有拉。

"很抱歉打扰你了。"沈于淮熟练地倒车返程,"直接去市郊是吗?"

下午他收到颜凯麒的消息,说颜凯麟上次要的部分证书和行李已经寄到公寓。沈于淮这段时间没回公寓,本想打电话提醒颜凯麟过去拿,才发现联系不上他。

陈其昭混乱的思绪回笼,他没有去看沈于淮,低着头看手机:"不过我感觉他应该不在市郊……"

忽然,沈于淮的手伸过来,一同伸过来的还有他的手机。

"去市郊的路我不太熟悉,你帮我开一下导航。"

陈其昭想给颜凯麟打电话,一打开通讯录,才注意到界面还停留在沈于淮的联系人界面。

从很久以前就这样，跟沈于淮成为好友后，每当遇到烦心事，他总是想打电话或者发消息给沈于淮。即便对方没有及时回复，但他的情绪总会随着时间的流逝而烟消云散。

很奇妙。

陈其昭无声地关闭了通讯录页面，继而拨通了颜凯麟的号码。

颜凯麟作为一个成年人，无故失踪的可能性不大，陈其昭只好凭着印象联系了与颜凯麟关系较好的那几个富二代，打听颜凯麟下午的去向。

车内一片静谧，与颜凯麟不同，陈其昭并不聒噪，坐在车内除了指路和拨打电话外，没有发出其他声响。

正当他们即将到达市郊时，一个突兀的电话打了进来，手机屏幕上赫然显示着"颜凯麟"三个字。

"是颜凯麟的电话。"陈其昭边说边接起了电话。

电话那头，颜凯麟的声音异常响亮："昭哥，你找我呢？我手机之前没电了，刚开机……"

陈其昭："……你的手机没电四五个小时才开机？"

或许是因为音量稍高，一旁驾驶的沈于淮斜眼望了望："有什么事吗？"

陈其昭愣了一下："没事。"

他的脑海中回响起颜凯麟闲聊时的那句话，刚才自己的声音似乎确实大了点……

颜凯麟还在说："手机没电又不是我的错，谁知道它电量耗得那么快。"

陈其昭用余光瞥了沈于淮一眼，发现对方正专心致志地开车，语气不觉放平缓："你人呢？"

颜凯麟回答："现在吗？我已经在学校了，路上正好碰到同校的同学，就搭了个顺风车回来。"

车内导航仍在播报着路线信息，离目的地市郊清河路越来越近。

陈其昭沉默片刻。

沈于淮问道："他怎么样了？人在哪儿？"

陈其昭将涌到嘴边的话硬生生地憋了回去："你不会打电话报个平安吗？"

颜凯麟略带委屈地回应："我记不住手机号码啊。"

陈其昭放弃了与颜凯麟的对话，转而对沈于淮说："他已经回学校了。"

沈于淮应道："那就好。"

075

电话另一端的颜凯麟似乎捕捉到了什么动静："咦？昭哥，你旁边是谁啊？"

陈其昭语调淡漠："挂了。"

沈于淮歉意道："不好意思，我以为他出事了，还把你叫了出来。"

陈其昭把手机揣进兜里，平常他可没这么好的耐心，但一想到对方是沈于淮，他略作停顿，半秒后说："没事……联系不上，找人是对的。"

沈于淮在路口调转车头，往市区开回去。他的记性很好，走过一遍的路就不再需要导航。

"回别墅区那边吗？"沈于淮问。

陈其昭没有立刻回应，隔了一会儿才说："能送我回学校吗？"

沈于淮应道："行。"

陈其昭目光平视前方道路，下午喝了点酒，回家后又和陈时明大吵一架，一旦放松下来，困意就慢慢地涌了上来。

直至一声突兀的咕噜声响起，陈其昭才猛然清醒过来。

沈于淮轻笑："是我疏忽了，你还没吃晚饭吧？"

此时已近晚上九点，除去中午在车场随便吃的几口水果，陈其昭的胃里几乎是空的。

"没呢。"陈其昭坐直身子，"没事，回学校叫个外卖就行了。"

回市区至少需要半个多小时，而这一路上，陈其昭既没有玩手机，也没有任何多余的举动。

沈于淮道："我也还没吃，我请你吃饭吧。"

他余光瞥向坐在副驾驶座上的男生，只见对方顿了两秒，说了声"好"。

车在下一个路口拐了个弯，最终停在了一家餐厅门前。两人选了个靠窗的位置坐下，点完餐后，沈于淮向陈其昭致歉，随即一直忙着回复消息，似乎在处理手机上的工作留言，其间夹杂着陈其昭听不懂的专业术语。

陈其昭望着年轻的沈于淮，眼前浮现出梦中两人共进晚餐的情景。

他没有多余的举动，静静地等待沈于淮处理完事务，才开口问道："淮哥怎么知道我的手机号？"

沈于淮刚结束手头的工作事宜，闻言答道："我问了颜凯麟的朋友，是他告诉我的。"

陈其昭的目光重新落回手机上，淡淡地应了一声："哦。"

颜凯麟的交际圈确实与他有交集，问到手机号码并不奇怪。令他意外的是沈于淮会找他，而没有去找其他人。

两人吃完饭，沈于淮开车将陈其昭送回学校，自己才返回研究所。

陈其昭还没进宿舍，便看见颜凯麟站在宿舍楼下。一见着他，颜凯麟连忙快速地跑过来："我刚才给你打电话，你怎么没回我？"

由于烦人的电话过多，他索性开启了飞行模式。陈其昭望着他气喘吁吁的样子，疑惑地问："有什么事吗？"

"当然有事，你哥在楼上，就在你宿舍门口等着你呢。"

颜凯麟洗完澡听见门口的动静，还以为是陈其昭回来了，不料一开门便撞见陈时明，这情景着实吓了他一跳。他解释说："他已经来了半个多小时，似乎有事找你，但打你电话没人接，就转而问我了。"

陈其昭抬头看着面前的宿舍楼："他还在那儿？"

"在啊。"颜凯麟道，"你哥查岗比我哥凶多了。我刚邀请他进宿舍，结果他说了没几句就开始问我，夸张点说，那简直就是审讯现场，就问我们下午在车场干吗了。"

"不过我看他那样子像是来兴师问罪的，就找了个借口下来，打算给你通风报信，咱们能避就避一避，有些事硬碰硬要吃亏的。"

陈其昭"哦"了一声，没理会颜凯麟的阻拦，直接上了楼。

颜凯麟没拦住，只好跟在后面去看看情况。

陈其昭在宿舍门口看见了陈时明，这人衣服还没换，穿得这么正式站在门口，惹得同楼层路过的学生都忍不住多看两眼。

陈其昭没说话，上前把宿舍门打开。

陈时明望着陈其昭，见他没关门，便跟着进了屋。

颜凯麟本想跟进屋凑个热闹，万一打起来还能劝劝架，可没等他迈步，宿舍门"啪"的一声关上了，他瞪大了眼，有气也不敢出。

宿舍里很干净，这是陈时明第一次踏进陈其昭的宿舍。相比家里，学校的宿舍可以说简陋得只剩下床和电脑。他的目光四处巡视，最终停留在电脑桌旁的书柜上，那里有序摆放着金融、工商管理等专业书籍，甚至有几个装满资料的文件夹。

陈时明也曾经历过读书时期，动过与没动过的书柜之间的差别，他不会看不出来。更何况桌面上还放着写过的草稿本，虽然看不清上面写了什么，但能辨认出草稿本的主人似乎认真推算或准备过什么。

以往，陈时明只会认为这台电脑是陈其昭用来打游戏上网的工具，不承想他会认真学习专业知识，甚至他之前还在考虑是否要为陈其昭聘请家庭教师。

"车场的事我已仔细调查过,并且询问了你的朋友。"陈时明收回目光,转回正题,"这件事我向你道歉,是我没有了解清楚情况就先入为主地误解了你。"

陈其昭脱下外套,随手丢进浴室,闻言微微侧头:"你还会道歉?"

陈时明没有理会他的语气,继续说道:"这是我的失误,理应道歉。"

陈其昭没理他,直接进浴室洗澡,换掉了身上的衣服,胡乱卷成一团丢进了洗衣机。

出来时,陈时明还站在那里。陈其昭收敛起心里那种莫名的感觉,跳过刚才那个话题,直言道:"锐振电子那边又来谈合作,说是想借科技园那边的公司搞什么渠道合作。"

秦行风的事本就不对劲,陈时明原计划等调查清楚情况后再告诉陈其昭。见他与锐振电子和秦行风走得这么近,不免皱眉:"你离秦家那小子远点,他不干净。"

陈其昭换上短裤短袖,一边擦着头发一边说:"我哪个朋友是干净的?不都多少有点问题吗?合作的事你怎么说,你不会卡我吧?"

陈时明今晚难得心平气和,也没被陈其昭带刺的话激起怒意。或者说,眼前的陈其昭在某些时刻变得和以前不同了。他过去只是一个会随意发脾气的青春期少年,现在看起来比以前要懂事一点。

也是因此,在得知陈其昭消停了一两个月后,再听到他出去胡闹的消息,才会特别恼火。

"不卡你,你的项目我不干涉。只是锐振那边有些复杂,我会安排小徐协助你……"陈时明本想多嘱咐几句,但最终还是咽了回去,转而问道,"晚饭吃了吗?"

陈其昭突然听到这一句,愣了愣,回答道:"吃了。"

"那就好,吃了就早点休息。"陈时明站起身,正准备离开,却无意间瞥见陈其昭手臂上清晰的刀疤,忍不住又提了一句,"你玩改装车我没意见,只要不违法,保证安全,我不会再干涉。

"我会让小徐给你找教练,抽空把驾照考了。"

这时,陈其昭反问:"那你吃饭了吗?"

"不饿。"陈时明望着他,语气中带着无奈,"我们少吵两句,我也就不至于气饱了。"

陈其昭的视线在陈时明的脸上停留:"累死累活做那么多事,你除了上班加班还会什么?"他站起来,去拿桌上的手机,"除了口头要求其他人三餐准时,你自己还会什么?真当自己是机器人,能二十四小时处理工作?等到三十岁,就有你受的。"

陈时明:"你……"

"我什么?"陈其昭语气照旧,看都没看陈时明,"坐着,给你叫外卖。"

"粉还是面?"

"……粉。"

颜凯麟时不时往隔壁宿舍张望,等了半个多小时,听着外面的动静,他过去隔壁看情况。

"你哥走了没……"他刚推开宿舍的门,就看到陈其昭原先摆满书籍的桌面被收拾出来,陈时明屈着大长腿坐着,手里还拿着与穿着不太搭的一次性筷子。

颜凯麟眼睛没问题,认得出那炒粉是校门口随处可见的夜宵大排档的。

"我串错门了,这就走。"

陈时明:"我记得颜家小孩以前没这么……"

陈其昭瞥见颜凯麟关门,接口道:"蠢吗?"真是个行走的圣人,跟他以前一样蠢。

吃完饭没多久,陈时明就离开了。

陈其昭把人送走,盯着他刚刚坐过的位置看了几秒,讪笑道:"年轻一点真好说话。"

他翻看手机,将未接来电和短信逐一删除,随后切换到微信回复消息。这时,他注意到联系人列表中冒出一个红点,本以为又是无关紧要的人请求添加好友,正打算拒绝,却出乎意料地发现了一个熟悉的头像。

那是沈于淮。

徐特助深夜仍在加班,既要调查车场的事,还得陪同上司前往 S 大吹夜风。不同的是,上司进了宿舍享受冷气,而他则在外忍受着热浪。

好不容易熬到了十一点多,终于望见停车场那头有人影缓缓走来,他连忙下车,正准备为上司开车门,却见上司径直走过他身边,走到十多米外的露天垃圾桶旁,将手里提了一路的东西扔了进去——似乎是随手拿的外卖盒子。

陈时明问:"怎么了?"

徐特助答:"没……"

他正犹豫要不要递张纸巾给上司擦手,上司突然用严肃的语气开口了。

"查一下锐振电子。"陈时明的语气中带着几分凌厉,"还有科技园那边,不要打草惊蛇。"

徐特助一凛,将快要掏出的纸巾又揣回裤兜:"好,我回去之后马上安排。"

和风习习,阳光明媚。

秦行风坐在办公室里,脸色阴沉地看着微信里,来自秦家他那个哥哥发来的消息,字里行间满是嘲讽。

除文字外,他还发送了一个视频,视频清晰地记录了上周日在陈家郊外车场的情形。拍摄者的视角正对陈其昭的车辆,能清楚地看到挡风玻璃内他与陈其昭的身影,甚至捕捉到了他后来下车时腿软的一幕。

这个视频拍摄于上周日,挂在朋友圈接近一天后他才察觉,联系对方要求删除,对方却笑嘻嘻地说删除视频有些可惜。然而,在那段传播的时间里,视频已广为流传,尤其是他下车时腿软的那一幕,几乎尽人皆知。

视频流传至秦家众人眼前,使他沦为家族内部的笑料,众人嘲笑他不顾颜面巴结人,想跻身于上流社会,而结果却是被人戏耍,实在有辱秦家门楣。

"我知道视频是刘凯发的。"秦行风愤怒地说道,"这件事我跟他没完,他最近不是在筹划建个酒吧吗?你帮我找个门路,把他的事给我弄黄了。还有程荣,视频传到秦家那儿少不了他的推波助澜,这件事你帮我办,事成之后,我帮你搞定 A 商场投标的事。"

电话那头的人很爽快地答应了。

秦行风刚挂断电话,满肚子的气正没处撒。这时候,锐振电子的王负责人又打来电话。

王负责人道:"小秦,你这件事办得不错啊,我们的人跟科技园那边对接上了。"

秦行风微微一怔:"哪件事?"

"能有哪件事啊?就陈其昭那件事,你上周不是还跟他去郊外车场了吗?"王负责人语气里充满了对秦行风的夸赞,"你上次还跟我谦虚,说办不好,今天下面的人就跟我说搞定了。陈其昭松了口,最关键的是科技园那边似乎是陈建鸿给的口令,合作非常顺利。"

秦行风想到在跑车内陈其昭那近乎疯狂的举动,心有余悸地说道:"是……是吗?"

王负责人笑道:"这件事你办得不错。"

秦行风有点意外，当时他只是提了一下，陈其昭根本没有做出正面回应。后来又发生了那些事，他在车场没待多久就回来了，原以为还要跟陈其昭再拉扯几回，没想到陈其昭那边直接松口，一切都这么顺利……

联想到与陈其昭的几次相处，秦行风心里有种说不出的别扭，他问："陈其昭那边怎么说？"

王负责人："能怎么说？"

"陈其昭这个人很奇怪……"秦行风道，"我感觉他有点不正常。"

王负责人那边沉默了一下，又道："不正常不是件好事吗？"

秦行风："我的意思是他脑子是不是有点问题？我觉得他精神不太正常。"

王负责人又道："他若是正常一些，我们反而难对付他。陈家的正常人，哪个是好惹的？你也别多想了，他正不正常跟我们没关系，能老老实实进我们的圈套最好。"

"可能真是我想多了。"听王负责人这么一说，秦行风也觉得自己反应过度。

陈其昭顶多是个刚踏入大学的年轻人，性格古怪些，又不是陈时明那种异类，自己在担心什么呢。

"这些富二代玩得比较疯，前年李家那小子玩极限运动还闹出了人命。"王负责人接着说，"再者，他若是真精明，怎么会随意花这么多钱跟我们谈项目，真有脑子当初就不会考虑与我们合作。"

两人结束了闲谈，王负责人又把接下来的事情跟秦行风交代了一番。比如，借助陈家的渠道渗透进去，待时机成熟揭露资金缺口，到那时，陈家受限于合同条款，只能共同承担损失。

一切按部就班地依照计划进行，余下的任务就是将这个项目运作成一个无止境的资金黑洞。

虽然沈于淮主动加好友让陈其昭有些意外，但他没有犹豫就点击了同意。只不过，两人之间的聊天仅停留在加好友那天简单的寒暄与礼貌问候。陈其昭没问沈于淮为什么主动加他好友，沈于淮也没有解释，就好像只是认识、熟悉了，然后顺理成章地加了好友。

陈其昭对这个结果有点满意，他原先还在想该用什么理由加好友，现在连思考的时间都给他省了。要不是看到沈于淮朋友圈时想到那件事，他想他或许会跟沈于淮保持距离，直至他解决所有的烂摊子，更轻松地重新与好友相识。

沈于淮的朋友圈并没有设置屏蔽,他原先还想找颜凯麟要照片,加上好友之后,陈其昭马上就把之前那张合照复制出来发给了徐特助。

徐特助收到消息的时候虽然有些疑惑,但还是很快就按照陈其昭的吩咐,把照片上的人查清楚了。

一个普普通通的大学生的资料很好查,隔天,对方的资料就发到了陈其昭的邮箱。

那人姓何,叫何书航,是S大化工专业的大三学生,常年获得S大的奖学金,并摘得了多个国内外重要奖项。除了何书航的信息,徐特助还简要调查了照片上其他人的背景,而陈其昭依据这些资料回忆起了整件事情的来龙去脉。

这是一桩实验室信息泄露的丑闻,而事发地正是沈于淮负责的项目组实验室。

事情发生的时间很久远,在他的那场关于未来的梦里,陈其昭也是认识沈于淮之后才从他人口中得知此事。沈于淮在研究生时期参与了某个重要的实验室项目,该项目在进行到中后期时出现了技术泄密。由于影响范围较广,当时在高校圈子内传得沸沸扬扬,初步调查的结果指向了学生泄密。

事态相当严重,因为该项目是与研究所合作的重点项目,涉及面甚广。

事情发生后,参与实验的所有学生都被叫去问话,包括沈于淮在内的三名学生成为项目组泄密的重要嫌疑人。然而查了很久都没有找到确凿的证据,而窃取机密数据的商业公司利用这些技术资料申请了相关专利,最后整个项目被迫中止。

直到好几年后,一份原本应该被销毁的监控数据出现在S大的官方论坛上。

原来是当初参与作案的学生良心不安,最后选择在网络上曝光,才得以让这件事真相大白。

跟陈其昭说这件事的那个朋友是S大的毕业生,所以他才见到了当时的何书航的照片。据说何书航当时的项目跟沈于淮的项目一同在争取某个重要的奖项,事关他在S大的保送名额,他才铤而走险跟外面的公司合作。

这件事沈于淮从来没有跟他说过,但是陈其昭从朋友那里知道,何书航是沈于淮研究生时期比较要好的一个晚辈。

何书航保送研究生也就是大三大四的事,现在沈于淮正是研究生阶段。

不出意外，这场实验室泄密应该就是这两年的事，只是他不太确定到底是什么时候。

沈于淮帮了他很多忙，如果可以的话，他不想让沈于淮的心血白白浪费。

"何书航近期确实在搞一个项目。"徐特助接到电话时有些不解，但还是向他汇报了调查到的资料，"这个项目似乎对他挺重要的，听说已经准备了大半年，不出意外会参加年底的比赛，具体是什么比赛我忘了。"

陈其昭刚下课不久，周围来往的都是下课的学生。校园里到处都是人，他只好找了个人少的角落站着，继续问道："他准备参加的那个比赛是不是为了保送？"

徐特助停顿了一下："似乎有这个说法。二少怎么突然对他感兴趣，何书航好像不是金融专业的。"

"我有个朋友正好想混履历，想找个合适的项目参与，看中了何书航的。"陈其昭若无其事地撒了个谎，"他那场比赛的含金量高吗？同期有什么竞争对手，你帮我查查。"

自从被老板要求帮陈其昭处理项目事宜后，徐特助的日常工作中又多了一项——帮二少跑腿。

业务范围太广，以至于陈时明的助理团队时常收到陈其昭的各种要求，比如二少突发奇想去投资项目，目标一下子跳到隔壁C城，评估完之后觉得投资金额过大选择放弃；再比如二少想招助理，让他去找猎头查某些公司的人才，最后又突然不想招了……

现在，二少又想查别的。

这种大学生想混履历的情况很常见，徐特助略感头疼，但还是老实照办："这个好查，晚点我查完发你邮箱。"他说完突然想起一件事，想到老板的吩咐，委婉地提了提，"二少，科技园跟锐振电子合同的事……"

陈其昭语气轻松："知道，不是让你去盯着办吗？合同让法务那边看了，条件添了不少，对我们这边很有利。"

徐特助汗颜，就是太有利才可疑，天上哪有掉馅饼这种好事。

这段时间老板还查出来不少事情，只是牵扯较大，还需要一两周的时间准备证据。老板不想打草惊蛇，又担心陈二少这段时间又被秦行风等小人欺骗，就让他盯着人，还让他委婉地多提醒两句。只是他跟二少提了等于白提，二少依旧是那副无所谓的态度，对周围人没有防备，甚至还帮朋友搞起大学履历的事。

徐特助想了想,说:"二少,秦行风那边我最近正好查出一点事情。"

陈其昭本来想挂电话,听到徐特助这句话又来了兴趣:"你说说。"

徐特助道:"先前查的C城的项目,秦行风也看上了,在里面追加了一大笔投资。"

陈其昭"哦"了一声:"我都不投资了,他想投就投吧。"

徐特助:"……那个项目前景很好,二少当时没投有点可惜。"

二少就不会想想项目可能被人截和吗!

陈其昭闻言笑了声:"是吗?可我觉得投那个项目会倒霉。"

徐特助不理解。

为了让二少清楚地认识到秦行风这人不可深交,徐特助只能把最近顺手查到的一件事当作例子来说:"秦行风这人不好交往,听说他背地里找人搞黄了别人的项目,那人你也认识,是经常跟你玩的程家人,叫程荣……"

陈其昭闻言眉梢微挑,笑了笑道:"是吗?"

第四章 恶人恶报

S大下课的人流量很大，正好又是饭点，来来往往的人非常多。

沈于淮刚从图书馆出来没多久，就注意到一个显眼的身影。那人站在图书馆旁的树荫下，倚着布告栏，微低着头，似乎在打电话。

那人戴着帽子、穿着外套，引起了很高的回头率。

沈于淮微微侧目，似乎在判断什么。

身边一起从图书馆出来的男生开口道："沈师兄，我请你吃个饭吧，这几天多亏你帮忙。"男生语气诚恳，手里还抱着一堆资料。

沈于淮收回目光，与身边的人说话："没帮多少，剩下的数据你自己多用点心。"

男生又道："还是要谢谢师兄，要不是你帮忙，我还找不到这么好的突破口……"

陈其昭还在听着电话那头徐特助的八卦，眼神随意乱飘，忽然就看到图书馆门口站着的人。他对沈于淮那件黑白外套实在是太熟悉了，第一次在酒吧里见面时就看过。

"挂了。"陈其昭突然道。

徐特助话还说一半："等等……"

C城某竞标会现场，陈时明站在展厅高处，垂眼看着底下的情况。竞标已经结束，有的人面露沮丧，有的人面露欣喜。

秦行风挂着虚伪的微笑跟其他人应酬，表面谦虚有礼，实则为自己的胜利暗自欢呼。

徐特助结束电话走了进来，陈时明看向他："打完了？"

"打完了，二少询问了一些学校里的事。"徐特助道，"秦行风的事我提了，二少应该会提高一些警惕。"

陈时明收回目光："最好能听进去。"说完，他又面无表情地说道，"戏看完了，也差不多该收网了。"

"好。"徐特助低头看向底下的秦行风，看着他那沾沾自喜的模样，内心已经为他点了三根蜡烛。

不知情的人真容易为一点"成果"而感到喜悦。听说秦行风抢了陈二少的项目，老板就想了个办法抬高了秦行风的竞标报价，不动声色地搅浑这潭水。

招惹什么人不好，非要动陈家的小霸王，真不知道陈家一家人都护短吗？

陈其昭挂了电话，立刻就往图书馆门口跑去。

沈于淮不是一个人，跟他站在一起的还有另外一个人。走近后，陈其昭确认了目标。他这几天没少看这人的照片，即便对方再不上镜，他也一眼就认出这个穿着正经，像好学生的人是谁。

"淮哥。"

沈于淮偏头，看到陈其昭已经摘下帽子，露出修整过的刘海以及那双有神的眼睛。

何书航看着这个刚刚跑来的学生，不免被对方的脸所吸引。

男生穿着外套，皮肤白皙，长着一张精致又帅气的脸。余光扫到男生手里的书，是大一通识课的教材，他主动开口："师兄，你还认识我们学校的小学弟啊？"

陈其昭心想难不成这学校只能认得你一个人吗？未免把自己看得也太高了。

他面上不显，礼貌道："你好。"

何书航有点不悦，大概是习惯其他人见他时礼貌地喊师兄，他总觉得眼前这个小师弟看似礼貌但对人总是冷冷的。他问道："小师弟是哪个专业的？"

陈其昭跟他同时开口，话题直接拐到沈于淮身上："淮哥，吃饭了吗？我请你吃饭。"他担心沈于淮拒绝，只好再多说一句，"总让你请我挺不好意思的，学校有个食堂里的东西挺好吃的。"

何书航把涌到嘴边的话咽了回去，道："那正好，我们刚打算去食堂……"

"吃饭的事下次吧。"沈于淮道,"剩下的数据你应该能处理,如果有其他问题到时候微信上跟我说。"他说完看向陈其昭,"下课了吗?"

陈其昭点了点头:"刚下课,路过的时候正好看到你在这儿,过来打个招呼。"

何书航脸色有点尴尬,但还是说道:"好,剩下的数据我可以解决。"

看到沈于淮已经跟陈其昭说起话来,在这儿干站着也没意思,何书航跟沈于淮说了一声先走,很快就离开了。

"他刚才是想约你吃饭吗?"见人走了,陈其昭突然问道,"我是不是打扰你们了?"

"我没同意。"沈于淮看向陈其昭,"我对你说的食堂比较好奇,走吧。"

陈其昭:"……哦,好。"

两人并肩走着,沈于淮想问是哪个食堂,却看到陈其昭正在玩手机,似乎是在和同学聊天,对方回复很快。他没有窥屏的兴趣,只是说道:"前面有楼梯,注意路。"

"好。"陈其昭在跟颜凯麟聊天,有个食堂里的东西好吃是他胡诌的,他哪知道食堂里哪个档口的饭菜好吃。他平时要么直接在宿舍叫外卖,要么就是出去外面吃,最近一次在学校吃饭,还是开学那天沈于淮带他们去吃的小餐馆。

颜凯麟:"你突然这么问,我也没怎么吃食堂啊!"

陈其昭:"……"

颜凯麟:"S大美食推荐、S大十大好店推选……这些你看看,等等,你怎么突然要吃食堂,我还在宿舍里等你点外卖呢!"

陈其昭只好在那些推荐链接里随便找了一家:"我们去三食堂吃,有家鸡肉饭做得不错。"

沈于淮闻言看他:"三食堂的话,我们刚刚路过了。"

陈其昭:"……我对学校的路不是很熟。"

沈于淮看了下路,然后道:"往这边走,拐过去就近了。"

三食堂里人满为患,鸡肉饭店门口排满了人。

两人点完餐后,勉强在角落的位置找到位子。

"淮哥刚刚是跟那个师兄在图书馆查资料吗?"陈其昭假装不经意地询问道,"他跟你是同一个研究所的?"

"差不多。"沈于淮把消毒碗筷递给陈其昭,"他不是我师弟,以前在别的地方认识的,这次刚好在研究所里遇见。"

陈其昭问:"他也在研究所?"

"第九研究所与S大有联名建立的实验室,离得也近,有些项目会在第九研究所的实验室进行。"沈于淮简单解释道,"离得近,今天是他找我帮忙。"

陈其昭听完若有所思,他不好判断沈于淮对何书航的态度,不过目前看来两人关系似乎一般。

颜凯麟还在发消息轰炸,得知陈其昭去食堂吃饭,他央求陈其昭给他带点东西回去吃。发完消息,他并未消停,而是继续跟陈其昭八卦着圈子里的事。最近最大的事莫过于刘凯的酒吧倒闭了,颜凯麟前几天还在说等酒吧弄完过去玩一场,现在没戏了。

陈其昭点开群,果然看到刘凯在群里发火。他眼睛转了转,忽然想起什么,在群里随意发了几句话。

陈其昭打字的速度很快,单手打字时还能听到指甲敲击屏幕的声音。

沈于淮微微抬眼。

周围没有多余的位置,他们连书都是放在桌上。坐在他对面的陈其昭反戴着帽子,额间有一缕头发从帽檐处翘了出来,随着食堂里冷气的吹动,那翘起的头发扬了扬,一双眼睛里有种灵动的狡黠。

陈其昭打完字抬头,与沈于淮的视线对上。

沈于淮问:"在看什么?"

"看别人倒……"陈其昭无意识地脱口而出,下一秒又改口道,"看别人讨论作业,下午要交。"

他的目光沉静下来,看着群聊里出现秦行风的名字。

普通倒霉只是小事,只是有的人要倒大霉,倾家荡产、一无所有的那种。

沈于淮闻言随意道:"时间来得及吗?下午交的作业。"

"来得及。"陈其昭关掉了聊天群,"我做完了。"

食堂里人来人往,被"做作业"一打岔,陈其昭略带心虚地将手机反扣在书上。他突然意识到吃饭时玩手机这个行为不好,容易给人留下不好的印象。

陈其昭没有动作的时候,沈于淮也没说话。只是手机一直嗡嗡地振动着,着实有点煞风景。陈其昭只好拿起手机,直接开了飞行模式,简单解释道:"他们讨论作业很认真。"

沈于淮问:"作业很难吗?"

陈其昭卡了一下:"……应该算难吧?"

一顿午饭吃得还算愉快,沈于淮吃完饭后回研究所,陈其昭刚回宿舍就看到一脸愁容的颜凯麟。

颜凯麟:"你给我带饭了吗?为什么我给你打电话打不通,我还以为你欠费关机了!"

陈其昭:"……"

"给你点了外卖,等会儿。"

好不容易安抚完颜凯麟,陈其昭回到宿舍打开邮箱,一一下载徐特助发来的邮件。下完后,他瞥见另一封邮件,那是他另外让人调查的某件事的结果。

"C城的事快了。"陈其昭阅后清理掉邮件痕迹,喃喃道,"差不多要有动静了。"

锐振电子这两周可谓是风头正劲,先是几个项目盈利可观,接着又与陈氏集团扯上关系,在业内可以说是如鱼得水,越来越顺利。科技园内仿佛被开了绿灯,以陈其昭的名头能做的事情实在太多,再有内部人员的保驾护航,他们的项目基本上没遇到任何阻碍就已经实现前期目标。

毕竟陈建鸿和陈时明都是大忙人,没时间来管科技园里的一家小公司,时机成熟只是时间问题。

王负责人刚跟内部眼线商讨完接下来的计划,结束通话后就接到秦行风的电话。

"你的项目出问题了?"王负责人诧异道,"C城那个?"

秦行风的声音里带着几分烦躁:"对,你现在有没有办法拿点钱给我周转,我前期资金全投进去了。"

他前几个月一直在运作C城的项目,甚至投入了一大笔钱进去。后来竞标成功,他办完所有手续,该付的钱也付了。结果在项目临近启动的时候,C城那边环保局又出具报告,说考虑到环境污染问题,开发许可未能通过。他找人去了解情况,发现这个不可抗力因素完全无法解决。

而如果这个问题不解决,等同于整个项目无法实施,他前期投入的所有资金都将化为乌有。

这与他事先了解的情况完全不符,出现这样的纰漏,他补不上公司的财务缺口,甚至可能导致公司陷入财务危机。

不夸张地说,如果他的资金无法回收,那他即将面临破产。不过也不是没有解决办法，只要有足够的资金周转，走走关系，这个项目或许还有转机。

关键还是钱的问题。

听到秦行风报出的金额，王负责人有点犹豫地说："你怎么投入这么多？给你钱也不是不可以，但是最近资金……"

秦行风急切地说："你得帮我，之前你说我资金紧张时会给我支持的。"

王负责人答道："但我没想到你需要这么多钱，你等等，我打个电话问问。"

他挂断了秦行风的电话，准备打电话询问那个人的意见，打过去时却收到了拨打的电话是空号的提示，他诧异地看了看手机号码。那人跟他来往非常谨慎，每个阶段的号码都是对方提供的。

他以为是自己拨错了号码，正打算重新输入，猝不及防地就被突然闯进来的一群出示证件的人员打断。敲响锐振电子办公室门的不是别人，而是收到相关报案和举报的调查人员。

王负责人直接蒙了，看着调查人员："同志，我们公司犯了什么事？"

"我们收到相关举报和证据，你们公司的账目和税务方面存在疑点，请配合调查。"调查人员扫了一眼王负责人，公事公办地说，"你，一会儿跟我们走一趟，有些事情需要你配合。"

锐振电子面临的问题不仅仅是账目问题。一众调查人员进入财务室，查封了电脑主机进行详细调查，整个过程顺畅。王负责人事先对此一无所知，没有人通知他会有临时调查，因此他也没来得及让财务人员带走账本以躲避追查，只能眼睁睁地看着财务室的东西被带走。

想起电话那头一遍又一遍的空号提示，王负责人的脸色变得苍白。

与他联系的那个人已经注销了号码。

C城的项目无法启动，如果不尽快周转，所有的投资将付诸东流。

王负责人还需要一些时间，秦行风的心情却越来越乱，突如其来的情况让他焦头烂额，他只好去联系程荣等人。

他现在急需一大笔资金来周转，否则不仅他的公司会破产，连他自己也要背负一大笔债务。只是当他打电话过去时，却发现之前与他交好的人一个个都拒接他的电话。

"关键时刻，一个能派上用场的都没有。"秦行风骂了几句。无奈之下，他只好打电话给陈其昭。

C城的项目本来就是从陈其昭那里听来的，这段时间因为项目合作的事，他跟陈其昭的关系还算不错。他投资C城项目的事，陈其昭根本不知道。

秦行风在项目出事的第一时间，不是没有想到是陈其昭在搞鬼。但是这个项目的发展前景确实不错，很多消息都是他自己派人去查的。开发审批没下来的事，谁也没预料到。除了他，还有很多公司被坑，其中很多都是市面上有名的大企业，消息肯定比陈其昭这种草包灵通。这种未卜先知的事情，不可能出现在陈其昭身上。

"行风哥？"电话很快被接通，陈其昭的声音传来。

秦行风控制了一下语气："其昭，我遇到了一点麻烦……可能需要跟你借点钱周转。"他说完又道，"你放心，我很快就能还你钱，最多两个月。"

电话那边安静了一会儿，陈其昭忽然笑了。

"行风哥，你真会开玩笑，我所有的钱不都听你的，投到锐振电子了吗？这会儿哪来的闲钱啊？"陈其昭的声音带着无辜，"行风哥，你人脉这么广，去找王哥借不就好了。"

秦行风想起这件事，他确实让陈其昭投了很多钱。

听说陈家为了锻炼孩子，根本没给孩子多少零花钱，陈其昭的积蓄估计已经用光了。

"有一百万吗？"秦行风道，"我这情况有点困难。"

陈其昭又道："那真没有。"

秦行风见借不到钱，只好道："好，没事，我再想想办法。"

他挂断电话，完全没听到陈其昭那边嘈杂的背景声。

S大附近的某酒吧，一群年轻人围坐着喝酒。见陈其昭挂断了秦行风的电话，周围一群人发出嗤笑的声音。

"来找我借钱了。"陈其昭一脸无辜地看着其他人，"你们没说错啊，他真在到处借钱。"

同桌四五个人，其中有三个接到了秦行风的电话。程荣面色铁青，看着陈其昭道："谁会借给他，背地里阴人的小人。"

颜凯麟看着程荣："你之前跟他关系不是还挺好的吗？"

"好什么。"程荣语气里带着几分不屑，他喝了半杯酒，道，"这次多亏小昭提醒我，不然我跟刘凯莫名其妙就被坑了。我说好端端的，事情怎么就黄了，原来是秦行风在后面搞鬼。想到他一边搞我，一边跟我称兄道弟，我就犯恶心。"

刘凯道："就是，我投进去两百万，结果酒吧黄了。要不是荣哥提了一嘴，我完全不知道。不就是个视频吗？我都跟他道过歉了，没想到他的心机这么深，还在背地里搞我。我早看秦行风不爽了，装什么清高。"

颜凯麟道："你们这是冤大头啊！"

陈其昭没说话，用平淡的目光扫过这些人，内心觉得十分滑稽。

秦行风背地里搞程荣和刘凯的事在他的预料之中，别看秦行风表面上云淡风轻，实际上这人记仇，睚眦必报。朋友圈的视频既然捕到了秦家那边，以秦行风的性格必然不会放过始作俑者。

恰好徐特助这段时间对秦行风非常关注，经常在他耳边提秦行风哪里哪里不行，还把秦行风搞程荣和刘凯的事作为典型来警醒他。陈其昭对于这种狗咬狗的戏码兴趣盎然，正好程荣和刘凯的项目被搞黄了，他也就顺水推舟，假装不经意地提了两句，让这戏码推向高潮。

程荣道："秦行风这人不行，好几次还找我组局跟小昭攀关系。"他朝陈其昭道，"这件事是哥以前识人不清，先跟你道个歉。你跟锐振电子投资的那个项目也小心，这人能背地里阴我们，说不定也记恨你。"

"那可难办……上个月我刚跟锐振电子签了新合同。"陈其昭一脸苦恼地晃了晃酒杯，语气没有多少起伏，"等晚点我问问人，看看有没有办法中止合作，不过提前终止会违约吧？"

程荣见状道："你等等，我问问别人，看看有没有办法。"

陈其昭看着其他人的动作，目光停在酒上。违约？那应该是锐振电子先违约，并且赔付他大额违约金吧。

另一边，秦行风刚刚挂断和陈其昭的电话，又打电话给其他人。

他的借钱道路没有那么顺利，不过也还好，多多少少能凑一点，到时候再加上王负责人那边再弄点过来……秦行风的算盘打得很好，只是没过多久，他就收到了锐振电子被查的消息。

助理脸色苍白："那边被查了，估计很快也会查到我们这边……"他们公司与锐振电子牵扯的账目实在太多。

秦行风脸色直接变了，锐振电子出事，那他去哪里找钱来堵C城的漏洞："你让财务那边把电脑主机……"

只是还没等他清理掉公司账目，调查人员就带着搜查令上门了，直接封住了他们的财务室。

"怎么会这样……"秦行风看着一片混乱的局面，茫然地环顾四周。

不仅是C城项目投资出现问题，一旦他利用虚假业务转移资产的消息被查实，目前累计的金额足以让他直接破产，甚至背负巨额的罚款。这一切发生得太快,他完全没有准备,他还在设法弥补C城项目的损失,怎么会突然爆发出这么多事情……

就好像有人在背后操纵。

秦行风退无可退,只能派人四处找关系,但别说借钱,外面的人一听到出事的消息,个个避他如蛇蝎,甚至连秦家也直接宣布与他断绝关系。

借不到钱,私密的账目被曝光,他即将面临牢狱之灾。

秦行风深陷风波之中,陈氏集团内部也暗流涌动。

从收网开始,下棋的人将注定收获属于他的成果。

徐特助刚刚从会议室出来,锐振电子的事情他们早有防备。由于最初签约时的合作条款和违约条件,出问题的锐振电子一方即将向陈其昭支付巨额违约金,详细的账目需要与锐振电子一一核对清楚。

会议结束后,他走进老板的办公室,看到老板正在与陈家二少交谈。

"那我投入的钱能收回吗?"陈其昭只关心自己的钱,"我记得锐振电子很有钱,我的违约金不至于赔不起吧?"

陈时明看着这个一脸侥幸的弟弟,一时间不知道是该教训他要擦亮眼睛看清人,还是该夸他运气好:"我早跟你说过要远离秦行风,你却一意孤行与他们签下科技园的合同。如果不是这次他们出现问题……"

"知道了。"陈其昭将手头的资料扔在桌面上,一边玩手机,一边轻松地说,"秦行风也快完蛋了吧?"

"恶有恶报。"他笑了笑,"皆大欢喜啊。"

何止是完蛋,秦行风将一无所有,身败名裂。

想要C城这个项目,秦行风怎么不考虑自己是否承受得住。

这个确实是个好项目,若他没有记错,这个项目吸引了一大波人投了一大笔钱,最后因为不可抗力而不了了之。陈其昭还记得梦到最后,那个项目依旧烂尾。秦行风以私生子的身份混迹于各个富二代圈子,表面看似光鲜亮丽、事业有成,实际上他也经常混迹于酒局,打听某些大佬的投资动向,总想跟在别人脚步后面分一杯羹。

C城项目就是其中之一,陈其昭不过提了一句,这人就上钩了。但秦行风并非没有判断眼光,正因为这目光太长远,所以对于这种有大好前程的项目,他不可能不心动,甚至会铤而走险。

赌徒,陈其昭见多了,而他只不过是小小地推了一把。

"你还笑得出来?"陈时明看着陈其昭,总觉得他的语气有点奇怪,不过还是说道,"这件事还需要收尾,但到底没有太大的损失。其他的事情等小徐把事情处理完再跟你说。"

陈其昭在玩手机,忽视了手机上那一众关心的话语,看着那群后来对他避之如蛇蝎的"朋友"们的关心,觉得这个世界真是荒谬。

他翻看消息,看到秦家现任太子爷发来的消息。

这人叫秦云轩,前不久突然加了他,似乎是因为秦行风那段在圈子里流传颇广的视频,这人直接上门来说要跟他做朋友。

这次秦行风落难,这人差点在朋友圈欢呼鼓掌。

陈其昭忽视了他的消息,伸了个懒腰:"那我先走了?"

"这就走?"陈时明问他,"爸问你中午要不要在公司吃饭。"

"不了。"陈其昭说,"我下午有课。"

等陈其昭一走,办公室只剩下陈时明和徐特助。陈时明把桌面上的文件收好,又问:"科技园里跟锐振电子合作的人找出来了?"

"找出来了。"徐特助想想就心有余悸,这次要不是二少从一开始就把项目交给他们来管,也不会发现这种让人细思极恐的事。科技园那边本来是陈氏集团的一个转型发展点,在集团内重视程度一般,平常他们根本不会管。但是这一次科技园跟锐振电子的合作太顺利,也太诡异,他听从老板的吩咐往下细查,结果查出了大问题。

有人跟锐振电子里应外合,偷窃科技园里的机密文件。

徐特助道:"但这件事也有老陈总默许,否则他们也不敢这么明目张胆。"

"那还得多亏了我爸默许,否则也不会这么容易抓到,算是误打误撞。他们本以为这样可以牟取便利,不过是加速了他们暴露的一把刀。"陈时明目光淡然,想到上午与陈建鸿的对话,又道,"你继续往下查。"

徐特助一顿:"陈总的意思是?"

"科技园这么小的公司都有人插手,你觉得其他公司就完全没有问题?"陈时明语气带着几分严肃,"动作小一点,全部内部调查,恐怕还有我们不知道的内鬼。"

徐特助一凛:"好,我马上去安排。"

陈时明将合拢的文件放到一边,余光瞥见陈其昭坐的位置,他揉了揉眉心:"大概是我的错觉,怎么可能?"

冥冥之中,好像有什么见不得人的秘密即将被揭开。

锐振电子和秦行风被查的事情在业内引起轩然大波,而且这件事还涉及陈氏旗下的几个公司,处理结果更是轰轰烈烈。听说陈氏旗下的公司与锐振电子的合作出现纰漏,内部自查出不少问题,只是一个小小的公司项目,为何会让陈氏这么大动干戈?

陈氏集团向来是其他竞争对手的重点关注目标,这一波轰轰烈烈的内查,就有不少人在暗地里观察着,发现了陈氏集团内部一波不易察觉的中层管理洗牌。

沈于淮周末回家的时候,沈家父女两人边喝茶边聊着事情,正好就是在讨论这件事。

"锐振电子这次机会来得不错,老陈一直想给他的儿子铺路。时明虽有实绩,但想要动摇股东会那群老顽固还差点火候。这次锐振电子牵扯出商业间谍,成了陈时明的一把利剑。"沈父笑笑道,"这个机会来得太巧,陈家的人也聪明,这里面的利益关系不好说,后面可能还有动作。"

沈雪岚又道:"这件事要不是巧合,我都想是不是有人设计,机会太好了。"

沈父注意到沈于淮:"回来了?这周留在家里吧。"

"这周不忙,留两天。"沈于淮在他们旁边坐下,"你们在聊什么?"

沈雪岚道:"聊陈家的事,最近小道消息挺多的。"见沈于淮难得对这种事情感兴趣,她就多嘴说了一个大概,"也算歪打正着吧,锐振电子是秦家那个私生子跟别人搞的鬼,本来是想坑陈时明那不争气的弟弟,结果歪打正着给了陈时明一个大刀阔斧改革的机会。"

沈父接着说道:"对陈家没有什么损失,就是陈家老二有点可惜。第一次学人搞投资,结果被骗,项目全黄了。"

沈于淮听到这里,目光不禁落在沈父身上:"亏了?"

"亏不亏不知道,但听说合约条款还好,拿了不少违约金。"沈雪岚看着沈父,"你也不用替他可惜,听说出事隔天还带朋友去酒吧庆祝了一番,陈家小霸王你又不是不知道。"

陈其昭的名声太臭,和陈时明实在是两极分化严重。

沈父每每想起那个孩子,总会为好友可惜。

沈于淮:"小霸王?"

"这你都不知道?"沈雪岚多解释两句,"就跟圈里那群吃喝玩乐、无所事事的富二代一样,听说脾气还挺暴的。"

沈于淮拨了拨面前的茶盅:"还好吧?我觉得他还挺乖的,也很有礼貌。"

他刚说完，注意到旁边沈家父女两人用着一种诡异的眼神看着他。

沈雪岚喝着茶，听到沈于淮这句话险些呛着："你这句话说出去，连他亲哥陈时明都不信。"她道，"书读得挺好的，看人的眼光还得再培养培养。"

沈父转移话题："你高中的时候不是跟陈时明挺熟的吗？现在怎么没见你们来往？"

沈雪岚撇清关系："我们想见面你也得看看有没有时间，而且见男人哪有搞事业重要，你别想催婚哈，我跟陈时明那个人合不来，指望我，你还不如指望小弟。"

"我又没催你，你小时候放学还老往陈家跑，我就不能问两句吗？"沈父看向沈于淮，又道，"于淮，这段时间要是空下来，别整天摆弄那些东西。你叔伯上回还说都好几年没见你，读书别死读书，该放松就放松，下周抽个时间跟我出去见见人。"

沈于淮余光瞥见桌面上那张财经报纸，简单地应了一声。

外面的人看热闹的多，不嫌事大来找事主问的人也多。不少人来找陈其昭打探内部消息，被陈其昭三言两语糊弄过去。

这能有什么好问的，不过是提前揪出一些商业间谍，该吃官司的吃官司，该辞退的辞退，他一个上大学的人能懂什么？他不过是一个即将获得高额违约金的"倒霉蛋"。

锐振电子牵扯到的人不多，能查出这么多的人来说明陈时明早就察觉到哪儿不对，在对锐振电子下手的同时也在布局对付其他人，所以才能在关键时刻一网打尽，而不是打草惊蛇。

陈其昭看着陈氏集团内部的名单，把梦里看到过的、没看到过的人都找了出来。虽然涉及的范围很广，但都是一些受人指使、替人办事的人，职位最高的也不过是几个经理。有些隐藏得深的人根本没有显露出来。

这点陈其昭也不意外，要真那么容易就能揪出来，以他家那两位工作狂的本事也不至于拖到后来的局面。锐振电子只是个契机，盘踞在陈氏内部的毒瘤要完全切除不是容易的事，先砍断它的手脚，提高陈建鸿和陈时明的警惕心，再设法进行下一步。

"哎，这好端端的怎么就出事了。"张雅芝心疼地拍着陈其昭的手，道，"都怪秦家那个小孩，自己账目不干净还来拖着你下水，幸好这次没吃大亏，等妈妈问问朋友有什么好项目，到时候给你找找。"

陈其昭道："再说吧。"

张雅芝看着陈其昭手里的东西，莫名其妙地问："你买这个干什么？"

陈其昭把她的手放平："别说话。"

电子血压计上的数值跳动着，数字到最后时平稳下来，报出一个正常的数值。

张雅芝解开了绑带："这东西没什么用。"

"放在家里，我回头让张叔每天晚上盯着你测。"陈其昭把东西收起来，说到一半时突然想起什么，"回头你测的时候也让爸测，他准有'三高'。"

张雅芝笑出声："有你这么说你爸的吗？"

陈其昭道："我有说错吗？抽烟、喝酒，他年轻时哪样没沾？"

张雅芝想了想："这也确实，我前几天让他跟我一起减肥，他不听。"

陈其昭把血压计拿到一边，坐在旁边等张雅芝说话。

张雅芝当着小儿子的面数落了丈夫一顿，余光瞥向坐在身边的男生。纵然家里人提到陈其昭都是恨铁不成钢，对他的性格无从下手，但张雅芝还是敏锐地察觉到了一些不一样。以前的陈其昭骄纵爱闹，跟家里人没能好好地说过三句话，现在的陈其昭性格好像没怎么变，但她总有种眼前的孩子长大了一些的感觉。

她突然开口道："小昭，你最近好像有点不太一样了。"

陈其昭奇怪地看着她："哪里不一样？"

张雅芝："以前我跟你说话的时候，你没听两句就走了。"

陈其昭眼皮半敛，低头看手机："多听两句也不是坏事。"有的时候，想听也听不到。

张雅芝眉眼带着笑："现在好像有点懂事了，比以前乖。"

陈其昭面无表情地想着，乖一点吗？

大家都喜欢。

"你只有放假才回来，妈妈想找你说话都难。"张雅芝又多说几句，"平时没什么课也可以回家来，地方又不远，你要是懒得叫车，妈让老林去接你。"

老林是家里的司机，从陈建鸿年轻时就在陈家工作，年纪与陈建鸿相仿，平时负责早晚接送这两个工作狂去公司。小时候陈其昭上学时，也是老林接送的。

对于这位亲切和蔼的司机，陈其昭一直怀有好感。但可惜他最后未能善终，陈时明车祸那天，听从陈时明的指示加速的就是他，结果当场丧命。

陈其昭收了收心："学校课多，有空就回来。"

张雅芝对他这个回答习以为常，上次他也是这样回答的："对了，下周一定要回来，妈带你去个地方玩。"

"什么地方？"陈其昭疑惑地问。

"一个慈善晚会。"张雅芝担心陈其昭不愿意去，又提到了几个陈其昭熟悉的朋友，"我听你爸说，凯麒最近回国发展，颜家似乎也有把重心转移回国内的打算。你那些朋友应该都会去，小颜也应该会去。这种晚会人多，到时候妈带你认认人，以后做生意多条门路也好。"

她已经做好打算，孩子既然想做生意，做父母的也应该为孩子铺铺路。特别是在 S 市这种地方，陈其昭能多认识几个人也好，别总去认识那些不三不四的人，再遇到一个秦行风那样的人可怎么办？

"下周再说。"陈其昭漫不经心地听着，目光停留在永远热闹的朋友圈里。

他的朋友圈里除了朋友，还有新认识的同学，一个个都充满朝气。时隔这么多年再看到这种"同龄人"的生活，他心里没有太大的波动，甚至觉得年轻时某些想法既天真又无聊。

他刷着刷着，忽然刷到了沈于淮的朋友圈。

沈于淮：天气很好。

配图是一朵小白花，周围是绿草和几颗鹅卵石，在阳光的映照下熠熠生辉，十分美好。

陈其昭点开图片。

沈于淮的朋友圈，陈其昭已经看了很多遍，更新频率很低，上一次发朋友圈还是两个月前。相比较那些枯燥又乏味的竞赛内容，这次的朋友圈是难得的生活照。

张雅芝正好瞧见，道："这花拍得不错，挺好看的。"

陈其昭稍微侧过屏幕给她看，解释道："朋友拍的。"

张雅芝："是玩摄影的朋友吗？"

陈其昭微微一顿："一个做研究的朋友。"

两个人说话间，门外传来了声响。

陈其昭抬头，看到陈建鸿走了进来，后面还跟着一个西装革履的年轻人。他本来没怎么注意，直到看到跟着陈建鸿走进来的那个人的脸。

张雅芝在跟陈其昭说话，忽然看到他的目光直直地看向门口，下意识地跟着抬头："怎么了？"

陈其昭松开了手，手背上微凸的青筋顿时隐没在皮肤下，他刹那的情绪外露消失得干干净净。

跟在陈建鸿身边的……是一只藏得极深的老鼠，真是好久不见，蒋禹泽。

陈其昭肆意地打量着眼前这个人，与后来蓬头垢面进监狱的样子相比，对方现在还算人模人样。

蒋禹泽，陈建鸿目前的得力干将。

此人今年三十多岁，年轻时进入陈氏，一步步高升，最后坐稳了陈建鸿助理的位置。虽然表面上只是一个助理，但很受陈建鸿的赏识，陈建鸿把很多事都交给他，在集团内的地位不低，不出意外的话，将来应该在集团内前途无量。这样本来风光无限的一个人，却早已跟林士忠勾结上，后来间接成为陈氏破产的既得利益者，摇身一变成为某上市公司的老板。

这人藏得深，做的事也不少，这次陈氏中层大洗牌，里面被辞退、被起诉的人里就有好几个与蒋禹泽有关系，可在这样的情况下，这人还能把自己摘得干干净净。

老狐狸做事干净，从不会让火烧到自己身上。

说到蒋禹泽，那涉及的事可太多了。林士忠放在陈氏的最大一张牌就是他，其他的商业间谍或者内鬼最多只能算是虾兵蟹将，只要蒋禹泽还在，陈氏的隐患就一直在。

陈其昭刚醒来的时候脑子有点乱，后来多亏和徐特助聊了一段时间，才知道现在这个时间蒋禹泽还没动手，陈时明身边还算干净。陈氏集团内部错综复杂，陈其昭不可能把梦里那么多人记得清楚，但对于蒋禹泽所做的事他清楚得很，其中他埋下的最大的一个隐患就是陈时明的助理团。再过两年，陈建鸿有退位让陈时明接手的打算，而蒋禹泽心知肚明，在岗位调配的时候把自己的人塞进了陈时明的助理团里。

林士忠下的这一盘棋局，蒋禹泽就是那个将军。

"建鸿，今天不加班吗？"张雅芝看到陈建鸿回来有点意外，"小蒋也来了？"

蒋禹泽礼貌道："夫人好，打扰了。"

陈建鸿朝着蒋禹泽点了点头，又让管家上楼去拿几份资料。

"中午留下来吃饭吧？时明那孩子最近忙，都不回来吃饭，正好我让老张多做点东西。"张雅芝热情地说道，"不然中午也只有我和小昭两个人吃。"

陈其昭摁灭手机屏幕，目光毫不掩饰地打量着蒋禹泽。

蒋禹泽闻言看向坐在旁边的陈其昭，很快就收回目光："谢谢夫人，不过拿完资料我还得回公司。"

很快，管家拿来了一个资料袋。陈建鸿把东西交给蒋禹泽："公司还有事，他得回去处理。"

蒋禹泽点点头，拿到资料后就离开了，像个忠实又努力的下属，让人挑不出毛病。

陈建鸿注意到陈其昭的视线停留在门口，开口问道："你认识他？"

陈其昭闻言看向陈建鸿，随意地靠在沙发上，说道："不认识，但长相我不喜欢。"

"这还能看长相？"张雅芝闻言笑了笑，"看人眼光这么挑，以后找老婆怎么办？总不能看到人家第一眼就说不喜欢吧？"

"小蒋做事有分寸。"陈建鸿没有因此不悦，反倒多说了两句，"平时没课也别待在学校，到公司来看看，我让小蒋带带你。"

陈其昭笑了笑："他很厉害？"

陈建鸿说："带你足够了。"

"那好啊。"陈其昭用手指敲了敲手机屏幕，一脸吊儿郎当，"那说好了，如果我去公司，你得让他来带我，别的人我不要。"

陈建鸿在旁边坐下，听到陈其昭这么说也只是淡淡地回了一句："前提是你能收心放在正事上，不然找十个人带你也是一样。"

"你这孩子，刚才还说人家的长相你不喜欢，现在又要让别人带你。"张雅芝话音中带着几分纵容，"不过也是，你该去公司看看，以后想要接触家里的事业也能更好入手。"

"知道。"陈其昭语气不变，目光却带着几分不易察觉的阴冷。

是啊，很厉害，这么厉害不见识一下真的可惜了。

陈建鸿的目光在陈其昭身上停留得有些久，而后注意到桌面上一个较为突兀的盒子："谁买的？"

张雅芝见状道："小昭买来测血压的。"

她说着，从包装盒里拿出血压计："来，小昭刚才还说让你也试试。"

陈其昭听到张雅芝这么说，心想这人要是会老实测就好了。陈建鸿这个人心高气傲不服输，如今岁数上去了，该跟项目的时候也跟着，年轻人熬夜，他也跟着熬。

当面说这人有"三高"，多半会让陈建鸿不高兴。

果然，陈建鸿见状微微皱眉："没事买这种东西干什么？"

陈其昭心想着你少喝点酒、少熬点夜，我也不会买这东西，还不是想让你活得久一点。

难得的是，他今天居然没有因为陈建鸿的话生气，或者说他早预料到这个人会说什么话，一点也不意外。

他胡乱地想着，对他而言，生气吵架可能更舒服，像鲁莽的年轻人那样，质问陈建鸿怎么不好好爱惜自己的身体。但想到这个人最后是因为脑出血去世的，他没把刻薄的话说出口，而是选择沉默。

张雅芝悄悄看了陈其昭一眼，她知道这孩子最近很关心她和他爸的身体，有时候没明说，但全都嘱咐老张了。她还听老张说过，陈其昭偶尔还给他打电话，不问别的，就问她和他爸的作息，问他们的饮食习惯。

可这些事陈其昭从来没有明说。

"孩子买的东西你说什么呢，还不是为了你身体好，你前阵子不是还说有点头晕吗？"张雅芝目光中带着几分责备，"孩子的好意，你少说两句。"

陈其昭听到张雅芝的话，不禁抬起头。

陈建鸿注意到陈其昭这个细微的动作，哪怕对方抬起头后又很快低下去了。

换成以前，他不认为陈其昭能细心到这个程度，也不认为这孩子会关心他们夫妻俩的身体。他对这个孩子很了解：粗心大意，做事没有恒心，走上社会迟早会被人骗。这次秦行风的事就让这孩子吃了大亏，他原以为这孩子能长点记性，收收心，可是看他依旧随性，心里又有几分恨铁不成钢。

可就在刚才，他敏锐地捕捉到陈其昭刹那的情绪变化。

陈其昭还在想陈建鸿头晕的事，他没听说过这件事，张叔也没提过他头晕。他正琢磨着怎么从张雅芝嘴里套话，却忽然听到陈建鸿的声音。

"那就测吧。"陈建鸿拿过张雅芝手里的血压计，"和普通的血压计一样？"

"差不多。"张雅芝看向旁边没动作的陈其昭，朝对方使着眼色，"来，小昭帮你爸弄弄。"

陈其昭微微握紧的手松开，很快起身走过去帮忙。

陈建鸿看着眼前的孩子，总感觉一段时间没见，这孩子好像变了很多。

"最近……"他刚开口说了两个字，忽然被陈其昭打断。

"闭嘴。"陈其昭低着头帮他把绑带弄好，压根没看人，"你测血压的时候，医生没跟你说别说话吗？"他说完又道，"手放平。"

张雅芝在旁边捂嘴笑着："就是，手放平。"

陈建鸿："……"他忽然感觉血压有点高。

血压测试结果很快出来，果不其然，陈建鸿的血压有点高，甚至不仅仅是有点高，对于他这个年纪来说已经是十分不健康的状态了。

张雅芝惊讶道："建鸿，你的血压有点高啊……"

陈建鸿自己撕开绑带，语气平淡："我这个年纪都这样。"

管家张叔也道："先生，年龄不是关键，您这确实是偏高了。"

陈其昭最怕的结果就是人平时没什么大问题，结果一出事人就没了。看到这个结果，他莫名其妙地松了口气，说话的语气不禁也轻松了几分："偏高，您这都160了，还说没问题？得叫医生开点降压药控制。"

陈建鸿说着没事，但张雅芝压根不理他，直接就给医生打电话。

陈其昭顺便给张雅芝递了话，道："血压高的原因要排查，最好还是去医院做个体检。"

陈建鸿最近很忙，根本没时间："开点降压药算了。"

"算什么呢？血压高可能脑梗中风。"张雅芝态度异常坚决，"不行，这件事你必须听我的。老张，你去安排一下，我们明天就去医院体检。"

陈建鸿头疼地捏了捏眉梢："那再过几天吧，最近事情多，下周还得去参加晚会，没时间。"

"哪个晚会？"陈其昭问，"让陈时明去不就好了？你还要事事亲为啊？"

张雅芝解释道："就是妈带你去玩的那个。"

陈建鸿道："林家办的慈善晚会。"

陈其昭闻言一愣："哪家？"

"就是你林世伯家。"陈建鸿没注意到陈其昭的脸色，他把血压计放回包装盒里，"小时候你还去他家玩，这才几年没见，连你世伯都忘了？"

陈其昭的食指不经意地动了动，半垂的眼里藏着情绪。他扯了扯唇，掩下在四肢百骸蔓延的凶狠与兴奋，笑着说："林世伯啊……我怎么会忘。"

林士忠，他可记得清清楚楚。

市区中心某高级酒店，正在举办的一场晚会占据了两个展厅。水晶吊灯下，错落有致地摆放着香槟塔，穿着得体而谦逊的侍者在宾客间穿梭，身着正装的男女们举杯交流，觥筹交错，言笑晏晏。

这场慈善晚会汇聚了S市上流社会的众多精英。

在展厅二楼的某个私密房间内,一位身着灰色西装的中年男子将手中的烟头在烟灰缸中掐灭,目光随意地透过隐形的玻璃墙,注视着下方的晚会现场。他看起来五十多岁,脸上刻满了岁月的痕迹,但一双眼睛异常精明。

旁边一位身着笔挺西装的精英正在汇报情况:"锐振电子的事情败露后,陈建鸿将内部调查的事宜全权交给了陈时明。我们不少人已经暴露,现在不是动手的好时机。"

"让他先等着,筹划了十多年,不必急于一时。"中年男子玩弄着手中的打火机,火光在昏暗的房间里明明灭灭,"等他们放松警惕后再行动。"

他说话间,突然注意到了人群中的一位年轻人,语气不禁放缓了一些:"那是陈家的老二,陈其昭吧?"

精英男循着他的目光看过去:"是的,是他。"

锐振电子确实是他们策划的一个突破口,选定了陈家所谓的草包陈其昭作为切入点,利用他来实施下一步计划。算计陈其昭比算计陈时明简单太多,他们为陈其昭量身定做了一个陷阱,甚至搭上锐振电子来布这个局。原本这个计划实施得非常顺利,陈其昭签订了合同,甚至科技园的渠道他们也掌握了,却没想到在最关键的时候陈时明杀了出来。

在他们原来的预测中,挑拨兄弟两人的关系后,性格暴躁的陈其昭必然成为他们最有利的一把刀。可他们千算万算,没想到陈其昭居然把锐振电子的事跟陈时明坦白了,甚至找了陈时明的助理团来帮忙。

他们那个套路要骗过陈其昭绰绰有余,可要骗陈时明,那就是班门弄斧了。这是他们的疏忽,找陈时明帮忙这件事,陈其昭没有透露丝毫口风,陈家那边也没有任何消息传出,就连陈建鸿对此的态度也是平平,这才导致他们放松了警惕。

损失秦行风这个棋子是小事,只可惜最后搭进去了锐振电子,还赔上了在陈氏里面的一部分布局。

精英男道:"我们没预料到陈时明能够沉得住气,等到锐振电子被查才收网。"

"陈时明跟陈建鸿年轻时真像……或者说陈家的人都耐得住性子,一不小心就被反咬一口。"中年男人并没有因此动容,语气如常,"看来之后还得加把火。"

精英男看向中年男人:"林总,是要准备那个计划了吗?"

"自然是要,对付陈家不能掉以轻心。"林总语气中不禁带上几分寒意,"陈建鸿跟陈时明确实厉害,陈家风光无限,那是因为他们两个还撑得起陈家。陈建鸿退位,陈时明上位,完美的继承交接,陈氏集团到底也是牢牢地掌控在陈家的手里。"他手中的打火机啪地亮起来,"可哪有不透风的墙,如果他们出事呢?"

精英男神情一凛。

打火机的火熄灭了。

中年男人透过单向玻璃盯着下面的陈其昭,然后站起身整理了西装外套,语气轻松地说道:"走吧,我们去见识见识陈家的草包。"

慈善晚会现场,宾客陆续进场,互相寒暄应酬。

张雅芝跟相熟的人聊着天,拉着陈其昭在旁边认人。她既然打算给孩子铺路,那与人交谈的时候必然会让陈其昭跟着,认人的同时也会向陈其昭私下解释这个人是做什么的,在 S 市有什么产业。

只是陈其昭有的时候很配合,有的时候却兴致索然。

事后,张雅芝问:"刚才你周叔跟你说话,你怎么也不应两句?"

陈其昭眼皮半垂着,眼睛瞥了斜前方一眼很快就收回来:"你注意到他刚才说话的内容了吗?表面上跟你聊家常,却一直在打听别的事。姓周的公司最近看上了一块地,跟陈时明撞上了。"

张雅芝闻言一愣:"有这事?没听你哥提过啊?"

陈其昭斜了下目光:"你瞧着,这不就去找陈时明搭话了吗?"

张雅芝看过去,果不其然看到姓周的跟陈时明说上了话。

陈其昭摇了摇手里的香槟杯,漫不经心继续道:"还有那个王女士,跟你聊得开心,她老公资金链断了,正愁着找人借钱呢。现在跟你说得开心,改天约你吃饭谈心,就该提借钱的事了。"

张雅芝诧异地看向陈其昭:"你怎么知道这么多?"

"喝酒的时候听人说的,就当提前给你排排雷。"陈其昭抬眼看她,"感兴趣?要不我给你多讲讲八卦?我还知道姓周的出轨了……"

张雅芝瞪了他一眼:"这事不能乱说。"

陈其昭笑笑,眼睛早已巡视全场,他道:"那我不说。"

有的人跟陈家的关系好,还会伸出援手帮一两次,但为了自己的利益,在陈氏集团最艰难的时期反而踩几脚的人更多。这个宴会上很多人他都打过交道,什么样的性格、爱喝什么酒,常去哪个会所……这些事情他都知道。

毕竟在那场梦里陈家破产后,他为了求人,跟很多人都喝过酒,了解对方的性格投其所好,了解对方的生意寻找突破口……这些虚伪的面孔底下藏着什么心思,图什么利益,陈其昭一点也没兴趣,只是这次还想在他面前讨好陈家?那还是算了吧,看着碍眼。

他正想着,却听到旁边的张雅芝小声问道:"他还真出轨了?"

陈其昭无奈道:"是,这事我骗你干吗?听说对方是他学生时期暗恋的'女神',还养了个私生子。"

张雅芝大为震惊。

听了几句八卦后,张雅芝总算放过了陈其昭,拉着关系好的小姐妹到外边花园谈心去了。陈其昭正打算找个边角位置坐着看戏,就瞥见他那群狐朋狗友走了过来,拉着他到中间酒台沙发处坐下,俨然一副跟他很是要好的兄弟模样。

陈其昭就当看笑话,尤其这几人还带着他喜欢听的笑话来。

"秦行风彻底凉了,等判决结果下来,他至少要蹲四五年。"程荣道,"听说他还到处找律师呢,之前一直吹嘘他公司做得多大,没想到一拆开,里面居然有那么多烂账,听说他还跟锐振电子那个姓王的合伙洗钱。"

刘凯:"对啊,我之前还以为他是投资之神,谁知道他那些钱都不干净。"

陈其昭听明白了,秦行风这是给人当替死鬼了。

有的人给人卖命,为了好处赴汤蹈火,也不想想有没有下半辈子能享福。现在想想,秦行风因为诈骗入狱,也有可能是林士忠的手笔,用完就扔,符合他一贯的手段。

颜凯麟好不容易摆脱他哥躲到这边来,结果就听到他们一直在讨论秦行风:"你们怎么还提他啊?别提他了好吗?"

"提什么烦心事啊!"刘凯举杯道,"干了干了,别说,这林家办个晚会真是大手笔……"

陈其昭微微扬眉,与人碰杯。

不远处,陈时明的视线停留在陈其昭身上,眼看着他干了一杯香槟,还顺手拿了另一杯。他原以为这小子今天过来是有上进心,说到底还是他把陈其昭想得太好,连这种场合都能和程荣那伙人喝起来,也不知道跟着他多走动走动认识人。

徐特助站在旁边看着,看着老板的脸色阴晴不定。他以为老板要过去干涉,但老板没有动。

"老板,要不要……"徐特助询问。

"在这种场合下喝酒,总比出去外面鬼混好。"陈时明收回目光,道,"盯着点,喝多了到时候就拖回去……"他话还没说完,注意力就被另一边吸引去,"林伯来了。"

展会的入口处传来一阵热闹声,此时此刻,这场晚会的东道主林家林士忠才登场。

众所周知慈善晚会由林家举办,今天聚集了这么多的人,除了收到林家的请帖专程来给林家捧场的,还有不少人为了跻身其中,未经邀请便来了。

眼见林士忠出现在现场,不少人纷纷拿着酒杯走过去寒暄问好。

这样的动静自然引起了场内大部分人的注意,就连酒池边正在喝酒聊八卦的富二代们也不觉收敛起来。颜凯麟看向入口处:"谁来了?"

程荣瞥了颜凯麟一眼:"还能有谁?"

刘凯:"林总果然不一样,这都五十多岁了,看起来还像是三十多岁。"

陈其昭摇了摇手中的香槟,视线穿过人群,落在远处人群中心的中年男人身上。

林士忠今天穿着灰色西装,略微沧桑的面孔经过仔细收拾,显得得体又绅士。他的长相看起来并不严厉,或许他身上就没有带着锋芒,待人处事温润和蔼。对于年轻人来说是个好相处的长辈,对于商业合作伙伴来说是一个好谈条件的合伙人……他很懂得在怎样的场合摆出怎样的面孔,像是一只笑面狐狸,用最无害、最和蔼的方式让别人对他敞开心扉。

陈其昭看着对方如今受人追捧的模样,眼中一片阴冷。

或许是见过这张虚伪面孔后真实的模样,也见过林士忠穷途末路的狼狈,再见到这个人,陈其昭比自己想象中更冷静。他坐在沙发上没动,目光随着林士忠的动向,扫过一个个跟林士忠打过招呼的人,把那些人的脸记在心底。

最后,他看见林士忠走向他的父亲陈建鸿。

林士忠跟陈建鸿是多年好友,两人从年轻时就认识,在艰难的时期互相扶持过,一晃眼几十年过去,两人也成为至交老友。林士忠年长陈建鸿几岁,为人亲和,尽管这些年陈家、林家表面来往不密切,可暗地里林士忠跟陈建鸿的关系依旧没变,这样的人陈建鸿完全没有防备。

推心置腹几十年的好友,最后筹谋布局十几年搞垮陈家。

宴会上,林士忠和陈建鸿没说几句,很快就朝陈其昭的方向走来。

见到林士忠和陈建鸿过来,正在喝酒的年轻人们马上收敛,一个个整理起西装外套,挂上晚辈的标准谦虚笑容,礼貌地叫人。

颜凯麟急忙拉了拉还没动的陈其昭:"陈伯,林伯。"

陈建鸿朝着颜凯麟点了点头。

"颜凯麟是吗？"林士忠笑了笑，"小时候我还抱过你，不过后来你们家人都去国外了。"

"我听我爸他们说过。"颜凯麟道。

陈建鸿看向站在颜凯麟身边的陈其昭，他正想提醒陈其昭叫人，就看到小儿子挂上笑脸，随同颜凯麟一起谦虚地叫了人。

"陈其昭。"陈建鸿对林士忠道。

林士忠的目光落在陈其昭身上。

陈家小儿子的声名不比他哥陈时明小，只是陈时明优秀得尽人皆知，而陈其昭糊里糊涂得尽人皆知。如果锐振电子这件事没翻车，林士忠大概永远不会把陈其昭放在眼里，可现在这个他以为完全可操控的棋子，却走了一步让他意外的路。

"小昭是吗？都长这么大了。"林士忠与陈建鸿说着，"我都有几年没见他了，长得像弟妹。"

陈建鸿闻言也笑道："他的长相确实更像雅芝。"

林士忠脸上挂着笑，和蔼又友好，让周围紧张的年轻人不免放松下来。

陈其昭默不作声地观察着他，他永远学不来林士忠这伪装的本事。

他曾经就被这张脸骗过。在陈家出事的时候，林士忠是第一个伸出援手的人。林士忠那张脸看起来就像个大善人，还在最关键的时候伸出援手，哪怕这援手只是杯水车薪，也轻而易举地获得了他的信任。

林家那么厉害，天真的他以为有父亲的好友帮忙，陈家一定会化险为夷。没想到林士忠伸出援手的同时，也给陈家插上了最后一把刀。

林士忠又道："小昭年纪也不小了，对自己将来有什么打算？"

"之前还闹着要去学人工智能，后来听他哥的劝，读了金融。"陈建鸿跟老友唠家常，"能收点心最好。"

陈其昭瞥了陈建鸿一眼，很快收回目光，语气随意却充满任性："集团的事你和陈时明不就能处理了吗？我去公司，陈时明还嫌我碍手碍脚。"他看着林士忠，"暂时还没什么打算，先混个毕业证再说，不听话他们不让我进集团。"

陈建鸿微微皱眉。

林士忠却大笑道："这孩子其实像年轻时的你，玩性大。"

陈建鸿道："今天就带他来认认人，这孩子沉不下心。"

林士忠看着眼前年轻气盛的孩子，又不经意地环视跟陈其昭混在一起的人，而后道："小昭不是都自己做生意了吗？你该给孩子一点机会尝试尝试。"

陈建鸿闻言道："上次跟他朋友做生意被骗，还是他哥给收拾的烂摊子。"

陈其昭沉默了一会儿，不太服气地反驳："你要是也给我点项目，我会去找秦行风合作吗？"

陈建鸿语气不免冷了几分："想做生意，先把书读好，锻炼锻炼再说。你还想让你哥再给你收拾一次烂摊子？"

陈其昭没再说话。

林士忠收回打量的目光，出面打圆场道："建鸿啊，你对小昭的要求太高了，总不能按照教育时明那套来教孩子吧。"他拍了拍陈其昭的肩膀，十分和蔼，"不要和你爸闹，既然来这儿玩了，待会儿拍卖会开始，如果看上什么藏品就告诉林伯。"

陈建鸿看着陈其昭，不知道这小子突然又闹什么脾气。

陈其昭的视线落在林士忠身上，笑了笑道："不用了，林伯，我有钱。"他补充了一句，"你别听我爸乱说，上次那个项目没赔，我还赚了一笔违约金。"

林士忠的笑容停顿了一瞬，很快恢复如常："是吗？"

"是啊。"陈其昭微微偏头，将视线落在展台上，话中带笑，"放心吧，林伯，如果我看上什么，一定会出手拍。"

第五章 横插一杠

在互相寒暄的过程中，场内的宾客已经到齐，本次晚会的重点环节总算开始。展会正中心的空台子已经布置好，每位宾客手里拿到侍者分发的号码牌，随着展台中间的屏幕出现展品介绍，本场慈善拍卖终于开始了。

"女士们、先生们，欢迎来到本场慈善拍卖会。首先请出我们今晚的第一件展品，由周亮先生……"

酒池中的贵宾们随着台上推出的各种珍宝相继出价，慈善拍卖会有序地进行着，会场不知不觉中安静下来。陈建鸿和林士忠在另一边说话，应该是在谈生意场上的事情。

陈其昭闲着无趣，就继续跟颜凯麟站着，其他年轻人都到前面凑热闹去了。

颜凯麟把一个小册子递给他："昭哥，你刚才不是说要拍东西吗？给，我刚顺来的手册。"

陈其昭接过小册子但没有翻开，余光落在远处林士忠的背影上，心里跟明镜似的。

他说违约金不过是为了硌硬林士忠，虽然现在动不了他，但找点事硌硬他还是可以的。

刚才跟林士忠说了几句话，对方就试探了他很多次。陈其昭早有预料，林士忠是个谨慎的老狐狸，锐振电子的事看似顺理成章，可一切翻盘得太快，而且一下子就让林士忠赔了那么多布局，对方怎么可能善罢甘休？

林士忠不可能不起疑。如果他起疑，那么第一个怀疑的对象必然是自己。

谋划了那么多事,唯一的问题就出在他这个纨绔身上。林士忠需要判断这是巧合,还是他出了问题。如果是巧合,他可以按兵不动,依旧按照原来的安排行事;如果是他出了问题,那么林士忠的计划可能会变更。因此,他不仅不能上进,还得坐实林士忠的这个猜测,证明他陈其昭就是一个到处游荡的纨绔子弟。

颜凯麟也拿了一本册子在翻看:"不过,拍这东西干吗,咱们又欣赏不来这玩意儿。"

陈其昭垂目翻着手中的小册子:"有钱为什么不拍?"

颜凯麟恍然大悟:"你说得对,显摆一下还是可以的,是我格局小了。"

陈其昭:"……"

手册上的东西很多,陈其昭正打算随便找个东西拍下,翻着翻着却瞥见一个有点眼熟的物品。那是一条精致的翡翠项链,从图片上看应该是少见的玻璃种,几乎看不出瑕疵,从外观上看是一条堪称极品的珍贵首饰。可陈其昭的目光停留在拍品的名字上,这条翡翠项链名为"玲珑满绿",他心下诧异:不会这么巧吧……

颜凯麟问:"昭哥,你看好了吗?"他注意到拍品,"哎,买什么翡翠,你想要这种东西,到时候找个空闲时间,我们去云市。"

"不了。"陈其昭微微抬眼,目光定定地停在远处的林士忠身上,"就拍这个。"

拍卖会上的物品多半是与会者拿出来的收藏,作为慈善拍品,之后所有的善款会通过林家汇总,最后用于社会慈善事业。有些拍品在市面上极为罕见,甚至有些是收藏家们珍藏已久的珍品,也只有在这种场合的拍卖会上才会出现,因此有不少宾客为了一件珍品竞价。

展台上的主持人宣布下一件拍品:"接下来介绍的这个收藏品有点特别,是由徐紫云老先生向本拍卖行直接提供的珍品,一条有两百年历史的翡翠项链,名为'玲珑满绿'。"

屏幕上出现该项链的物品介绍,精美无瑕的翡翠出现在众人的面前,不少人见到这等品质的翡翠都有些心动。

主持人随后宣布:"起拍价五十万!"

陈建鸿对翡翠首饰没太大兴趣,只说道:"这条翡翠项链的色泽真不错。"

"这种玻璃种很少见了。"林士忠抬手举牌,"一百万。"

陈建鸿意外道："以前没听说你对这东西感兴趣？"

"那是徐先生的拍品。"林士忠道。

陈建鸿明白了，也随之举牌："一百一十万。"

"25号贵宾出价一百一十万！"主持人的视线在林士忠和陈建鸿那边停留了几秒，很快移开，"还有更高的吗？"

周围听到林士忠和陈建鸿谈话的宾客们马上反应过来，原先对翡翠首饰感兴趣的人也更加心动。拍卖会有规定的起拍价，但场内的拍品价值不一，林士忠和陈建鸿这一手是给徐老先生面子，把翡翠首饰的价格往上抬。这种珍品翡翠罕见，场内不少人见林士忠举牌了，暗自存了点小心思，也纷纷举牌应和。

很快拍品的价格抬到了五百多万，主持人："五百六十万，还有更高的吗？"

林士忠余光扫过全场，正打算举牌，忽然听到场地内另一个声音响起。

陈其昭举着75号牌子，脸上挂着笑容，念出了目前全场最高的数字："六百五十万。"

"六百五十万！75号贵宾出价六百五十万！"翡翠项链的价值一下子就拔高了九十万。

那声音虽然年轻，却极为响亮，顿时吸引了所有人的目光。不少人定睛看向声音来源，对那个面生且长相出色的后辈充满好奇。

"那是谁？"

"没见过，面生。"

"你不知道吗？陈家的小霸王啊！就陈老二。"

"老陈总连他都带来了？"

"这种场合……他不是来抬价捣乱的吧？"

陈时明闻言神色微变，他看向徐特助："陈其昭最近对这个感兴趣？"

徐特助在旁边默不作声，心里却早已在暗暗擦汗："二少没提过这个。"

陈时明有点意外陈其昭会拍这条翡翠项链，但这是慈善晚会，他们本来就打算拍一些物品。他语气平静："盯着点，去问问他的钱够不够。"

徐特助闻言马上过去，没一会儿就回来了。

见陈时明看他，徐特助老实说："二少说他之前得的违约金足够，可以随便拍。"

陈时明没有说话，偏头继续看展台。

徐特助莫名其妙，是他的错觉吗？为什么他说完之后，感觉老板反而

111

不高兴了？

晚会里的另一个角落，沈雪岚正好站在窗边吹风，听到声音，她碰了碰旁边的青年，笑道："哟，你说很乖的小霸王也来了啊？"

沈于淮闻言微微侧目，注意力从窗外的花园挪回到晚会内场，在人群中找到那个举牌的身影。

陈其昭今天穿着较为正式的藏蓝色西装，手里拿着香槟杯，服帖的装束勾勒出对方年轻又挺拔的身材，玻璃吊灯的映照下肤色更显白皙。

引得万众瞩目，仿佛天生就适合这样的场合。

颜凯麟注意到周围的视线，小声对陈其昭道："会不会太夸张了，我们一下子就抬了这么多？"

"会吗？"陈其昭目光淡淡，语气却势在必得，"想要就抢呗。"

而且这可是林士忠说的，看上什么就拍什么。

林士忠的助理看到这里，悄无声息地给场内外两个人提了醒，这可是林总想要的东西，可不能被陈其昭这个草包给搅乱了。

场地内有两个宾客接到指令，其中一个立马举起牌子与陈其昭竞价："六百六十万。"

主持人道："32号贵宾出价六百六十万。"

陈其昭随即举牌："七百万。"

又举牌了，直接提了四十万。场内顿时小声议论起来，翡翠项链的用料并不多，价值有限，七百万着实有点高了。

林士忠微微皱眉。

陈建鸿瞥向陈其昭，不知道他小儿子怎么突然对这条翡翠项链感兴趣，他正思量着，场内又有另一个人举牌竞争。

"七百六十万。"举牌的人其貌不扬，陈建鸿完全没有印象。

陈其昭语气随意："八百万。"

另一个人道："八百一十万。"

陈家小霸王这是跟人竞争上了？

周围人纷纷看热闹，见陈其昭听到八百一十万有点迟疑，以为陈家这个出来见世面的小少爷花光了零花钱。他们看着看着，忽然注意到场地内有两个沉默着没说话的陈家人。

陈建鸿脸色平静，目光却停留在场上的展台，似乎在关注着竞拍结果。而另一边中间位置，陈氏集团年轻的太子爷陈时明整理着袖口，似乎也在注意着这边。

这时候，更高的报价出现。陈其昭目光淡淡，报出的价格却直接拉高了一百四十万："九百五十万。"

林士忠助理的脸色一下子难看起来，可他还是不愿放弃，又让场上的人抬高了价格。

原先和陈其昭竞争的人往上抬了十万，价格来到了九百六十万。

周围一片静默。就算陈其昭和家里关系不和睦，但明着和陈其昭抢东西，那不就是当着陈建鸿和陈时明的面抢东西吗？

"一千万。"陈其昭报完数字，目光悠悠地落在与他抬价的人身上，语气轻松，"继续？"

那人没说话，似乎在犹豫。林士忠的助手见状正想让他继续，却忽然看到不远处林士忠警告的目光，不得已停下了动作。

迟迟没收到下一步的指令，和陈其昭竞争的两人只好放弃。

"一千万一次，一千万两次……"主持人的声音激动，"恭喜75号贵宾。"

"玲珑满绿"落入了陈其昭的手里。

慈善会继续拍卖下一件物品，颜凯麟还沉浸在好友挥挥手就花了一千万拍下一条项链的豪迈中，愣愣道："爽是爽了，但钱花出去也心疼。"

陈其昭瞥了他一眼。

颜凯麟心痛道："我自从被我哥克扣了零花钱，就没买过这么贵的东西。"

他说到一半，看到走过来的陈时明，赶紧向陈其昭打眼色。

"钱挺多的？"陈时明看着他。

"那也是别人给得多。"陈其昭语气自然，"那翡翠看着不错，买给妈玩玩。"

陈时明闻言，脸色稍缓，难得解释两句："妈对翡翠的兴趣一般，下次想送可以送钻石。"

张雅芝女士的爱好朴实，越是亮晶晶的东西越是喜欢。

陈其昭又道："哦，那回头卖了，给她换钻石。"

陈时明："……"

张雅芝和小姐妹到外边花园散步透气，完全没注意到她的宝贝小儿子挥挥手撒出去一千万，给她拍下了一条翡翠项链。这兄弟两人的玩笑话自然被走过来的陈建鸿和林士忠听到了，陈建鸿语气淡淡："拍卖哪能像你这么胡闹。"

林士忠看着陈其昭:"孩子也是有心。"

陈其昭却笑了笑,一脸诚恳地感谢道:"那还要谢谢林伯,不然我也看不到这漂亮的项链,更别说拍给我妈了。"他非常遗憾地说道,"刚才那人要是再抬几百万,我估计就没钱了,早知道这样,当初让法务拟合同的时候就应该把违约金的比例往上提一提,这都不够我拍两条项链。"

林士忠脸上的神色依旧,看向陈其昭的眼神却没了原先的笑意。徐老先生一直保存着这条翡翠项链,无论别人开价多高都未曾卖出去。这次是因为徐老先生年事已高,才决定将这条翡翠作为慈善品送到林家的慈善拍卖会上。

在自家的慈善会上,这项链本来应该是囊中之物。

他事先打听过,没人特意冲着这条翡翠项链来,他只是打算给徐老先生面子,抬抬价,再让助理暗地里安排人把这条项链拍下来,安排的人也只是附属小公司的人,不懂掩饰。陈其昭这一搅和,直接把他原先的计划打乱了,继续下去无疑会暴露,他不可能当着陈建鸿和陈时明的面继续竞争。

想到这条项链的用途,林士忠又看了陈其昭几眼,但很快就收敛起情绪,变回原先亲切和蔼的模样。他语气温和,像是在教导晚辈:"拍东西可以,但要量力而行。有些东西吃不下,就不能硬来,知道吗?"

陈其昭笑了笑:"那当然是吃得下。"他漫不经心地说,"林伯该不会以为那个人能抢过我吧?"

林士忠眉眼间带着几分笑意,似乎对年轻人的狂妄感到无奈。余光瞥见助理过来,他看向陈建鸿,微微颔首:"我那边还有点事,先失陪了。"

陈建鸿理解地说:"你先去忙。"

林士忠拍了拍陈其昭的肩膀,重新挂上那张和蔼的笑容:"小昭,随意玩,年轻人不用太拘束。"

等人走了,陈时明才说:"……你的违约金照你这么玩,多高的比例都没用。"

陈其昭没说话,看着林士忠走远,才随意地说:"你怎么知道没用?"那可太有用了,用林士忠的钱来抢他的东西,可不就是物尽其用吗?

慈善拍卖仍在继续,主持人激昂地介绍着,宾客们的注意力转移到拍品上。在会场的角落里,林士忠放下手中的香槟杯,用手帕擦拭着指尖,眉眼之间透露出冰冷,刚刚与人交谈时的和蔼已经消失得无影无踪。

"林总。"助理脸色苍白地走过来,"对不起,我把事情搞砸了。"

林士忠将手帕递给助理，目光定定地看着远处的陈其昭，想到陈其昭刚刚在自己面前沾沾自喜的面孔："年轻气盛，鲁莽无礼。"他收回目光，看向面前的助理，"你说，像这样的孩子，该不该给点教训？"

张雅芝听说陈其昭为她拍下了一条翡翠项链，既高兴又心疼："拍这东西花那么多钱，下次别买这么贵的东西了，自己的钱留着做生意。"

陈其昭心想这东西虽然花得多，但东西的价值也高。

玲珑满绿这件首饰看似普通，实则是B市某大佬家族传承的贵重物品。只是在早年遗失了，最终兜兜转转落到了徐紫云老先生的手中。陈其昭原先不知道这件事，直到他打算对林士忠采取行动时，一位相熟的朋友提醒了他一件事，涉及这条"玲珑满绿"。

林士忠早年在拍卖会上得到一条翡翠项链，收藏多年。后来，他邀请B市的那位大佬到家中观赏藏品，那位大佬意外看到了这件翡翠首饰，并提及家中祖母早年遗失过一条相似的项链，那条项链是祖母与祖父的定情信物，非常重要。得知此事后，林士忠将这条项链赠予那位大佬，因此得以依靠大佬的势力，在B市的业务发展得顺风顺水。

陈其昭花费了多年时间才成功打压林士忠，由于那位大佬的关系，他还耗费了不少时间和精力。不得不说，林士忠之所以难以对付，也有那位大佬的原因在内。如果不是来参加这场拍卖会，他还不知道生意场上流传的林士忠与那位大佬结缘的美谈，原来是林士忠的一次处心积虑。

张雅芝说了一会儿，让陈其昭跟她去见见其他叔伯阿姨。陈其昭却有点儿倦了，拒绝了她之后，跟颜凯麟到旁边休息喝酒，等着晚会结束好回家睡觉。

陈其昭的余光扫过场内，刚才与他竞争的那两个人已经不在原先的位置……这也不难猜，以林士忠那道貌岸然的性子，不可能当着那么多人的面跟小辈竞争一件翡翠首饰。如果是早有打算，那他更不可能过于明显地去拍这件藏品，那太容易暴露他对这件首饰的目的性，所以很大可能是通过别人的手去拍。

"昭哥，不继续看了吗？"颜凯麟刚才见识了一波，本来还想去他哥颜凯麒那儿拿个牌子开心一下，结果没一会儿就被轰了回来，"我看后面还有什么珠宝项链。"

程荣跟刘凯等人也来了。

刚才那一件事后，有不少人的目光就落到了陈其昭这边，似乎对他很好奇，但观察归观察，见到他这边聚了一群富二代，也就没上来攀谈。

聊起天来酒喝得快，桌上的几杯香槟很快见底。

程荣起身打算去酒池拿酒，恰好看见他们桌旁的侍者，便招了招手。

沙发处坐着的人不多，大部分人还在慈善拍卖会上。端着托盘的侍者看到程荣招手，马上走了过来，将备好的香槟放在桌上，撤走了空杯。

"不过今晚来的人真多，我刚才还看到好几个熟人。"刘凯拿起酒杯，语气轻松地说，"不过那些人跟我们有什么关系，玩不到一起。对了，其昭，我还看到你堂弟了。"

"我堂弟跟我有什么关系？"陈其昭对陈家其他亲戚没什么感情。陈家辉煌的时候一个个围在身边，陈家败落的时候一个个躲得远远的，平时靠着陈氏享受便利，可真出事的时候一个都派不上用场。

除了过年拜访，平时上门就是有事相求。

说句夸张的，陈其昭现在连堂弟叫什么都没印象。

侍者撤走了陈其昭面前的空杯，将一杯香槟放在他的面前。

刘凯突然道："哦，对！麟仔，我刚才还看到那个人了！"

颜凯麟："哪个人啊？你别打哑谜。"

陈其昭的视线在面前的香槟杯上停留了两秒，余光扫了扫侍者，见对方缩了缩手，他微微皱眉，拿起香槟晃了晃，忽然就听到旁边刘凯的声音。

刘凯喝了口酒，清了清嗓子，道："还有谁啊！就是你之前借住的沈哥啊！我刚才在花园那边看到他了，他在跟沈雪岚聊天呢。"

陈其昭余光瞥见刘凯喝酒的动作，将视线从侍者身上移开。

是他多想了，现实又不是梦里那般境况，不必处处设防。

他的注意力转到刘凯那边，问："沈？你说沈于淮？"

沈于淮鲜少参加这种活动。对于刘凯他们这种经常混迹于各种场合的人来说，圈子里的人都见得七七八八。沈家也是S市许多人关注的对象，但沈家较为低调，外界关注度最高的莫过于沈家出色的女强人沈雪岚，关于沈于淮的讨论那是少之又少。

沈于淮本身也不是喜欢热闹场合的性格，潜心于学术研究，与他相关的事情也没多少讨论度，他会来参加这种场合的晚会，多半不是自己主动，应该是家里人要求。

刘凯道："对对对，他不是很少参加S市的活动吗？我看到他的时候还惊讶了一下呢！现在不知道走到哪里去了，但我肯定不会认错人！"

"不会吧？"颜凯麟探头看看，站起来巡视找人，"我哥没跟我说这事，而且他这周居然没泡在实验室？"

晚会上来的人很多，在人群里找一个人是难事。陈其昭的视线扫过花园口，没有看到沈于淮，他正打算收回目光，却忽然看到在另一个窗边有一个孤单的身影。他微微一怔，只见那人偏过头来，两人的视线一下子对上。

沈于淮似乎注意到了他，隔空朝他点了点头。

陈其昭一顿，低头喝了口香槟，没一会儿又抬起了头，而沈于淮的目光已经落到窗外。

颜凯麟没找到人，刚坐下来就看到陈其昭站起来。

陈其昭说："你们玩。"

众人不明所以，看着陈其昭越过他们走进酒池，途经侍者的时候将手中的香槟放下，从对方托盘上拿了一杯橙汁，然后径直朝着某个方向走去。

在陈其昭的记忆里，沈于淮确实也不常来这种场合。

沈家在S市的生意做得不小，在S市也是举足轻重，但即便如此，沈于淮也很少露面。更不用说后来他进入保密单位，见他一面都需要费一番工夫。

也许正因为如此，早年骄纵贪玩的他，从未记住过这个鲜少露面的沈于淮。后来结识了沈于淮，并与他成为好友后，他也曾后悔没能早点与对方相识。

陈其昭收回思绪，朝着沈于淮的方向走去。作为朋友来说，直接过去见沈于淮也不算太突兀。相反，在这样的场合两人不打招呼，反而会让关系更加生疏。

走到近前，陈其昭看到一个眼熟的长辈。他收敛了糟糕的脾气，尽量让自己显得礼貌，与对方打了声招呼。

沈父刚走过来跟儿子说话，没谈几句，就看到陈家的小儿子走过来，还跟他打了招呼。他颇为意外地看向对方，笑了笑道："是其昭吧？"

陈其昭回答道："伯父好。"

陈家跟沈家的关系不错，这种关系是陈建鸿早年和沈家交往打下的基础，但两家的往来并不算密切。两家的生意重心不同，生意场上碰见的次数不多，所以直至陈家破产出事的时候，陈其昭对沈家的印象也不深。

除了心怀不轨的林家，帮助陈家最多的就是沈家。

陈其昭至今记得父亲的葬礼上身着黑色西装的沈伯父，在其他人抱着看热闹的心态冷眼看他的时候，只有沈伯父走到他身边说了一句。

他说："现在陈家只能靠你了，你不能退却，也不能倒下。"

那时候陈其昭不明白这句话的意思，只当对方是在葬礼上客气地表示同情。他对沈家的记忆不深,哪怕沈伯父表现出了善意,后来的他还是更偏向于一直交好的林家。更是在沈家伸出援手的时候被林士忠蛊惑,拒绝了一个真正愿意提供帮助的长辈。

可即便如此,沈家最后还是在他最需要帮助的时候雪中送炭。

沈父关心晚辈,与陈其昭交谈几句后,余光瞥了眼沈于淮,道:"你是来找小淮的吧?"

陈其昭:"刚好看见淮哥在这边,过来打招呼。"

"那伯父就不打扰你们年轻人聊天了。"沈父拍了拍陈其昭的肩膀,目光遥遥与远处陈建鸿对视一眼,笑了笑,"我与你爸也很久没见了,过去跟他说说话。"

沈父一走,就只剩下沈于淮和陈其昭。

沈于淮扫了一眼陈其昭杯中的橙汁,礼貌地夸赞道:"刚才注意到你,这一身很适合你。"

陈其昭微顿了一下道:"淮哥也是,我第一次见你穿西装。"

沈于淮身材挺拔,穿黑色西装搭配眼镜的时候给人的观感和平时完全不一样。

"还没恭喜你。"沈于淮将手中的酒杯与陈其昭的酒杯碰了一下,"恭喜你,如愿以偿。"

陈其昭一愣,片刻后才意识到沈于淮在恭喜什么。

他说了声"谢谢",脑中已经开始快速思索自己刚才的表现是否显得突兀。所幸他今天跟着张雅芝见人的时候稍有收敛,最多在林士忠面前演了一回。现场人那么多,沈于淮未必能注意到他,应该还没太糟糕,顶多拍卖的时候显得嚣张了点?但也还好。

"很喜欢翡翠?"沈于淮不经意地问了句。

陈其昭道:"没有,是给我妈拍的。"

两人站在窗边,远离热闹的人群。陈其昭抿了口橙汁,有点心不在焉地思索着下一个话题。他刚准备开口,忽然见到沈于淮向他伸手而来,揽过他的肩膀,将他往前带了两步。

一位路过的女士不小心崴了脚,手中的香槟泼到陈其昭的脚边。刚才若不是沈于淮拉一把,这香槟泼到的就是陈其昭。

"非常抱歉。"女士说。

陈其昭说了句没事,对方很快就走了。

这一打岔,陈其昭离沈于淮又近了几分,闻到沈于淮身上的味道,还是熟悉的薄荷香。

因为经常出入实验室，接触各种各样的化学药剂，沈于淮身上最多的就是消毒水的味道，其次就是这种薄荷香，或许应该说是一种薄荷去味剂，用来掩盖身上浓烈的药剂味道。

他感到了平静。

陈家破产后，他最开始可以说是没有朋友。

平日里关系不错的富二代好友，如今却避他如蛇蝎；学校里的同学半个月不见，就变得疏远。用金钱堆砌起来的关系，脆弱不堪。在陈家最艰难的日子里，他身边几乎没有人。那时，没有人可以诉说苦楚，连关系较好的颜凯麟也因惹事被赶回国外，与他断了联系。在那段最黑暗的时间里，他每天承受着来自集团股东的轰炸、家庭的压抑、四面八方的唾骂，以及无休止的废物言论带来的压力。

那时候，他尚且保留着最后一丝天真，直至被推到幕前迎接媒体的灯光，迎来一生中最黑暗的那一天。从此，他的人生失去了控制，直到遇见沈于淮。

在他即将被黑暗吞没的时候，沈于淮向他伸出了手。他如潮水般的情绪找到了一个突破口。因此，他很喜欢和沈于淮聊天，哪怕只是说一两句没有意义的话，对方也不会在意他的胡言乱语，而是认真地回复他每一个无厘头的留言。

陈其昭以前并不觉得自己偏爱薄荷味道，甚至早年感受不到薄荷带来的清新，偶尔还会觉得这种味道过于刺鼻，完全谈不上喜欢。这种感觉直到沈于淮去世后，他才察觉到自己的一点变化，把自己的沐浴露换成了薄荷香，试图用一种味道去麻痹自己，寻求片刻的宁静。

突然间，陈其昭的脑中浮现出各种各样的画面，诡异的阴冷似乎从脚底攀升。

不对……不对劲，他脑子里闪过刚刚酒桌上的某个画面，那个一直回避目光的侍者。

沈于淮余光瞥见那位女士走远，收回目光的时候正巧见到不远处偷偷摸摸一直在看这边的颜凯麟等人，他刚想提醒陈其昭似乎有人在等他，却注意到站在面前的陈其昭低着头，耳侧的皮肤带着一种诡异的红。

喝酒喝多了？

沈于淮微微皱眉，问了一声："不舒服吗？"

陈其昭却突然抓住了他的手腕，他眨了眨眼，低头看着地面的花纹地砖宛如万花筒般层层漾开,刹那间仿佛见到一张张大张的巨口,耳边充斥着毫无遮拦的谩骂,闻到了腐烂恶心的臭鸡蛋味。

沈于淮注意到了异样,神色一变,沉声道:"陈其昭,你能听见我说话吗?"

眼前层层漾开的幻想刺激着他的大脑,某些场景过于真实,甚至与梦里的场景重叠起来。

他竭力保持着冷静,忽略着耳鸣声,向沈于淮提出自己的诉求:"帮我找个安静的地方,我喝错了东西。"

沈于淮扶住陈其昭的手腕,让他靠着自己站稳:"还能走吗?我带你走。"

"能。"陈其昭眨了眨眼,只觉得耳鸣越来越重,他想要把眼前重叠的黑影驱散,可换来的是越来越清晰的幻影,他慢半拍地说,"可能……坚持不了多久。"

沈于淮意识到事态的严重性。

晚会继续进行着,窗边这点小插曲鲜有人注意到。待在酒池边的侍者关注着前方的情况,随时等候着其他宾客的吩咐,只是没过一会儿,他就看到一个戴眼镜的青年走过来,对方的手扶住另一个男生,语气有些冷:"你好,我朋友身体不舒服,需要一个休息室。"

侍者见状马上说:"请跟我来。"

"哎?陈其昭呢?"程荣等人本来在沙发处聊天,被沈于淮发现偷窥不太好,几人就没再看过去。

结果就这一眨眼工夫,陈其昭和沈于淮就不见了。

颜凯麟闻言看了下其他地方:"不知道?去洗手间了?"

会场上方设有供宾客休息的休息室,今晚大多数人都聚在晚会上,前往休息室的路非常安静。沈于淮在侍者的指引下扶着陈其昭到达休息室,转身吩咐侍者:"去会场通知陈建鸿先生或其他陈家人,告知他们现在的情况。另外,我需要一个医生,尽快。"

侍者扫了眼已经坐在沙发上的男生,遇到这种突发情况他们是有预案的:"我们这边立刻通知人。"

等侍者走了,沈于淮关上门并没有上锁,然后倒了杯水走到陈其昭身边,半蹲下身子,神色凝重地与坐着的陈其昭平视。注意到他略微涣散的瞳孔以及不正常的表现,他安抚道:"放轻松,先保持呼吸,我已经通知人过来了。不用说话，如果能听到我说话就点头。"

他这种表现不像是酒精反应，更像是误服了某种精神类药物。

陈其昭竭力想要辨清眼前的状况，看到沈于淮的那双眼时，仿佛回到了梦中的那一天。也是同样的场景，沈于淮似乎也是这样看着他，将他从那种要溺死人的深水中拉了出来。

那一天是哪一天？是他和沈于淮某种意义上第一次认识的日子。

陈氏集团大楼的入口通道挤满了媒体，强烈的闪光灯以及伸到嘴边的麦克风，媒体记者冷漠又刻薄的话语一遍遍地出现在他的耳边，将陈氏集团股票暴跌、项目破产等多种过错全然归咎于他身上。

陈建鸿脑出血身亡，张雅芝悲伤过度入院治疗，而陈时明瘫痪在床，正处于治疗期间。集团股东会在千挑万选之后，选择了一个最合适的替罪羊。他尚未毕业，却被赶鸭子上架，突然承担起这份沉重的责任。集团分崩离析，各位叔伯在他的耳边叮嘱着他的责任。

他第一次感受到父辈曾经的庞大工作量，也第一次体会到来自四面八方的谩骂与谴责的恶意。

对于一个草包来说，接手并不代表能使情况有所回转。集团里确实还有一部分父辈的旧部，但也有趁机谋利的小人。越来越多的坏消息传来，他慢慢开始接受各种信息。那时他还保留着一些天真，在得到林士忠的帮助后，他稍微松了一口气。直到那天，看到突然出现在陈氏大楼楼下的媒体，以及一群讨债的员工，他才知道原来压垮一个人只需要一瞬间。

各种各样的谣言四起，比如陈家破产，他即将携款潜逃，不顾集团内部员工的利益，企图让更多项目烂尾圈钱走人……面对聚光灯时，他才知道没人会主动站出来承担这一切，所有的怨恨和谩骂都将落在他的身上。

他完全看不清前方有多少人，闪烁的灯光晃得他眼前发黑。他在质疑声中说出了自己的承诺："不会跑，会清算所有工资，也会想办法解决债务……"

换来的是千夫所指，情绪激动的民众大喊着他是骗子，往他身上砸东西。没人信他，也没人相信他可以做到这个承诺，他做的一切仿佛都是笑话。

有人冲破了保镖的防线，场面一片混乱。

最后有个人趁乱拉着他的手，带着他躲避充满恶意的人，他们躲进某个阴暗的杂物间里。当时他狼狈极了，耳边仿佛还能听到门外传来的声音，媒体找他，讨债的人也在找他，他想龟缩在壳里，不想去面对这一切。他陈其昭就是个废物，做不来这些，也没本事做这些。

带着懦弱，他自暴自弃地问着眼前人："我做错了吗？"

或许他该听某些言论，卷款带着家人逃往国外，不管国内的这些烂摊子，不管他陈家多年的心血……

"陈其昭，你没有做错。"杂物间狭窄逼仄，杂乱的清洁工具散落一旁，沈于淮手里拿着文件夹，抵着杂物间的门半蹲下来，郑重地重复这一句，"你没有做错，敢于承担责任，这是很多人没能做到的勇敢。"

当时的沈于淮与眼前的人重叠起来，一双眼睛出奇地相似。

周围仿佛也在黑暗里，陈其昭混乱地想着，盯着沈于淮背后的那扇门："我做到了。"

沈于淮一愣，透过陈其昭的眼神判断对方眼睛的聚焦点，不甚理解地问道："做到什么？"

"履行承诺……"陈其昭的目光落在他身上，好似透过他在看什么，"可你没看到。"

沈于淮没看到，在他事业有所起色的时候，沈于淮就去世了。发出去的微信消息石沉大海，那是一个永远没有回应的无底洞。

就像他的家人一样，沈于淮最后也走了，他唯一一个交心的朋友也没了。

沈于淮微微皱眉，他试探性地问道："陈其昭，你是不是认错人了？"

陈其昭不解地看着他："你不是沈于淮吗？"他固执地重复着，"你是沈于淮，我没认错人。"

"闭上眼睛，陈其昭，别想别的，你现在看到的不一定是真的。"

沈于淮低头看了看手表，余光扫着门的位置，他在等医生和陈家人过来。

陈其昭在说胡话，沈于淮认真听着，可对方的言语中没有逻辑，能辨认的话仅有少数。

陈其昭低着头，因为这个契机进入早就不愿去回想的回忆里，脑海里浮现出各种各样的人，最后停留在林士忠的骂声中。

他不确信地自言自语道："我疯了吗？"

沈于淮闻言动作一停，他定定地看着陈其昭的眼睛："没有，你怎么会这样想。"

话刚说完，他就看到急匆匆推门进来的陈时明，沈于淮起身道："初步判定是精神类药物，摄入途径极有可能是酒。他有没有其他病史，或者过敏的药物？"

"你是沈家的……"陈时明立刻道,"没有,他没有相关病史。"

陈时明听到消息马上就过来了,听到沈于淮这么说,立刻吩咐徐特助去通知陈家其他人,顺带控制现场。如果没有相关病史,那么之所以会引发这种反应极有可能是有人动了手脚,陈其昭碰过的东西都得调查。

他突然想起什么:"但他之前说过心脏不舒服。"

沈于淮一顿:"他有心脏病?"

陈时明也无法判断,事情一发生,他才知道自己对陈其昭的了解远远不够,他之前以为是小孩子青春期装病:"没有,检查结果都很正常,可能是熬夜造成的。"

医生随后跟来,初步判断如同沈于淮的结论,是药物反应,至于摄入量多少无法判定,最好的方式是直接入院抽血检查。

沈于淮没有耽搁,他立刻扶起陈其昭,话语清晰:"我的车在外面,直接去医院。"

医生道:"最近的医院是市第三医院,距离不远。"

徐特助领了陈时明的命令,通知完陈家人后立刻联系晚会的主办方报警,控制现场,并根据监控信息把陈其昭碰过的所有东西都保留下来。

"检查出某种精神类治疗处方药物的成分,普通人误服会情绪激动,做出偏激行为,也有产生致幻效果的负面作用,没有成瘾性,这点你们放心。从药检结果来看,他的摄入量应该不多,会产生这么严重的反应非常奇怪。"医生皱了皱眉,仔细解释道,"不过也跟他的饮酒量有点关系,具体还得看后续观察。如果病人平时没有异样,也有可能是他对药物的耐受程度不高。"

赶到医院的张雅芝话语焦急:"他以前喝酒也没这样。"

医生道:"女士,你别着急,目前病人情况良好,等他苏醒后再观察观察。"

张雅芝正在和医生交谈,VIP病房外,陈建鸿走开几步到走廊边,脸色沉重地看着陈时明:"查出结果了吗?"

现场被保护得很好,陈其昭碰过的东西有限,最后查出来有药物成分的是放在酒桌上的一杯香槟。陈时明道:"根据颜凯麟以及同桌其他人的说法,他喝的香槟是旁边的侍者送的,当时他们的酒喝完了,就随意拦了人要了香槟。"

"其他人的酒呢?"陈建鸿问。

陈时明道:"只有他那杯酒有药物成分。"

123

所幸陈其昭那杯香槟只喝了几口，并没有过量摄入。

陈建鸿的心沉了下来，这并不存在误服的可能，而是有人精准地针对陈其昭下了药。他正在思考这件事时，余光瞥见一名青年站在病房外。该青年见张雅芝正在与医生交谈，便在一旁等候了许久，最后才将手中的报告递给张雅芝。

"那是于淮吧？"陈建鸿问。

陈时明："这次多亏了他帮忙。"

陈建鸿点头："别忘了谢谢人家。"

沈于淮将拿到的报告递给张雅芝后，余光透过病房门外的玻璃看到安静睡眠中的陈其昭。想到陈其昭那些没有逻辑却字字确凿的话语，尤其是对方反问的那句话，他的神色不禁沉了几分。

我疯了吗？

像是濒临绝望，向外呼救的孤独患者。

陈其昭做了一个很深的梦，头痛欲裂间仿佛听到有人在耳边呼唤他，纷乱的记忆最后归结到一点。他睁眼，看到素白的天花板以及左上方悬挂的吊瓶，纷乱的记忆才终于回笼，他只记得最后跟随沈于淮去了休息室，之后的记忆完全混乱。

他正想起身，忽然被一个声音叫住。

"躺着，医生说你需要静养两天观察。"陈时明坐在他身边，"这次多亏你运气好，那杯香槟没喝多少，不然真喝出问题就不是睡一觉的事了。你就不会……"

陈其昭躺着没动，他盯着陈时明看了一会儿，记忆回笼才想起那个动作怪异的侍者。他没说话，脑中快速地思考着会场上发生的事情，他实在想不到别人，只可能是林士忠。只是他没想到林士忠居然敢这么明目张胆地下药，还是在陈家人都在场的情况下。

当时他已经察觉到了问题，但酒杯是随意摆放的，周围人也是随手拿的，只是他拿的刚好是面前的一杯。但凡旁人拿走了他的那杯酒，那么出事的就不是他，但在这样的情况下，林士忠也敢下手……说明对方为了教训他，可以不顾其他人的安危。

见他安静没说话，陈时明刚想说他两句，最后还是没说出口。

算了。他说道："妈刚去医生那边了，这次多亏了沈于淮……"

话还没说完，VIP病房的门就被推开，陈建鸿和林士忠走了进来，身边还跟着助理。

陈其昭的目光落在林士忠身上，后者神色未变，一进病房就摆出一副关心晚辈的模样。直到林士忠的视线看过来，陈其昭才垂下头避开了对方的目光，他半敛着眼眸，看着素白被子上干净漂亮的一双手，眼底满是算计。

林士忠自以为掩饰得很好的局还失败了，确实有些可惜……

"这次都怪我，主办方人员审核没把关好，这才让人有机可乘。"林士忠看着躺在病床上脸色苍白的陈其昭，带着歉意道，"建鸿，你放心，这件事我一定会彻查，等警方给出结果，我一定给你一个交代。"

陈其昭没说话，看起来状态不是很好，目光全是回避。

林士忠面上不显，依旧跟陈建鸿说着话，话里话外都是歉意，把姿态做足了。他可听说了，陈家这小子对药物的反应非常明显，虽然摄入量不足，但听说一直在说胡话，估计这会儿人还没清醒。

陈建鸿感觉这件事与老友关系不大，但陈其昭的遭遇让他心情沉重，因此没有多说什么。他注意到陈其昭略显躲闪的样子，便说："让孩子休息，我们去外面谈。"

两人离开后，陈时明注意到陈其昭脸色苍白，不由得问道："你感觉不舒服吗？我去叫医生。"

陈其昭的目光停留在房门上，声音虚弱地问："找到下药的人了吗？"

"还在调查，那个服务生的嘴很严。你最近有没有得罪什么人？"陈时明按下病床旁的服务铃，准备叫护士进来检查陈其昭的状况，却突然注意到陈其昭有些失神的眼神，疑惑地问，"怎么了？"

"我没得罪什么人。"陈其昭的声音小了几分，"哥，昨晚跟我竞拍的那两个人呢？"

陈时明微微皱眉："怎么了？"

陈其昭欲言又止。

陈时明神色凝重了几分："那两个人有什么问题吗？"

陈其昭的声音沙哑，似是怀疑地说道："你说，该不会是因为我跟他们抢东西吧……这么记仇吗？"

"我会让小徐去查那两个人……"陈时明闻言把事情记下，只是注意到陈其昭的神色变化时心中有一种微妙的怪异感，他肯定道，"你还有事瞒着我，你怎么会突然怀疑那两个人？"

陈其昭敛去眼底的算计，满怀心思地告状道："我昨天看到其中一个人……好像跟林伯身边的人关系很好，我看到他们躲在角落里说话。"

"可能是你看错了。"陈时明道,"当时场内那么多人,身形相似的也不少。"

"是吗?"陈其昭说完低下头,语气微微起伏,"我就是刚才看到那人才想起来,平时我也没得罪什么人。"

他边说边注意着陈时明的神情,直到对方拿起手机才确定陈时明有所怀疑了。

如果直接说这件事跟林士忠有关,陈时明肯定不会相信,甚至会怀疑他是不是药物反应产生了错觉。可把事情引到与场内其他人身上,那意义就不同了。林士忠为了不暴露自己,与他竞争的两人最后都没有选择加价,那极有可能是林士忠本身在这件事情上没有太大的把握,或者前期准备不足,所以不想让陈家注意到竞争者。

既然林士忠不想让人知道,他偏要让人知道,而且必须让陈时明注意到。

在下药的人没找出来之前,任何怀疑对象都会让陈家人警觉,更何况是作为受害者的他说出来的话,所以陈时明未必会去查"身形相似"的林士忠助理,但肯定会去查与他竞争的那两个人。

有些事情说太多也没用,最好的方式是让陈家人自己意识到问题。

"下药的人我也会去查,这几天你就好好休息。"陈时明说完,见医护人员已经进来查看陈其昭的情况,于是退后几步给医护人员让出位置,走到门口给徐特助打电话。

陈时明让徐特助顺便查一查拍卖会上的人,余光瞥见病床上脸色苍白的男孩,脑海中回忆起刚刚林世伯进来之后陈其昭的一系列表现,不像他以往伶牙俐齿爱惹事的样子,反而有种心不在焉的逃避。

老实说,他想过陈其昭苏醒后气急败坏向他告状的模样,却未曾想过看见的是这么安静的陈其昭。

想到此处,他神情一凝,改口道:"先调查拍卖会上的人,尤其是与他竞争的那两位宾客,查一查他们背后的关系。还有,最近与陈氏在项目上存在矛盾和竞争的对象也要查。"他说完嘱咐道,"切勿声张。"

徐特助闻言点头:"好的,我马上去办。"

敢在这样的场合动手的人,要么是与陈家有恩怨,特意选在这种时候闹事,要么就是与陈其昭有私人恩怨。陈时明了解自己弟弟的脾气,虽然闹了点,但也不至于因为私人恩怨被人下药整治。

如果这次沈于淮没有提前送陈其昭去休息室,那么饮用了含药的香槟的陈其昭很可能会在晚会上出丑，丢的就是陈家的脸。而且，陈其昭平时不参加这种聚会，今天来之前也没人知道他会来，所以针对陈家的可能性更高。

张雅芝过来查看情况。

听见医生说没太大问题，张雅芝才放心，她说："以后注意场上的酒，实在不行找个助理跟着，酒杯还是别经别人的手。"

陈其昭也不想让她太担心："没多大事，就喝错了点东西。"

下药是小事，在梦里他遇到的坑更多，各种场合的下药数不胜数……这次中招算是他的疏忽，明明注意到却放松了警惕，但也是机缘巧合，某种意义上至少让林士忠对他的怀疑减少了。

"怎么就没大事了？"张雅芝说，"你哥说你来医院的路上尽说胡话。"

陈其昭一愣："我？"

"是你。"陈时明闻言瞥了他一眼，"拉着于淮乱说话，也不知道说什么，嘀嘀咕咕地念叨，下车的时候还扯着人家的衣服不放。"

陈其昭看向陈时明，诧异道："我认为是我吃错药了，不是你。"

陈时明道："什么意思？"

"没，就觉得你编假话的水平跟吃错药似的。"陈其昭不记得自己有乱说话的表现，最多就看错点东西。

陈时明："……真应该把你昨晚的表现录下来。"

张雅芝在旁边看兄弟两个拌嘴也没有阻止，看到陈其昭有精神地跟人说话，她更是放心，便拿起水果刀开始削苹果。

陈时明公司还有事，见到张雅芝过来看护，他说了两句，很快就走了。

"不过这次多亏了于淮帮忙，当时是他和你哥送你来的医院，报告单也是他帮着取的。"张雅芝边削果皮边道，"最先注意到问题的也是他，要不是他提醒我们，当时的第一现场未必能保住。"

最主要的是陈其昭喝的那杯香槟，据说那个有问题的侍者想去撤走酒水销毁证据，愣是没找到机会行动。多亏了出事的时候沈于淮说可能是酒类问题，他们才在沈于淮的提醒下在其他地方找到了酒杯，因为陈其昭半路将香槟换成了橙汁。

陈其昭想起了一点，他记得是沈于淮送他去休息室："我知道。"

"不过于淮跟小时候没太大变化，我还记得他跟雪岚来家里的时候才那么丁点大。"张雅芝声音柔和，边说边想，"当时他多大来着，初中吧？

127

好像是你二年级的时候。"

"他大我四岁。"陈其昭微微合上眼休息,药物过后还是有些头疼,"我二年级那应该是他六年级,小学。"也有可能跳级,毕竟以沈于淮的智商,小学的……他说完忽然意识到什么,骤然睁开眼,"等等,他去过我们家?"

"去过呀。"张雅芝笑着道,"你忘了?小时候你经常找他一起玩,还闹着不要你大哥,赶着要上门去做沈家的孩子,非要沈于淮做你亲哥。"

陈其昭完全没有印象:"什么时候的事?我怎么没印象了?"

他只记得陈时明高中时期,沈雪岚确实偶尔会来家里,可那时候没有沈于淮。

"你那时候小,忘了也正常。"张雅芝仔细回忆道,"有一段时间吧,当时沈家出了点问题,受你沈伯之托,雪岚和于淮放学后会来家里,一般都是待到晚上才走。那时候你哥还不爱带你玩,往往雪岚和于淮在房间里做作业的时候,就是于淮带你玩。他后来就没怎么过来了,因为学业的事,你沈伯送他去外地学习过一段时间。"

陈其昭回想起这辈子沈于淮看他的眼神,他当时以为是因为颜凯麟。现在回想起来,对方原来早就记得他,对他好、跟他吃饭,估计是因为有儿时的情谊在,把他当作弟弟对待……可是关于儿时的这件事,他从未听沈于淮提起过,他甚至以为他们两人在陈氏大楼下的那一次见面,才是真正意义上的认识。

张雅芝:"于淮估计还记得,昨天我跟他闲聊的时候,他还说不记得你小时候有心脏方面的病史。"

陈其昭半低着头:"我没病。"

张雅芝:"大概是你哥说错了,于淮以为你有心脏病,我跟他解释了。"

两人说话期间,门外传来了敲门声。张雅芝应了声,没一会儿就看到沈于淮捧着一束花进来。

见到人来,张雅芝笑着说:"于淮来了?我刚跟小昭才提到你。"

"张姨。"沈于淮礼貌颔首,视线停在陈其昭身上,"其昭今天好点了吗?"

"淮哥。"陈其昭稍稍坐直了身体,"昨天谢谢你帮忙。"

张雅芝接过沈于淮的花,刚跟人说两句话,病房的铃声就响了,医生提醒她过去诊室拿化验报告。

"您过去吧,我在这儿看一会儿。"沈于淮说。

"那麻烦你了。"张雅芝对陈其昭说,"不舒服记得说。"

张雅芝一走，病房里就只剩下陈其昭和沈于淮。

周围一安静下来，陈其昭莫名地想起了刚才陈时明的话。他没有说胡话的记忆，但他不确定自己到底有没有说过，尤其是陈时明口中扯着沈于淮衣服的说法，让他感到莫名的尴尬。他仔细搜寻着昨天的记忆，最开始进入休息室时还有些印象，但之后的记忆就完全断片了，更不用说回忆起自己具体说过什么话了。

沈于淮余光瞥到病床边柜子上刚开始削皮的苹果，以及摆放在一旁的水果刀和一次性手套。注意到陈其昭的沉默，他开口问道："吃水果吗？"

陈其昭停了两秒，应道："吃。"

病房里的东西非常齐全，虽然只需要住院两天，但张雅芝差点把家里所有东西都搬过来。

沈于淮在张雅芝原先的位置坐下，动作熟练地戴手套握刀，水果刀在他的手里仿佛变成了实验室某样精细的刀具，比之张雅芝粗糙的削皮方式，沈于淮拿刀的动作非常稳，顺着原先的刀口往旁边削，没一会儿就削了长长一条果皮，与托盘上七零八碎的果皮形成鲜明的对比。

陈其昭安静地看着，没有像以往那样找话题与沈于淮聊天，心情莫名地渐渐平复下来，脑海中不由自主地回想起以前的事情。

他看着眼前的沈于淮，想起了第一次去沈于淮公寓的情景。那天他们在杂物间待了许久，直到外面的声音消失，他才跟随沈于淮离开了陈氏大楼。那时他非常狼狈，西装上沾满了被人泼洒的不明液体。沈于淮带他到了位于市中心的公寓，为他提供了换洗衣物。

当时的沈于淮也是这样，没有说太多话，也不问太多事情，却在不经意间为他营造了最舒适的环境。

后来他才明白，那天沈于淮是受沈伯父之托前去帮忙，还带去了沈伯父支援的一部分资金，因此才会撞见陈氏大楼下的那一幕……沈家在那种情况下向他伸出了援手。再后来，随着陈氏其他地方陆续出现问题，在他意识到问题时，才知道林士忠处心积虑想要搞垮他，表面上对他好、给予帮助，但背地里那些未经通知的媒体、闹事的员工、无为的保镖都是在林士忠的指示下行动。

要不是沈于淮，他可能早就崩溃了。

沈于淮刚削完苹果，正打算递给陈其昭，忽然注意到对方挂水的左手以及鼻侧的吸氧管，看起来不方便动作。脸色苍白的陈其昭看起来精神状态不是很好，眉间微微皱着，似乎是因为疼痛，但对方一直没说，安静沉默的样子与昨晚在慈善拍卖会上意气风发的举牌竞拍时完全不同。

来之前他咨询过相关专业的同学，精神药物的后遗症很多，轻微摄入都有可能导致连续一两周的头痛。

陈其昭调整了姿势刚坐起来，瞥见沈于淮的动作。

"没找到叉子。"沈于淮熟练地按刀切片，把切好的苹果递到了陈其昭面前。

陈其昭微微一怔，一时间没伸手去接。

沈于淮注意到他的迟疑，停了两秒，伸手把苹果递到了他的嘴边。

陈其昭微微张开口，咬住了那块苹果，眼睛定定地看着沈于淮。

沈于淮侧着身没看他，垂眼继续切苹果。水果刀在他手里极其灵活，没一会儿又切下一块来。他将水果刀卡在苹果里，将切下来的苹果递到他面前。

陈其昭费力咀嚼，只是刚吃下去又来了一块，根本没空说话。

少了废话的时间，一个苹果吃得非常快。

沈于淮切下最后一块苹果，余光瞥见果篮里的其他水果，询问道："还想吃什么？"

陈其昭："……饱了。"

沈于淮闻言点头，把手上的手套摘了，去洗手间清洗水果刀。陈其昭看着对方动作，等到沈于淮回来，才整理语言问出口："陈时……我哥说，昨天我说胡话，是真的吗？"

"嗯，说挺多的。"沈于淮擦了擦手，闻言看向他。

陈其昭停顿了两秒，才问："我没乱说什么吧？"

沈于淮看着陈其昭现在的模样，回想昨天晚上对方混乱中失态的表现。当时陈其昭的言语破绽非常多，思维跳跃得很快，话里话外表现出来的情绪十分混乱。但在他用笃定的语气去陈述一件事的时候，即便他当时正处于失控的状态，也会让人不由自主地去思考对方眼里的所谓真实。

当时的陈其昭很笃定他没有看到某件事，又很希望他能看到些什么，但他并没有看见对方臆想的场景。可即便那可能只是一件陈其昭幻想中的事情，沈于淮仍从陈其昭的语气中听到了某种真实，这种感觉非常奇特。

"嗯，最开始你的表述还算清晰，我能跟你交流。"沈于淮没有直接提及陈其昭那时的状态，反而说，"但后半段你意识可能有点模糊，没说完整的话，之后我们就到了医院。"

"哦。"陈其昭松了口气，"那你听到了什么吗？"

沈于淮见他好奇，于是答道："是的。"

陈其昭看着他。

沈于淮想了想，说道："似乎是人名，念了几个，没听清楚。"他说完又补充，"其他的没记清楚。"

陈其昭低着头，他念的人名估计也就是商场上那些老家伙，现在看来当时应该没多说什么。幸好让沈于淮带他去了休息室，在混乱状态下他完全不知道自己会说什么话、做什么事，更何况当时林士忠还在场。如果在晚会上胡言乱语，让对方产生怀疑，那就真是前功尽弃了。

他心里松了口气，可当抬头对上沈于淮的眼睛时，心里莫名又有些不是滋味。

说不出来的感觉。

陈其昭把这种感觉归结于药物的后遗症，想到此处，他在林士忠的账上又添了一笔。

注意到陈其昭的情绪有些低落，沈于淮观察了他片刻，没发现昨晚耳侧泛红的情况。但出于谨慎，他还是伸手试了试陈其昭额间的温度。

陈其昭乍一被冰凉的手触碰，不由得缩了缩脖子，清晰地闻到沈于淮袖子上那股薄荷味。

"温度正常。"沈于淮补充道，"昨天晚上你有体温上升的情况，下次酒别喝多了。"

陈其昭声音一顿，刚想解释几句，就听沈于淮道："多喝点果汁挺好的。"

话刚说完，门外传来敲门声，紧接着颜凯麟和刘凯几人走了进来。他们没想到沈于淮也在，相视一笑纷纷收敛了一些，颜凯麟带头喊了声"淮哥"，才走到陈其昭床边。

"昭哥，你现在感觉好些了吗？昨天晚上沈哥告诉我你过敏的时候，我真是吓了一大跳。"颜凯麟走过来仔细打量他。

陈其昭抬头看向沈于淮，后者朝他点了点头，然后坐到旁边的空椅子上，把病床边的位置让给了陈其昭的朋友。

陈其昭说："不是酒精过敏。"

颜凯麟问："那是对什么过敏？这也太危险了吧？都住院了。"

陈其昭回答："……过敏原还没查出来。"

另一个人说："昨天晚上真是吓死人了，你哥的助理还拉着我问你喝了什么东西。"

陈其昭偷偷瞥了沈于淮一眼,见对方没有注意这边,又看了颜凯麟一眼。

颜凯麟没有察觉到陈其昭的暗示,他回忆起当时助理的表情,还觉得有些狰狞,小声说:"不是酒精过敏就好,如果是酒精过敏,以后咱们只能拼奶,不能拼酒了。"

陈其昭:"……"

他想把喝酒这个话题跳过去,主动询问了另外一件事:"昨晚上会场还有什么情况?"

"你走得快还好,昨天会场还丢东西了,警察都来了。"程荣见他问起昨晚的事,就三言两语说了,"听说最后还带走了两个服务员。"

陈其昭听到这儿,大概明白了始末。

昨晚的事件最终只有少数人知晓。陈时明办事效率极高,未让其他消息泄露。警方封锁现场时声称是因为场内丢失了贵重物品,而他入院的原因则被说成是过敏反应。林士忠既然敢在酒里下药,后续的准备肯定也做得很充分。调查结果不难预料——下药的是端酒的侍者,背后的指使者很可能是某个与陈家有仇的人。

而且林士忠做事缜密,这可能是他早已安排好的阴谋,只是阴谋的起点由某件事变成了对他下药。毕竟,被抢了东西让他丢了面子,林士忠很可能是想让陈时明当众出丑,让陈家蒙羞。但林士忠不会轻率地做无意义的事,即使有,也只会加以利用。

林士忠的目的到底是什么,还有待观察。

林士忠一直很擅长做这些事,找替死鬼祸水东引,或者借刀杀人,让其他人帮忙除掉某些目标。接下来只要注意林士忠的动向,不难猜出那只老狐狸的后续动作。

"哦,对了,昭哥,你那条翡翠项链的事搞定了吗?"颜凯麟问。

"陈时……我哥应该处理了。"陈其昭差点又直呼陈时明的名字。项链的事不着急,拍下的东西又不会跑,回头让徐特助去处理一下就可以。

程荣一脸看冤大头的眼神看着陈其昭,道:"我听麟仔说你把违约金都搭进去了,拍一条项链至于吗?那不是钱都花光了?"

刘凯补充一句:"那肯定没了,之前秦行风不是还找小昭借钱吗?小昭不都跟我们说钱都砸进去了吗?"

沈于淮正好给他倒了杯水过来,闻言看了陈其昭一眼,眼神中带着几分疑惑:"什么都砸进去了?"

陈其昭不知道话题怎么从喝酒跳到他竞拍，他委婉道："没砸，就给我妈买了东西，不算砸。"

"何止啊，秦行风那个小人，把小昭的钱骗光了还来坑我们。"刘凯继续道，"而且陈时明平时还克扣小昭的零花钱，这项链拍到手可不是穷了吗？"

陈其昭："……"

程荣："对对对，这件事小昭以前也说过。"

陈其昭："……"

十八岁的他好像被陈时明克扣过零花钱，但那是因为超前消费。

颜凯麟听得一脸蒙，他还记得陈其昭在拍卖的时候明明说自己很有钱，听着听着就被程荣绕了进去："昭哥，你没钱可以跟我说。"

陈其昭错过了回复的时机，程荣和刘凯两人已经谈起了他投资被骗的"惨事"，旁边还有个添油加醋的颜凯麟。话题转换的速度非常快，这几人似乎担心他在医院太闷，使劲地找各种话题。要不是颜凯麟在沈于淮面前有所收敛，这几人非得把他的老底给揭了不可。

沈于淮送完水就在窗边站着，微微低头看着手机，偶尔往他们这边看几眼。

几人说了半天，最后还是陈其昭说要休息，才把聒噪的这群人赶走。

颜凯麟等人走后，沈于淮过来帮他调整了点滴的流速，提醒道："嘴唇有点干，可以多喝点水。"

陈其昭端起水杯喝了两口，忽然开口解释道："你别听他们乱说，没他们说的那么夸张。"

沈于淮侧目看他，语气疑惑："他们说过什么吗？"

"没有。"陈其昭闭嘴了。

两人一个在病床上坐着，一个坐在床边看护的椅子上，彼此都没有出声，病房陷入了短暂的安静。

沈于淮见他没再说话，继续垂目看着手机里的内容，耳边是陈其昭的喝水声。陈其昭喝水的速度并不慢，在安静的病房里，喉咙吞咽的声音非常明显。

不一会儿，水杯就被放在床头柜上。沈于淮微抬眼皮扫了一眼，刚收回目光，就听到离得非常近的声音。他一抬头，眼神正好与探过头来的陈其昭对上。

陈其昭微微侧身，他刚刚跟颜凯麟他们说话的时候，沈于淮就一直在看手机。

沈于淮把手机里的内容给他看。入目是密密麻麻的英文，三句里陈其昭就有好几个单词不认识。

沈于淮解释道："在看期刊报告。"他又问，"你感兴趣？"

陈其昭闻言一顿，努力与沈于淮找一点共同爱好："有点兴趣。"

沈于淮看向他的目光里带着几分意外，又解释了一句："这是一份材料分析报告。"

让他看一些金融资讯他还能看懂，但事关其他领域的专业论文，有些单词是真的不懂。

陈其昭委婉道："不过有些单词我不太懂。"

沈于淮抬眼看了看他，把手机递给他看："哪些没看懂？"

陈其昭没想到他会问，只好随意指了一个。

"阻燃聚合物。"沈于淮目光微凝，颇有耐心地跟他解释这段话的意思，说完又问，"还有吗？"

陈其昭顿了一下："……有吧？"

沈于淮侧了侧手机，让对方能更好地看清内容，问："哪个？"

第六章 坐山观虎斗

医院的另一个角落。

张雅芝本来是去取化验报告的,取到报告后,主治医师又让她去办公室一趟。

办公室里较为安静,张雅芝一进门就看到挂板上贴着的部分脑部CT图。因为陈其昭对药物反应严重,张雅芝寻思着做足检查更为保险,于是让陈其昭把相关的检查都做了一遍。

医生的桌面上摆着好几份报告,见她来了,医生从旁边抽出一个病历本,又把报告拿出来。

"女士请坐,关于陈其昭的情况,我有一点疑问。"主治医生把几份报告递给她,"冒昧问一下,陈其昭平时在家有没有其他异常的表现?"

听到医生这么说,张雅芝的脸色马上紧张起来:"是有什么问题吗?"

"你别紧张,目前来看他没有问题,但是他对药物反应过于强烈,所以想询问他平时的异常表现。"医生给她看报告详情,"陈其昭并非药物过敏体质,脑部也没有出现相关的病理性变化,再加上他没有遗传病史,产生这么大的反应很可能是因为他本人。如果本身有心理问题的话,也会被药物刺激放大。"

听到这里,张雅芝大概明白了医生询问的目的。

她想了想,把陈其昭的性格与医生简单描述了一下:"但他近期情绪起伏比较小,以前经常跟家里人吵架,这段时间少了很多。"

"情绪改变也可能是他性格变化的一部分原因,作为家人,你们要多

135

注意这点。"医生非常有耐心,"但也有可能是我们的错觉。即便不是过敏体质,第一次接触这种药物的对象产生的副作用情况不一,这点我先跟你们提个醒,接下来几周时间还是多关注他的心理变化。"他说完又补充一句,"但您也不用太紧张,我只是跟您分析一下可能的情况。"

张雅芝回到病房时,已经过去了一个小时。

陈其昭已经睡着了,沈于淮还没有离开,而是坐在病床旁边的椅子上看手机。见她进来,他收起手机:"张姨,事情处理好了吗?"

"嗯,太麻烦你了,耽搁你这么久。"张雅芝朝他笑了笑。

沈于淮点了点头:"他刚睡下没多久,护士刚刚换过点滴。"

张雅芝问道:"于淮,你跟其昭的关系还不错吧?"

沈于淮本来打算给张雅芝让个位置,闻言神情一顿:"还好,在学校见过几次面。"

张雅芝又问:"他平时在外的时候表现怎么样?"

沈于淮不明白张雅芝为什么突然问这个,但还是回答:"其昭挺乖的。"

"嗯。"张雅芝看着病床上睡着的孩子,心里有点难受,只希望一切只是她的错觉,"接下来我看着就好,你有事忙的话先去忙吧。"

陈其昭住院几天,慈善晚会现场下药一事的调查结果也出来了。林士忠当天就上门,郑重地向陈家人表达歉意,同时带来了他手下的调查结果。侍者受雇在会场制造混乱,但警方未能从他那里获知幕后指使者的身份。只从这人的通信记录和银行账户信息中发现他与一个叫逸诚的公司有所往来,但缺乏直接证据。

这一说辞与陈其昭的预测极为相似,他对此并不感到意外。由于缺乏直接证据,警方最终只能处理下药的侍者,而其他无凭无据的猜测无法带来任何额外的结果。

只是林士忠把这件事的情况进行了一番包装之后才公布出来。

林士忠叹了口气,继续说道:"逸诚最近跟我旗下的一家公司闹了点矛盾。慈善晚会是由林家主办的,他们很有可能是想雇人来慈善会场闹事。你也知道,当时会场里人那么多,一旦出事,我林家的脸面往哪儿搁?那个人交代说,当时他就看中了小昭那一桌,说是看这群富二代喝酒喝得凶,随便一个人中招闹事,他的任务也就完成了。"

他苦笑道:"晚会场上还有那么多人,如果搞砸了,风声传出去,后续我们申报的手续也会被从严审核。这件事毕竟是林家的问题,如果只是冲着我来就好，偏偏这……小昭这是受了无妄之灾啊。"

这一番解释表面上看没说什么，实际上是暗示逸诚通过下药搞事，想要破坏林士忠的生意，而陈其昭只是意外被牵连。

"逸诚？"陈建鸿皱起眉头。

见陈建鸿有所迟疑，蒋禹泽小声地在陈建鸿耳边低语："陈总，逸诚近期也跟我们有项目冲突，在Y市因为竞标的事起过几次争执。"

陈建鸿听完后对林士忠道："这件事恐怕不只是冲着你来，我们跟逸诚最近也有矛盾，对方很有可能是真的冲着其昭来的，借此机会一举两得。"

林士忠面露意外，似有不解："……这怎么说？"

陈其昭坐在病床上，目光冷冷地看着林士忠与蒋禹泽在他面前唱双簧、打配合。也不怪陈建鸿不起疑，林士忠绕了个大圈，把事情全揽在自己身上，之后再借由蒋禹泽的口提醒，直接把矛盾转嫁到陈氏和逸诚身上，利用陈氏来除掉自己的大敌逸诚，从而坐收渔翁之利。

这确实是林士忠的手段，而且确实发生过这件事。

逸诚并非S市本地资本，起源于Y市。陈氏是因为某个项目向外扩展时，与逸诚产生矛盾，矛盾不算深，可以通过协商解决。但逸诚与林氏爆发的市场矛盾非常多，可以说是根本谈不拢……梦境中不知道发生了什么事，陈氏也被卷入了这场竞争风波，最后双方斗得两败俱伤，即便陈氏占了上风，却也损失惨重。

这也是后来陈氏破产的原因之一，本来就有内忧外患，还平白无故招惹上了逸诚那条疯狗。

这件事是林士忠有意为之，只是这个阴谋的开端从梦中的某件事变成了慈善晚会的下药事件，在林士忠的操纵下，他成了这场竞争的导火索。

"这莫名其妙的，那当时要是搞到别人，逸诚那边就不怕得罪其他人吗？"陈其昭啃着水果，漫不经心地说，"颜凯麟当时就坐在我隔壁，酒杯也离得近，一不小心就可能拿错啊，逸诚的胆子也是真大。"

林士忠的目光落在陈其昭身上，对他的胡言乱语进行解释："他们的目标是林家，无论是谁中招，他大概都会想办法把矛盾转嫁到我们这边。"

"可是我们家跟林伯关系好。"陈其昭视线停留在林士忠身上，说道，"我觉得逸诚那边觉得我们这些富二代喝酒喝得不省人事都是常事，想要把这事糊弄过去。你说对不对啊，林伯？"

林士忠的表情冷了几分，他道："你这孩子，这件事交给我们处理就可以了。这几天好好休养，你看你这脸都没什么血色。"

张雅芝补充道:"这孩子还挑食,这次回去得补补。"

陈其昭的胡言乱语,陈建鸿却听进去了,他若有所思地看向一边一直沉默的大儿子:"时明,这件事你怎么看?"

陈时明委婉道:"林伯说得也有道理,这件事还是先看看逸诚那边的动静。"

陈建鸿吩咐身边的蒋禹泽:"这件事你去安排,有什么情况通知我。"

陈时明刚跟陈建鸿说完,忽然就瞥见病房门口站着的徐特助,他心里有事,见状道:"你们聊,我去处理下工作。"

关门的时候,他忽然看到病床上陈其昭的目光,一双眼睛没有多少波澜。陈时明动作一停,下一刻就见陈其昭偏过了头,拿起床头柜上的水果刀削苹果。

门关上了,徐特助环视四周,见老板还停在门口,小声提醒道:"老板?"

陈时明挪开视线,才开口问道:"事情调查得怎样?"

徐特助确定没有人后才小声向老板简单说明调查结果。

"公司注销了?"陈时明看向徐特助,"你确定?"

"确定,据说是晚会隔天申请注销的,我查完没多久,再去看就显示已经注销了。"徐特助调查到这里才知道事情的严重性,两家发展得还算不错的公司,为什么突然想要注销,这完全找不到能够站得住脚的理由。

这次老板突然想要查这两人,他也费了点工夫,在查出这两家公司跟林氏有关联后,他马上就把调查结果告诉了陈时明。可就在陈时明吩咐他继续往下查的时候,这两个看似没有关联的人的公司先后注销,连同网上关于他们的新闻也删得七七八八,就好像急于销毁什么。

陈时明听到此处,透过玻璃瞥见病房内还在跟陈建鸿交谈的林士忠,想到陈其昭当时跟他说的话。

对于陈其昭的话,他更多的是保持怀疑态度。毕竟会场上身形相似的人那么多,陈其昭喝醉酒看错的可能性较大,可偏偏查出了那两个人跟林氏有关系,那陈其昭的那句话可信度就上了一个层次。

"那条翡翠项链的事处理了吗?"陈时明问。

徐特助道:"已经处理了,按您的吩咐,东西送到别墅里。"

林士忠为什么要跟他弟弟抢一条平平无奇的翡翠项链?如果他喜欢,直接说出来就好,没必要安排人在暗地里争夺。而且晚会结束后还急于切断与那两人的联系,要不是陈其昭突然提起这两人,再过几天去查可能看到的就是完全不同的信息,未必就能查到那两人与林氏的关系。

在酒中下药的事，真的有那么简单吗？

"Y市那边的项目是谁负责的？"陈时明低声问道。

徐特助迟疑道："应该是另一个项目组。我们这边不参与Y市的项目，听说是老陈总那边安排的人，我几次见到蒋哥去那边的办公层。"他说完又问道，"老板，这件事也需要查吗？"

"去查一查，我们与逸诚竞争的事情原委。"陈时明说完迟疑片刻，又交代了一句，"不要告诉任何人，包括老陈总。"

这件事没那么简单，他觉得有些不对劲。

陈其昭住院一周，他个人觉得问题不大，但张雅芝这几天小心翼翼，非要让他多住几天，最后还是陈其昭以学校课程跟不上为由强行出院，否则他还得在医院病床上再待一周。

出院前两天，陈其昭给张雅芝递了话，把陈建鸿体检的事情也顺便解决了。正好几个人都在医院，托张叔提前预约安排后，陈建鸿花了一个上午的时间做了一次详细检查。检查结果暴露了不少问题，"三高"是陈其昭早有预料的必然结果，还查出陈建鸿的肺也有点小问题。

不过好在都能用药控制，但陈其昭安心不下来。父母两人的身体情况跟陈时明的车祸就像一颗随时会被引爆的炸弹，他知道了最后的结果，在没有到达那个时间节点之前，他一点都不能松懈。

而锐振电子的事情结束后，表面上看似风平浪静，但林士忠可能又在背地里搞其他动作。

陈其昭正想着，刚一抬头就注意到站在病房门口的陈时明。

"你怎么来了？"陈其昭诧异地看着他。

今天陈其昭出院，陈时明中午下班后就过来了。他扫了一眼病床旁边的行李箱："下班没事就过来了，东西都收拾好了吗？妈呢？"

"收拾得差不多了。"陈其昭合上行李箱，"她去办出院手续。"

陈时明点了点头，扫视病房其他角落，最后视线停在陈其昭身上，开口问道："那天跟你竞拍的人，你有没有在其他地方见过？"

"没有。"陈其昭瞥了他一眼，"要是认识，他还敢抢我的东西？不怕我回头找他算账吗？"

陈时明沉思片刻，这几天他让徐特助查的事情越多，这件事就越发显得诡异，慈善晚会的事情远远没有他预料得那么简单。他嘱咐道："以后在外少惹祸，喝酒注意点，眼睛放亮点，少跟程荣他们去那些酒吧。这次

139

还好有沈于淮,下次你再喝到加料的酒,身边没人有你好受的。"

"你也别光顾着说我,你应酬喝的酒不比我少。"陈其昭推着行李箱经过他,"你眼睛也放亮点,别身边多了不三不四的人,自己都没看清楚。"

陈时明:"……"

刚好走过来的徐特助莫名躺枪,每次陪老板出去应酬的人不就是他吗?

陈其昭拖着行李箱出门,陈时明却没有动。他来的时候在病房门口站了一会儿,正好瞧见病房内的陈其昭。当时周围没人,陈其昭也没收拾行李,一个人干坐在病床上没动。这几天他越仔细查,越发现有些事情像是蒙着一层拨不开的浓雾,越往下查越是谜团重重。

徐特助:"老板,有东西落下了吗?"

陈时明回过神:"这段时间陈其昭要是让你查什么,你顺便送一份文件给我。"

"查什么都送?"徐特助愣了一下。

陈时明用疑惑的目光扫了徐特助一眼,重复道:"送。"

下楼后,正巧遇上办完手续的张雅芝,一行人直接去停车场。

"这几天就先去家里住,放学让老林接你来回。"张雅芝交代道,"上晚课也回家住,不然就住医院。"

"我没事,你不用担心。"陈其昭觉得张雅芝这几天有点太夸张,他只是喝错了东西,又不是得了什么重病,未免也太小心翼翼。

几人已经上车,刚关上车门,旁边的陈时明道:"妈也是为你好,该听的话就听。"他说完注意到陈其昭的目光,语气又沉了几分,"你这是什么眼神?"

陈其昭系好安全带,语气淡淡道:"我不跟你吵。"

回家之后没多久,陈其昭就收到徐特助的邮件,里面是对方发来的关于翡翠项链的资料。

这条项链对林士忠来说意义非凡,但对他来说没有实际用途。毕竟陈家与那位大佬的交往较少,这件物品根本派不上用场,若是厚着脸皮送过去,还容易被误解为别有用心。经过慈善晚会的事件,所有人都知道陈其昭拍下了这条项链,因此林士忠不可能从他这里取走。这件物品在某种意义上只是一件漂亮的首饰,正好可以作为张雅芝的首饰藏品。

一条项链不可能完全断绝林士忠与那位的往来,但林士忠与那位的关系估计就不会那么深厚了。毕竟这件所谓的祖母与祖父的定情信物,其实还牵扯到那位大佬家中的一笔遗产继承问题，所以那位大佬才对林士忠十分优待。

而现在林士忠送别的礼物，可就比不上这条项链的价值了，也算是断绝了林士忠的一条后路。

陈其昭继续翻看邮箱里的邮件，住院一周，他委托人秘密调查的许多邮件都没处理，只能花时间一一回复。想要对付林士忠，得先想办法除掉蒋禹泽，但对蒋禹泽出手没那么简单，毕竟这人的段位比秦行风高出不少。

看完邮件后，陈其昭放下了心。

从医院里陈时明询问的语气，他大概知道陈时明应该已经查到一些东西，或者已经对慈善晚会的调查结果产生疑惑，不然也不会再询问起这件事。以他对陈时明的了解，遇到这样的事情肯定不会声张，因为林士忠不是其他人，而是陈建鸿的至交好友。

所以这件事陈时明会查，但是会在背地里调查。要对付林士忠，突破口不在陈建鸿，而是陈时明。

电脑内存有多种资料，有一些是陈其昭凭着记忆整理出来的，有些是委托私家侦探调查的资料，但这些都不算是关键证据，他得想个办法把这些东西通过某些途径递给陈时明，而且必须让陈时明相信并暗中继续调查。原本他是想以进集团实习为由来递话，现在却有一个大好的机会摆在面前。

不仅不能让陈家卷入与Y市逸诚的这场纷争，他还要想办法让林氏跟逸诚斗起来。

坐山观虎斗不是林士忠最爱玩的游戏吗？那也让林士忠进笼当当老虎才够本。

"得挑些有用的……"陈其昭扫完电脑秘密磁盘里的资料，又去看邮件里有没有遗漏的东西。忽然，他注意到一份来自徐特助发的邮件，是有关于何书航的资料，邮件是很久之前发来的，他差点把这件事忘了。

这份资料比先前徐特助查的资料更详细，在合法范围内能查到的何书航所有资料基本上都在这里。可能是因为重复的内容较多，所以徐特助发邮件之后就没提醒他。而那段时间因为锐振电子跟秦行风的事，他也没注意到这份文件……现在看到里面密密麻麻的资料，很多事情凭记忆就能串联起来。

"别的不说，这水平都快赶上小周了。"陈其昭喃喃道，说完又笑了声，"可惜不能挖。"

徐特助这业务能力跟他梦里的助手差不多，只可惜这人是他哥的人，不然他还想挖墙脚。

看完资料,他切换到网页搜索了一个竞赛的资料,截图。

打开微信,陈其昭犹豫片刻,把截图发出去,而后用委婉的语气问道:"淮哥,你们专业会参加这种比赛吗?"

S市第九研究所,隔离玻璃窗内几个身穿白大褂的研究员盯着机器上的数据结果,在终于得出某项数据后,众人低声欢呼。沈于淮垂目在实验记录板上记录第98次实验测试结果,旁边已经传来同组成员小声的询问。

"于淮,一会儿结束了去吃饭吗?跟隔壁组一起。"那人说完,怕沈于淮不答应,又补充道,"上周聚会你就没去,这次可不能推辞了啊。你毕业以后如果想在这边工作的话,还是得多跟其他人聚餐,以后多条门路。"

"好。"沈于淮目不斜视地回道,"不过我可能会晚一点,得先上传数据。"

那人又道:"没问题,我们去休息室等你。"

"幸好这试验进行得顺利,这样的话应该能赶得上年底的比赛了。"

沈于淮写完数据,把笔帽盖上:"按照目前进度,能赶得上截止时间。"

实验室一待就是半天时间,等沈于淮上传完数据出来的时候已经是下午六点多。到休息室储物柜拿东西时,他才注意到下午两点多的时候陈其昭给他发了消息,看到消息时他有点意外。

陈其昭截图的是国际挑战杯比赛的官方网站,也是他们项目正准备参加的一个比赛。

该比赛涉及的专业领域比较广,是目前含金量较高的一个比赛。他们的项目本来就是创新项目之一,导师建议他们如果能在规定时间内完成,可以参加这个比赛,以方便后续争取更多该项目的研究资金。

陈其昭似乎对他们的专业很好奇,上次在医院也是,很有耐心地听他讲专业内容,只不过后来太累了睡着了。

沈于淮微微垂目,沉默几秒后输入了消息。只不过他刚放下手机,静音的手机又振动了两下,陈其昭马上回了他,回复的内容也与这个比赛有关,不像是随意问起,而像是事先了解过。

陈其昭像是对这个比赛非常好奇,一直在问这个比赛相关的事情。

"附近的那家烤肉店好像不错,就是S大旁边那个。"

"哦哦!我更喜欢吃那家海鲜。"

"S大最近不是推了很多店,叫什么,哦对,叫网红店。"

"那就去 S 大吃吧。"

"S 大啊，我不怎么去那边吃饭，于淮，你有推荐的吗？你不是都在 S 大那边吃饭吗？"

陈其昭那边没回他，沈于淮回完消息抬头，注意到周围几个朋友都在看他，疑惑地问道："怎么了？"

"没，以前没发现你玩手机能这么入神啊，哈哈哈。"朋友笑了笑，道，"S 大有什么好吃的啊？"

沈于淮想了想，报了几个名字，周围的人已经开始拿手机搜地点。他低头看了眼手机，忽然注意到聊天框上方反复提醒着"对方正在输入中"，只是过了几分钟，对方还是没发消息过来。

沈于淮顿了一下，主动找了话题："吃饭了吗？"

陈家的饭桌上，正在讨论工作的陈建鸿和陈时明注意到突兀的咔嚓声，以及一闪而过的闪光灯，纷纷转头看向饭桌另一边自吃饭开始就沉默不语的陈其昭。

"拍张照。"陈其昭把照片发给沈于淮，注意到周围的目光，微微抬眼了看众人，很快又低下去，"忘了静音，你们不是在谈工作吗？继续。"

只是他的话一出口，饭桌上本在谈工作的两个人却停了下来，连张雅芝都意外地看向这两个工作狂。

短暂的沉默后，陈建鸿开口了："吃饭吧，剩下的事晚点说。"陈建鸿看着饭桌对面的陈其昭，也不知道是不是住院的缘故，就那么几天，他总觉得孩子的脸上没多少肉了，相比之前略带婴儿肥的脸，住院回来好像瘦了一圈。

陈时明也注意到了，以前的陈其昭很爱挑刺，往往他跟爸说到工作的时候，陈其昭总会不耐烦地打断或者发脾气，可这段时间以来，陈其昭几乎没有在饭桌上跟他们吵过架。

陈其昭本来还在跟沈于淮聊天，注意到对面炽热的视线，抬头，正好跟陈建鸿对上目光。

陈建鸿声音平静："其昭，吃饭。吃完再玩手机。"

陈其昭诧异地看着两人，但没多问，低头开始吃饭。

何书航肯定会参加这个项目，这一点从徐特助提供的资料中已经明确。从沈于淮的话中可以看出，他对今年项目的举办地点和时间都非常了解，尽管他没有明确表示是否会参加。

当时，朋友在与他闲聊时也是随意提到这件事，透露的信息并不多。

这件事之所以引起广泛讨论,部分原因是比赛过程中出现了问题,最终实验组为了避免引起过多的舆论而退出了比赛。因此,按时间推算,可供何书航窃取数据的时间非常有限,估计也就在这一两个月内。

但问题来了,何书航持有出入证,可以自由进出研究所。他最多只能派人监视何书航,但不可能跟随他进入研究所,因此无法确定具体的作案时间。

吃完饭后,陈其昭回到自己房间,从徐特助提供的资料里翻出了何书航的课表。

何书航当年没有被调查组发现,说明他的所有行动轨迹都符合常理。也就是说,他是在正常的时间进入研究所,并在沈于淮研究组的人不在时窃取了数据。

查何书航相对简单,查沈于淮则不简单。

大学生的课表众所周知,但沈于淮项目的实验室时间表就难以确定,他也不能让徐特助去查研究所的事。

他思考了一会儿,给颜凯麟发了消息。消息发出后,他本打算整理一些其他资料,这时管家张叔敲门,说陈建鸿找他。

陈其昭很少进入陈家别墅的书房,记忆中,还是小时候经常被张雅芝抱进来玩耍。等到长大后,意识到书房是谈工作的地方,他就不愿意去了。后来陈家破产,别墅被拍卖,他更是没有机会踏进这个地方。

陈建鸿换了一身家居服,坐着看到他进来,便招手让他到旁边的沙发坐下。

陈其昭没有过去,只是说:"我还有点作业没做,你找我有什么事吗?"

他很少与陈建鸿独处,面对这个严肃的父亲,他不知道如何处理两人的关系。他不想惹人生气,那只能少见面,毕竟有些吵架的理由总是在他的意料之外。

陈其昭想走,陈建鸿却罕见地留他长谈,甚至让管家送来了两杯茶水。

看到茶水的时候,陈其昭的视线停顿了两秒:"我不是说过把家里的茶都收起来吗?"

陈建鸿眉梢挑了挑:"你哥的咖啡是你扔的?"

陈其昭丝毫没觉得哪里不对,他继续道:"熬夜喝茶,你是嫌血压不够高吗?"

管家原以为陈建鸿要留陈其昭谈话才端来的茶水,眼下见这个情况,只好看了看自家先生。

陈建鸿看了他一眼："换两杯水。"

管家只好把茶水撤下去，换上两杯水。

陈建鸿继续问："课业上有不懂的地方吗？"

询问课业……陈其昭原以为陈建鸿留他下来是想问点别的，却没想到问的是这么平常的事。印象中，陈建鸿上次关心他的学业是很久以前了。兄弟两人的学业都不错，所以陈建鸿很少过问这些。

陈其昭应了声："还好。大一的课程主要是通识课，专业课没多少。"

"上次说去公司学习的事，如果课业不多，就安排一下时间，平时没课可以到公司来。"陈建鸿翻着手中的文件，"你哥高中时就开始接触集团的业务，你现在大学开始接触也不算晚……这份文件上是集团旗下的公司，离你学校近的地方我让人标出来了，你自己挑一个喜欢的。如果你想让小蒋带你，可以到小蒋负责的项目下面待一段时间。"

看到这份熟悉的文件，陈其昭回想起梦里的事情，只是这次来得早一些。

陈建鸿没有放弃过他，尽管这个父亲严厉多于仁慈，但在兄弟两人的资源分配上向来公平。这样一份文件梦里也有，只是来得较晚，没过多久陈时明就出事了。

如果梦里一切都没发生，他或许还能在父兄的庇护下成长。只可惜事与愿违，而他也没有慢慢成长的机会。

陈其昭翻动着文件，里面确实都是一些适合他这个阶段的项目……陈建鸿确实为他考虑过，只是现在他的目标不是这些，也没有时间慢慢等，他余光瞥见文件末尾的一家公司，很快做了决定："那就去这个吧。"

陈建鸿看到陈其昭所指的位置稍作迟疑，这是陈氏这两年旗下发展比较快的公司，主营电器，虽然不在集团本部，但也离S大较近，对于陈其昭来说也比较方便。他以为陈其昭会选集团本部，没想到选了这个地方："没问题，剩下的事我交给小蒋安排。"

"那还有什么事吗？没有的话我先走了。"陈其昭站了起来，把那份文件也带走，"这东西你还要吗？不要的话我带回去看看，万一待不习惯，我再换个地方。"

陈建鸿本还想留他说话，见他想走也只好挥挥手让人走了："走吧，去看你的书。"

回到房间，陈其昭将门一关，随意散漫的态度顿时就收了起来，他低

145

头看着手中的文件,眼中一片阴冷。

Y市逸诚跟陈氏前期的冲突不多,只有一两次的小摩擦,那都是可以解决的事。梦里因为某个事情开端之后,陈氏跟逸诚的矛盾就越来越多。他后来看过相关资料,记得其中闹得比较大的一件事就是陈氏旗下这个电器公司跟逸诚在广告宣传上起了冲突,当时对于陈氏来说是旗下一系列产品推出的重要宣传节点,但在关键时刻准备高价签的代言人被逸诚截和了。

当时项目组已经针对该代言人筹备出相关的宣传方案,事情出现反转也是在签合同前期。根据那个艺人工作室的说法,对方开出高价,考虑到档期宣传,最后还是选择了逸诚。后来这件事因为那个艺人的粉丝效应,对公司的产品产生了一部分影响,导致那个系列产品推出时效果不佳。

陈氏跟逸诚才彻底结下梁子。

这次有他被下药的事情在先,还有之前那些小摩擦,如果再爆发舆论效应,就正中林士忠的下怀了。

陈其昭嗤笑一声,把文件随意地丢在桌面上。

"林伯,你想要的好机会这不就来了吗?"

隔天,陈建鸿就派了一个助理给他,这位助理是陈建鸿助理团里的一员,姓于。陈其昭对这人印象可不浅,这人是后来被安排去陈时明身边的,不用说也知道这一切都是蒋禹泽安排的。估计陈建鸿把事情交给了蒋禹泽,蒋禹泽又派了个心腹监督他。

陈其昭加上好友就把人晾在了一边,私底下让徐特助把公司正在筹备和运行的项目发过来。

在家待了四五天,陈其昭总算逃离了张雅芝的"魔爪",回到了学校。在家里的时候,张雅芝看他的眼神就像是在看什么易碎品,吃喝都要管,各种补品吃得他都快吐了,格外想念学校周边的外卖。

"你总算回来了。"颜凯麟靠在陈其昭宿舍门上,喋喋不休地念叨,"昭哥,你不在的日子,我吃外卖都觉得不香。"

陈其昭道:"我上次让你问的事问出来了吗?"

"这都不用你说,淮哥出入的时间我记得再清楚不过了。"颜凯麟住在沈于淮家里那段时间,为了避开沈于淮出去玩,特别留意了沈于淮工作日的出入时间,"而且他书房里有张时间表,我上次为了避开他还偷偷拍了,不过好像没什么用,他们的时间变动挺大的,我之前好几次出门都撞见他。"他又问,"不过你问淮哥的事干吗?"

"医院的事还没谢谢他,想找个时间请他吃饭,但他挺忙的……"陈其昭面不改色地撒着谎,把颜凯麟手机的图片存下来,打算晚点做个时间对比,只要能推出个大概时间,有些事情就简单多了。

颜凯麟若有所思地看着陈其昭:"可你找他吃饭直接说不就可以吗?要这么麻烦吗?"请吃饭不就是问个时间地点,双方有空直接行动吗?

陈其昭:"给他发消息他经常不回。"

颜凯麟:"确实,他那人一进实验室就不回消息,不过一般出来就会回你了。"他在旁边坐下,"听你这么说,我也想打探打探隔壁班校花的课表。"

陈其昭闻言抬头看他:"无聊。"

"昭哥,你没关注校花吗?论坛里啥都有,还有新生榜呢!"颜凯麟非常热情地拿手机给他看,"你看看,你们专业有你,我们专业还有我呢……等冬训的时候,该不会有漂亮师姐来看我们吧?"

S大军训时间跟其他学校不一样,开学正常上课,直至寒假前才会进行为期半个月的冬训。

陈其昭漫不经心地想着,冬训……也差不多是年底,事情全挤到一起来了。

见陈其昭不感兴趣,颜凯麟只好收回手机自己欣赏:"对了,说到淮哥,我刚刚在论坛上看到一篇帖子,说化学系那边有公开课,好像是他导师开的吧,他可能会去当助教之类的。"他随意地说着,忽然注意到旁边的陈其昭盯着他看,愣了愣,道,"怎么了?"

"什么时候?"陈其昭突然问。

颜凯麟只好翻回去找帖子:"好像是下午的课吧,因为是公开课,学校里做的宣传还挺多……"

公开课……这个时间点。

陈其昭微微沉吟:"把教室位置发给我。"

下午,实验楼C座二层大教室内,化学系的学生相继入座。

陈其昭站在教室外靠窗的位置,余光扫着来来往往的人,以及前方几个穿着正式、正忙着给到课的老师或领导签到的学生。

"你怎么突然来听化学课?这玩意儿有什么好听的?"颜凯麟看着身边来往的化学系学生,小声地与陈其昭交谈着,"你……"

"来找个人。"

公开课还没正式开始,陈其昭的目光扫到远处拿着教学器材的沈于淮,他跟在一位中年男人身后，站在门口与化学系其他老师交谈。他的视线在沈于淮身上停留片刻，很快扫过周围的学生，一一判断着，直到看到何书航从楼梯口出来时才停止。

"你找什么人？"颜凯麟好奇心上来，"那边也没漂亮的女同学啊！"

陈其昭看到何书航的时候放下心来。

他从何书航的课表得知对方下午没有课程安排，如果沈于淮跟导师都过来上公开课了，实验室那边难免会有时间漏洞，现在看到何书航也来公开课，他总算放下心来："没看到人，我们走吧。"

颜凯麟不是很能理解："大老远跑过来，没找到人就要走啊，你还没告诉我你看上哪个化学系妹子了！"

陈其昭没有回他，转身离开。这时候，想走却没办法走了。几个学生会的学生站在外边看着，还有几个学生挤过来。本来就不宽敞的走道一下子拥挤起来，两人只好走进教室后门避避人，结果刚进去没多久，负责会场的学生直接就把后门从外面关了，留下的只有穿越大半教室从前门离开的路。

陈其昭和颜凯麟面面相觑。

铃声响起，公开课开始。两人无路可退，最后只能在教室后面的角落里找个位置坐下。

颜凯麟看着远处幕布上如同天书的化学公式，有点委屈地看向陈其昭："我没想来这儿坐牢。"

陈其昭看不懂也听不懂这些内容："公开课多长时间？"

沈于淮前段时间在医院给他解释期刊他都能睡过去，他在这一方面着实没天赋。

颜凯麟只好向旁边的人打听，哭丧着脸转过头："昭哥，大牢，他们说可能要三个小时。要不我们找个机会溜吧，反正我们也不是化学系的学生，门口签到的学生也不会拦我们。"

陈其昭刚想附和，抬眼看到站在主讲教授旁边的沈于淮，赞同的话马上咽了回去："就三个小时，听听吧。"

颜凯麟："啊？"

两人待在一群化学系学生中，听着讲台上宛如天书的催眠曲。

只可惜听讲座也没那么好混，主讲教授乐于与学生互动，走下讲台开始一对一询问，甚至为了照顾后排学生，还特意绕到后面来。

大概是两人长得还算不错，再加上比起人手一本砖块一样的专业书的化学系学生的课桌,他们面前空空如也的课桌十分惹眼。主讲教授的火眼金睛一下子就注意到了他们,在跟两个学生互动之后,终于把魔爪伸向了坐在走廊边的颜凯麟。

沈于淮的视线原本在 PPT 上,正协助导师调整课程进度,听到熟悉的声音,他循声看去,就看到了两个熟人。颜凯麟顶着寸头,戴着时髦的耳钉,在他旁边还有一个男生,戴着帽子低着头,似乎在回避什么。沈于淮微微眯起眼睛,视线在那顶熟悉的帽子上停留了两秒——陈其昭?

颜凯麟本来在打瞌睡,被点名时整个人都愣住了。他对上主讲教授期待的目光,干巴巴地开口道:"我刚刚没听清。"

教授很有耐心,重复了一遍问题。

颜凯麟听明白了,但每个字都懂,组合起来却一点也不懂,他求助地看向旁边的陈其昭。

教授问:"旁边这位同学知道答案吗?"

陈其昭只好站起来,低着头,不向前看,坦然地应声:"不知道。"

旁边的学生七嘴八舌地告诉教授,教授这才知道这两位同学并非化学系的学生。他面带笑容看向陈其昭:"其他系的同学啊?对我们这个课题很感兴趣吗?"

陈其昭:"……嗯。"

教授这才放过他,回头给其他同学解释刚刚问题的答案。

接下来的时间更是煎熬,两个好不容易等到公开课结束,打算偷偷溜走,只可惜后门没有开,一群学生堵在前门口,他们想走也走不了。

刚到门口,陈其昭一抬头就跟沈于淮对上了视线。

"淮哥。"陈其昭打了声招呼,颜凯麟也跟着叫了一声。

沈于淮把器材交给学生,交代了几句后转过身来,语气温和地问道:"来听课?"

"嗯。"陈其昭摘下帽子,说道,"上次听你说起这门课,刚好有点兴趣,听说有公开课就来了。"

颜凯麟一脸蒙地看了陈其昭一眼,不是说来蹲女生的吗?!

沈于淮点点头,看向颜凯麟:"你也来听课?"

颜凯麟只好顺着陈其昭的话往下说,一边说还一边往旁边看:"突然感觉学化学好像也不错,就跟着昭哥来听听。"

这时候,旁边有个声音响起。何书航走过来,扫了眼陈其昭和颜凯麟,与沈于淮说了几句关于器材的事。

149

"最近实验室那边可能有器材定期检查,实验室小组负责人需要去研究所那边填个表格。管理员让我跟你说一声,沈师兄记得回去的时候填表。"何书航说完看向陈其昭,笑着道,"好久不见,小师弟,对我们系的课程感兴趣啊?"

"有点兴趣。"陈其昭语气冷淡了几分。

何书航上次看论坛才知道这人是金融系的新生,听说家世不错,有人爆料好几次见他上豪车。他按捺下心中的不快,说出的话十分热情:"要是想修双学位,有不懂的地方可以找我,我对这个还挺熟悉的。"

陈其昭偷偷瞄了沈于淮一眼,见他偏头跟其他学生说话,控制着音量笑着问道:"师兄很厉害吗?"

何书航:"还可以。"

"这样?"陈其昭正好站在他旁边,在他耳边笑了声,"那保送的名额一定是师兄的吧?"

何书航愣了下,突然看向陈其昭。

沈于淮转过头来,见两人走得近,顺口问:"在聊什么?"

"没,何师兄太热情了。"陈其昭微微退了半步,微笑着说道,"何师兄确实很厉害,我听说师兄大三就要准备读研了,这么优秀,系里的保送名额一定能争取到,我就不耽误师兄了。"

陈其昭的声音很正常,好像真的认识他,也知道他一些事情。

刚刚可能是他的错觉?何书航微微松了口气,心想最近有点紧张过头了,他准备读研的事不是秘密,系里的老师几次叫他过去,说让他好好准备争取保送名额。

颜凯麟坐了三小时,坐得腿都麻了,拉着陈其昭便走:"淮哥,你们忙,我们两个先走了。"

对上沈于淮的眼神,陈其昭朝他点点头,跟着颜凯麟走远了。

沈于淮的目光落在陈其昭的背影上,回想起公开课上他戴着黑色帽子低头玩手机,似乎担心被发现,偶尔还抬头张望的模样。

旁边一个学生道:"师兄?"

沈于淮收回目光:"怎么了?"

"师兄在看什么,刚才叫你都没反应。"

学生把登记表和笔递过来,指着某个位置:"这边需要签个名。"

沈于淮接过学生的笔,在登记表上签了名:"辛苦了。"

学生道:"不辛苦。"

沈于淮把笔递还给他，走廊上的身影已经消失了。

等走远之后，颜凯麟问："你跟那个师兄熟吗？"

陈其昭神色淡了下来："不熟。"

颜凯麟没说别的，继续讨论晚上去哪里吃饭。

陈其昭低头看了眼手机，微信里多了几条消息。那个新上任的助理非常积极地发来各种资料，还多次询问他什么时候到公司去看看。

这人发来的资料尚算齐全，但比起他委托徐特助调查的那份，这一份在某些地方上进行了详略处理，目的性可以说是非常明显。陈氏集团旗下这家主营电器的子公司叫非宏，既然陈建鸿想让他去历练，必然得从该公司底下找合适的项目来增加他的履历，于助理也确实把重要的、能镀金的发展项目发给了他。

"二少有什么需要了解的地方可以问我，我会跟你详细分析项目的细节。"似乎还担心他不上当，他又补了一句话。

颜凯麟看他："昭哥，你看什么这么认真？"他看到那些密密麻麻的字，"这是什么机密文件吗？字这么多，看得我头晕。"

"我问你一个问题。"陈其昭半垂着眼，将手机里打开的项目书给他看，语气淡淡的，像是在问一件很普通的事，"假如你谈生意的时候，跟你有过节的人跑出来截和你的资源，你会怎么做？"

颜凯麟不假思索道："那不废话吗？敢截和我的东西，也不看看小爷姓什么！"

这"精挑细选"的项目里最突出的一个"荣光系列2.0"，可不就是后来跟逸诚起冲突的那个项目？

陈其昭拍了拍他的肩膀，夸赞道："反应不错。"

蒋禹泽不就是这么想的吗？如果他接手这个项目，中途再遇上慈善晚会上下药的"幕后指使者"逸诚截和，那岂不是能让这火烧得更旺吗？

陈其昭转头给于助理发了消息，如他们所愿地选了荣光项目。

选哪个都一样，即便他选错了，估计蒋禹泽还会想方设法让他跟逸诚碰上，不然派一个助理到自己身边当摆设吗？为了让陈氏跟逸诚闹起来，蒋禹泽跟林士忠可算是煞费苦心。

颜凯麟觉得莫名其妙，再看向陈其昭的时候发现他已经退出文件，反而在网上搜索着什么。他瞥了一眼，看到对方手机上跳出好几张明星的剧照，乍一看还挺帅气的："昭哥，你在搜什么？这人看起来有点眼熟。"

151

"聂辰骁。"陈其昭想了想道,"现在大概算是个三线小明星吧?"

"哦哦,想起来了,我小时候还看过他演的电视剧。"颜凯麟不解,"帅是挺帅的,你看他干吗?"

"签人啊。"陈其昭选了张还算不错的照片保存下来,漫不经心地说,"给我家产品代言。"

阴雨蒙蒙,来往的车辆溅起不少泥水。

于助理站在约定好的地方等人,在看到某辆车停在固定停车位的时候,他迈步走过去,见到了从车内下来,一身潮牌的陈其昭。

在接触陈其昭之前,他已经收到了不少关于此人的资料,包括性格爱好和弱点。总结来说,陈其昭是个吃软不吃硬的人,特别喜欢被人吹捧,是典型的圈中富二代,为人偏激冲动,只能顺着来,不能逆着来。

他收起打量的目光,撑伞快步走到车门边,语气友好地说道:"二少,这边。"

陈其昭见到了一直与他用微信交流的于助理,也捕捉到了对方眼中一闪而过的不屑。眼前这人跟梦里见面的时候没什么变化,陈其昭还记得陈氏破产的那个重要时期,于助理就是一直跟在陈时明身边的人。

那时候哪有徐特助的事,陈时明身边早就被蒋禹泽不知不觉地换成了另一批人,至于小徐这种兢兢业业的老实人,多半是以工作失误的理由直接调走了。

但现在变了,这位后来成为陈时明的"左膀右臂"的人居然被下放到自己身边来,心里多半有点不平衡。

"你这伞也太小了。"陈其昭不悦地看了他一眼,随后跟他一起进入办公室。

非宏电器总部公司今天的气氛有点紧张,昨天收到上级通知说另一位太子爷要空降的时候,公司上下就开始紧张起来了。

谁都知道庞大的陈氏集团名义上的继承人就只有两个,一个是已经在总部混得风生水起的真太子爷陈时明,另一个就是以吃喝玩乐闻名的二少爷陈其昭。

陈时明当初进陈氏的时候也是从小公司做起,短短几年就回到本部承接大业,当初跟他一起奋斗的项目组成员基本上都在本部混得很好。

同样的情境换到二少爷陈其昭身上,效果就完全不同了。一听说老陈总要安排二少爷到小公司历练,各个公司的管理者都是提心吊胆,人来了固然不错，能带来不少资金和扶持，但能不能把人伺候好也是个问题。

现在这个"荣幸"落在了非宏电器的管理者身上。

陈其昭一踏入非宏办公区的时候，明显就感觉到周围气氛的紧张，他看向非宏负责人："你们公司的氛围挺好的，上班都没人摸鱼。"

负责人尴尬地笑了笑："上班哪能摸鱼呢？"

"上班摸鱼的多了去了。"陈其昭说，"我又不是我哥那种吃人的老虎，你们随意就可以了，不用紧张。"

负责人心下暗道：他们哪敢随意啊！

在接到通知的时候，他们同时也知道了陈二少的目标是荣光计划2.0。

这个项目的筹备已经进入收尾阶段，这位等同于来项目组混两个月，等荣光系列推出的时候，坐享其成，镀一层金。在庞大的陈氏集团里，他们就只是陈二少的一块小跳板。

到办公室后，陈其昭拿到了非宏荣光系列2.0的详细计划，看到内容时才知道这个项目目前的进度。作为非宏电器推出的主要系列，荣光的研发时间已经花了好几年，其中筹备已经持续半年，可以说是非宏电器年度最重要的一项计划。而且这项计划已经完成了大半，也就是说已经到了关键阶段。

"这就要进入宣传阶段了吧？"陈其昭看着负责人道，"我看你们计划里代言人的位置还空缺啊？"

于助理道："代言人目前还在洽谈中，已经拟定了几个人选，在后面两页。"

陈其昭翻到后面，果不其然看到了那个熟悉的名字。他不经意地划了一下手机，熄灭屏幕，把手机倒扣在桌面上，开始认真看起文件。

收尾意味着接下来要做宣传，陈其昭记得原定计划里，荣光2.0选择的代言人是一线大牌明星付言雨。非宏前期已经与付言雨进行了长时间的接触。

在目前的娱乐圈里，付言雨的粉丝效应不错，前几个代言有不错的带货效果。最主要的是，付言雨目前身上没有电器类的代言。接下荣光这个系列的代言人，对付言雨和非宏来说都是一场不错的合作。

非宏知道这已经是铁板钉钉的事，合同一签，就会开始宣传。

于是早期的时候，网上就开始流传非宏跟付言雨即将合作，不少付言雨的粉丝也保持观望和期待的态度。

但这件事在签合同前期出现了差错，付言雨转而跟逸诚合作，在关键时刻摆了他们一道,还在网上贬低非宏,一套操作下来,对于公关尚且薄弱的非宏来说前期就惹了一身骚。荣光这个准备了大半年的计划只能推迟,浪费了一大笔前期支出。

逸诚跟陈氏就此对上,可实际上逸诚收到的消息是付言雨跟非宏的合作谈崩,所以才会去接触付言雨。这件事从头到尾都是林士忠的计划,让陈氏先受损失,再将责任转嫁到逸诚身上,为的就是让陈氏和逸诚最后打起来。

当然,付言雨这个人也不干净,背后资本复杂,后来被爆出耍大牌等负面新闻,红得快,糊得也快。逸诚跟他合作算是亏了,因为代言的是医疗系列产品,还平白惹了一身骚,百口莫辩。

林士忠用一个付言雨,一石二鸟,让陈氏和逸诚双亏。

于助理在观察陈其昭。

陈其昭翻看文件的姿态很随意,估计连文件上的内容都没怎么仔细看,只是偶尔遇到有图片的页面会停留一会儿,仿佛对图片内容的兴趣高于文字。他观察的同时暗自判断着,这个陈其昭不够沉稳也没耐心,很好拿捏。

他正观察着,忽然注意到陈其昭抬头看他。刹那间,于助理的背部莫名其妙地冒出了冷汗,仿佛如履薄冰地站在陈建鸿的办公室里,生怕被这位成熟的猎手捕捉到失误。

男生的眼神有点像陈建鸿,乍一看来的时候满是凛冽,像是盯住了猎物的狼。可下一秒,男生认真又不厘头的话打破了那种压抑的气氛。

陈其昭突然问:"这几个哪个最贵?"

于助理和负责人愣了愣,没想到陈二少这么直接。

"代言费最高的应该是天后刘怡柔,不过她代言过同类型产品,我们这边已经放弃接触她。"负责人很有耐心地跟陈其昭解释原因,最后道,"剩下的两个人选我们都还在接触,更偏向于付言雨,他红得快,流量也稳得住,粉丝群体分布较广,购买力指数很高。"

于助理观察着陈其昭,刚刚的压迫感好像只是他的错觉。陈其昭长得像张雅芝,没想到眉眼居然还有点像陈建鸿。他试探性地告诉陈其昭:"二少,目前这个代言费是第二高。"

负责人茫然地看向陈二少,原来总部的做法都这么财大气粗地乱来吗?之前跟付言雨一直谈不下来,就是因为付言雨一方要求太多,比如说配合宣传里他们提的通稿就有点多,这还没开始合作,对方就已经讨价还价地要宣传了。

陈其昭指尖敲了敲桌面，眼神冷冷的，但声音带着笑意："于助，你怎么看？"

于助理开口："二少，高是高了点，但宣传效果也不错，而且他新年档有一部电影和一部电视剧要上映。"

陈其昭眉眼微弯，笑着看向他："哦，那就这个吧？钱不是问题，效果好最重要。"他说完又补充了一句，"钱不够可以先找陈时明要，他那儿有钱。"

负责人没想到事情就这么敲定了："二少，选代言人这件事还得进行风险评估和利益估算，如果定下付言雨，我们的团队还需要一点时间。"

"放心好了，这个项目我保证一定赚得盆满钵满。"陈其昭眼睛看着于助理，"你说对吧，于助？"

于助理神色未变："按计划走，应该不会出大问题。"

陈其昭看完项目还去项目组里溜达了一圈，人模人样地走了个过场，加了微信群就离开了公司。

负责人把那位祖宗送走后，才跟项目组的人紧急开会，把剩下的事安排好。

事情都按照计划在走，于助理找了个安静的角落给蒋禹泽打电话，顺带着告知陈其昭今天的表现："秦行风的情报是对的，陈其昭性格确实有点怪异，不过还好，在控制范围内。他已经按照我们计划拟定了付言雨。"

蒋禹泽的声音过了很久才传出来："是他自己选的吗？"

"是的，我只是提了适当的建议。"于助理道，"非宏的负责人也在场，可以证实是陈其昭自己选的，后期我们可以抽身。"

"那就按照原计划进行。"蒋禹泽道，"给付言雨那边带个话，让他们可以松口了。"

S大学生宿舍，陈其昭回到宿舍后查看了今日私家侦探给的消息。何书航依旧在规定的时间内进出实验室，没有多余的动作。但从私家侦探给的其他消息来看，上周末何书航已经去了合作的那家公司，由此可见他应该是打算行动了。

陈其昭给私家侦探留言，让他这几天多注意何书航的动作。

做完这些，他把手机里的录音文件导出来，存入磁盘里，顺便做了个备份。

这时候，颜凯麟拎着外卖进了宿舍："今天外卖来得早，外面的天黑漆漆的,也不知道晚上会不会下雨。"

陈其昭道:"今天有雷暴天气预警,应该会下雨。"

"估计也就是唬唬人,我们这儿哪里真发生过雷暴。"颜凯麟注意到陈其昭屏幕上的录音文件,"啊?你这是在听歌吗?"

陈其昭随口解释:"不是听歌,下午去公司,录了点东西回来听听。"

颜凯麟肃然起敬:"昭哥,你搞事业之后真的变得不一样了。开会听不懂的东西还录回来,我们班学霸上课也是这样,随身携带录音笔,真牛。"

陈其昭漫不经心地把电脑文件关了,不录点东西,后期就不好玩了。

两人一起吃着饭,颜凯麟问:"晚上出去喝酒吗?"

陈其昭:"去吧。"

为了不让林士忠起疑,他经常会跟颜凯麟、程荣等人出去喝酒,这样容易让部分盯着他的人放松警惕。

颜凯麟:"那好,我约一下程荣他们。"

陈其昭一边吃饭,一边玩着手机,打开微信,忽然看到十五分钟前沈于淮给他发的消息。

颜凯麟"程荣说要晚一点儿,他老子今天在家,出来还要花点儿时间。"

陈其昭突然道:"我不去了。"

颜凯麟打字的手慢下来,疑惑地看向他:"怎么了?"

陈其昭头也没抬,给沈于淮发了消息,简短道:"晚上有约。"

晚上八点多,第九研究所休息室内,沈于淮收到消息后,将放置在休息室储物柜里的东西拿了出来。周围结束实验的研究员正陆陆续续离开,与沈于淮交好的朋友瞥了一眼他手里拿着的袋子:"哎,你拿这个干什么?"

"晚点给人送过去。"沈于淮关上储物柜,"今天辛苦了。"

"能有啥辛苦的,能赶上进度多拿点研究经费,对我们都好。"朋友笑嘻嘻地说,换完衣服跟沈于淮并排往外走,"老师说我们数据整理完的话,剩下的交给他去运作,我们只要赶在这个月底前弄完可以了。哦,对了,你论文是写完了吧?"

沈于淮点头:"初稿下来了,月底把数据补上去就可以。"

朋友放下心来,那就成了,前期数据基本上已经测试好了。

说话的工夫,两人经过研究所第五层,朋友因为要去别的实验室观摩提前离开了。沈于淮拐到楼梯口,余光瞥见实验室管理员办公室里有人走了出来,是何书航。

何书航见到沈于淮愣了一下,很快跟他打了招呼:"沈师兄刚出来啊?

今天怎么这么晚？"他记得沈于淮平常都是五点多六点钟的样子离开这边的。

沈于淮瞥了眼紧闭的办公室门："你这是有什么事？"

"哦哦，我忘带钥匙了，本来想找管理员拿备用钥匙，但他好像不在。"何书航眼中闪过一丝慌乱，但很快找到理由解释道，"没事，我再等等，我同组的人等会儿就来了。"

沈于淮点头，问道："实验进展还顺利吗？"

何书航道："还行，基本上在收尾了。"

沈于淮收回目光，抬步往旁边的电梯走："保研的事应该没问题，你别有太大压力。"

何书航闻言跟在沈于淮身边，见他提到保研的事便低下了头，过了一会儿换了个话题问道："师兄们呢，你们的实验来得及吗？我听说月底要截止了，你们来得及参加比赛吗？"

沈于淮简短地说道："来得及。"

"师兄这么有把握，那肯定是数据都弄好了。"何书航的脸色有点难看，强颜欢笑道，"师兄就到这儿吧，我去看看管理员是不是在别的实验室，找他拿钥匙好了。"

沈于淮与何书航在电梯口分别，见人走过拐角向另外的方向去，目光带上几分疑惑。

是他的错觉吗？何书航今天说话的语气很急，而且刚才的管理员办公室没有锁门？他心下存疑，见电梯已经下降，只好给朋友发了条消息询问。

走出实验楼，他收到了对方的消息。

"正常的，管理员去隔壁实验室调试机器了，我刚刚路过看到他在504，估计是离得不远就没锁门吧。"

沈于淮在S大停车场停好车，下车时正好九点，空气中带着几分潮湿，眼看就要下雨。他看了眼手机上的时间，拿起副驾驶座上的资料袋，同时拿了一把伞。

等他到达S大图书馆门口的时候，发现陈其昭已经到了。

现在已经进入秋天，晚间的夜风很凉，但陈其昭只穿了一件长袖外套，下半身是及膝的运动短裤，两条腿在灯光下白得晃眼。

见到人，陈其昭招手示意，很快就跑了过来。

沈于淮闻到他身上一股沐浴露的味道，似乎是刚刚洗过澡。

"实验室耽误了一会儿，出来晚了点。"沈于淮把手中的资料袋递给他，"整理的一些入门资料，感兴趣的话看这些就可以了。"

这段时间，陈其昭没少找沈于淮聊天，甚至为了打听更多的消息，聊的都是专业上的话题，也提了几句何书航。今天沈于淮说整理了一些相关的入门资料，问他有没有空，路过S大的时候正好给他送过来。

"……好。"陈其昭接过沉甸甸的资料袋，低头瞄了一眼，里面都是化学入门的资料书，隐约还能看到书页上贴了五颜六色的标签。

沈于淮道："单看教材可能会枯燥，里面有本笔记，你可以看看。"

"我回去看看。"陈其昭单手抱着资料袋，"你刚从实验室出来，吃饭了吗？"

"在那边食堂吃过了。"沈于淮目光落在陈其昭身上，"最近还头疼吗？"

陈其昭本来低着头在数里面到底有多少本教材，闻言顿了一下，回答道："没事，已经好多了。"

两人说着话，空中却闪过几道雷电，紧接着一声闷响。

陈其昭抬头，隐约能看到云层中隆隆的雷光，他突然想起来："我下午看天气预报，好像说今晚有雷暴天气。"

沈于淮点头，瞥见陈其昭没带伞，于是说："应该会下大雨，你先回宿舍吧。"

他话还没说完，地面上已经出现了豆大的水滴，雨水突如其来。

"下雨了！"周围好几个学生在喊。

沈于淮正想打开伞，下一秒，手腕却被一只冰凉的手握着。

"这边。"陈其昭一只手抱着资料袋，一只手抓住他的手腕，二话不说就带着他躲进图书馆檐下避雨。

短短十几秒的时间，几滴雨珠变成了雨幕，伴随着秋风，又急又冷。

图书馆门口有不少学生在避雨，陈其昭看着这越下越大的雨，低头就看到手机屏幕上弹出的好几条雷暴天气预警。

不只是暴雨，还有电闪雷鸣。

两人站在这儿聊了一会儿，但雨越下越大。

"我先送你回宿舍。"沈于淮微微皱眉，他注意到陈其昭的穿着，"这场暴雨估计还会持续很久。"

陈其昭把外套的帽子戴上，刚想说自己跑回去就可以，就瞥见沈于淮撑开了伞。

沈于淮："走吧。"

"哦。"陈其昭走到伞下。

雨水噼里啪啦地砸在雨伞上，迎面的风使得伞不断地向后倾斜。这把伞毕竟是为单人设计的，对于两个成年男人来说显得偏小。陈其昭与沈于淮靠得极近，他的肩膀不时撞到对方。

他把资料袋抱在怀里，试图保持一定的距离，以免每次都撞到对方。

两人从图书馆门口拐上另一条路时，雨势不仅没有减小，反而变得更大了。沈于淮突然伸出手揽过他，压低了雨伞，手搭在陈其昭的肩上，将他往伞下拉了拉。

"靠过来点。"陈其昭刚想说话，就听到近在耳边的声音。尽管混杂着各种雨水的气息，他仍然清晰地闻到对方身上冷冷的薄荷香。

沈于淮的手劲很大，压着人的时候完全没有放松。伞下的空间变小，两人迎着暴雨前行，彼此都没有说话。等到宿舍楼下时，陈其昭擦了擦资料袋上的雨水，刚抬头却忽然顿住，男人抖了抖伞上的雨水，半边肩膀几乎全湿，浅色的衣服上留下了极深的水印。

沈于淮的视线停留在雨幕中："雨一时半会儿停不下来。"

陈其昭却道："淮哥，去我宿舍坐坐吧，等雨小了再走。"

沈于淮原本想走，但见到远处的电闪雷鸣，视野模糊一片。

从宿舍楼这边走到停车场的路也很长，这样的雨势也不好开车，他微微点头："也好。"

第七章 泄密

沈于淮来过颜凯麟的宿舍几次,却很少进入陈其昭的宿舍,即便打招呼时也只是站在门口。随着陈其昭进入宿舍,他发现陈其昭的宿舍与颜凯麟的不太一样。虽然布局相同,但颜凯麟的宿舍乱如狗窝,而陈其昭的则简单且整洁。

他印象中这个年纪的男生通常喜欢摆放一些装饰品,如追星海报或游戏动漫模型,但陈其昭的宿舍中没有这些。唯一显得拥挤且凌乱的地方是电脑桌面,上面放着水杯和几本堆放在一起的书。

注意到沈于淮观察的目光,陈其昭默不作声地走到书桌旁,把烟灰缸直接扔进了垃圾桶。

见沈于淮注意到声响看过来,陈其昭抽了两张纸丢进垃圾桶里,盖住了那个烟灰缸,简单解释了一句:"……丢了点东西。"

他的烟瘾不大,偶尔感到烦躁时会抽一支。幸好他今天没有抽,宿舍里没有烟味。

沈于淮刚想开口,窗外的闪电一闪而过,随即响起轰隆的雷声。他走到窗边观察外面的雨势,发现雨势并没有减小,反而越来越猛。

陈其昭也没想到雨会这么大:"这天气恐怕走不了,你可能要再等等。"

可半个小时过去,雨也没有变小的迹象,反倒手机的天气预警多了好几个。

"淮哥是回研究所宿舍吗?"陈其昭问。

"不是,打算回市区。"沈于淮说道,"明天实验室没安排,休息一天。"

陈其昭回忆起沈于淮市区公寓的位置，从这里开车回去至少要一个小时，而且这种天气，回去的路上不会好走。他道："你是开车来的吗？这种天气估计走不了，S大外面那条路下雨天经常积水，这样的积水量，车子过去很容易熄火。"

沈于淮也皱起眉头："等雨小一些，我回研究所吧。"

"颜凯麟也没在，他晚上出去喝酒，估计不会回来了。"陈其昭的目光落在沈于淮湿透的衣服上，"要不晚上就在我这儿凑合一下吧，外面的雨一时半会儿……"他说完愣了愣，余光瞥到那张床上，应该足够两人挤着睡了。

单人宿舍的床偏大，相较于其他宿舍1.2米的宽度，单人宿舍的床宽度接近1.5米。

这边的宿舍需要特别申请，附近两栋楼基本上都是研究生或博士生的单人宿舍，宿舍条件不错。

沈于淮没有说话，视线在窗外停留了一会儿，这种天气确实不好回去。研究所有门禁，如果十一点雨还没停，他估计就只能在车内凑合一晚了。

"这种天气开车不安全，宿舍的床也够大。"陈其昭说，"你不用跟我客气。"

话说到这份上，沈于淮也不好再推辞："如果十点多雨还没停，那我只能打扰你一晚了。"

等到十点多，雨完全没有变小的迹象。

"淮哥，你先换套睡衣吧。"陈其昭在衣柜里翻来覆去，找到上次买大了的一套睡衣，"我屋里的洗衣机能烘干，你洗完澡换套睡衣，再把衣服放里面烘干，明天应该就能穿。"

实在不行，晚上开空调，把衣服晾起来烘干就行了。

陈其昭把睡衣递给他："这个应该能穿吧？"

沈于淮的目光停在陈其昭手里的睡衣上，稍停片刻后道："能穿。"

陈其昭简单给他讲了下浴室的热水开关，又给沈于淮找了条全新的毛巾。

门关了，连带着外面的声音也变小。沈于淮停在洗手台前，注意到随意放着的剃须刀和洗漱工具，浴室里的沐浴露味道与陈其昭身上如出一辙。他余光扫过，还看到台子上随意放着的一包烟，看样子像是洗澡时拿出来，却忘记带走。

听到浴室里的流水声，陈其昭简单把床收拾了一下。

沈于淮带来的资料被他放在触手可及的书架上。没有其他事情可做时，他便上网搜索付言雨的信息。付言雨被爆出负面新闻的时间点大约是在新年档剧集热播之后。本来剧集播完后人气正旺，但没能享受两个月的好日子，就被铺天盖地的负面新闻淹没。

付言雨的负面新闻早已存在，只是注意到的人不多。等到林士忠布局完毕，付言雨作为陈氏和逸诚争端的棋子也被抛弃，失去了利用价值。

因此，他现在需要等待时机，等到逸诚出面争夺代言人，等到林士忠自认为一切已在掌控之中。

搜索完付言雨的资料，陈其昭又查起了聂辰骁。新年档大火的剧并非付言雨那部，而是聂辰骁的小网剧。聂辰骁年少成名，演技扎实，本身就积累了不少人气，只可惜运气不佳加上原公司不给力，一直不温不火，与经纪公司的合作也一直不顺畅。

陈氏集团这些年并非没有涉足娱乐圈，但以房地产起家的陈氏对娱乐公司兴趣不大，仅作为战略备选，成立了一两个娱乐公司作为试点。然而，如今娱乐行业已被三大娱乐公司垄断，试点一直未能找到新的突破口。陈其昭却知道未来几年将迎来一个新时代，短视频、直播等新媒体渠道将占据资本市场的重要位置。

梦中的他按部就班，沿着陈时明预设的方向前进。他哥哥在这方面极具天赋，留下的许多战略方案都相当有效。若非陈氏破产，以陈时明的才华完全能将陈氏带到新的高度。

这辈子有陈时明开路，除了将林士忠那个老狐狸送进监狱，他能做的其实就是利用对未来趋势的了解，为陈时明的战略布局弥补不足。

陈氏既然决定多方位试点转型，那个破破烂烂的娱乐公司也不是不能振兴。在当前略显低迷的娱乐市场，娱乐公司赚的钱虽然相比陈氏集团微不足道，但该赚的钱也不能放过。依托陈氏这座大山，有资本有公司，比起梦中的"地狱开局"已经好太多了。

聂辰骁是他的一个备选，在逸诚这件事上，他不仅要让林士忠自食其果，也要让陈氏成为最大的赢家。

"在看什么？"突然，一个声音在身后响起。

陈其昭一愣，回头看到刚洗完澡出来的沈于淮。

他买的大号睡衣穿在沈于淮身上还是显得有些小，上衣还好，是宽松款，原本拖地的睡裤穿在沈于淮身上，却露出他筋骨分明的脚踝。

沈于淮的目光落在电脑屏幕上，语气平静地问道："在追星吗？"

"没有。"陈其昭偏过头,将视线从沈于淮身上移开,想都没想就关掉了网页,他有些笨拙地解释道,"我就随便看看,不感兴趣。"

"嗯。"沈于淮只是点了点头,没有再追问。他的余光扫过陈其昭的电脑桌面,注意到旁边支架上贴着的一张课程表。

"我不追星,就随便看看。"陈其昭把电脑关了,他正想解释两句,只见一道闪电掠过,"轰隆"一声,整个宿舍瞬间暗了下来,紧接着,附近宿舍楼里传出了一阵骚动声。

雷暴天气,宿舍楼停电了。

陈其昭正摸索着桌上的手机,就见宿舍里亮起一道光,沈于淮打开了手机手电筒。

"停电了?"沈于淮走到窗边,看着暗了一大片的校园,"可能是暴雨导致的线路故障,这个时间点抢修,估计要明天早上才能恢复。"

黑暗裹挟着风雨,远处天空电闪雷鸣。

陈其昭也没想到天气突然变得这么恶劣,他找到手机给颜凯麟发了条消息,又顺着手机灯光走到衣柜前找衣服。

沈于淮给他照着:"能找到吗?"

陈其昭找到了衣服:"热水应该没停,我去洗个澡换套睡衣。"

停电之后的宿舍楼变得很安静,陈其昭洗完澡出来就见沈于淮坐在他的椅子上看手机。时间不知不觉已经接近12点,陈其昭从衣柜里找到压在底下的备用枕头,当时买床品买了一整套,没想到这时候还能用上。

"我睡里面吧。"陈其昭主动说道。

沈于淮给他让了让位置。

没有电也没别的娱乐,加上时间已经有点晚了。

陈其昭注意到旁边的床微微下陷,又往墙的方向靠了靠。床看着挺大,但稍微翻个身动作都很明显。

"淮哥这段时间很忙吗?"陈其昭挪了挪位置,"给你发消息都很晚回。"

"嗯,项目第一阶段收尾,组里在赶进度,会比较忙。"沈于淮声音中带着几分疲倦,"不过差不多都弄好了,接下来一段时间会比较空闲。"

窗外照进来的光线略弱,但足以在黑暗中看清人的轮廓。

陈其昭仰躺着说:"不准备比赛了吗?"

沈于淮:"准备,空闲是因为研究所的设备要检查维修,我们使用实验室的时间被调整了。"

实验室设备检修？上次在公开课的时候，陈其昭听何书航跟沈于淮提过这事。设备检修的话，进入研究所的外部人员也会增加吧？

陈其昭道："检修的时间很长吧？"

"还好，三四天吧。"沈于淮耐心解答，"有些仪器的检查会比较细致。"

"我听说何师兄也在准备比赛，好像跟你是同一个比赛。"陈其昭瞄了沈于淮一眼，试探地提醒，"你们比赛会有冲突吗？"

没听到沈于淮回话，他微微起身侧头，忽然对上睡在另一头的沈于淮的目光。

陈其昭避开目光，不假思索地往某个话题上引："我就好奇，听说他们系保研的名额竞争还挺激烈的，何师兄准备这个比赛也是为了保研。"

沈于淮道："他确实是跟我同一个比赛组。比赛获奖确实能为保研增加不少筹码，但比赛获奖只是参考因素，实际上，化工这边的保研更看重学生的整体素质。"

陈其昭："哦，这样啊。"

他沉默片刻，又提到另一件事："我妈说淮哥小时候去过我家？真的吗？"

沈于淮没有马上回答，半晌之后才说："去过，小时候的事。"

陈其昭注意到他声音中的困意，就没再说话。

夜渐渐深了，屋外风雨不息，宿舍内已经渐渐安静下来。

陈其昭闭着眼睛却没有睡着，保持一个姿势睡久了有些僵硬。他小心翼翼地侧过身，小声问道："淮哥，你睡了吗？"

沈于淮没有回应。

陈其昭又稍微挪了挪位置，让略微僵硬的身体放松下来，这才闭上眼睛休息。

等到呼吸变得平稳，沈于淮睁开了眼睛，透过微弱的光线观察着身边的人。陈其昭蜷缩着身体靠在墙边睡，半张脸埋在被子里，只露出半个脑袋，似乎是比较怕冷，这样的睡姿使得他的背部大半露在被子外面。

沈于淮调整了位置，把被子往上拉了拉。

深夜，陈家的书房里还亮着灯。

桌面上摆着各种各样的文件，两人刚刚讨论完季度工作会议事宜。旁边温热的水杯里是管家张叔刚端过的水，还有送来的降压药，陈建鸿扫了眼旁边的陈时明："我听到点风声，你最近在查东西。"

陈时明没有否认，停了片刻后道："在查，Y市和逸诚的那几次摩擦有点奇怪，我就让人查了查，爸是怎么知道这件事的？"

"逸诚的事我也有注意，下午经过那边办公室的时候看到小徐。"陈建鸿把降压药服下，"想查就查，有问题趁早找出来。我放权给你，是希望你帮我分担。"

"爸，你怎么看逸诚的事？"陈时明的视线停留在陈建鸿的头上，那上面黑白发丝交错着，他接触到的事务远没有陈建鸿多，这才有时间去调查其他事情。他爸日理万机，遇到的问题事情更多，有些时候并非没注意到问题，而是有心无力。

集团的事务繁多，陈建鸿能看到的很多，其实也很少。

"我们与逸诚有业务摩擦，但完全不足以让他们下药对付你弟弟，估计是林家那边的问题。"陈建鸿垂目看着，"林家的慈善会上人员混杂，无论从哪个角度看，逸诚在对付林家确实是最好的解释。但你对这件事存疑，那就继续查下去。"

陈时明点点头："爸，我总觉得集团内部现在有点奇怪，如果将来查出点什么……"

陈建鸿闻言忽地看向他，眼神里透露着一丝深意："时明，陈氏虽然是陈家的，可想对陈氏下手的人只多不少，集团里有些扎根太深的老顽固，我不好出面，但你可以。"

他道："不用顾忌我，你放手去做。"

陈时明颔首。

陈建鸿道："已经很晚了，去休息吧。"

陈时明刚走出去两步，又偏过头看陈建鸿："爸，你觉得最近小弟怎么样？"

"变了些。"陈建鸿喝水的手稍稍停顿，"他最近去非宏，接触的是荣光2.0，我听说他还想接触娱乐行业。他想做就去做，家里支持，但也得做出实绩来。"

陈时明见状欲言又止，最后道："您早点休息。"

出门时，陈时明见到张雅芝过来。

张雅芝笑笑道："快去睡吧，我来叫你爸，他真是没把高血压当回事。"

陈时明听到门关上的声音，走廊里就只剩下他一个人。徐特助最近把陈其昭要查的东西送到他办公室，除了学校里帮同学混履历的事情不说，还有几点让他产生了疑惑。

165

其中一点，就是陈其昭查东西方式有些特别。

比如非宏的项目，明明可以在非宏办公室直接拿到，或者是委托他身边的于助理调查，可陈其昭最后还是让他手下的徐特助去查，就好像他比较信任徐特助，而不是非宏那边的人。

还有徐特助送来的资料……

陈其昭为什么对非宏荣光2.0的兴趣那么高，难道真的只是简单地想上进？

书房内，陈建鸿把文件收好放进保险柜。

张雅芝："你今天跟时明谈得有点久。"

"也聊了点家常。"陈建鸿站起来的时候有点头晕，他扶了下书架。

旁边的张雅芝见状急忙过来扶人："又头晕了？就跟你说少熬夜，还谈这么久的工作，这降压药要是不管用，明天再去医院做个详细体检。"

"没太大问题，就是困了。"陈建鸿说完突然道，"雅芝，我突然发现孩子或许比我们想象的还要出色。"

张雅芝瞥了他一眼："不然呢？自己的孩子肯定出色。"

陈建鸿："挺好的。"

张雅芝："你也别老是口头说，孩子都在努力，你就不能松松口夸夸孩子吗？"

陈建鸿闻言敛起神色，又问："你觉得老林这个人怎么样？"

"他不是你的好朋友吗？人确实不错，也帮了我们很多。"张雅芝奇怪地看向他，"怎么突然问起这件事，你们都那么多年的交情了。"

陈建鸿顺着妻子的话说："是啊，那么多年交情了，也许是我想错了。"

一场暴雨过后，天气晴朗。

陈其昭睡到九点多才起来，刚醒来的时候还有点蒙，偏头看到旁边空空如也的位置才突然想起来什么，他猛地坐了起来，就看到沈于淮从门口进来，手里拎着一袋东西，还有一袋早餐。

"醒了，我让朋友带了点早餐。"沈于淮关上门，把手里那袋东西放下，"昨晚的衣服没干，他今天休息，正好过来S大吃早餐，就让他顺便帮我带过来了。"

陈其昭微顿："何书航吗？"

沈于淮扭头看他："不是，研究所里同宿舍的朋友。"他把早餐摆在桌面上，随口问道，"你对何书航似乎很好奇？"

"没有。"陈其昭的声音小了几分，"……我就随口问问。"

早餐是简单的豆浆和包子，两人面对面地坐着。

陈其昭盘腿坐着，低头看着袋子里的包子，随意挑了一个丢进嘴里，满意地微微眯着眼睛。

包子是肉馅的，他喜欢吃肉。

沈于淮吃得很慢，微微抬眼看到陈其昭鼓起的两颊，随后视线落在男生握着豆浆杯的手指上。陈其昭的手指很修长，昨晚从浴室出来时，他从背后看过这双手敲键盘，动作轻快又漂亮。

陈其昭忽然注意到对面的视线，抬头就看到男人眼底的笑意。

沈于淮还是穿着那身浅灰色睡衣，胸前的小熊印花尤其明显，此时他单手拿着豆浆杯，姿态中带着几分平时不常见的慵懒。

注意到他的目光，沈于淮说道："二食堂的早餐很不错。"

陈其昭拿起包子，低下头只咬了半口："……是挺不错的。"

吃过早餐没多久，沈于淮就换衣服离开了。

自那天雨夜两人凑合了一夜后，陈其昭跟沈于淮聊起天来放松了些，偶尔沈于淮还会给他推荐食堂哪个档口的早餐更好吃，分明是其他学校的，却似乎比他更懂S大食堂。

一晃一周过去，又到了沉闷的周三，一整天的课程都是陈其昭不太感兴趣的通识课。

下午的课刚开始不久，教室内老师的声音令人昏昏欲睡。陈其昭漫不经心地翻着书页，书下放着沈于淮送来的资料。他毕竟还是有些理科基础，时不时地看两眼，意外觉得有点意思，总比听了两次的大学英语要强那么一些。

他正翻得认真，压在课本底下的手机却开始嗡嗡地振动，引得旁边的同学看了他一眼。

"同学，你手机。"旁座的男同学小声提醒。

陈其昭回过神来，拿起手机看到屏幕上显示的名字，目光骤然一凛。他直接站起来，引得课堂上的老师投来疑惑的目光。

"同学？"英语老师问道。

"上个厕所。"陈其昭无视周围的窃窃私语，越过座位直接离开教室。

手机振动未止，陈其昭走出教室。

"老板，何书航半个小时没出来了，超过了之前停留的时间。"电话那头的声音有点粗犷，说话间还带着些许路边的背景音。

陈其昭快步走着,声音冷厉:"之前跟他一组的人呢,出来了吗?"

研究所的实验室有规定的使用时间,S大的学生借用实验室基本上都是一起进出。

"早出来了。"电话另一边的声音说道,"今天进出研究所的人有点多,好像是在维修什么机器。我觉得情况有点不对劲,和你之前说的不太一样,所以才给你打电话……"

"我知道了。"陈其昭眼底一片冰冷。

陈其昭挂断电话,走到教学楼下,往校外赶去。

这段时间比较特殊,再加上从沈于淮口中得到的消息,他猜测何书航应该会在这段时间内下手。如果在沈于淮小组提交项目资料之后再动手,到时候比赛主办方那边会有沈于淮项目的资料,那就晚了。

梦里爆出的实验室丑闻里,那个窃取机密的公司申请专利的论文资料与沈于淮小组的研究内容高度重合,这只能说明资料应该是在沈于淮小组项目完善且参赛之前被窃取的。再结合何书航的行动时间,其实能动手的时间就那么几个。

何书航是学生,学生使用实验室的时间有规定。如果他超过规定时间还没离开研究所,而这个时间点恰好沈于淮实验室没人,那么多半他就在动手了。更何况这段时间研究所机器定期维修,实验室没人的时间段被拉长了。

离开学校后,陈其昭叫了车前往第九研究所。

他只能凭借已有的线索推测何书航大概率会在这时候动手,但是否已经偷窃他无法确定,所以他只能给沈于淮打电话。

沈于淮接到陈其昭电话的时候刚出公寓,他在停车场停顿了片刻,道:"有什么事吗?我在市区这边,怎么了?"

"没事……我刚好路过研究所,想问问你今天在不在,晚上要不要一起吃个饭。"陈其昭上了车,边打电话边跟司机指路,"你下午不在研究所吗?"

"今天器械维修,下午四点才能用实验室。"沈于淮坐进车里,微微蹙眉听着电话那边的声音变化,正想多问几句,就听陈其昭说还有点事先挂了。

沈于淮有些迟疑,身边的朋友问道:"怎么?你不是说要去市区图书馆借点资料吗?我们得快点,不然去实验室可能会迟到。"

"不去图书馆了。"沈于淮改变行程,"我们先回研究所。"

何书航从实验室出来的时候,戴着手套的手上几乎都是冷汗。他关上实验室的门,四下巡视好一会儿后才与匆匆赶来的男生碰上,两人对视片刻,一同朝电梯的方向走去。

"监控你处理好了吗?"何书航低声问道。

男生道:"你放心,处理监控我在行……就是我们这么做,到时候真的能拿奖吗?还有钱的事,你说的那家公司靠谱吗?可别到时候不给我们撑腰。"

"你急什么,定下来的事情不会变的。"何书航瞥了对方一眼,这次跟他接触的是他课外实习时去过的一家公司。对方公司不知从哪儿得到消息,得知沈于淮的项目与他们公司研究室做的项目是同一类型,最后找到他,许诺给他后续的研究资金和毕业岗位,同时帮他联系到他想去的大学里的一位导师。

等于只要他成功了,保研的事情基本上就能确定下来。

这次也不能怪他,从目前的情况来看,沈于淮所在的实验组确实是他们最大的对手,要怪就怪他们也报名参加了这个比赛。

最后他联系了同组的一个男生,两人都有出入证,特意挑了人员混杂的今天动手。

"我把这几天的监控都处理了。"男生道,"就算丢东西,他们也找不到我们是哪天动手的。等明天我找时间把后面的监控也动动手脚,把时间再模糊一下。"

何书航拍了拍他的肩膀:"还是你靠谱。"他把拷贝了资料的U盘揣进兜里,神色难免有些紧张,"我们赶紧走,他们下午还会回实验室。"

第九研究所外,今日来往的车辆较多,行走的人员反而较少。

何书航从研究所出来时,背上都是冷汗。直到走出研究所的监控范围,他才彻底放下心来。他们刚拐出小道,忽然看见通往马路边的树下站着一个男生。男生独自一人,穿着黑色外套,倚在路边的树上。见到他们时,目光突然扫了过来。

何书航的朋友说:"那边的人是不是在看着我们?"

一对上眼,何书航想起这个人是谁,是金融系的那个小师弟,好像叫陈其昭。

他整理了一下表情:"没事,是S大的学生,我认识。"

何书航不知道陈其昭为何在这里。他的手插在兜里,捏着那个U盘,情绪已经慢慢冷静下来。实验室里的人都没发现,一个路过的学生没什么好怕的。

见到陈其昭朝他们走来,何书航的脸上已经挂上了往常的笑容,假装意外地说:"哎,这不是小师弟吗?怎么到这边来了?"

陈其昭今天穿着一件黑白相间的外套,罕见地没有戴帽子,露出那张好看的脸。这样的长相和外表,在学校里就是老师喜爱的好学生模样,半点攻击性也没有。

"刚好在这儿等人。"陈其昭笑了笑,视线停在何书航身上,"师兄是刚做完实验出来吗?"

朋友微微拉了下何书航的衣袖,示意他不要跟这人浪费时间。

何书航收到旁边朋友的暗示,回道:"对,跟我同学做完实验,正打算回学校。"

"那挺辛苦的。"陈其昭的视线停在何书航的手上,声音如常继续道,"我之前还看到师兄的同学先走了,原来师兄在实验室里还多待了这么久啊。"

何书航闻言脸色有点变了,但还是道:"项目收尾嘛,没办法。我们就先走了,还得赶回学校上课,不然要来不及了……"他跟朋友快步想要从陈其昭的身边经过。

跟陈其昭擦肩而过的时候,一直没动的陈其昭忽然伸手,抓住了何书航藏在衣兜里的那只手。

陈其昭笑道:"那自然是来不及了。我没记错的话,S大下午第一节课是两点半开始,现在已经三点多了,师兄这是迟到了啊。"

"我们跟老师请过假了。"何书航想抽手,可钳着他手腕的那只手格外用力,他完全挣脱不开。

他稍一偏头,对上陈其昭那双似笑非笑的眼睛。男生的脸上还带着晚辈的谦逊笑容,动作却格外不讲理。

他钳着何书航的手往外拉:"师兄是不是忘了什么?我记得第九研究所的实验室有规定的使用时间,这个时间点已经超过使用时间了吧?还是说师兄跟管理员的关系好一点,让他通融多给了你们半个小时的实验室使用时间?"

旁边的朋友脸色微变,上来就拉陈其昭的手:"你干吗呢?把手放开。"

何书航努力抵抗,可对方的手劲很大,他只能看着自己的手腕一寸寸往外拉,最后被直接拽出去。

银色的U盘在日光下熠熠生辉,陈其昭的眼神顿时冷了下来,他压制着何书航,将他推到墙上,伸出另一只手去夺何书航的U盘。

夺下U盘后,他笑着问,语气却格外冷:"这里面有什么东西?这么紧张。"

何书航对上陈其昭那双眼睛,咬咬牙:"还给我!"

旁边何书航的朋友脸色一变,马上冲上来夺U盘。

陈其昭见旁边的人冲过来,松开何书航,挡住对方的手,身形利落地将来人撞开。何书航顾不上别的,U盘里的资料事关重大,他不能在这个地方丢失,他想要从陈其昭手里夺回来,却屡次被对方推开。

两人怕事情败露,急忙上前与陈其昭拉扯。

别看陈其昭人长得漂亮,下手却格外狠辣,就连格挡也是专挑痛处打。两人争夺一个U盘不但没夺回来,还被对方打得生痛。

何书航的朋友忍不住了,余光扫到地面上的石头,马上捡起来当工具用。他举着石头就往陈其昭的头部砸去,却在还没碰到对方时被对方的手拦住,紧接着被陈其昭一脚踹开。

"你们在干什么?!"

远处传来熟悉的声音,陈其昭愣了片刻,余光扫见远处跑来的沈于淮。

沈于淮怎么过来了?

拿石头的人不甘心放弃,见到这个情况立刻拿着石头往陈其昭身上手。陈其昭见状把身边的何书航推开,额角被石头擦过,他收敛了动作,想也没想直接高喊:"打人了!"

何书航被这么一喊直接蒙了,什么打人,明明是他们被抢东西还挨打!

捡石头砸人的那人还没来得及把石头投掷出去,手腕就被钳制住了。

沈于淮冷着一张脸,压着对方的手:"松手。"

石头掉到地上,两个人看到沈于淮时傻了眼,没想到沈于淮会在这时候出现在这个地方。

远处有个中年男人带着两个警卫跑过来,边跑边喘气:"大哥,就是这里,这几个学生不知道为什么打起来了,我只能找你们帮忙了。"他说完还往陈其昭几人处瞄了两眼,"两人打一个,也不害臊。"

捡石头的男生骂了一句。

"说什么粗口,我报警了啊!"沈于淮的朋友这时候也赶了过来,见到这情况立马说道,"打人还爆粗,现在是法治社会。"

171

何书航听到报警的时候脸色立马变了，他惊呼道："不能报警！"

沈于淮将地上的陈其昭拉起来，伸手拍了拍陈其昭身上的灰尘，注意到他额角被擦破了皮："没事吧？"

陈其昭瞥了何书航一眼，面对沈于淮的时候语气弱了几分："没事。"

沈于淮拉开他的衣袖一看，见到白皙的手臂上紫了一片，声音低沉："一会儿跟我去医务室看看。"

陈其昭余光扫了眼旁边，有事的应该是他们，他刚刚下手可没收敛。面对沈于淮的时候，他却道："就擦破了点皮。"

"你！"何书航的朋友刚想过来，马上就被人制止。

警卫看到两人胸前挂着的研究所出入证，板着脸道："还打架？"

打架的事情不能善了，沈于淮的朋友没有报警，但是那个把警卫叫来的中年男人报了警。几人刚进研究所没多久，附近派出所的人已经赶过来。事发路段正好是监控盲区，这件事只能通过当事人和目击者的证词来还原过程。

何书航见到研究所的警卫时已经慌了，没想到还有警察过来，脸色当场就变了。而他的朋友还在狡辩，说是陈其昭抢东西，他们才会打起来。

派出所的人问："你当时看到是谁先动手的？"

"我哪知道，我就是个网约车司机，在路边等单的。"中年男人看了陈其昭一眼，"我当时看到的时候，他们三个已经打起来了，没办法我就只能报警找人。这附近不是研究所吗？我看到警卫亭里有两个大哥，就喊过来帮忙了。"

他原来只负责盯梢，谁知道老板过来后就嘱咐了几句，说如果一会儿打起来就让他报警。结果没过一会儿真的打起来了，他只能手忙脚乱地报警，至于怎么打起来的，他确实不知道。

派出所的民警问："抢你们什么东西了？"

何书航解释，声音有点弱："……就拿了个U盘。"

在场的人闻言愣了一下，没想到是因为一个小小的U盘而动手。

沈于淮看向陈其昭："有其他原因吗？"

陈其昭额头的伤口还没处理，在何书航两人说话的时候一言不发。

场内的几人不由得将目光放在他身上，黑白外套的男生挽起的衣袖下面青了一片，再加上他的皮肤白，打眼看去有些触目惊心。

从场面上看，陈其昭确实是受害方，而另外两人只是衣服脏了些，陈其昭的额头则有擦伤。据其他人称，这两人还拿石头砸人。警卫赶到现场时也看到是陈其昭在挨打。

这时候面对周围所有人的视线,他微微低下头,停顿片刻才主动道:"我的确拿了他们的东西,然后他们就动手了。"

陈其昭还没说完,何书航就迫不及待地解释道:"里面有我参加比赛的资料,我让他还给我们,他不还。U盘很重要,我担心他弄坏才抢的。"他担心事情闹大,补了一句,"我们没打架,就是有点小摩擦。"

周围人不禁窃窃私语,这算是小摩擦吗?都拿石头砸人了。

比起着急解释的何书航,其他人的注意力主要落在陈其昭身上。

派出所的民警问:"你为什么要抢他们的东西?"

何书航也看向陈其昭,脸色十分紧张。

陈其昭微微抬眼,看向众人的目光里带着几分忐忑。他很快低下头,半垂着眼,眼神里充满冷意,说出来的声音却又弱又不确定:"因为他们很奇怪。"

何书航自认为他的计划万无一失。从收到那家公司的合作邀请开始,他就一直在筹备这件事:与管理员建立良好关系,关注每个实验室的时间安排,观察沈于淮实验室的进展……

这次研究所的定期机器维修为他提供了一个绝佳的机会。由于出入人员较多,研究所的守卫相对松懈,一旦出现问题,可供推诿的借口也多。他们甚至多次进入管理员的办公室,反复确认排班表,并对监控系统进行了干预。然而,在听到陈其昭的那句话时,他不知为何感到了一阵慌张。

"你拿的U盘是我的实验数据,一经损坏,我要花多少时间才能重新修复?"何书航强迫自己冷静下来,"你这样我能不紧张吗?"

问话的地点是第九研究所的会客厅,除了警卫和派出所的民警,也有几个研究所的人在。

他们同样是做研究的,实验数据有可能被损坏,这放到谁身上不紧张呢?自然能理解何书航的激动。

"哎,如果只是U盘的问题,大概是误会了。"

"你们也太冲动了,有话好好说就行,怎么就打起架来了?"

"年轻人还是不要太偏激。"

对付何书航这件事,不能简单地息事宁人。事发突然,直接把人打晕,拖上车抢走U盘也可以。用最简单快捷的方法或许能得到一个较好的结果,却无法解决根本的问题,今天抓了一个何书航,明天就可能有另一个何书航。

何书航能得手是研究所管理人员的失职,所以这件事不仅得闹大,而且得闹得非常大,才能引起其他人的警觉。

在原先的计划中,他找个跟何书航有点恩怨的男生来闹事,也准备了另一套说辞来应对其他人的询问,把事情本身转移到男生和何书航的私人恩怨上。

事发突然,何书航的行动本就难以预测。当何书航与朋友出现时,他找的那位学生未能准时到达现场。因此,他只能事先安排人视情况报警。原本陈其昭计划以朋友的身份帮那位男生出头打架,但事情出现了意外。

因为沈于淮在场,很多事在他面前根本无法解释清楚。

架打了,警也报了。但若想闹大,就不能使用原来的计划,只能临时编造一套说辞。

陈其昭听着周围的声音和何书航堪称滑稽的辩解,正想开口,眼前突然出现一只手。他的额发被撩起,冰凉的手按在他的额头上,紧接着传来轻微的刺痛感。

沾着碘酒的棉签落在他的伤口上,陈其昭看着眼前的沈于淮,注意到他眼镜底下略显冷峻的眼神,到嘴边的话顿时停住了。在他走神之际,一枚创可贴贴在了他的伤口上。

"好了。"沈于淮将他的额发放下,用手指轻轻给他整理了一下,"伤口离眼睛很近。"

陈其昭不由自主地低下头,简单解释道:"我下次会注意。"

何书航听到周围人窃窃私语的应和声,渐渐放松下来。他怕什么?只要咬定U盘里是实验数据就行了。不知道陈其昭为什么出现在那个地方,但他们这件事跟陈其昭一点关系也没有。对方也不可能知道他们的计划。只要把这件事糊弄过去,就不会有太大的问题……

"是我们冲动了,这件事太冲动,也没发生什么事情。要不师弟跟我们……"

他正想着事后要怎么收尾,就听到陈其昭开口说:"可我说的奇怪不是U盘的问题。"

"我是说他们很奇怪,他们当时贴着墙走,还时不时回头看,好像是在担心或者避开什么。"陈其昭看着何书航,把男生搬出来当幌子,"我有个朋友前阵子跟何师兄闹了点矛盾。何师兄又是淮哥的朋友,我原本想着有机会的话开解开解他们。再加上当时何师兄举止有点奇怪,我以为发生什么事了,就上去跟他们打招呼。"

何书航的脸色一僵。他确实回头看了看，但只有一次。

"哦，对了，我当时就是刚好在那个路口等我朋友，我们原本约好去附近玩，只是他有点事耽误了没过来。"陈其昭拿出手机，里面是他和约好的男生事先准备的聊天记录，正好解释他为什么会在路口。

陈其昭的视线停在何书航身上，看着对方逐渐失态的表情，继续往下说："我跟他们打招呼的时候，就注意到何师兄的手一直在抖，另一只手揣在兜里好像很紧张。所以我当时就去抓他手腕了，谁知道他们两个反应那么激烈，也没跟我解释U盘里有什么东西，直接就动手，反倒像是在回避什么。"

何书航的朋友闻言也有点慌了，急忙反驳："你胡说八道！"

"你这么激动干什么？我又没说什么……"陈其昭忽然想起什么，补充道，"这么激动难道是做贼心虚？你那U盘里该不会是偷的研究所的数据吧？哦，对……我现在回想起来，你当时该不会是在避开监控吧？"

他看向研究所的警卫，询问道："那地方好像是有几个监控对吧？"

"有的。"警卫答道。

沈于淮一直在旁边听着。发生打架这种事情时，双方的情绪都不太平静，尤其是何书航。从他赶到现场的时候开始，何书航似乎就很抗拒报警。一般来讲，发生这种事情时，人们都会急于寻求公道，但何书航似乎很担心事情闹大，一直在寻求息事宁人。

正因为如此，反而显得很奇怪。

"那要不看看监控？"陈其昭顺着警卫的话说，"你们看看监控就知道了，要是我的问题，我肯定向师兄道歉。"

他问何书航："对吧？师兄？有什么事，看监控就能解决了。"

一提到监控，何书航和他朋友的脸色骤然一变。

不行，不能看监控……如果这个时候去看监控，就会发现监控被动了手脚。

"没必要……就一个U盘的事。"何书航急忙说，"是我们误会师弟了，这件事就这样……"

陈其昭疑惑地看向他们，忽然扯唇笑道："师兄，为什么不看监控呢？你们这样好奇怪啊，我都说你们偷东西了，你们就这么算了？"

何书航的话忽然停住。

沈于淮突然道："我没记错的话，A楼今天的学生实验室应该是两点前关闭的吧？"

"对。"旁边的研究员忽然想起什么,"下午维修师傅过来,A 楼那边的实验室大部分停工,学生实验室也关闭了。你是 S 大的吧?今天 S 大只有三个实验室开着,你们学生应该都是两点就停工了才对。"

何书航的脸色白了几分:"是,我们两个做完实验之后在旁边看了会儿其他人做实验……所以才拖到这个点。"

沈于淮又问:"哪个实验室?"

何书航脸色更难看了,他们等到自己实验室的学生走后就直接溜进沈于淮他们的那个实验室,全程都在拷贝资料,哪知道旁边的实验室轮到哪个研究员,又是在做什么实验。他大脑乱成一片,胡乱地找了个实验说出来:"不记得了,好像是纳米……"

陈其昭微微皱眉,扭头与沈于淮对视了一眼。他正打算把问题继续往监控上引,忽然就听到沈于淮开口。

沈于淮直接看向旁边的研究员:"刘工,我申请查看监控。"他看着何书航,"如果没问题,一切后果由我承担。"

派出所的民警也没想到小小的学生之间的争端居然牵涉到研究所资料泄露。

既然要查监控,自然要到门卫那边的监控室查看。何书航忐忑地跟着其他人到监控室,看到研究所沿路的监控,忽然松了口气。

他怎么给忘了,研究所内部的监控系统都是独立的,警卫这边只能查看实验室外围的监控,最多看到他们两个人出来而已,看不到实验楼里发生的事。而且,走路回头是正常的事,他们就不能听到点声响回头看看吗?

监控屏幕上显示的是研究所外围的监控,确实能查到何书航两人出来的时间,他们离开的时候也确实回头看过,但从监控上并没有太大问题,完全说不上奇怪。

"看起来没什么问题。"警卫说。

何书航尴尬地笑了笑:"可能就是误会了。"

沈于淮的目光停在监控屏幕上,忽然开口道:"这里能看到 A 楼的监控吗?"

何书航脸色骤然变了。

研究员道:"内部监控要到单独楼层的管理员办公室查看。"

"这个监控也看不出什么。"陈其昭不能让这件事就这么过去,他没预料到研究所内部监控系统都这么复杂,只好说,"你们刚才说话那么奇怪,要真是我冤枉了你们,我一定给你们道歉。"

他细细回忆着梦里的细节,他听说过监控被动手脚,以何书航现在的表现,肯定有鬼,那么现在的监控多半有问题。

沈于淮看了陈其昭一眼:"既然其昭冤枉你们偷取资料,那还是监控最能证明你们的清白,以免以后再生其他事端。"

陈其昭也跟着点点头,低着头时偷偷看了沈于淮一眼。

沈于淮的神色比平时更严肃,不说话的时候脸上仿佛覆着一层寒冰。

事情闹到这个地步,连派出所的民警也都来了。如果通过查看监控就能解决所有问题,现场的人都很乐意这么做,毕竟再拖延也只是浪费大家的时间。所有人都这么认为,唯独何书航一脸苍白。这种苍白在管理员打开 A 楼监控时,直接变成了惨白。

"奇怪,这个监控画面怎么不动?"管理员说。

监控画面一直跟踪何书航和另一人,但到了某个地点,画面突然静止,显然是遭到了人为损坏。所有人的目光立刻集中在何书航身上,他脸色苍白地辩解称自己不知情,却下意识地将手中的 U 盘藏入衣兜。

研究所的人员觉得此举可疑,立刻上前制止他,并夺走了他手中的 U 盘。

何书航声音嘶哑地喊道:"还给我!"

研究员更加疑惑了:"我们只是看看 U 盘里的数据,不会动你的东西。"

第九研究所内部也有机密项目,但 A 楼作为半开放的实验楼,平时也有 S 大的学生过来,人员排查没有其他实验楼那么严格。即便如此,A 楼偶尔也会被其他重要实验组借用作为特殊实验室。如果涉及数据窃取,那问题就严重了。

几名跟来的研究员神色严肃,当场就要对何书航的 U 盘进行检查,这一检查直接暴露了重大问题。

当电脑屏幕上出现一个个加密文件时,与沈于淮一同来的朋友脸色大变,冲上前抓住了何书航的衣领:"你偷我们的数据?!"

何书航话都说不出来,整个身体都在颤抖。

他想到那个人的承诺,只要窃取到数据,不仅 S 大的保研名额稳了,对方还会帮他联系目标大学的某位德高望重的教授。到时候,他可以跟随教授进入更有前途的项目组,未来可以说是一片坦途……甚至等到将来毕业离校,不仅有众多的研究所和实验室抢着要他,他还有更好的资源提供研究资金……

可现在怎么会这样？不应该啊。他们应该万无一失地将这些数据发送出去，并处理掉所有其他痕迹。等到东窗事发时，应该没有人能怀疑到他们身上，因为他们已经离开了实验室。

颤抖之余，他的目光忽然看向了角落里站着的陈其昭。

其他人都在讨论实验数据泄露的事，只有陈其昭在角落里冷冷地看着他。何书航对上那双眼睛，突然就想起在研究所外见到陈其昭时，对方似笑非笑的眼神，就好像在对方眼里，他只是一个跳梁小丑。

这时，何书航忽然看到陈其昭的嘴一张一合，无声地说着什么。下一秒，寒意从脚底蹿了上来。

他说活该。

何书航脸色惊恐："你……"

陈其昭却没理他，而是径直走到沈于淮身边，冷冷的视线落在电脑屏幕上，继续道："能让我看看吗？我对电脑有点研究，或许能帮你们恢复监控。"

管理员见状道："你会吗？"

"得看看是数据损坏还是其他原因。"陈其昭坐到椅子上，仔细观察了一会儿才解释道，"应该是用事先录好的监控画面进行了替换，你们看这个时间长度就不对劲。可以查一下源数据磁盘……或许应该搜一下他们的身，如果是今天的事，那他们身上应该携带着可供替换的画面片段，运气好的话还能找到被拷贝的源数据……"

研究员闻言立刻查找，在另一个人的身上找到了U盘。

果不其然，他们在这个U盘里找到了与监控数据一模一样的视频片段，而且有一段被复制走的原监控片段。

何书航脸色惨白："你不是说监控都销毁了吗？"

"我怕你反悔……想留点证据。"被逼问的人低着头，他怕何书航反悔不兑现他承诺的东西，才想保存视频片段，留着以后威胁何书航。可谁想到事情居然会败露，这个U盘直接成了他们窃取实验室数据的铁证。

派出所的民警见状脸色微沉，谁能想到一场打架斗殴竟然牵扯出实验室数据泄露："你们跟我去派出所走一趟。"他看向陈其昭，"同学，麻烦你也跟我们走一趟，协助录个口供。"

陈其昭点点头，非常配合："没问题。"

沈于淮的目光停在陈其昭身上："你学过计算机？"

陈其昭听了，解释道："……对计算机有点兴趣。"

沈于淮："嗯。"

陈其昭松了一口气，他对计算机颇有了解，这主要是因为他在梦中多年修习的专业正是这个。而且，他原以为对方会直接干扰监控，却没想到对方采用了这种方法，并且还将监控视频备份下来。只可惜现在的监控设备还未迭代至云备份，设备本身也显得陈旧。若是放在五六年后，这种手段可以说是可以马上被识破。

怪不得泄密事件爆发出来的时候，没查出来问题。

他跟着派出所的民警离开，却没看到沈于淮目光里的几分深意。

陈时明下了车，直接走进派出所。

徐特助接到消息的时候头都大了，尤其是看到老板阴沉沉的脸，心想着一会儿铁定完蛋，陈家兄弟的关系也就平稳了那么短的时间，谁能想到二少会因为打架进派出所。

他在外面等着，正犹豫要不要进去劝架之类的，却没想到隔了大概十分钟，就看到兄弟两人并肩走了出来。

陈时明带着陈其昭往外走，冷着声道："他们打你，你就不会跑吗？"

"我跑什么？"陈其昭系好安全带，觉得这个问题莫名其妙，"我又不是打不过他们。"

陈时明看着陈其昭额头的创可贴："行，你打得过。"

徐特助："……"

录口供无非是把刚刚说过的事情再讲一遍，何书航犯事的证据都明明白白，一群人走了过场之后基本就离开了。研究所那边只派了一个人过来，其他的人都忙着处理这件事的后续。陈其昭收到沈于淮的消息后，知道这件事可能还要处理一段时间。

他原本打算打车回学校，却没想到陈时明直接打电话过来。原来是沈于淮通知了陈时明，并让陈时明过来带他去医院检查。

车厢内很安静，兄弟两人说完话就没再开口。

这时候，陈时明忽然探身过来，直接扯过陈其昭的手拉起衣袖："这就是你说的打得过？"

"我下手没留余地，就磕青了点。"陈其昭抽回手，"用不着去医院，送我回学校吧。"

陈时明又问："你去研究所干什么？"

陈其昭疑惑地看向他："我不能路过？"

"我记得你下午有课。"陈时明强调道,"陈其昭,你这是逃课。你这段时间没少调查姓何的,说吧,那人有什么问题,值得你浪费这么多时间去调查?"

"谁大学没逃过课?"陈其昭闻言稍稍挑眉,嗤笑一声后往后一靠,不想解释太多,搬出男生来解释,"再说了,他之前就跟我朋友有点过节,我又意外听到了一些东西,就让人盯了他一段时间。"

陈时明:"跟今天的事情有关?"

"你不是明知故问吗?"陈其昭没有看他,目光停留在窗外的风景上,垂眼瞥到手臂上的瘀青,干脆把衣袖拉下来。

陈时明停止询问,看向徐特助:"去医院。"

何书航的事件引起了广泛关注,事件发生后,研究所立即进行了内部审查。虽然事发地点位于A实验楼,但此类事件的发生明显暴露了研究所内部管理的严重缺陷,尤其是涉嫌泄密的实验室属于沈于淮所在的工作组。作为研究所内的重点规划项目之一,该项目受到了许多领导的重视,一旦出现问题,立即引起了上级的关注。

这次何书航经过周密的计划,甚至连时间节点都安排得非常精准,选择了合适的时间段进入实验室作案。如果这件事没有意外暴露,那么在后续的调查中,可能很难发现作案时间的疑点。

何书航因为这件事不仅被取消了学校本学期的各项评优资格,还被记大过,并且面临着被第九研究所起诉并遭受牢狱之灾。出现这样的问题,他的后半生几乎全毁了,保研泡汤,学位证未必能拿到,再坐几年牢,将来也不会有公司或者研究所会选择雇用有这样前科的学生。

沈于淮把处理结果告诉陈其昭的时候,两个人正在S大的食堂里吃饭。

"所以这件事他是经过精密计划的?"陈其昭拨着菌菇汤,"他为什么要这么做?就为了保研?"

"不止,跟他联系的那家公司承诺了很多,包括帮他联系导师和提供研究资金等。"

"他交代做了很多准备,包括多次趁管理员走开的间隙查看排班表。我们那段时间正好在使用那个实验室,实验室里有即将提交给导师的数据资料,所以他才会在确定作案时间后动手。"

沈于淮想到之前在管理员办公室外见到何书航的那一次,那次何书航估计就是在查他们实验室值班时间,毕竟像他们这样的工作组,使用的实验室不比学生实验室，实验室里经常有人。

何书航这次是偷取管理员办公室的备用钥匙进入实验室，但他没有掌握所有监控的操控权，能处理的监控也只有管理员办公室那一台。因此，何书航不敢在夜间行动，因为他需要一个正当的理由出入实验楼，这样才不会被后续调查所怀疑，最终他选择了这样的一个时间点。

趁着管理员在其他实验室与维修师傅交流的机会，他找人在办公室内动手。

陈其昭明白了，原来是那家公司许诺了他一条出路。

他对何书航的结局并不同情，这人多惨都是自己造成的。如果这件事没有被曝光，要承受泄密丑闻的就是沈于淮实验组的所有人。

"那这次之后你们实验室应该不会再发生泄密事件了吧？"陈其昭问，"不会有第二个何书航了吧？"

"不会，何书航之所以能行动只是恰好遇到半年一次的检修，A楼那边的管理员也因为这件事被问责了。"沈于淮道，"实验室管理的规则进行了修订，即便是学生实验楼也将严格管理，不会再有这种事情发生。"

他的目光停在陈其昭的身上，男生额间的伤口已经只剩下浅浅的痕迹，不仔细看完全看不出来。

沈于淮突然道："其昭，这次谢谢你。"

"没有，我就刚好路过……"陈其昭闻言坐直身体，"淮哥也帮了我很多，我这就算点小忙，还是姓何的做事露了太多马脚，才会出问题。"

能帮沈于淮解决一件事也算是还了恩情，沈于淮帮了他太多，他能做的事情反倒很少。

沈于淮笑笑："实验室的朋友说忙完这段时间后请你吃饭，到时候你不要拒绝。"

"哦，好。"陈其昭微微低下头，看着碗里的菌菇汤，再抬头的时候对上沈于淮的目光，"怎么了？"

"没什么。"沈于淮看着他，"我觉得你瘦了点。"

陈其昭没觉得自己瘦，他现在的体重刚刚好，也很健康。

沈于淮看着他挑食的模样，一碗菌菇汤到现在也没喝多少。他微微垂目，有件事他没当场揭穿，借宿的那天晚上，他意外看到了陈其昭的课程表。

事发当天是周三，陈其昭周三下午是满课。

S市，林家别墅。

蒋禹泽往酒杯里斟满酒："陈时明这段时间动作不少,似乎是晚会的事让他生疑,他在调查逸诚相关的事,我们动的几个手脚都被他查出来了。"

"陈建鸿放权了吧……好几年没动静,这一查就查出这么多事,奇怪。"林士忠微微皱眉,"你在陈建鸿身边,没注意到什么吗？"

"陈建鸿没有异常。"蒋禹泽声音微沉,"就是陈时明那边不好对付,他这段时间暂停了人事调动,原先预计安排两个人进他团队没能成功。我打听过陈建鸿的口风,似乎是因为前段时间陈氏查出间谍的事,让他们父子两个提高了警惕心。"

林士忠晃了晃酒杯,道："那就不动陈时明那边。他这么大张旗鼓,陈氏集团里那些老古董不会善罢甘休。你去加把火,让那些老古董去干扰陈时明。毕竟涉及他们的利益,他们不会让一个晚辈骑到头上。"

蒋禹泽不解地问："那我们需要先收手吗？"

"现在更不能收手。我们有些布置没那么隐蔽,一旦收手就让陈时明有更多的时间去调查……"林士忠喝了口酒,神色丝毫不见慌张,漫不经心地问道,"对了,非宏和逸诚那件事安排得怎么样了？我记得你把陈其昭弄到那边去了吧？"

蒋禹泽颔首："是的。"

"陈其昭怎样？"林士忠问,"你让于杰过去了？"

蒋禹泽道："陈其昭目前看来没多大问题。前不久他还因为逃课和校外打架的事进过派出所,似乎跟第九研究所有点关系。"

林士忠稍顿片刻,疑惑道："第九研究所,他去那边干什么？"

"被打的人因为涉嫌窃取实验机密被拘留,据说这件事是他在研究所路口等人的时候注意到对方偷东西,之后产生了争端才打起来的。事后听说偷东西的何书航和陈其昭某个朋友也有过节。但那些消息都被陈时明处理了,没多少风声传出来。"

蒋禹泽解释道："这符合陈其昭的一贯作风,他以前也因为给同学出头在校外打过架。"

林士忠笑了声："果然鲁莽。"

蒋禹泽又道："不仅如此,他除了非宏之外,还向陈建鸿开口要了另外一家娱乐公司,只是陈建鸿没答应。"

林士忠笑了下："陈建鸿不会答应,他想把陈其昭扶起来,结果这小子非宏的事还没搞定,就想去碰别的。听说非宏的事,也是陈明在替陈其昭兜着？"他继续道,"他们父子两个不是很爱扶持这个草包吗？那就把陈其昭这边的火烧起来吧。"

　　蒋禹泽："这件事已经在安排的计划内了。"

　　"不仅得让陈其昭这把火烧起来……有件事也得安排。"林士忠放下酒杯，"陈建鸿不是喜欢放权吗？那就对陈时明下手。"

　　蒋禹泽神色一凛："林总，您的意思是？"

　　林士忠眼神里带着几分阴鸷："有的人那么爱查，那就得让他长长教训，不是吗？"

第八章 自食其果

陈氏集团刚刚结束了一次重要的季度会议。陈时明在离开会议室时,听到两位股东在阴阳怪气地议论,显然对他最近在集团内部进行的改革极度不满。

对此,陈时明早有预料,想要剔除内部的隐患,触碰某些人的利益在所难免。但只要陈建鸿还坐在董事长位置上,以陈家现在的股权布局,这些人不敢有大动作。

回到办公室,桌面上堆放着好几份纸质文件。陈时明这段时间忙于调查集团内的其他问题,尤其是在查找逸诚相关事项时,顺带问责了几个部门。幸好这些问题被及时发现,否则一旦问题爆发,又将造成一堆亏损项目,那时的影响可就不止现在这般了。

他正与助理团队商议后续事宜,余光扫过发现少了一个人,询问道:"徐特助呢?"

助理团的几个人面面相觑,随后有个女助理出声解释道:"陈总,徐特助今天外出办事了。"

"办什么事?"陈时明诧异地问道。

"是这样的。"女助理斟酌着语言解释道,"二少说要签约几个小明星,徐特助过去帮忙了……"

陈时明:"……"

与此同时,外出的徐特助坐在车里,被堵在了S市的老城区。而陈家的小霸王陈二少正坐在旁边,漫不经心地玩着手机。

陈其昭正在和沈于淮聊天。

自从实验室的事故发生后,两人聊天的频率开始上升,似乎与他梦中两人的相处模式越来越接近。他初识沈于淮时,沈于淮非常忙碌,两人发消息时总是要隔很长时间才能收到回复,但每次都能持续聊很长一段时间。现在的沈于淮稍微空闲一点儿,时不时便能收到他的回复。

两人偶尔还一起去S大食堂吃饭。

陈其昭拍了一张车里的照片,跟沈于淮说今天有点事。

消息刚发出去没多久,就收到了对方的回复:"那我也进实验室了,晚会儿聊。"后面附了一张图片。

图片是在休息室里拍的,拍了休息室玻璃窗外的走廊。陈其昭点开图片放大,隐约还能从玻璃窗的倒影中看到沈于淮的轮廓。他想了想,给沈于淮发了一句"实验顺利"。

徐特助看着旁边的陈其昭,见他放下手机才把另一份文件递了过去:"二少,这是聂辰骁的资料,他近期跟经纪公司确实有点矛盾,应该有解约的意愿。我联系的时候发现对方很好说话。"

除了聂辰骁,他手里还有好几个三线小明星的资料,也不知道陈其昭为什么突然对这些人感兴趣,不仅要调查,还说要投资对方开工作室。

见对方没回应,徐特助又问了一句:"二少怎么突然对这个感兴趣了?"他原先以为二少只是一时兴起,毕竟这种突如其来的调查事情太多,也没见二少采取什么行动。

陈其昭淡淡地瞥了徐特助一眼,说道:"钱多了,搞投资不行吗?"

何书航的事情在S市传播了一段时间,陈其昭并没有特别关注,但徐特助偶尔会询问何书航的情况。毕竟之前让徐特助查了许多关于何书航的资料,对方的好奇也在情理之中。然而,对一件事好奇并无不妥,但若好奇的事情过多,可能就是陈时明的授意了。

陈时明关注他在做什么,陈其昭并不打算解释,陈时明越关注他,反而对他越有利。

自从接触了非宏的事务后,陈氏集团的某些消息他能更快地接触到,也就注意到陈时明在陈氏内部布的局。

从集团内部的人员调动来看,不难发现陈时明在削弱某些人的权力,同时也在清除一些障碍。在梦中陈氏集团之所以会破产,是因为内忧外患:外有强敌环伺,内有商业间谍,还有一些自私自利的老顽固。有些事情确实难以掌控,他的父亲和兄长也曾努力过。集团内的老顽固势力已被大幅削弱,只可惜后来被林士忠这样的人搅了局。

堵车浪费了一些时间,陈其昭也把聂辰骁的资料看完了。

陈其昭到了目的地时,聂辰骁和他的经纪人已经到了。包间里坐着两个人,一个是穿着稍显古板的西装男子,另一个则是身着灰色休闲装,身上没有任何装饰,但面容俊朗的男子。

陈其昭的目光落在聂辰骁身上。

他打量聂辰骁的同时,聂辰骁的视线也停留在他身上。

陈其昭:"你好,我是陈其昭。"

聂辰骁见状伸手:"陈总你好,我是聂辰骁。"

走进包间的男生年纪不大,看起来还像个学生,如果不是旁边站着一个精英助理,聂辰骁差点以为对方走错了包间。

他最近因为经纪合约的事与公司闹得不太愉快,打算带着经纪人离开原公司单干。

早年他因为不懂娱乐圈事务而签约了现在的公司,待遇和分成都是中下档。不仅如此,公司还曾把承诺给他的资源分配给年轻人。适合他年龄的剧本越来越少,再加上宣传资源没跟上,他原有的人气被消磨殆尽,现在只能靠自己和经纪人找剧组试镜。

就在这个时候,陈其昭找上了他。

陈其昭看着面前的男人,问:"聂老师考虑得怎么样了?"

聂辰骁与经纪人对视一眼,最后开口道:"陈总,我和经纪人考虑过了,我们目前没有签约经纪公司的意愿。"

陈氏集团在 S 市确实声名显赫,其在全国的地位也颇为不俗。然而,行行出状元,陈氏集团虽旗下拥有娱乐公司,但与业内的巨头相比仍有不小的差距。加之之前被原经纪公司坑过,聂辰骁已没有太多时间可以用来尝试和犯错。因此,当收到邀请时,他便与经纪人进行了讨论,两人更倾向于单干,而非签约于任何经纪公司。

"聂老师新年档有一部网剧待播是吗?"陈其昭把一份资料放在桌面上,翻到了其中一页,"聂老师待播的剧不多,再加上近年来影视审查较为严格,能播出的片子更少。这部网剧是聂老师难得的男主角剧,如果在播期间宣传跟不上,对于聂老师来说也是个头疼的大问题。"

聂辰骁有些怔愣:"陈总是什么意思?"

陈其昭开门见山道:"你跟经纪公司还有半年的合约,你也不想到时候剧播期间被经纪公司压制吧?"

聂辰骁的眉头一紧。

"聂老师可能误会了。"陈其昭把另一份合同拿出来,"我家那个娱乐公司目前不归我管,我联系聂老师是想跟你谈合作,而不是让你签约我家公司。"

合同被推到聂辰骁和经纪人面前,翻到了令人心动的一页。

"违约金我可以为聂老师支付,新年档期的那部网剧我可以出钱宣传,甚至聂老师的工作室我也可以投资参股。"陈其昭微微后仰靠在椅背上,语气平静地继续说道,"我不会干涉工作室里的任何决策,聂老师想拍什么剧自己决定,我只负责出钱。"

出钱还不干涉管理,居然有这种好事?

经纪人也审阅过不少合同,仔细查看后发现合同中的条款与陈其昭所述基本相符,也就是说,眼前的这位突然冒出的大金主,想要投资他们的工作室,不参与管理,只等待分红。

经纪人脸色一变,心想这不会有什么陷阱吧?

聂辰骁沉思片刻:"陈总有什么附加要求吗?"

"算是有,也算没有。"陈其昭道,"我是聂老师的小粉丝,出钱投资是个人爱好,如果一定要说几个要求让聂老师放心的话,那不如聂老师以后遇到档期冲突或者代言问题,希望能优先考虑我们集团的产品。"

聂辰骁跟经纪人闻言一愣,这算什么要求?陈氏集团旗下几个有名的公司的产品代言,在圈子里算是顶级资源,就算是底下小公司的代言,也是二三线小生小花抢破头的事。而代言陈氏产品这样的好事,在陈其昭口中居然变成了要求?

聂辰骁苦笑一声:"陈总,这不算是要求吧……"

陈其昭接着道:"算要求。我觉得聂老师以后会爆红。"

聂辰骁看着眼前这位年纪可能比自己小一轮且自称为粉丝的男生,忽然觉得这可能只是富二代一时兴起的投资。毕竟自己并非红极一时的明星,这样的注资条件实在是少见。然而,机会摆在面前,他又不想拒绝。

他今年已经35岁了,随着年龄的增长,他的戏路只会越来越窄,能接的角色也会更受限制。

参演新年档那部网剧是他和经纪人费了很多工夫才争取到的,也是他认为能够实现自我突破的一部好剧。如果因为原公司耽误了这部剧的宣传,那可能断送的是他后半生的机会。陈其昭的合作邀请,老实说,他非常心动。

看着眼前年纪尚小的男生以及这份条件过分优厚的合同,他主动开口说:"我不一定会红,这份合约对你来说并不公平,有几点可以修改一下。"

陈其昭有点惊讶,怎么这人还反过来替他考虑:"还可以吧?"

经纪人说道:"陈总的要求我们可以答应。关于合同的事,能否容我们回去考虑一下?过两天我们给陈总答复。"他苦笑道,"条件真的很优厚,我们也不能让你投资还吃亏。里面的责任要求可以重新商议,分红的比例也可以调整。"

陈其昭眨了眨眼:"那行吧。"

徐特助在旁边看着陈其昭与人谈合作,微微抿嘴。

这份合同是他准备的。听到陈其昭的要求时,他也觉得二少可能是追星迷了头。这样的要求如果跟娱乐圈头部艺人谈还算合理,可与聂辰骁这种三线明星来谈,那确实是实实在在地送钱了。

聂辰骁方面说要重新修改分成条款,还说过几天确定后再给答复。这么说基本上已经算是同意,只是对方认为自己不会红,不想让陈其昭吃亏。

陈其昭离开的时候瞥了徐特助一眼:"你说聂辰骁是不是有点对自己太不自信了?"

徐特助:"……"这难道不是你对他太有信心了吗?

注意到陈其昭轻松愉快的神色,他微微思索,秉持着为陈时明排忧解难的原则,主动开口道:"二少很喜欢聂老师吗?"

陈其昭想了想,从老板的角度来看,他还是很喜欢聂辰骁的:"还行吧。"

徐特助脸色一变,正在思考在给老板的报告里应该用哪种措辞才不会显得太突兀。

两人上了车,司机按照原定计划往 S 大开。

陈其昭没有注意到徐特助忽白忽青的脸色,他低着头看手机上收到的消息,注意到于助理发来的信息,与付言雨的合同基本上已经谈好,宣传方案也定下来了,估计下周就能签约。

他想到什么,上网搜了下付言雨和非宏的消息,语气一变:"改变路线,我们去趟非宏。"

到达非宏,徐特助刚下车手里就被塞了两份文件,陈其昭把聂辰骁的事情交给他,让他尽快把合同签下来,然后进了公司。

远远看到从公司门口走过来的于助理,徐特助心情复杂。

那可是从老陈总助理团队里拨下来的人,论资历就比他高上不少,而且二少不是已经有助理了吗?怎么每次还让他干这些活!

再见到于助理,陈其昭重新换了一副面孔,仿佛来公司只是一时兴起。

"方案都准备得差不多了,如果没问题的话,下周应该就能签约了。"进办公室后,于助理把一份文件递给了陈其昭,"二少,这是目前商定的宣传方案。"

陈其昭瞥了他一眼,低头看着手机:"先放着吧,把那个宣传部的人叫过来。"

于助理敛下眼神中的不屑,把文件放在旁边:"宣传部的人正在开会,可能要再等一段时间。"

这几天跟陈其昭打了不少交道,他发现这人的事情是真多。他将简要版的文件发给陈其昭,陈其昭却嫌专业名词太多,看不懂,要求他重新整理一份。整理完成后,陈其昭又嫌弃字数太多,不想看,让他筛选出重要内容。

草包就是草包,看不懂文件还硬要装懂,每次都给他增加无意义的工作,浪费时间。

陈其昭漫不经心地问:"还要多久?"

于助理回答:"大概半个小时。"

手机屏幕上显示着付言雨的超话,陈其昭看了一会儿,直接退出微博,切换回微信界面。他脑子里想着事情,手指却已经不自觉地点进了沈于淮的朋友圈,开始漫无目的地浏览。

沈于淮最新的朋友圈还是两个月之前发的那朵小白花。

陈其昭盯着看了一会儿,退回到自己的朋友圈,被他设为仅三天可见的朋友圈仿佛长了草,再往前的那些酒吧狂欢的朋友圈则是不堪入目。

于助理站在旁边没说话,忽然注意到陈其昭的视线。

陈其昭皱眉道:"往旁边挪挪,你挡到我了。"

于助理莫名其妙,刚走开两步,就听到"咔嚓"的相机声。

陈其昭拍了张办公桌的照片,发到朋友圈,又道:"可以了,你站回去吧。"

于助理:"……"

大约过了十分钟,收到消息的宣传部负责人迅速赶到。

他手里还拿着会议资料,来到办公室时还在急促地喘息。

似乎是陈二少开出的高价让付言雨心动,这次谈合同的过程非常顺利,对方也很好沟通,唯一的问题是付言雨接下来半个月的档期安排。年底将至,各大卫视的假期档非常拥挤,付言雨为了新剧的宣传,接下来要参加好几个卫视的节目，能留给非宏的时间就不多了。

但这也在非宏的预料之内，毕竟非宏看中付言雨，也是因为对方接下来一年能保持高曝光，代言合作带给非宏的收益也非常可观。因此，对于付言雨方提出的宣传要求，非宏这边也很乐意配合。

负责人开口："二少。"他把部分宣传资料送到陈其昭的办公桌前，"刚刚开会拟定了后续方案，我们这边也联系了各大厂商的宣传空档，该预留的广告位置都预留了，这是开会定下来的方案和预算。"

陈其昭翻了两页，果不其然，时间完全是按照付言雨的宣传档期来的，而且紧贴着假期档宣传，可以说是一份安排得完美的宣传方案。也正是因为准备得这么充足，该联系的广告栏位以及厂商也都已经联系好了，所以当付言雨反悔不签约时，给非宏带来的损失才会那么大。

看来林士忠已经把这盘棋布得差不多了。

陈其昭眼底一片阴沉，瞥向周围两人时却将情绪完全收敛。他微微扬起唇，下一秒就把手机丢在桌面上。

办公室里的安静被这一声打破。

"这些娱乐博主是你们找的吗？"陈其昭指着桌上的手机，里面是付言雨的超话，好几个娱乐博主在里面宣传着付言雨接下来的行程安排，其中就有写到他接到了国内小众电器品牌非宏的代言。

负责人见状愣了愣："这不是我们找的，应该是付言雨那边放出的消息。"

这也是娱乐圈常见的运作方式，签完合同就能官宣，现在的预热反倒可以在第一时间给官宣增加热度。他解释："现在很多代言会提前预热，给粉丝期待，后续也好推进工作。"

两人以为这件事就这么过去了，却没想到陈其昭突然发难。

"这只是预热吗？"陈其昭笑了笑，"要不要看看底下的评论？"

负责人拿起手机一看，娱乐博主发布明星行程确实属于圈内正常操作，但底下的评论就有点极端了。有人在疑惑是哪个小众电器品牌，但诸如"非官宣不信""非宏是什么玩意，到处乱蹭"等言论比比皆是。从目前的情况看，预热的效果没出来，反倒有些败坏网民的好感。

他见状脸色有点尴尬："付言雨那边没跟我们沟通过这点，我去问问。"

于助理也看到了底下的言论，脸色微微变了。

这跟他们之前的计划不一样，他们确实是打算控制舆论，可他们是打算先发酵一段时间再行动。现在出现这种情况，完全是意料之外。

两人的脸色不一，陈其昭却抓着这点继续发难。

"合同还没签的事，这么着急宣传干什么？他自己的工作室都没宣布，就这样大肆找娱乐博主宣传。"陈其昭翻着某个娱乐博主底下的评论，像是一个因极度不满而找碴的莽人，"你看看，这些人怎么说的，说还没官宣的事情不信，人家粉丝把我们当成蹭热度的。

"我还是第一次知道找人代言要这么放低姿态，我们的品牌小众是小众，但好歹也是陈氏集团旗下的电器品牌，这样很败坏我们品牌的名声，搞得像我们在倒贴他。"

负责人脸色一僵："二少，这件事确实是我们没注意。"

"我花最高的价钱去谈付言雨，结果就换来这玩意儿？到底是我们花钱雇人做宣传，还是花钱给人作嫁衣？我不管事不代表我看不懂，还不出面公关，等着别人骂我们蹭热度吗？"陈其昭嗤笑一声，瞥向旁边的于助理，"于助理，你来教教他，遇到这种问题该怎么做公关。"

作为在集团总部工作了好几年的员工，于助理自然知道如何应对这种公关危机。按照原计划，他们必须在前期引起足够多的粉丝关注，这样在后期才能更好地操控网络舆论。只是他没想到事情会突然演变成现在这样，网上出现的这种言论完全不在计划之内。

于助理脸色微僵。

陈其昭不耐烦地敲了敲桌面，又催促一声："于助理？"他故作惊讶，"不会吧？你在我爸身边这么久，连这点事情都不能解决？"

"舆论公关，更正娱乐博主误导的言论，官博拟定倒计时文案进行反转。"于助理微微站直，不得不说出处理办法，"摆正公众的期待点，将期待点放在非宏即将推出的产品上，代言的事宜后续官宣。"

陈其昭看着他："没错，我们的目标是推广产品，不是配合小明星炒热度。一上网就看到这种烦心的东西。"他看向负责人，"会处理吗？如果再让我看到这种倒贴的言论，你们组这个月的奖金就别想要了。"

负责人当然会处理："我马上就去安排。"

不就是舆论公关吗？老板怎么说就怎么做。

等负责人离开后，陈其昭拍了拍于助理的肩膀："还是你靠谱，不愧是我爸身边的人，这件事你盯着他们好好处理，应该能办好吧？"

"……可以。"于助理神色微凝，"那二少，我去宣传部看看情况。"

陈其昭满意地笑了下，摆了摆手道："去吧，晚点给我安排辆车，我要回学校。"他说完转身窝在办公室的沙发上玩手机，对其他事情丝毫不理。

于助理看着沙发上无所事事的人，阴沉着脸关闭了办公室的门。

陈其昭却在他离开后抬起了眼睛，用另一个手机号码给其他人打电话："你请的水军还可以，装粉丝还装得挺像的，这几天想办法在网上搅一搅，把事情往付言雨那边引，逼一逼非宏这边的公关。"

对面的人声音十分爽朗："老板，没问题，价格好商量。你找上我们是对的，娱乐圈那些人未必有我们给力，我们服务真情实感还包售后，对客户的信息更是……"

陈其昭盘腿坐着，脸上那股稚气的冲动烟消云散："少说这些，另外网上有付言雨的相关信息帮我留意下，价格按之前的来。"

对方爽快地答应了，随后挂了电话。

办公室里突然安静下来，陈其昭若有所思地坐着，目光停留在办公桌上的文件上。于杰想要明哲保身，对于付言雨的事情他一直在外围打转，看起来是想及时抽身，因此让他这种人来做临时公关再合适不过。为了不被事后波及，于杰只会认真完成他所给的任务。

林士忠设的套，让林士忠的人来收拾烂摊子，那不是很有趣吗？

剩下的就是等付言雨那边了……事到如今，这么大的局，林士忠和蒋禹泽可没有机会收手了。他漫不经心地思考着接下来的布局，点开微信时却看到朋友圈出现很多新消息，一眼看过去基本上都是以前的那群狐朋狗友。

陈其昭正想要退出，忽然在那堆名字里看到了沈于淮。

他目光一顿，没一会儿，一条新消息弹了出来。

沈于淮："忙完了？"

陈其昭："忙完了。"

沈于淮："能接电话？"

陈其昭："能。"

陈其昭刚回复，手机屏幕上就弹出了通话请求。

接通电话，背景里传来磕碰的声音，沈于淮的声音略显空旷，似乎是开了扬声器："我刚从实验室出来，你现在是在市区还是回Ｓ大了？"

陈其昭："在市区，等车回去。"

沈于淮问："晚上有时间吗？之前说实验室的朋友想请你吃饭，刚好今晚都没安排，想问问你有没有空。"

"有，我晚上没什么事。"陈其昭注意到听筒另一边窸窸窣窣的声音，"……淮哥在忙什么吗？"

"听出来了？"沈于淮关了扬声器，把手机从储物柜里拿出来，合上柜门的时候发出吱呀的声响,他偏着头抵着肩膀上的手机,边走边系着衬衫的袖口,"刚在休息室换衣服,现在正打算出去,你在市区哪个位置?我去接你。"

陈其昭听着骤然清晰的声音,声音慢了半拍:"在非宏电器这边,我给你发个地址?"

"好,那你发给我。"

通话挂断后,陈其昭发了定位过去。

沈于淮:"收到,大概半个小时到。"

陈其昭给于助理发了消息让他不用备车了。路过办公室的时候,他看到宣传部的人正聚集在一起处理网上的舆论。玻璃门外,陈其昭微微眯起眼睛,见到于助理自持稳重的面孔表情渐渐扭曲,心情又好了几分。

看别人气急败坏地给自己干活,真有意思。

这种好心情持续了好久,直到收到沈于淮"到了"的消息,他还在津津有味地刷着网上的评论。看到沈于淮的车内只有他一人,陈其昭不由问道:"你朋友呢?"

"他们坐另一辆车,先去餐厅等我们。"沈于淮的目光停在陈其昭身上。今天的陈其昭只穿了一件看起来有点薄的黑色卫衣,更衬得他的肤色很白。他的视线只停留片刻,随后便移开了。

陈其昭下车的时候才感觉到迎面的冷风,聚餐的地点是郊外的一家农家乐,乡野气息浓厚,连带着气温都比市区低好几度。他刚关上车门,忽然听到旁边的声音。

"接着。"沈于淮打开了后座门,拿了件风衣丢给陈其昭,"晚上降温,外套你先穿着。"

陈其昭伸手接住,天气确实冷,他也就没客气:"谢谢淮哥。"

沈于淮的朋友们正围在桌子旁有说有笑,其中一个他见过,之前在研究所门口的时候帮过忙,除了他,还有两男两女。

见到陈其昭和沈于淮过来,几个人热情地挥手打招呼。

"开车开久了吧,来来来,喝点鸡汤暖暖。"

之前在研究所门口帮忙的男生叫刘随,他招呼道:"其昭是吧?快来,刚熬好的鸡汤,这时候喝最绝了!"

"谢谢。"陈其昭跟沈于淮入座,视线不由自主地落在这些人身上。

"谢什么啊!应该是我们谢谢你,实验室数据的事多亏了你!"开口的女孩子很热情,"想吃什么跟姐姐说。刘随,菜单呢!"

刘随道:"来了来了,这儿。"

多年的习惯使他与人同坐一桌时总会下意识地打量对方,但眼前这些年轻男女与他梦中见到的人有所不同。他们看起来很普通,说话时热情又放松,无须他开口找话题,他们便能十分健谈地谈论天南地北的事情。

梦中他与沈于淮相识已久,但彼此都被事业占据了大部分时间,可能一两个月才约着吃个饭见个面。他曾听沈于淮提起过同事,但这还是他第一次与沈于淮的同事们同桌共餐。

刘随还在点菜:"……其昭吃不吃葱油鸡?他们家的葱油鸡一绝啊!"

沈于淮突然开口道:"他不吃葱。"

"好嘞。"刘随说,"这不跟你一样吗?那就不点葱油鸡了,照顾照顾你们,不然一会儿馋死你们。"

陈其昭微顿,突然想起自己撒过不吃葱的谎。他的视线停在沈于淮的身上,见到对方挽起衣袖,帮着旁边的人收拾东西,整个人都柔和了下来。

他不禁低下头。

确实是挺好的……如果陈氏集团没破产,他好好读完大学,或许人生会是一个不一样的结局。

他漫无目地想着,但很快就否决了这个念头。

梦中的自己糟糕透了,谁愿意跟他做朋友?毕业后估计大家也就各奔东西,朋友估计只有沈于淮一人了。

沈于淮微微偏头,目光不由自主地落在坐在他旁边的陈其昭身上。他注视着陈其昭的脸庞,以及他身穿的风衣。那件暖黄色的棉质风衣穿在陈其昭身上,衣袖略显长,被他小心地挽起,露出微微凸起的骨节。

陈其昭其实很瘦,细看可以见到他手背上明显的青筋,看起来似乎没有多少力气,但在研究所门口他能挡住何书航和他那个高大的朋友。

沈于淮眸光微深:"想喝点什么?"

陈其昭回过神,稍作犹豫:"……饮料吧?"

"饮料是吧?哎,还是年轻啊。"刘随招来了服务员,"我们点瓶二锅头,老江开车不喝,于淮你也不喝是吧?其实喝点也没事,晚点儿叫个代驾。"

沈于淮却道:"不喝。"

陈其昭看着别人喝酒,而他面前只摆了一瓶可乐。

刘随注意到他的目光,哈哈笑了两声,给他的杯子里倒了一点白酒:

"第一次喝还是别喝多，万一醉了就不好了。"

"来来！干！"

陈其昭端起酒杯，余光瞥到旁边沈于淮的目光。下一秒，他只抿了一小口。

吃饭中途，陈其昭接到了电话，是聂辰骁打来的。

白天谈合作时，他顺便留下了联系方式，以便对方有问题时可以直接联系他。没想到对方会在这时打电话过来。他对同桌的人说了声"抱歉"，然后转身到旁边接电话。

聂辰骁打电话过来主要是为了确认合同上的一些细节问题。双方确认无误后，聂辰骁表示后天可以签署合同。陈其昭自然很高兴，挂断电话后便给徐助理发了消息，让他跟进后续事宜。

"可能是学校的电话吧？"刘随道，"听到他喊什么'聂老师'，S大门禁什么时候来着，可别让小朋友进不了宿舍。"

"十一点。"沈于淮看了看陈其昭。

夜渐渐深了，结束聚会的人各自散去。

车平稳地驶进S大校园，陈其昭坐在副驾驶座上，车内的暖气让他感到有些闷热。他直视前方，余光中可以看到男子手指搭在方向盘上，修长的手指指甲修整得齐整，手指微屈时的骨节很好看。

陈其昭想起了住院时沈于淮握刀的手。

没一会儿，车驶进了临时停车位。

沈于淮："到了。"

"谢谢淮哥送我回来。"陈其昭礼貌地道谢，开门下车。

迎面吹来一阵冷风，降温来得突然，连夜风也刮了起来。他刚下车没一会儿，忽然看到驾驶座的沈于淮也下来了。

沈于淮关上车门："我送你。"

陈其昭："不用……"

他刚想说不用了，就听见沈于淮锁车的声音。

沈于淮疑惑地看向他："怎么了？"

陈其昭低着头，发现自己身上还穿着沈于淮的风衣："没事。"

两人并肩走向宿舍楼，短短的路程只花了几分钟。

到了楼下，陈其昭主动脱下风衣，将其递还给沈于淮："那我就先上去了，今晚刮大风，你路上小心。"

"好，晚安……"

陈其昭点点头，向后退，却没注意到身后的台阶，不小心踩空了，整个人踉跄着往后跌了两步。

这时，一只手迅速地拉住了他，将他往上拽住了。陈其昭的头狠狠地磕在沈于淮身上，手忙脚乱地抓住了他的臂膀。

手掌下的臂膀绷紧，显得很有力。

"这么不小心吗？"

头顶传来带着笑意的声音，陈其昭抬头对上沈于淮眼镜下微微眯起的眼，下意识就避开了那个眼神，急忙松开了手："抱歉，我没注意到后面的台阶。"

沈于淮松手让他站稳："快进去吧，你还穿着单衣。"

"哦，好，淮哥再见。"

陈其昭很快就上了楼，途经楼道口的时候他往下看去，注意到沈于淮还站在原先的位置。

注意到他的目光，后者抬头微微颔首，才转身离开。陈其昭却停住了脚步，看着对方步入夜色，融入了那浓郁不清的黑暗。

"晚安，沈于淮。"他念了一句。

沈于淮步行回到停车处。

坐进车里，他微微低头，看着怀里的风衣，脑海里不由自主地就想起陈其昭穿着这件衣服坐在人群里的模样。

陈其昭的眼睛其实很好看。

沈于淮似乎在风衣上闻到一股淡淡的味道，有点像是薄荷糖的味道，他回过神，把风衣放在副驾驶座上。

非宏宣传部门紧急公关，加上于助理在旁边监督，事情办得又快又好，很快非宏在官方微博上发布了声明，也紧急降低了热度。

夜间，于助理到达休息室后给蒋禹泽打了电话，如实汇报了非宏这边发生的事情。

休息室只亮着一盏灯，更加凸显了于助理脸上带着的几分阴沉。

"我问过付言雨的经纪人，他说这件事可能是粉丝那边的消息出了些问题，才会提前闹成这样，非宏这边的公关也会跟进。蒋哥，我不好暴露身份，只能按照陈其昭的要求行事，但这件事可能……"于助理继续道，"这件事还按照原计划进行吗？"

"无妨，陈其昭虽然蠢，但多少也有些头脑，他注意到网上的问题不奇怪。你只管做好你的事，非宏要公关就让他们去搞吧。现在非宏的宣传方案也定下来了，不可能改了，事情已成定局。你下周引导一下陈其昭，让他去针对逸诚。"蒋禹泽走到一个无人的角落，"有件事，需要你在下周的会议上动手。"

于助理迟疑："什么事？"

"陈时明的动作太大，我们在他手下的项目做了手脚，下周例行会议上有股东会对这件事发难。"蒋禹泽道，"到时候需要你添两把火，自然会有人针对陈时明的失职发难，我们要卸他的权。"

某综艺节目的录制现场。

穿着满身潮牌的男生正在休息，面对周围拿着签名板来签名的粉丝非常热情，只是这份热情只持续了几分钟。在看到不远处脸色略显紧张的经纪人后，他收敛起热情，把签名板还给粉丝，迈步往经纪人的位置走去。

见他过来，经纪人把平板电脑给他："非宏那边出公告了。"

付言雨抢过了平板电脑，看到了非宏的公关文案："不是说好配合预热的吗，他们怎么这么快出公告？这跟我们之前说的不一样。"

经纪人看了他一眼："是粉丝那边出了问题，我提前放了一些消息给你的'大粉'，想让她们配合我们提高热度，但没想到在娱乐博主那边走漏了消息。非宏看到娱乐博主底下的评论不对劲才进行的公关，我刚刚收到了他们负责人的电话。"

"哼。"付言雨把平板电脑丢还给他，"那现在要怎么处理？我们还要和之前计划的一样发通稿吗？"

"那边的通知是让我们继续发。"经纪人道，"就是效果可能不如之前，但应该没太大问题。非宏在年底宣传上投入那么多，事情一反转，他们估计也来不及反应。"

付言雨不太乐意，这次他原本是打算给自己营销一个被蹭热度且被欺负的形象，他背后的投资人与非宏存在一些矛盾，让他想办法在合作中使非宏吃亏，以换取与逸诚医疗达成合作的承诺。逸诚近期势头不错，据说还投资了两部大制作的医疗剧，如果代言效果良好，说不定还能为他争取到一个男主角的机会。

原先都安排好了，谁知道这关键时刻非宏居然跑出来公关，搞得他原来准备的通稿有一半用不了。

"这件事就先这样，你也不用在粉丝面前说什么，其他的事情交给我们处理。"经纪人看着付言雨，交代另一件事，"你自己的事兜着点，我前两天刚给你处理了热搜,你别忘了这段时间严查,有些事情爆出来连我都保不了你。"

付言雨听到这话脸色黑了下来:"能有多大事,而且我又没干什么。"

经纪人再次强调:"上次的酒吧就已经有狗仔蹲点了,付言雨,我跟你说认真的。"

"你放心啦,就算出事也有方总给我兜着。"付言雨拍了拍经纪人的肩膀,余光看向场地里另外一个人,"这家综艺也不怎么样,说好只给我们剧宣传,结果冒出来一部小网剧。"他看着场地另一边的聂辰骁,"你给我准备通稿,我可不想被这种小破网剧压热度。"付言雨说完就回到场地里去。

经纪人看着付言雨的背影,原先的好脸色消失得一干二净。他已经为付言雨收拾了太多烂摊子,而这人还沾沾自喜,以为自己还保有原来的名气,却不动脑子想想这段时间的变化,都不知道方总已经厌烦了他。

夜幕笼罩大地,落地窗前倒映着来来往往的几个人,临时工作会议即将结束。

高跟鞋的嗒嗒声在门外停下,紧接着的敲门声打破了办公室内的松散气氛。

随着一声"进来",女助理拿着文件匆匆走进老板的办公室。

陈时明的视线落在她身上,眸光中带着几分疑惑。

"老板,出事了。"女助理神色焦急,"456号工程出问题了。"

风雨在无声无息中酝酿着,一切似乎是爆发前的序曲。

在非宏公关之后,网上短暂地进入了片刻的宁静。而在约定签约的前两天,付言雨带着经纪人来到了Y市逸诚总部,会见了他们那位谦逊友好的宣传部部长。

"这是代言合同的内容,电子版之前已经发给你们看过,如果没有问题的话,我们这边就可以签字并开始下一步。"

经纪人正想拿过,对方却忽然按住了合同,逸诚宣传部的负责人面带笑容:"我最近在网上听到不少风声,听说你们跟陈氏集团旗下的非宏接触过,这件事是真是假?我们的项目是签唯一代言人,如果你们团队在这个档期同时签约两个,我们这边会很难办。"

"这件事有点误会,非宏确实是跟我们接触过,但是档期谈不下来。网上的通稿也是非宏那边发的,他们想跟我们合作被拒绝,就想蹭蹭热度。"

不过我们已经跟他们公司的人说好了，这不前段时间非宏还发了公关文澄清吗？"经纪人带上职业的笑容，"我们言雨也是要发展的，团队这边经过协商，最后还是选择了逸诚医疗。而且这点在合同上有写，我们也不会违约吧？"

逸诚宣传部的负责人将信将疑，尤其是最近在网上确实也看到不少娱乐博主在传付言雨跟非宏即将合作，也在业内听到些消息，但这点疑惑被付言雨团队否决了，上周也看到非宏方的公告博文澄清娱乐博主的谣传，这才放心通知付言雨方来签合同。

找明星签代言，跟好几个公司竞争是常事，签不到人也只能说是非宏条件开得不够好。

"那行吧，先把合同签了，我们这几天就可以开始配合宣传。"宣传部负责人松开手，合同滑到对方那边。

经纪人看了一眼合同，确定跟电子版的细节无误后才签字。他伸出手："那李部长，我们合作愉快？"

宣传部负责人点点头："合作愉快。"

离开逸诚公司后，经纪人送付言雨去赶下一个档期。

付言雨下车后交代了一句："剩下的事就交给你去办了，别让非宏那些脏水泼到我这儿。"

经纪人："你放心吧，年底一定顺利。"

付言雨说完就走了，经纪人看着他从地下车库离开的身影，收起眼底的不屑。他关上车门，吩咐司机开车，转头就给其他人打了电话。

"对，网上的舆论差不多可以放了，联系的娱乐博主准备，一有问题就全推给逸诚。"

"其他事先不用管，把现在的事情先处理了。"

"付言雨的负面新闻？先压着，现在剧还没上映，等剧播完再说。"

"多雇点人搅浑水。"

S大体育馆内，年轻人在篮球场上来回穿梭，三步上篮时，围观的人爆发出热烈的欢呼声。

一轮换人后，颜凯麟满头大汗地坐在陈其昭旁边："刺激啊，体育部的这群人真疯狂，体力比不过他们。"他看向旁边的陈其昭，两人都在流汗，他的脸热得通红，而陈其昭却看起来白净如常，像没事人一样，就是他捋起袖子露出的那道疤痕格外显眼。

199

"你少喝点酒,多去健身房也能做到。"陈其昭喝着矿泉水,漫不经心地回道。

疤痕虽浅,但范围太广,在白皙的手臂上尤其明显。

颜凯麟不禁多看了两眼。他昭哥两耳不闻窗外事,他可是每天都混迹在学校论坛里,对于他昭哥的传闻知道得不少。听说之前他上体育课的时候,还有人说他大热天穿外套有点不正常,后来有几次意外看到昭哥手上的疤,那些人又无师自通地脑补了一通。

上次化工专业那边爆出的何书航事件,听说人还是昭哥打的,在学校里又小范围地传播了一阵。这次约校体育部的人打球,外边那些围观的人估计有一部分是来看昭哥的。

"那是你太厉害了。"颜凯麟别的不服,就服陈其昭,"小时候那件事,我当时都以为我们要完了,最后还不是你救了我。在我眼里你就是最强的。"

陈其昭玩着手机,疑惑地抬起头:"我救了你?什么时候的事,我怎么不记得?"

"不是吧,这你都能忘啊!"颜凯麟夸张地看向他,"七八岁那会儿吧,那时候我经常去你家玩。那时在你家郊外的庄园里,有个大湖,你忘了?"

陈其昭对小时候的记忆非常模糊,别说小时候了,他连小学时见到沈于淮的事都能忘记。上次跟张雅芝提过这件事后,张雅芝还特意去家里翻了相册出来,给他拍了几张小时候的照片,他才隐隐约约找回些记忆。

颜凯麟没想到陈其昭连这事都能忘记:"就庄园那个大湖,我们当时去玩那艘船,然后我就掉下去了。大冬天的,水冻死人,还是昭哥你跳下来救的我。"

提起小时候的事,颜凯麟对陈其昭是非常崇拜。

特别是那次落水被救的经历,使他对陈其昭的崇拜达到了顶点,至今记忆犹新。那是几家人共同聚会的一天,大家来到陈家的庄园游玩,大人们在庭院里忙着烧烤,而一群小孩则跑到庄园后方嬉戏。不巧的是,那时围绕大湖的护栏正在维修中,也不知是谁提议去靠近岸边的小船上玩耍,不幸就这样发生了。

落入水中的是他,而最终跳入水中施以援手的,正是陈其昭。

他至今还记得昭哥跳下来拽着他,手死死地抓着船沿,两人就靠着船沿等人救,最后还是他大哥颜凯麒跟朋友看到,喊了人来救他们。

那天的聚会也因此变得兵荒马乱,他倒是没啥事,陈其昭却因此发起了高烧。

"可能太小了，记不得了。"陈其昭短暂地好奇了一下，仔细思考也没能想起什么，模模糊糊好像有这么一回事。

"不是吧，这都忘了啊，那是我跟你共患难的经历啊。"颜凯麟长叹了一声，"事后我还被我爸爸骂了一顿，两三个月不许我去找你玩。可当时我也纳闷啊，我记得是有人推了我一下，结果他们都说是我没踩稳被晃下去的。"

陈其昭闻言诧异："有人推你？"

颜凯麟抓了抓头："也可能是记错了，就只记得你救我。"

两人说了会儿话，篮球场上其他人在催促。

颜凯麟："来了来了。"

陈其昭放下手机正打算过去，手机屏幕却忽然弹出了一条推送，是他关注的逸诚医疗官博发微博了。

"昭哥，你快点。"颜凯麟在远处喊道。

陈其昭却拎起旁边的外套："不了，你们再找个人。"

好戏开场了。

合同一经签订，当天逸诚医疗就官宣了代言人海报，这在网上引发了轩然大波。特别是随着付言雨在微博上发布信息后，一群娱乐博主迅速涌现，他们以阴阳怪气的口吻提及非宏近期的蹭热度事件，导致付言雨的部分粉丝被误导，直接前往非宏的官方微博下制造事端。

非宏在得知这一情况后，立即尝试联系付言雨的团队，然而对方团队仅表示逸诚方面提供的条件更为优厚，并拒绝就其他任何事宜进行沟通。虽然在娱乐圈中，代言方被放鸽子的情况并非闻所未闻，但这通常发生在合作洽谈的初期阶段，像这样在合同经过多次协商并且距离宣传启动仅剩两天时突然变卦的情况实属罕见。考虑到年底时间本就紧张，非宏荣光系列项目组成员加班加点，特别制定了一套配合节假日宣传的策略……

付言雨的这一变故不仅影响了非宏的声誉，更彻底打乱了非宏荣光项目前期的所有准备工作。缺少代言人意味着预先安排好的广告渠道合作全部失效，目前还需支付违约金，前期宣传的投资要化为乌有。

面对这一紧急情况，非宏荣光项目组成员焦急万分，连忙联络新年档期中可能有空档的艺人，但遗憾的是，该时段内稍有名气的艺人均已有了宣传日程安排。时至今日，寻找替代人选变得极为困难，更何况原先确定的方案现在也根本用不上。

"找不到就再找！"负责人神色焦急，"再联系一下刘怡柔，实在不行我们就只能让她来补这个档期。"

"可是老大，刘怡柔新年档并没有剧播出，我们的宣传效果未必能出来啊！"

"对啊，原先我们对刘怡柔的宣传安排在明年三月份，可为了付言雨我们都把档期提前了，现在用刘怡柔是能补空缺，但是对方不一定能完全配合我们的档期。"

负责人脸色苍白："那想办法找一个有档期且能进行年底宣传的艺人，没有其他电影或剧吗？没有也找个现在人气高一点的。"

"人气高的基本上被抢了，人气低的用来当代言人实在是太掉价了，到时候宣传效果出不来，还不如联系刘天后。"

部门里焦头烂额，有的人忙着在网上处理舆论公关，有的人想办法联系渠道方……兵荒马乱的办公室里，有个人急匆匆地跑进来，语气焦急："老大，二少过来了……"

负责人闻言两眼一翻，这祖宗这么快就得到消息过来了吗？办公室的人没少听说集团里二少爷的八卦，毕竟纨绔小霸王的名声已经远扬，尤其是前段时间听他财大气粗地说要请代言费最高的人时。

负责公关的人苦笑道："这次也多亏了前段时间二少发难说宣发预热的事，我们提前做了文案公关，也没公布代言人，网上的舆论不用担心，这点对我们的影响不大。"

舆论不用担心，可找谁来顶替付言雨这个空缺，难道真的要承受这次损失？他们的时间都是经过精心安排的，荣光2.0又是他们研发了好几年的产品，只有在这段时间宣发才最合适。否则明年就会撞上其他电器公司宣发新产品，那对他们来说非常不利。

这本来是一场非常顺利的战役，现在却变得乱七八糟。

"实在不行就找刘怡柔……"负责人的话还没说完，办公室的门就被打开了。

陈其昭一走进来，就看到一片死气沉沉的办公室。

"找谁？"他挑了挑眉，把书包随意地丢在旁边的椅子上，看向负责人，"你认为最好的人选是谁？原方案上的哪几个？"

"自然是能配合年底宣发且有持续热度的艺人，但我们都联系过了，合适的人都没有档期。"负责人整理语言，想要向二少解释这复杂的过程，"因为付言雨的要求，我们前期做了太多准备，所有的运作程序都是按照年底这一周期开展的,现在付言雨不签了,我们找不到现阶段较为合适的人来接这个档期……实在没办法只能找刘天后,但她的档期不好说,宣传的效果也……"

陈其昭:"你确定你都联系过了?"

负责人道:"《逍遥》剧组的合适演员……"

"谁说要找《逍遥》剧组了?"陈其昭把一份文件丢在桌上,"隔壁不还有一个吗?《心眼》啊。"

集团总部的周例行会议里一片寂静,各大高层齐聚一堂,陈时明进入会议室的时候就感受到迎面而来的压迫感,尤其是在看到摆在他座位前方的会议材料后。旁边的助理把几份报告送到他的面前,陈时明就知道今天是一场硬仗。

例行的报告环节结束后,位于斜前方第三位的一位叔伯站了起来。

"有件事,不如借着今天的机会说说。"中年男人朝着主位上的陈建鸿点了点头,"大家请看桌面上的第三份项目报表,上个月提交的C城编号456工程出现了一些问题,工地那边的工人开始闹事,原因是工程的承包商违约跑路。"

C城工程项目是上周末才爆发问题的,作为一项重点建设工程,在集团内部备受瞩目。该项目自筹备初期就由陈时明的团队担纲负责,若无意外,预计将于明年年中交付并投入运行。从某种意义上讲,该项目已接近尾声。然而,就在上周,出现了承包商的问题。这一事件在此关键时刻被曝光,对集团产生的影响无疑是非常重大的。

中年男子话音刚落,会场中几个人的面色都显得颇为凝重,更有几人的目光已然转向陈时明,等待他对此事作出说明。

"这件事我们已经启动了预备方案,时间紧迫,项目组会在第一时间挽回损失,并追责相关人员。"陈时明看了旁边的徐特助一眼,后者快步走到其他人身边,把手里的文件分发到他们手中,他继续说道,"这是我们项目组做出的调整方案,将会在这周落实执行。"

中年男人看了一眼,把文件合上,继续道:"损失是必然要挽回的,但这件事引起的问题不由得让我们考虑后续的发展问题。"他笑了笑,"据我所知,工人有异议这一点在之前就有风声,而小陈总没在第一时间处理这件事,这算不算是失职?"

陈时明没有反驳:"是,没有提前发现问题确实是项目组的失职。"

会议桌上响起小声议论，好几个人的视线停留在陈时明身上。

中年男人见状没有停下，而是继续抓着这个问题不放，道："小陈总能力确实出众，我不否认小陈总的出色确实为我们集团季度创收增加了几个百分点，可毕竟人力有限，团队能负责的范围也有限，今年好几个重点项目都被小陈总的团队揽去，会不会太多了？"

陈建鸿微微沉下脸色，注意到会议桌上的暗流涌动。

中年男人：":人力有限，小陈总揽了那么多事，也很难事事兼顾。你看这次C城的项目，明明可以及早避免问题，却突然出现了这么大的纰漏。我心想可能是小陈总事务繁多，无暇顾及，我们这边有几个部门还算清闲，小陈总要不要还是专心负责几个重点项目，其他的事务交由其他部门处理？"

徐特助听到这里，神色紧张了几分，急忙看向旁边的老板。

他们部门的事务确实繁多，但现在的工作量相比去年还算少。这些人会在这时候发难，多半是因为前段时间他的老板动作大了，严查了好几个部门，触动了这些人的利益。

现在会议桌上提出的几件事，无疑是想要削弱陈时明的权力。

果然，在中年男人说完之后，会议桌上就有好几个人出声附和。

"说得也有道理，时明这段时间确实很忙，我经常看到他们办公区那边有人加班。"

"集团里其他部门有空余时间，有些事务可以分担给其他人做，也可以缓解一下压力。"

"小陈总最近的人事调动确实也比较频繁……"

"陈总，您看这件事应该怎么处理？"

压力一下子集中到陈建鸿身上，所有人都在等待陈建鸿发言。

在陈建鸿说话前，陈时明却开口道："各位，桌上的文件后半部分看了吗？"

中年男人停了一下："那不是应急处理方案吗？这个时候说这件事……"

"那不只是应急方案，承包商跑路的所有原因都在后半部分的文件内。"陈时明语气平静地陈述着，"大家请看第23页，编号456项目确实是我的项目组承担，但在该项目与我们接轨的时候，曾在徐总的手底下短暂过了一下，项目之初的承包方案是徐总定下的。"

会议桌上的徐总闻言皱眉道："确实在我们这儿过了一下，可我定的方案你未必要用，这承包方出事，怎么问题就到我这儿了？"

"请看25页，当时负责谈这个项目承包的经理在两周前因涉及泄露集团商业机密被解雇,现在法务正在追究他的责任。据人事部门的调查得知,该经理当时是由徐总引荐进来的,后续因项目事务加入了我的团队。"

陈时明目光停留在徐总身上,"项目其他部分没有出现问题,唯独承包商这一环节出现了问题,而负责人是从徐总的团队出来的,我希望徐总能给我一个解释。"

"我不否认这件事是我组内失职,失职的原因是我在查出该经理存在问题后,没能赶在承包问题暴露前处理他所涉及的业务。除此之外,我的团队负责的所有项目都高效完成。如果是他人恶意诽谤,那恕我不能接受。我们的责任我们会承担,但也请徐总就这个问题给我们一个合理的解释。"

陈建鸿看向徐总:"老徐,这件事你怎么解释?"

徐总面色紧张:"我也不清楚,我得回去了解一下情况。"

陈时明看向提出问题的中年男人,陈时明之所以会发现这件事,主要是因为陈其昭的文件。

要不是那份文件,他未必能在会议开始之前梳理清楚情况。

那份文件是徐特助帮陈其昭查那个夭折的 C 城项目时顺带查的 C 城一部分重点项目,其中也涉及集团的项目,所以他才会注意到这个经常到 C 城出差的经理。

至于陈其昭为什么会顺带让徐特助查其他项目的原因暂且不说,问题在于他那边刚把人揪出来,没过几天承包商的问题就暴露了出来。很明显集团里有人在搅浑水,恨不得借此机会赶他下台,想要夺他的权。

"那这么说,这次还多亏时明反应过来。"

"对啊,承包商的事能追责解决,但要是负责人本身有问题,这件事就不能完全说是小陈总的责任。"

"这点小陈总还是做得不错,前阵子的人事调动,也帮我们解决了不少问题。"

中年男人的助理走了过来,在他耳边说了两句。

"我说小陈总人力有限也不是空穴来风,编号 456 这件事主责问题有待商榷。那非宏电器那边荣光系列的事,小陈总你要怎么说?我记得非宏虽然是二少接手,但有些事务的负责人还是你吧?"中年男人笑了笑,继续咄咄逼人,"我正好这段时间跟非宏有点合作,刚才我的助理跟我说非宏内部出了大乱子,原本要签的代言人跑了,所有的方案全都乱了。"

"荣光 2.0?我记得是花了好几年研发的吧?"

"对,集团重点建设的一个项目,在研发上确实投了不少钱。"

205

"这件事真的假的,怎么没消息透露出来?"

陈时明看了徐特助一眼,徐特助颔首点头,静静地离开了会议室。

陈建鸿皱眉,向旁边的蒋禹泽说道:"于杰今天在总部吗?非宏那边是他负责的吧?"

"在,我这就叫他过来。"蒋禹泽神色严肃。

很快,于杰进来了,他的脸色有点苍白,面对其他人的询问,他只好说道:"确实有这件事,我们这边正在跟宣发那边协商处理。"

中年男人却直直地看向陈时明,话中带笑道:"小陈总,这件事是你全权负责的吧?"

会议室一片静默,所有人齐齐看向陈时明。

"是我负责的。"陈时明眸光微凝,声音依旧稳重,"不过是一个代言人因合同条件不满而中止签约,双方都没有产生违约行为,敢问在场各位,在处理项目问题中遇到签合同反悔的事还少吗?"

中年男人面色阴沉,陈时明完全不按常理出牌,三言两语就将这个话题抛了回来。

确实,付言雨的行为是在双方都没违约的情况下进行的。

"再者说,非宏荣光项目是我负责的项目,其中方案乱或不乱应该是由我组内决断的事。"陈时明话锋一转,"请问你是跟非宏合作哪个项目?你又是从哪里得知我这边方案全乱,又是从何断定这个项目注定亏损?"

中年男人神色一僵:"自然是从非宏那边听说的。你说得这么肯定,就现在的情况,你敢保证这个项目不亏损吗?"

"够了。"陈建鸿打断了这两人的辩论,他看向陈时明,"时明,你怎么说?"

"我不接受任何没有证据的指责,也不接受空穴来风的说法。"陈时明认真地说,"我能否处理好我的每一个项目,是要凭结果说话的。非宏的事我会全权处理,不会让集团的投资付诸东流。"

会议室里的人面面相觑,听到这里纷纷点头赞同。有些人想表态,但陈时明的话确实无懈可击,万事看结果。

中年男人看向其他几个董事,发现对方完全置身事外,似乎是不再想掺和这件事。他只好黑着脸坐下,撂下一句话:"你最好做到。"

陈建鸿的目光扫视着会议室内其他人,把刚刚附和中年男人的人记下。见没有其他议程,他道:"那就散会,下周再议。"

一场语言的辩论就此结束,会议室内的部分人狠狠地瞪了陈时明一眼,从目前的情况看，他们确实拿陈时明没办法，想要剥夺陈时明的权力没那么容易。

会议结束后，陈时明神情冷峻地回到办公室，问旁边的女助理："刚刚附和他的人都记下来了吗？"

女助理认真点头："都记下来了，还有徐总那边的人。"

"安排其他人注意他们最近的动作，与他们有关的中级干部都彻查，动作放小点，别让他们发现。"陈时明交代着，说完又问，"小徐那边有消息了吗？非宏荣光项目是怎么回事？"

女助理停了一下，欲言又止："付言雨确实是转签他家了，签约对象是之前跟我们闹过矛盾的逸诚医疗。"

他们就是因为逸诚而查出了集团内不少问题，因此老板尤其看重逸诚那边的信息。这次逸诚医疗突然冒出来签约付言雨，一切都显得疑点重重。如果没有他们之前查出来的信息，他们可能也会跟大部分人一样，认为是逸诚主动上门来挑衅陈氏，继而采取其他措施。

逸诚……

陈时明眉头微皱："Y市逸诚，这件事不对劲，把相关人员都查一遍。"

女助理："是！"

陈时明又问："陈其昭在干什么？他打算怎么处理这件事？"

"二少要另签代言人，演员聂辰骁，所有的档期都符合我们原先方案的宣传档期。"女助理早有准备，把相关文件递给陈时明，她委婉道，"只是……人气不高。"

时间回到两个小时前，非宏宣传部办公室内，所有人纷纷看向陈其昭。

桌上的文件是待播剧《心眼》的部分资料，粗略一看，里面有不少演员信息。

《心眼》？负责人一愣，年底有哪些待播剧在业内并不算是秘密，有些剧甚至还未开播就已经开始了宣传，但能否火起来，很大程度上还要看该剧背后的剧组宣传策略以及资本运作。

根据目前的投资规模和话题热度来看，《逍遥》即便不能大红大紫，也能够依赖其流量效应和炒作手段长期占据榜单前列，这样一来，连带剧中演员的曝光率也能维持两三个月之久。

要是刚好大火，说不定能更上一层楼。

如果说《逍遥》是预备大火的项目，那《心眼》只能算是二流。虽然有宣传，但电视剧是短剧，题材是现代都市悬疑，简单来说不好上星，缺乏后劲。一旦收视率惨淡就是真的沉入死水。他们甚至可以考虑同期其他网络平台的古偶剧或者都市甜剧，续航能力都比悬疑剧更强一些。

"我们这边不太看好《心眼》，他们剧组现在的宣发都偏弱，还是依靠导演的关系上了一次卫视综艺。"宣传部另一个人出来说道，"而且悬疑……太小众了。"

陈其昭听着他们说话，并没有反驳。

悬疑剧市场在国内现阶段确实小众，但在未来几年，悬疑探案剧成为网剧的一大主流，无论是古装探案还是现代刑侦，都有一大群固定受众。

而开辟该市场的第一部"出圈"火剧，就是《心眼》。

被投资方青睐的《逍遥》没火，同期上映的《心眼》却蹿红了，而且一直红了两年之久。当时主演《心眼》的两个男主角直接爆红，成为后来的知名演员。

聂辰骁就是其中之一。

陈其昭努力地想了想，后来聂辰骁好像在四十岁的时候拿了影帝。

"代言费便宜啊。"陈其昭托着腮坐着，"我原先准备给付言雨的天价代言费，还不如签个小明星，然后给他搞宣发，这样我们还省了不少钱。签个'营销咖'不如签个潜力股，你们觉得呢？"

可是"营销咖"有热度，潜力股没浮出水面之前容易夭折啊！

负责人面无表情地想着，却不敢开口反驳。

"其实我也在关注《心眼》，这部剧的剧本改编自知名悬疑小说，编剧虽然是新人，但是有原著作者帮衬，导演是以前很有名的李导。"有个女生说道，"制作班底很用心，你们看看宣传片就知道了，有些老戏骨因为李导的邀请友情出演了一些角色……唯一有点问题的是，这剧的演员颜值不太高。"

毕竟一部分是老戏骨，平均年龄都偏大，就连主演都三十来岁了。

负责人还是有点犹豫："你把资料给我看看，主演是谁？是新演员吗？"

话是这么说，但宣传部的人还是老老实实地搜集了《心眼》的相关消息。比起定档就开始大肆宣传的《逍遥》，《心眼》可以说是完全没有水花……但是制作班底还算不错。

"陈总，你是想签……"负责人试探性地问。

"聂辰骁啊。"陈其昭随意翻开文件，翻到聂辰骁那一页就推给他，"就这个。"

确实，聂辰骁是男主角，比起男二、女二之类的角色更有曝光度。

而且最主要的是,《心眼》跟《逍遥》几乎是同期上映,他们的宣传方案和渠道稍微改改就完全能用于聂辰骁,最主要的是聂辰骁没那么火,完全可以配合他们的宣传。

聂辰骁是一个除了热度,完美契合他们宣传需求的艺人。

可如果《心眼》这部剧能火,效果就完全不一样了,到时候就是真正意义上的潜力股,还是他们老板推荐的。

这时候,办公室里有一个人注意着陈其昭的神色,想到于助理的吩咐,他开口煽风点火道:"陈总,聂辰骁的热度好像不太行。"他极力把陈其昭的关注点往逸诚上引,"而且和付言雨签约的是逸诚,我们这边可能……"

非宏的荣光系列虽然是小众品牌,但口碑一直很好。他们也不是没有资金,要不是因为档期和原计划的安排,他们甚至可以签下更优秀的艺人……聂辰骁的微博粉丝就几百万,这和拥有几千万粉丝的付言雨根本无法相提并论。

逸诚必然会为他们的代言人提供优质的宣传渠道,他们在这方面可能并不占优势。

正当众人在思考的时候,办公室里突然响起了一声冷笑。

陈其昭把手头的文件丢到正中间,不屑地看着刚刚说话的人:"你是不是哪里搞错了?你的意思是我们陈氏干不过逸诚?"

开口的男人脸色一紧:"陈总,我不是这个意思。"

"付言雨想签逸诚就让他签,这么不靠谱还想碰我们品牌,也不看看他那人气有多少是营销出来的。"陈其昭看着那个男人,似笑非笑地说道,"逸诚就是抢走我们的人又能怎么样?我需要你明确一点,现在是我们非宏不要付言雨那个'营销咖',再说了,谁说付言雨的剧就一定能火?"

"那我偏要签聂辰骁。"陈其昭看着他,用一贯嚣张的语气继续道,"我倒要看看,天价签的付言雨跟我的人比,到底谁更厉害。"

男人闻言一怔,没想到陈其昭狂妄嚣张到这个程度。

他原先是想要让非宏的准备付诸东流,才煽动陈其昭去跟逸诚对抗,可没想到这一刺激,陈其昭居然就要签约聂辰骁,这时候不应该去签约刘天后吗?

这样的结果跟原先有点出入,看得出来陈其昭对逸诚的敌意还是很重,居然天真到想用一个三线小艺人跟付言雨比,这没点脑子还真想不出来,他是脑子有问题吗?

哦,不对,听于助理说过,陈其昭这人确实是有点毛病。

他没有再说话,办公室里的人却直接蒙了。负责人狠狠地瞪了那个开口的男人一眼,还想挽回一下局面,可陈其昭一意孤行起来。

　　荣光项目是他负责的重大项目,这几年也吸引了大量投资,一旦真的搞砸了,面对上级的问责,他恐怕不得不卷铺盖走人。原本或许还能与老板商议,考虑其他人选,但如今这种情况,他们唯一的选择似乎只剩下了聂辰骁。

　　陈其昭活动着手指,耳畔萦绕着办公室内碎碎的低语,慵懒地倚靠着椅背,他那双平静无波的眼眸中隐隐透出几分寒意。于杰还真是不会挑人,竟然挑选了这样一个"猪队友"?他还在琢磨着如何在众人面前表演得更加冲动草率,现在看来,倒是省去了他一番周折。

　　于助理从会议室出来的时候,就接到了非宏那边的电话。听到会议结果,他的眉头紧紧皱起来:"聂辰骁?怎么选了这个人?"

　　为了确保非宏出现损失,同阶段有人气的代言人基本上都被他们安排了代言,非宏只能自认倒霉去选刘天后。可现在局势突然变成这样,如果选了聂辰骁,那非宏原先投入的资金还能继续用,也不会因为档期的事出现大的损失。

　　"可我们的目的不就是要让陈其昭和逸诚闹起来吗?现在已经闹起来了,陈其昭那个蠢货叫嚣着要用聂辰骁给付言雨和逸诚一个教训……结果不是刚好吗?"对方继续道,"我也看了《心眼》那个剧组,跟《逍遥》没法比,陈其昭就是生气上头了。"

　　算了,宣传效果要是差,非宏的荣光2.0基本也算凉了。

　　于助理沉思道:"等开播的时候,找点人去给《心眼》添乱。"

　　挂完电话,男人回到办公室门口,只见两个法务在办公室内,在陈其昭的关注下重新拟定合同。他站了一会儿,忽然听到楼道拐角处传来略显急促的脚步声。穿着西装的男人一丝不苟的头发有些凌乱,手持文件边走边跑,神色显得焦急。

　　徐特助及时刹住了脚步,看到玻璃门内的陈其昭:"你好,麻烦让让。"说完就越过男人进入办公室。

　　男人:"……"

　　"你来得正好。"陈其昭瞥见徐特助,招了招手,"你联系下聂辰骁,让他这两天有空来非宏签下合同。"

　　徐特助:"啊?"什么情况?

他从总部急匆匆赶来，了解完情况后更是差点晕过去，这个付言雨脑子有问题吗？冒着得罪陈氏集团的风险临时悔约，还是说逸诚给他的底气那么足，真的要正面跟陈氏对抗？陈其昭怎么就选了聂辰骁？

陈其昭疑惑地看着他："你怎么过来了？今天是集团例行会议吧，陈时明这么闲？"

徐特助苦笑道："会议出了点事。"

他把会议上的事情简单说了说，也表明了自己的来意。

陈其昭原先带笑的脸色在徐特助说完之后就沉了下来，他眼神变得幽暗，声音不觉冷了几分："是吗？"

徐特助没注意到陈其昭的变化，叹了口气："如果非宏这边出事，老板那边估计也会被牵连，这个代言人得好好选……"如果这个项目真的亏损，估计有人会趁机出来分权。

"代言人只能是聂辰骁，在不动原先方案的情况下，聂辰骁的契合度是最高的。"陈其昭把一份文件递给徐特助，冷静地跟徐特助分析道，"所有的时间计划与可供安排人选都在上面，你有时间去一一调查这些人里有多少人是'坑人精'，或者有多少人被人提前安排的吗？会议室里的为难真的是巧合吗？"

徐特助愣住了，是的，这一切明显是有备而来。这么短的时间，他们没有空一一排查。

"是的，你不能，陈时明也不能。"陈其昭合上这份文件，又翻开另一份文件，"刘天后固然是好人选，但用她来填现在的档期，她的曝光度完全不足，只能说是中规中矩。到最后，这个项目很有可能在其他流量的冲击下变得平淡无奇。有时候，平淡就等同于亏损，众口难调，想要堵住这些人的嘴，你只能制造热点。"

陈其昭的声音不大，在喧闹的环境中，这番话只有他们两个人能听见。

徐特助的目光落在陈其昭身上，不太相信这样的一段话是从陈二少的口中说出。他在一瞬间仿佛觉得与自己对话的是自己的老板，冷静自持、条理清晰。

他刚想说话，就见眼前的年轻人突然笑了。

"你跟了我哥这么久，就没赌过吗？"陈其昭忽然换了副表情，他随意地合上文件，方才的冷静一扫而空，说出来的话自然又随意，"刘天后是一个已知的结果，但聂辰骁不一样。"他的手指停在旁边的个人档案上，聂辰骁的证件照上，"你怎么确定，他就不能爆火呢？"

211

第九章 一场豪赌

集团总部某办公室内,所有人都不敢说话,看着坐在皮椅上的男人一脸阴沉。

群狼环伺的局面,他们只能在会议结束后对各个项目进行二次排查,避免456工程的情况再度发生。除了这件事,还有一件亟待解决的事情。

助理团众人看着正在打电话的老板,察言观色地注意着对方的变化。

"他是这么说的?"陈时明问。

徐特助确认道:"是的,这是二少的原话,他极力推荐聂辰骁这个人选。"

这几天,他替陈其昭跑过不少回,跟聂辰骁也打过不少交道,对《心眼》多少也有点了解。老实讲,从一个局外人的角度看,《心眼》的制作团队确实不错,剧本内容相当新颖,但受众买不买账这一点还真不好说。毕竟,谁也没法对未来的走向打包票,所以当陈其昭问他敢不敢赌时,说实话,他没这魄力,真不敢赌。

可在他说完之后,老板沉默了很长一段时间。

在徐特助以为对方会挂断电话的时候,陈时明再度开口:"把《心眼》和聂辰骁的所有资料整理后送给专业团队进行评估。"

徐特助愣了一下:"我这里有所有的资料。"

陈其昭之前让他整理过资料,所有人选中聂辰骁的资料最丰富。

这个人刚刚拿了巨额违约金,接下来会与原公司解约,是个完全的自由身。

陈时明有些意外:"那好,进行评估之后给我一个结果。"他又补充道,"他知道逸诚的事吧?多注意他一点,在事情没明朗前,没必要与逸诚对立。"

徐特助闻言苦笑了一声:"老板,这个可能有点难。"

陈时明稍一皱眉:"怎么?"

徐特助把从宣传部其他人口中听来的事与陈时明讲了讲:"二少好像很生气,这次逸诚抢走代言人,他说要用聂辰骁打他们的脸。"

陈时明回想起刚刚徐特助转述的原话以及他那个"不成器"的弟弟,嘴角微微上扬:"是吗?"

办公室里其他人小心翼翼地看向老板,陈时明很少笑,更何况在这样的情况下露出笑容。

挂了电话,办公室忽然安静下来。

只是这次安静只持续了一两分钟,陈时明忽然对所有人道:"非重点项目外的其他公关部门全部空出来,从现在开始关注《心眼》及聂辰骁所有消息,尤其注意其他人的动作,一有搅浑水的人出现立即阻止。"

非宏宣传部的人拟定了新合同,只是他们还在等总部的通知。半天后,徐特助传达了总部的意思,让陈其昭全权负责这件事,同意签下聂辰骁作为非宏荣光系列的代言人。

连太子爷陈时明都同意了,看来是真想要把荣光项目交给二少练手,完全不管这件事带来的后果。

有个小助理问道:"老大,那我们这边该怎么安排?还联系刘天后吗?"

"还联系什么刘天后啊。"负责人长叹一口气,"合同拟完了是吧?通知下聂辰骁的经纪人,先问问他们的安排和档期,确定没问题再跟陈总报告,然后就签了吧。"

联系到聂辰骁方面后,对方答应得非常爽快,表示愿意配合非宏这边的一系列宣传活动。

负责人说不出心里是什么感觉,说高兴吧,毕竟遇到了一个负责任的代言人;可说难受吧,这个代言人还得靠天命才能火一把。

非宏的动作迅速,事情敲定后便马不停蹄地把聂辰骁邀请到非宏进行签约,似乎担心后续的宣传档期会来不及安排。

聂辰骁不久前才与陈其昭签订了合同,原本还在家中等待工作机会,没想到刚签完合同就迎来了这样一个大好机会。在前往非宏总部的路上,他和经纪人还处在一种茫然的状态中,两人都在琢磨着,陈其昭是真的没有给他挖坑吗?这种画大饼的方式着实让人很是心动。

坐在会议室内，非宏的负责人面带愁容地对经纪人说："详细的合同条款都在这里了，你们看看有没有其他的问题？"

聂辰骁仔细查看了一遍，合同内容是行业内的标准格式，代言费用也与他以往的报酬相符，只是他不解，如此优厚的代言合同为何会选中他。

经纪人反反复复确认没问题，才道："签就签了吧，或许这是陈总给你的宣传渠道？"

聂辰骁只好签了，心里却想着以后有机会得报答这份知遇之恩，陈其昭是真的给了他太多机会。

他签完问道："陈总今天没来公司吗？"

负责人尴尬地笑了笑："陈总今天军训去了。"

聂辰骁："啊？"

S大的冬训在期末考试结束后突然降临。陈其昭既要忙公司的事，又要兼顾学校，原以为考完期末就能稍稍放松，谁料想，在期末周前一周，军训的通知不期而至。他本打算逃避军训，遗憾的是，今年的军训特别强调出勤率，除非因身体健康问题，否则不允许学生长时间请假。无奈之下，他只好乖乖参加军训，并将非宏的事务暂时交给了徐特助处理。

徐特助最近跑非宏跑得非常勤快，签约聂辰骁之后，还从总部那边带了几个人过来。这个项目整体来说不缺人手，加上有徐特助坐镇，于杰也不敢在他的面前搞小动作，一切还算顺利。

别人开始放寒假的时候，S大的大一学生还在冬天的操场上站军姿。

研究所部分项目进入了暂时的休整期，沈于淮和组内的朋友也空闲下来。由于他们的导师今年在S大开了几节课，他们有了闲暇就来S大帮导师整理学生成绩。在去办公楼的路上，几人不可避免地看到了操场上站着的一群人。

"其昭今年也是大一吧？"刘随扫了扫操场，试图从一群人中找到目标，"哎，真惨，别人都放假了，他们还要军训。"

行李箱"哐当哐当"从路上滑过的声音，引起了不少场边学生的目光。

沈于淮："他不在这边，应该是在另一边操场。"

"我还想看看他呢。"刘随表情轻松，"还是只能麻烦你了，你年前应该不回B市吧？"

"不回，今年家里人在S市过年。"

沈于淮常年在外读书，遇到比赛频繁的时候常常不回S市，所以家里人多半都是抽空去 B 市过年，年后才回 S 市。但今年因为他来了第九研究所，沈家人预计留在 S 市过年，也省了一些麻烦。

刘随哈哈笑了两声："那可跟你没法比，我还在苦苦挣扎着写论文，一眨眼你的论文就写好了，只等着老师给你批复。你是打算毕业以后继续考到研究所这边深造吧？"

"或许吧。"沈于淮低头看着手机，回了几条短信，注意到停留在上面的聊天框。

他早上刚跟陈其昭聊过天，习惯了对方的即时回复，现在看到过了大半个上午还没回复的消息，隐隐有些不太习惯。

刘随坐今天的高铁回 B 市，沈于淮送他去高铁站回来的时候，操场上的学生已经解散，食堂人声鼎沸。

陈其昭："早上没看消息，中午吃不了食堂，最近人多，我和颜凯麟在宿舍点外卖。"

沈于淮："我听说你们晚上放假？"

陈其昭："嗯，晚上休息，后天就要会演了。淮哥在 S 大吗？"

沈于淮："今天在这里，晚上想吃点什么？我给你们带。"

陈其昭坐在地上，旁边的颜凯麟狼吞虎咽地吃着东西，边吃还边吐槽他的教官。

颜凯麟："昭哥，你再不吃东西就凉了，吃完还要继续去操场。"

点外卖的人太多，东西送到宿舍太慢，吃完后连个午觉都没时间睡，马上就要去操场了。

陈其昭垂目回着消息，眉头微微皱着，似乎在思考着什么。

"那个什么网剧你不是说没什么问题吗？怎么眉头皱成这样？"颜凯麟突然想起陈其昭投资的那个网剧好像快开播了，"要不下午找你辅导员通融通融，请个假去公司看看？你考勤够可以的了，应该不会给你不算分吧？实在不行，咱们装个病？"

话刚说完没多久，陈其昭的电话就响了。颜凯麟看到屏幕上的联系人是沈于淮。

陈其昭站起来，到窗边去接电话。

颜凯麟："嗯？"不是，打个电话为什么要避开他？

他在旁边吃着饭，忽然听到陈其昭的回话："什么？淮哥要给我们带东西吗？"

陈其昭看他："你想吃什么？"

215

"想吃的好多。要不我们上次去吃的那家，我喜欢他们家的烤鸭……"颜凯麟自顾自地点着菜，念出了一长串菜名。

陈其昭面无表情，这人就不能点个实在的吗？

"他在说什么？"沈于淮带笑的声音从听筒里传来。

"他……"陈其昭说到一半，突然想到什么，没管还在拿手机翻菜单的颜凯麟，微微侧身靠在窗边，吹着外面进来的冷风，道，"颜凯麟说你做的饭很好吃。"

沈于淮稍停片刻："我做的？"

陈其昭停了下，又道："嗯，别管他，太麻烦就算了，还是吃周边饭店好了……"

沈于淮："不麻烦。"

陈其昭涌到嘴边的话停了一下，又道："好。"

"谢谢淮哥。"

等陈其昭接完电话回来，颜凯麟看他的目光里带着几分哀怨。

陈其昭把手机调到订餐的页面递给他："喏，你想要吃什么烤鸭自己点。"

"你不是说淮哥带吗？他们那边配送太慢了，上次我点完就给差评了。"颜凯麟接过手机，"你最近跟淮哥走得很近啊。"

"还好吧？"陈其昭停了一下，"有吗？"

颜凯麟无语了，怎么会没有！

军训前就不说了，两人一周要一起吃几次食堂，每次沈于淮来S大，一喊就出去，都没人陪他在宿舍吃外卖了。这个不说，上次还跟沈于淮去农家乐，他喊去酒吧也不去，要么就跑公司，要么就跟沈于淮约着一起吃饭……

"不觉得跟淮哥在一起很不舒服吗？"颜凯麟比画了两下，"就很不自在，好像跟长辈待在一块一样，喝个酒都不顺畅。我跟你说，我在他家住的那段时间，他的冰箱里连一瓶啤酒都没有，最多就是冰咖啡和矿泉水，绝了。他这人绝对生活没什么意思，我哥都比他强，至少我哥冰箱里还放泡面。"

陈其昭："……你哥往冰箱里放泡面？"

颜凯麟："有问题吗？方便拿嘛，就想吃的时候泡面、啤酒一起拿。沈于淮家里连泡面都没有！我一开储物柜全是什么挂面，都要煮的。别说了，说了就想哭，但他的饭确实做得不错。"

陈其昭想了想，沈于淮确实很少沾酒，烟也不抽。他正想着，突然看到自己乱成狗窝的宿舍。

陈其昭:"吃完把东西收拾了。"

颜凯麟往嘴里塞着面,呜呜道:"你不吃了吗?"

"不吃了。"陈其昭走进浴室,"我打扫下卫生。"

一眨眼就到了晚上,沈于淮来到陈其昭宿舍门外,刚敲门就有人过来开门。

门一开,他看到了赤裸着半边肩膀的陈其昭,微微一愣。

陈其昭手里拿着药酒:"哥,你先进去坐,我擦点药酒。"他转身进了浴室。

沈于淮把东西放下,走到浴室门口,就看到站在镜子前努力擦着后背的陈其昭。从他的角度看去,肩胛骨往下的地方青了一块,在白皙的皮肤上显得尤为明显。见男生有些费力的动作,他直接走了过去。

陈其昭抬眼时看到镜中的沈于淮,见对方朝着自己走来,手上的动作慢了半拍。

"我帮你。"沈于淮接过他手里的药酒,目光停在带着瘀青的背上,"这怎么弄的?"

陈其昭总不能说是因为一时手痒跟教官练起来,一不小心磕到了吧?他的体质就是麻烦,有点磕磕碰碰就很容易产生瘀青。当时明明没什么感觉,昨天晚上洗澡的时候才注意到青了大半,怪不得他抬手的时候老觉得酸。

他只好说:"军训的时候不小心弄到的,这两天有点酸,拿了点药酒擦擦。"

话到一半,陈其昭忽然感受到背上冰冷的触感。沈于淮微凉的指尖按在他的伤处,他缩了缩肩膀。

沈于淮:"疼吗?"

陈其昭低着头:"有点痒。"奇怪,他明明不怕痒的。

沈于淮没说话,往手心里倒了点药酒搓热:"你拉起衣服。"

陈其昭老实照做:"哦。"

搓热的手心贴在他的背上,均匀地揉散那一处的瘀青。沈于淮的手很稳,推药酒的手劲恰到好处。

陈其昭:"淮哥还会这个啊?"

"会一点。"沈于淮垂着眸,"你好像经常受伤。"

陈其昭停了停:"没有吧?"也就上次研究所外打何书航的时候受了伤。

沈于淮没说话,注意力全在自己掌心。

擦药酒的时间很短,又仿佛很漫长。陈其昭回过神来的时候,沈于淮已经帮他拉上了衣服:"走吧,饭菜要凉了。"

两人叫上了隔壁的颜凯麟,在陈其昭的宿舍里摆上了颜凯麟的小方桌。

沈于淮特意用保温包放着饭菜,所以饭菜拿出来的时候还热腾腾的,看着非常有食欲。

颜凯麟划着平板电脑:"昭哥,你投资的那部网剧什么时候播啊?"

陈其昭:"过两周吧,应该是年前。"

沈于淮看向陈其昭:"你之前说投资的那部网剧?那应该有很多事要忙吧。"

"昭哥跑来跑去的,可要忙死了。昭哥,你不是还跟哪个小明星签了合同吗?"颜凯麟翻着视频软件,找到了《心眼》的预告片,"淮哥,就这个,这个男主演还是昭哥签的。"

陈其昭看向沈于淮,发现沈于淮的视线已经停在了预告片上。

"预告片感觉不错。"沈于淮道,"这好像是你上次追的那个明星?"

陈其昭:"我不追星。"

沈于淮嘴角微微翘起:"知道,就是有点兴趣。"

时间过得飞快。

《心眼》播出当天,晚上八点时分,非宏的办公室内灯火通明,团队成员严阵以待,密切关注着网络上的即时反馈。鉴于悬疑剧在国内市场的受众群体人数相对有限,为避免前期过度宣传可能对作品口碑造成的不利影响,他们在剧集播出前并未采取大规模的营销策略,而仅在热爱悬疑题材的小众圈子中低调透露了该剧的制作团队信息,旨在激发更多观众的好奇心。

然而,《逍遥》背后的资金实力雄厚,开播短短数日,便已占据各大社交平台热门榜单,其豪华的演员阵容——包括一线流量明星担纲男女主角,甚至小配角也邀请了当红偶像客串,从某个角度而言,话题性十足。对于《心眼》而言,与这样一部作品同期竞争无疑是一个巨大的挑战。

播出第一集后,网上的讨论大部分还是围绕着日更的《逍遥》,《心眼》完全没有激起一点水花。

办公室里一片寂静……

"我们是不是期望太高了?"办公室里有个员工先忍不住,"网络平台的数据显示,这个播放量在我们预期之下啊,难道网友都跑去看《逍遥》了?"

"别说了,我看《逍遥》昨天还加更了,今天的预告显示有小高潮,我们这边可能有点悬了。"

负责人沉着脸看着电脑屏幕上的数据,刷新键几乎要被他按烂了:"再看看,我们资金充足,实在不行就安排个热搜给《心眼》提热度。跟剧组那边联系了吗?他们怎么说?"

负责联络的女生闻言道:"剧组那边说看我们的,可以配合我们一起宣传。"

《心眼》剧组资金紧张,几乎所有投资都集中在剧本开发上,导致前期宣传工作几乎为零。而此次宣传的契机,源自陈二少动用了个人节省下的代言费用进行资助,非宏变相成为剧组的赞助方。然而,对于陈氏集团而言,涉足这类小型网络剧的投资领域尚属首次,其收益与风险尚不明朗。

在此期间,陈二少主动与剧组沟通,抢在剧集播出前,安排演员们拍摄多支广告短片并紧急提交审核,旨在借助剧集的热度推广非宏品牌的电器产品。

"第一天数据有限,再看看明后天的情况。如果实在不容乐观,我们只能启用 B 计划了。"负责人并不倾向于使用 B 计划,因为他仔细观看过样片,《心眼》的正片质量远超他预期,加之李导追求完美,剧情的节奏和制作的精良度完全符合大众的审美标准。B 计划意味着加强宣传力度,但受众面有限,过度宣传可能导致反效果,甚至引发反感……

"今晚先回去休息吧。"负责人说,"下班,剩下的事情明天再议。"

除非宏外,陈时明麾下的公关团队也在密切关注《心眼》的动向。自从老板吩咐他们留意《心眼》后,在该剧即将播出的前几天,网络上果然涌现了各式各样的水军试图抹黑该剧,显然有人在背后故意阻挠,巴不得《心眼》彻底失败。

他们迅速处理了这些情况,与一个不明身份的对手展开了较量。在网络这片看似平静的战场上,双方已多次交手,而且他们顺着线索查出了一连串相关人员。

但对方似乎很谨慎,在注意到他们的动作后就有所收敛,似乎是担心在这场博弈中暴露更多问题。

"有些人披着逸诚的皮在搅浑水,我们仔细查了,那些人都是近两天才转发逸诚相关资讯,应该是有人想要挑起我们之间的矛盾。"陈时明把几份文件递给陈建鸿,"还有这件事里,我们也查到了徐总的手笔,集团里确实有吃里爬外的老家伙,抓出来只是时间问题。"

陈建鸿紧紧皱着眉头:"他们现在还有后续动作吗?"

"没有,我的团队一出现,他们就不敢冒头。"陈时明道,"他们很担心我们发现什么,甚至有人假冒逸诚的人在业内散布谣言,主要还是想挑起我们的矛盾,他们很希望我们跟逸诚对上。"

陈建鸿的手指停在文件上:"开会的时候我就发现了,恐怕不止一个人。这件事我让小蒋……"

"爸。"陈时明突然道,"这件事我希望你能交给我。"

陈建鸿微微皱眉:"你在怀疑什么?"

"集团里还有走漏风声的人,我相信以对方精明的程度,不会不在你手下安排人。即便蒋助可信,可这件事一传十,十传百,我们无法保证其中的环节不会出问题。"陈时明解释道,"从最近几次动作来看,都是我们这边先出风声,对方才会采取行动。说明他们从我这儿接收的消息存在滞后性,交给我可能更好。"

书房内的烟灰缸上堆积着好几个烟头,陈建鸿咳嗽了一声,面色带着些许疲惫:"你的考虑不无道理,但时明,集团的人在盯着你,现在你还在处理非宏这件事,对方未必不会注意到你的动作。"

"他们不会的。至少在非宏这个荣光项目的周期内,他们注意不到问题。"陈时明继续道,"对方不是期望看到我们和逸诚站在对立面吗?代言人的竞争、剧集的冲突,从表面上看,我们和逸诚确实处于对立面,而这些正好能麻痹对方的感知……"

对方希望他们和逸诚闹起来,那他们只能和逸诚"闹"起来,虽然不能真闹,但做做样子还是可以的。

而能形成这样绝佳的外部条件,全是陈其昭的功劳。不动声色地把潜在冲突变成一场鲁莽的赌气,这个牵强的理由放在谁身上都不实际,可放在草包陈其昭身上,就连他最开始也没怀疑。

如若不是徐特助的那一番话,他或许只是把这件事归结于陈其昭的一时冲动。可是如果把最近发生的事情联系到一起,那么这就是一个绝佳的反击机会。

除此之外……陈时明目光深沉,这几次对集团内多个管理层进行核查,出问题的部分项目表面上看与陈建鸿没有太大关系,但或多或少有些间接联系。这在平时没有任何疑点,陈建鸿让人去视察项目合情合理。但关键在于之前的那场会议上,负责协助非宏荣光项目的于杰。

他的出现太巧了,代言人出问题的第一时间,他怎么会留在总部?从荣光项目出问题,到消息传进会议室的时间很短,于杰的出现和会议室内的刁难，仿佛是一场提前预谋的配合。

如果是这样，问题极有可能出在陈建鸿的助理团队里。

但他目前没有证据，这是最为被动的一件事。

陈建鸿凝视着他："交给你去办，股东那边交给我。"他迟疑了一下，"只是非宏那边，你有把握吗？"

"爸，或许你可以试着相信一下其昭。"

《心眼》开播前期并没有掀起太多的浪花，非宏公司里气氛低沉。

就在公司决定采用营销方案拯救《心眼》的人气时，陈二少和来非宏视察的陈时明当场就吵起来了！陈二少语气激动地要求公关发布《逍遥》和付言雨的负面新闻，而陈时明求稳，要求所有人按兵不动，等剧集再播放一段时间再说。

这场争吵闹得很大，于助理却很乐意看到现在的状况。陈时明和徐特助这段时间总是在给他们使绊子，原以为开播之后不太好操作，却没想到《心眼》自己不争气，都不用他们动手去左右，非宏的投资注定打水漂。

"我们不用动手，尽量少在陈时明面前露面，他最近应该会看得比较紧。"蒋禹泽吩咐道，"陈其昭那边呢？他怎么没有加大营销力度跟逸诚抢版面？这不像是他的作风。"

"其实他是想要加大营销力度的，但是当时陈时明在场，陈其昭跟他吵了一架，最近都没怎么来公司。"于助理有些无奈，"陈其昭到底还是没有权力，跟陈时明闹不起来，所以非宏近期没什么动作。"

"陈时明是理智的，这符合他的作风。不然我们也不会从陈其昭这儿找突破口。现在没关系了，集团里已经有风声说陈时明在注意逸诚，矛盾估计已经产生了。"蒋禹泽对现在的情况心知肚明，只要等非宏的项目彻底凉了，他们在会议上再加一把火，这件事很容易就能变成陈氏集团跟逸诚之间的主要矛盾，那时候他们的目的就达成了。

非宏总部，徐特助看着惨淡的数据，心情复杂地给陈其昭打电话。

陈其昭军训结束后放假回家，但因为与陈时明"吵架"，赌气不愿意来公司，现在正在家里陪张雅芝。

陈其昭："你找陈时明啊，说不营销的是他，找我又有什么用，让你老板去决定。"

徐特助："老板说这件事你决定。"

"陈时明当时怎么跟我说的？"陈其昭站在厨房里，看着张雅芝正在切菜煲鸡汤,"哦,他说网友说不定还没开始看,你就开始着急了?"

张雅芝瞥了陈其昭一眼:"你又跟你哥吵架了?"

陈其昭解释:"我没跟他吵。"

徐特助:"……"他感觉自己像皮球,被老板和老板的弟弟踢来踢去。

陈其昭却问道:"今晚播第几集?"

"第五集了。"张雅芝抬头看了陈其昭一眼,"播得太慢了,一周才四集,根本不够看。"

徐特助:"《心眼》是短剧,播放期也就一个月左右。"

《心眼》是小众剧,强行营销确实容易败坏观众好感。他们现在做的也只是进行一些营销,增加剧集的曝光度。可到底流量有限,不敢做得太过。这也是他们着急的事情,万一剧集播完还没火起来,他们的一切准备不就都白费了吗?

陈其昭"哦"了一声,没理徐特助,反而问张雅芝:"要不要我找人拿些样片给你看?"

"那不行,我得给你增加一些播放量。"张雅芝非常认真地说道,"你放心,妈妈都在姐妹圈发了,她们最近都在看。"

陈其昭:"……"那点播放量没太大必要。

徐特助语气酸涩:"二少?"

可以先救救他们吗?到底要不要进行营销,给个准话,他们一群人真的很着急。

"今晚看看。"陈其昭漫不经心道,"说不定今天晚上看的网友就多了呢?"

徐特助:"……"

当天晚上,张雅芝拉着陈其昭看《心眼》,而陈其昭却在一旁刷着手机,无意间发现网上对于《逍遥》最新剧集的不满之声。这部《逍遥》表面上是大制作,但实际上因安插了众多关系户,剧本早已被改得面目全非。这里要求增加戏份,那里又希望增设感情线,起初的剧本尚能维持稳定,但到了后半部分,剧情便开始变得支离破碎。加之《逍遥》剧组频繁推出的加更策略,更是让这一崩坏的剧情提早显现无遗。

"今晚这集是什么鬼剧情?"

"不是在讲师门大比吗?我是来看大比的,结果一半剧情都在讲男四女四纠缠不清?!"

"你们剧组有毛病吗？节奏能不能改改？男四的戏份都比女二多，这离谱了吧？"

"女主角都没说话呢。老实说，付言雨的特写是不是太多了？他的古装扮相确实丑。"

"《逍遥》剧情崩了"这个话题当天就上了晚间热搜，《逍遥》的剧粉和演员的粉丝吵得不可开交。

深夜到了，一条关于《心眼》的推荐出现在微博某个受众圈的博主首页，该博主言辞激动地写了一篇推荐文，附上九宫格剧照，热情地向首页好友推荐。

"我今晚本来被《逍遥》的剧情气得半死，结果去翻别的电视剧时让我发现了宝藏！国产悬疑片！是真悬疑，剧情节奏真的好棒啊！好这口的姐妹可以尝试，快接受我的推荐。下面涉及剧透……"

底下是清一色的好评。

"我也去看了！第一集最后那个镜头吓死我了！"

"主角团有点帅，那个戴眼镜的男的是谁？他演得好有感觉！"

"聂辰骁！呜呜呜，我的老宝藏了！老聂演技可以的！"

"大晚上的，是谁一边害怕又一边点下一集。"

……

讨论从这个小小的圈子蔓延到各个网友的首页。在短暂的发酵中，关注《心眼》的网友忽然多了起来。终于，在《心眼》播到第五集，也就是全剧的第一个小高潮时，这个网剧首次在深夜冲上了热搜，彻底走进了大众的视野。

《心眼》在开播第十三天后，突然蹿红了。

《心眼》的爆火来得猝不及防，在同期众多相似的电视剧题材中，原本像《逍遥》这样的正剧风格仙侠剧能够吸引持续的热度，无奈它中期剧情突然崩盘，从主角团探索奇异的仙侠世界的历险，转变为侧重于主角团与反派之间的爱恨纠葛，甚至一个男配角与女反派的情感线也能冗长地叙述三集之久。

网友们对此表示不满，将目光转向其他的电视剧。遗憾的是，《逍遥》占据了太多宣传资源，而同期的其他电视剧又缺乏足够的吸引力，最终《心眼》脱颖而出，进入了大众的视线。

坦白说，《心眼》起初并没有多少热度，完全无法与同视频平台上的《逍遥》相提并论，后者通过各种广告渠道进行了大量推广。至于《心眼》，其唯一的宣传亮点恐怕就是在视频网站轮播广告图中的最后一帧，实在是寒酸。

可在不知不觉中，有些视频博主开始自发地推荐《心眼》，评价各有亮点，最主要的是这部小网剧的制作实在太精良了，制作团队非常用心，演员的选角也很合理，哪怕演员平均年龄超过二十五岁，但这群老师哥演得非常给力，节奏、剧情、台词几乎完美，从剧集本身就能看出全体工作人员的努力与用心。

"演得太好了，真的演得太好了，反派讲话的时候，我浑身的鸡皮疙瘩都起来了。"

"全剧演员演技在线，角色智商在线，救命，我敢说这是今年最佳！"

"我第一次看悬疑剧，有点上瘾了，第一次发现除了打打杀杀，悬疑剧的爱恨纠葛居然可以做得这么足！"

"别说了，我太佩服原著作者和编剧了，看完之后，我觉得我的上帝视角白开了。"

"谁不是呢，我觉得我才是最愚蠢的那个人，里面一个保安的智商都吊打我。"

非宏的工作人员第二天上班的时候傻了，收到剧组宣发的电话时，一群人仿佛还沉浸在昨天的情绪里，还是负责人先回过神来，一群人顿时马不停蹄地投入后续工作中。

"稳一点，稳一点，不用推得太快，红得太快不太正常。"负责人很有耐心地说着，转眼间下午又看到一个热搜，"怎么回事？！让剧组那边冷静点，不要看到眼前红利就冲昏头脑，不要公关热搜！"

负责联络的工作人员打完电话跑回来："老大，剧方说他们没公关热搜。"

负责人："那是哪家主导的抹黑热搜？"

"好像没人买……是《心眼》自己上去的。"

《心眼》的爆火来得又快又猛，自首个热搜出现后，连续数日占据热搜榜单，无论清晨还是夜晚，其在视频播放平台的播放量急剧攀升，越来越多的观众自发进行推荐。在这个时候，《心眼》剧方和非宏公司都知道了一件事——《心眼》是真的火了，而且不是一般的火，完全不需要他们做任何推手，光靠网友的推荐就能让《心眼》持续出现在大众视野中。

双方宣发团队不敢打破这样的好氛围，将原先的宣传方案略作调整，紧跟网友步伐，一同将《心眼》推向巅峰。剧集爆火带来的红利显而易见，最直接的受益者莫过于剧中的各位演员,特别是表现突出的几位,在短短数日内便收获了大量粉丝。

"小时候在看聂哥的作品,长大了还在看聂哥的作品。"

"《心眼》更新太慢了,我还跑去看他以前的作品了,聂哥真的好厉害。"

"这样的演员居然一直不火,真的是难以置信。感谢《心眼》,让我发现了宝藏。"

聂辰骁无须多言,身为男一号,他兼具颜值与演技,在重新进入公众视线后,成为这场爆红中享受到最多流量红利的人。同时,作为代言人,他在剧集播出期间发布的代言信息,被大量新晋粉丝观看,为非宏的荣光系列创造了超出预期的销售业绩。

除了演员粉丝,还有剧粉。

《心眼》播放的时间点中规中矩,作为短剧,它每周只播放四集。在引起广大网友的关注后,催更的人数越来越多。剧组方面与投资方商量剧集播放的次序,在没更新的日子里,网友们只好把前几集来回翻看几遍,看到最后连广告也反复看了几遍。

"广告也挺有意思的,怎么找个电器厂商做投资方?"

"这广告做得不行啊,要打广告不得在剧里面植入一些电器吗?"

"听说剧集和广告是分开拍的……电器广告是后来补拍的。"

"我朋友是业内的,听说《心眼》剧组没钱做宣传,最后是非宏那边出的资。要不是非宏,《心眼》估计连某平台的广告页都上不去。"

"其实非宏电器还挺好用的,虽然小众,但是没有出过什么幺蛾子,售后服务等很多方面都做得不错。最关键的是他们家的产品平价,功能多,实用,保修期长!"

"我之前好像还买过他们家的电风扇,那个确实不错!"

部分网友的关注点从网剧转移到了广告上,一经了解才发现,非宏这个投资方十分靠谱,没有胡乱干涉剧组安排,也没有进行过度营销。直到《心眼》爆火后,这个投资方才慢悠悠地抛出一些内容,剧组放出拍摄花絮,他们则跟进广告花絮,小心翼翼地为"营业"而努力。

假期里,网友们闲来无事,有人甚至针对《心眼》和非宏做了一次测评。非宏电器借此东风登上了热搜,直接让非宏宣传部大吃一惊。眼见各销售渠道的销量逐步攀升,所有人都没料到最终会是这样的结果。

他们谨慎行事,不愿高调宣传,在网友眼中就成了只出资不干预的理想"金主";当他们开始宣传时,网友又嫌速度太慢,几度将他们推上热搜；待到他们认真展开宣传，网友又在评论区推荐起喜爱的演员，提议可以在电视剧的宣传期间，邀请这些演员回来再拍几支广告。

这种热度带来的结果就是非宏的销售量上升，别说正处于宣传期的荣光系列，就连公司早几年出的电风扇都有一群人抢着买。原本以为可能要惨淡收尾、年终奖泡汤的非宏公司上下员工，终于苦尽甘来！

已经"消气"的陈其昭来到公司，坐在办公室里看着非宏的报表，微微挑眉："好像还不错？"

负责人："陈总，这非常不错了。"

非宏以往所有的宣传活动里，从来没有一次能做到这样的宣传效果。

负责人想到当初一意孤行的陈其昭，这部并不被众人看好的悬疑剧，果真如陈其昭所预见的那样大火特火。倘若他们当初选择了与刘怡柔签约，便无缘此次爆红所带来的丰厚收益。再加上像《心眼》这样的高品质悬疑剧，在国内实属罕见，在下一部同类佳作问世前，他们大可趁势延续这波意外收获的高流量。

陈其昭把报表合上，靠着椅子继续道："那就行了，《逍遥》那边怎么样？"

"剧情全崩，但他们还在发热搜，但剧集评分一落千丈。"负责人没说得太难听。但这样注定没有结果，《心眼》下周就要大结局了，而《逍遥》还有一半的集数没播。

陈其昭坐直："《心眼》结束后的热度还能持续多久？"

"一个月是没问题的，到时候应该都是年后了。"负责人疑惑地问，"陈总，你关心这个是？"

"就好奇。"陈其昭半垂着眼睛，思考着什么。

徐特助看着坐在办公椅上姿态随意的男生，想到当初面带笑容的陈其昭。在《心眼》完全没有爆火之前，非宏就签下了男主演作为代言人，作为投资方资助了《心眼》剧组。

非宏用最少的钱，达到了最完美的宣传效果。

而陈其昭在这些事情之前，早早地和聂辰骁签下了合作协议。

现在想想当初对方说的那一句赌一把，徐特助背上立刻冒出了冷汗，这是一场豪赌得来的盛宴啊！

这样的结果，有人欣喜有人愁。

于助理站在办公室里，看着喜形于色的人们，却完全无能为力。明明在两周之前，一切都在他们的掌控之内，可没想到《心眼》竟然出人意料地爆火了……这种爆火难以控制,哪怕他们找人发《心眼》的负面新闻,也完全压制不了它的热度。

陈其昭的视线忽然停在于助理的身上:"于助,你怎么不说话?"

于助理回过神来:"没,我在思考后续宣传。"

陈其昭笑了笑:"是吗?我还以为你不高兴。"

于助理面露尴尬:"二少说笑了。"

陈其昭意味深长地看了他一眼,转而继续与徐特助说话:"其他事就交给你了,在这里待着也没意思,我回家了。"

徐特助道:"我通知司机送你。"

看着办公室里其乐融融的场面,于助理没说话,他怎么可能高兴?他原先还想靠非宏这件事在蒋哥面前博个好印象,以此为跳板晋升到其他岗位。留在陈其昭身边还得受气,调到总部其他的管理岗位才能更好地发挥他的作用。可现在这件事搞砸了,不仅他们的计划被完全打乱,他也很有可能因此受到牵连。

等到办公室的人走了以后,他走到无人的角落给蒋禹泽打电话。

只是这次电话过了很久才接通,他尚未开口,就听到蒋禹泽略微压抑着的声音:"有什么事?"

"蒋哥,非宏这边已经完全控制不住了,我无法干涉他们的决定。"于助理的声音略显着急,"还需要我做些什么吗?"

蒋禹泽沉默许久:"这件事再说。"

于助理听到这里,更加害怕:"蒋哥,你得帮帮我。"

蒋禹泽:"等具体结果出来再说,这件事我目前没法给你答复。先挂了,这边有点儿事。"

于助理:"等等,蒋哥……"

蒋禹泽直接挂断了电话,脸色阴沉地看着会议室门口站着的陈时明,后者身形挺拔、意气风发,脸上挂着得意的笑容。

谁能想到陈时明会在这么短的时间内查到这么多消息。而在此之前,陈建鸿完全没有泄露出一丝风声。等到他想要去挽回的时候,已经来不及了,他们的布局全乱了。

这下别说是夺陈时明的权,经此一役,陈时明的权力更加巩固,想要让他放权就不是简简单单一个项目能左右的。而导致这个结果的,就是他们原以为胜券在握的非宏项目。

在他们以为陈时明还在竭力拯救非宏荣光2.0项目时,陈时明已经在背地里暗自调查。

陈时明在短短的时间内揪出了那么多问题项目,在会议上接连问责,把前几周给他找难堪的人全部踩在脚底下。凭着陈时明列出来的那些文件,他和林总这五年来在陈氏的所有安排可以说前功尽弃,不仅如此,还赔进去了不少人。

现在他们不仅要把其他事情收尾,还要避免这次陈氏内部审查影响他们的计划,但能挽回的地方太少了。有些人需要提前放弃,有些计划只能割舍……如果只是像秦行风那次暴露几个底层员工,那还没多大问题。但陈时明针对的是管理层,徐总、姜总……好几个与他们关系密切的人都被抓了出来。

陈氏最大的权力依然掌握在陈氏父子手中。即使陈建鸿看在昔日与这些人一起奋斗的情面上,对他们感情深厚,一旦涉及陈氏根基的问题,他完全有理由大动干戈。

陈时明给陈建鸿找到了一把刀。

"蒋助。"蒋禹泽回过神,发现陈时明站在自己面前。

陈时明依旧是那副神色,自信而不失稳重:"这件事涉及颇广,接下来这段时间要麻烦蒋助多费心了。毕竟有不少项目关系重大,如果审核过程中出现问题,那到时候的情况就不一样了。"

蒋禹泽认真回答:"小陈总放心,我们会处理好这件事的。"

陈时明点头:"那我就等蒋助的好消息了。"

他说完离开,蒋禹泽的脸却完全沉了下来。陈时明刚才是在试探他。

蒋禹泽目光一沉,他意识到这次的交锋是满盘皆输。可真的只有陈时明吗?到底是从什么时候开始,他们的计划就乱套了……

《心眼》爆火的同时,陈氏的后续动作继续进行着,无声的硝烟里已经宣告了孰胜孰败。

林士忠把烟灰缸砸在门上,接到蒋禹泽的电话后他的心情一直不能平复:"陈家真会走狗屎运,一部烂片也能赶上潮流火起来……"

"林总,这件事还有挽回的余地,既然不能对电视剧下手,我们可以算计其他演员……现在受演员牵连的剧集太多,也不是完全没办法。"有个人站出来,继续出主意,"他们电视剧里那么多人,肯定有一个……"

他话还没说完,就见玻璃杯摔碎在他的脚边,涌到嘴边的话立刻停住。

"你当陈时明傻吗?现在事情闹大了,陈时明的人都在盯着,这时候出头发布负面新闻,你以为他不会注意到?或者说你以为陈氏控制不了局面?你还嫌我们暴露得不够多?"林士忠冷笑一声,"而且都到这个时候了,该赚的已经赚了,你以为这样有用?"

在陈氏安插的几个重要人物都暴露了,他们后续的计划也只能烂尾。

那人低下头,不敢再说话了。

林士忠脸色阴沉,以往的和蔼荡然无存,他的余光扫向桌面的文件,脑海里浮现出另一张骄纵张扬的脸孔:"陈其昭?"

夜晚,陈家人围在一起吃饭。

陈其昭一边漫不经心地扒拉着饭,一边留心倾听陈建鸿与陈时明惯常的晚间工作对话,试图从他们的言辞中揣摩集团的当前形势。当父子俩谈及今日会议的话题时,陈其昭捕捉到了几个耳熟的名字,心中不免生出几分欣慰。

他本以为还需另觅时机向陈时明传递消息,未曾料到他的长兄执行力颇为不俗,抛出一点饵,鱼儿就能马上咬钩,一次性揪出了不少熟面孔。

陈家眼下正面临内外交困的局面,经历此番波折后,陈建鸿与陈时明应当会对董事会中屡屡制造麻烦的那几个老家伙有所警觉,这样一来,集团未来遭遇的重大事件或项目挫折有望得以预先防范,林士忠想远程操控也就没那么容易了。想到这里,陈其昭的心情大为好转,连饭都不自觉地多添了半碗。

这边陈其昭还在沉思,陈建鸿的目光却停在他身上良久。

张雅芝道:"小昭,想什么呢?你爸叫你。"

陈其昭回过神来,看向陈建鸿,疑惑地问:"怎么了?工作谈完了?"

"这次非宏的项目做得不错。"陈建鸿问,"年后想不想来总部工作一段时间?"

这件事陈时明从头到尾一直在向他汇报,非宏能够大获全胜的一个重要策略就是签下聂辰骁,选择了《心眼》。商场上忌讳赌博,再多的赌注都是建立在情报基础上的,他和陈时明甚至做好了为这场豪赌失败收拾残局的准备。然而,这个看似冒险的决定,让陈氏成为最大的受益方。

外人或许不知情,但他和陈时明不可能没有注意到,建立的所有优势背后,都有陈其昭的影子。

陈其昭心思一转,又道:"行啊,不过你得找个好一点的助理来,那个于杰真不怎么样。"

陈时明看向他:"于杰怎么了?"

"爸上次不是说让他来给我当助理吗？业务能力还行，但每次说的东西我都听不太懂，这人还挺能装的。他做的事还没有徐特助做得好。"陈其昭一脸苦恼地说着，"害我每次只能录下来自己听。"他的视线停在陈时明身上，注意到对方眼底的疑惑，"怎么，你不信啊？"

陈时明问："你录了什么？"

陈其昭："就每次非宏开会的音频。"

陈建鸿道："你录这些干什么？"

"录下来琢磨啊，我知道别人说我草包，我就录下来自己琢磨。"陈其昭说完翻出手机，当场播放了一个音频，"你们不信吗？喏，我录的一段。"

音频里确实是会议内容，里面有陈其昭和于助理的声音。

陈时明道："我确实不信，你把文件都发我一份。于杰在集团里业务能力还行，不应该会出现这样的纰漏。"

陈其昭诧异地看了陈时明一眼，接着对方的话说："我还听说这于杰是那什么蒋禹泽的得力下属，每次在公司里都有人说他有多厉害。"他继而转向陈建鸿，"爸，我觉得你那位蒋助理教导人的能力不行，就上次付言雨的事，我让于助理出个公关方案，这人还磨磨蹭蹭在旁边装傻，要不是我敲打两句，他估计还不办事。"

陈建鸿若有所思。

陈时明喝了口汤，继续道："拿钱不干活，确实不是事儿，得查查。"

陈其昭看着陈时明，从那次提醒了徐特助一句后，陈时明每次的动作都有点奇怪，看似跟他对着干，实际上都是向他想要的方向发展。这几次，陈时明话里话外都一直在旁敲侧击。他不知道陈时明在怀疑什么，只是事到如今，这样的局面反倒更好保持平衡。

陈时明越是怀疑，他说的任何话，陈时明越会放在心上。

张雅芝很开心地看着父子三人和平说话："哎，先把饭吃了，想谈工作回头去书房谈。"

陈其昭没兴趣跟那两人谈工作，自己回了房间。没多久，他就收到程荣的消息，说给他办了个庆功宴，让他一定要来捧场。

最近因为非宏的事，他很少出去喝酒，为了不让某些人怀疑，有些戏还是得演。

为了避免张雅芝说他，陈其昭出门的时候还特意绕开了人。

陈时明谈完工作从书房出来，打算去找陈其昭谈谈。只是他在门前敲了许久，也没见到对方回应。

他疑惑地看了下手表:"才十点,这么早睡了?"

管家正好经过,见到大少爷站在门口,只好道:"大少爷,二少爷可能出门了。"

陈时明:"可能?"

管家欲言又止,最后道:"之前在门口看到程家小少爷的车了。"

陈时明:"……"

灯红酒绿,酒吧卡座里坐着一群年轻人。清脆的碰杯声,狐朋狗友们说着庆祝的话。

"你哥真让你出来了?"程荣疑惑地问。

"那不然呢,我这次办了这么大一件事,陈时明他敢拦我?"陈其昭笑着和他碰杯,又问,"颜凯麟呢,你们没喊他?"

"喊了,他说晚点再来。"程荣解释道,"他说被他哥带去朋友家做客,一时半会儿走不开。你也知道这都快过年了,颜家人毕竟很久没回S市,四处拜访在所难免。"

"喝酒喝酒,小昭这次不错啊!我朋友都说你这次赚了很多钱啊!"

"叫什么小昭,现在该喊陈总了。"

"陈总以后做生意知会一声,有好投资也拉兄弟一把。"

陈其昭窝在卡座里,听着这些人说话。

过年啊……他已经很多年没过一个像样的年了,看着路上张灯结彩的新年气息,他的记忆里只有冷清的公寓以及郊外的墓碑。过年对他的意义大概就相当于多过一天清明节,他会在这一天带上家人爱吃的东西,在墓碑前枯坐半天。

陈其昭眼睛转了转,心里冷笑了几声,那么多人站在外围看陈氏看非宏的笑话……还想坐享其成等着收红利吗?他划着手机,与其他人的聊天记录里,一个标注为"付言雨"的压缩包截图映入眼帘。

有些人就别想过好年了。

他得给林士忠送一个新年礼包,不然怎么对得起他这些年的照顾。

陈其昭退出聊天界面,按着录屏键,把酒桌中心的庆祝香槟塔录了下来。在发到朋友圈之前,他熟练地点了个分组,把沈于淮屏蔽在外。

"发朋友圈啊?"程荣问道。

陈其昭笑了笑,眼底一片深意:"那当然了,高兴事得让大家看看,我这人最喜欢炫耀。"

除了炫耀，他还爱看人倒霉。想赚钱啊？都别做梦了。

还没完呢。

程荣又给陈其昭倒了杯酒，周围人吆喝着玩起了骰子。热闹的酒吧，像极了那天的场景，而且周围的人也都差不多。

"小昭，别玩手机了。"程荣招呼道，"来来来，今天我们给小昭庆功。快，刘凯把我那瓶酒拿上来。"

刘凯："来了来了。"

程荣又问："年后还打算继续待在非宏吗？我听我爸说这次你做得这么好，肯定能去总部发展。"

"也还行，我爸确实问过我这事。"

陈其昭想到今晚饭桌上陈建鸿的话，他之前确实需要去总部才能揪出更多的人，可那是建立在只有他一个人行动的基础上。现在陈时明已经注意到了集团内部的问题，他再去总部，很容易引起其他人的注意。

做得越多，暴露得也就越多。以林士忠多疑的性格，估计已经注意到他了。

程荣问："你不打算去啊？"

"打算，但得看陈时明。"陈其昭面带笑容继续说，"你以为我去集团我哥不紧张？如果将来要争家产，你说他会怎么想我？"

程荣诧异地看向他："我还以为你们最近关系好了。"

"哪里好了，因为非宏，我没少跟他吵架。"陈其昭一口气喝完了酒，语气中带着几分不屑，"今天晚上在家吃饭，他又给我甩脸色。你别忘了，非宏原来是他的项目，是我从我爸手里要过来的。"

刘凯闻言有点紧张："那你确实要注意了，虽然秦行风不做人，但他之前说的话还是有点道理。"

陈其昭注视着玻璃杯中浮着的冰球，啤酒在灯光照射下闪烁着点点光芒。他的视线在程荣身上短暂逗留后，将已编辑好的邮件发送了出去。

与此同时，在 S 市的某个不显眼角落，一间略显昏暗的办公室内，摆放着多台电脑。坐在电脑前的人面露疲态，四周散落着泡面碗和外卖盒子。

穿着花衬衫的男人坐在略显破旧的办公椅上，突然收到一封邮件，整个人顿时坐直了："来活了，兄弟们。"

"这可够劲爆啊，付言雨是得罪了什么疯子。"男人嗖地一下滑到电脑前，把邮件下载下来，里面的指令简明扼要，可见对方有多坚决，"我干这行这么多年，还是第一次被要求查这种东西……有意思，有意思。"

"老大,是你之前说的那个钱很多的老板吗？"

花衬衫男人道:"可不是吗？"

他们这个破破烂烂的工作室,有一天突然遇到了一个神秘的老板。这位老板每次查询的事项颇为隐秘,尤其偏爱探究资本方面的信息,而这次竟然对一位大明星产生了兴趣。尽管每次与他们沟通时使用的邮箱地址各不相同,但那股特有的指令语气过于相似,让他一下子辨认了出来。然而,对于他们这样的工作室而言,保护老板的隐私是基本原则,加之老板每次联系都变换邮箱,至今他仍未能查明这位幕后人物的真实身份。

能找到他们工作室的联系邮箱,说明这人也不简单。

"查小明星多没意思,我还是喜欢查企业家。"

"哎,别管了,拿钱办事少说话,这次老板给多少啊？"

"事情办好,这个数。老板说一周就要。"花衬衫男人吐了口烟,比了个数字,"那不就是过年吗？不错,今年过年热闹啊。"

S市沈家,夜晚十分热闹。

客厅里沈、颜两家的人正喝茶说着生意上的事,颜凯麒回国发展,有些事正需要仰仗S市的长辈们,再加上沈、颜两家是世交,生意上接触也不少,对于颜家想要回国发展,沈家自是欢迎。

颜凯麟觉得他哥已经算是工作狂了,没想到沈伯父和沈雪岚也不落下风。三个工作狂聊起事来,那就是三个小时打底,没完没了。沈伯母在一边添茶,偶尔加入讨论。

颜凯麟悄悄瞥向旁边单人沙发上的沈于淮,男人穿着舒适的家居服,膝上放着一本厚厚的书,不受周围环境影响,安静地翻阅着。

似乎注意到他的目光,沈于淮微微侧目,眼中带着几分疑惑。

颜凯麟往旁边挪了挪:"淮哥,这么吵你都能看得进书啊？"

沈于淮视线短暂停留后重新放回到书上:"还好。"

颜凯麟:"……"他突然理解沈于淮为什么能成为别人家的孩子,就凭这股在嘈杂声中还能坚守自我的能力。

注意到颜凯麟多次试探的目光,沈于淮开口问:"你很无聊吗？"

"是啊。"颜凯麟坐到他附近,探头说悄悄话,"你说我哥他们还要聊多久啊,这都快十点半了,我都觉得打扰你们不好意思,雪岚姐不睡美容觉吗？"

沈于淮抬眼看了对面的人,见到沈父和沈雪岚满脸的兴致:"再过半个小时吧。"

半个小时……

"那也太久了吧……这我过去哪里来得及。"颜凯麟满脸纠结。从这里去酒吧至少要四十分钟,等他过去人家都喝完酒换场了,哪还有他什么事啊!这里不难打车,可他不敢当着他哥的面出去打车,到头来颜凯麒肯定要说他不懂事。

听着耳边稍显急促的按键声,沈于淮微微抬头:"很着急?"

"就有点……"颜凯麟眸光一亮,"淮哥,你现在有空吗?我有点急事想出门,你帮帮我。"

沈于淮问:"什么事?"

颜凯麟讨好地笑了笑,稍微凑近到沈于淮身边:"真急事,我不好跟我哥说。"

沈于淮余光瞥了下还在说话的颜凯麒,把书签夹在正在看的位置:"走吧。"

有沈于淮带着出门,颜凯麒果然没说什么。颜凯麟脱离苦海,走路的步伐都轻快了。

沈于淮扫了他一眼:"很高兴?"

"那当然了。我原本以为九点就散了,哪知道我哥他们这么能聊。"颜凯麟见沈于淮往车库的方向走,也不好意思麻烦人开车送自己过去,于是道,"淮哥,要不我自己打车过去,我哥要是问起,你就帮我应付应付行吗?你放心,我绝对不去那些奇奇怪怪的地方,改天我请你吃饭!"

沈于淮脚步未停,从颜凯麟的脸上看出对方的小心思,他没上当,而是问:"地址呢?"

颜凯麟含糊道:"就……市中心凯旋路。"

沈于淮看着他。

颜凯麟:"星光酒吧。"他急忙解释,"我不是去乱喝酒。就是昭哥最近不是投资大赚吗?我们就想着给他办个庆功宴,原本约好今晚给他一个惊喜的,谁知道我哥临时拉我出门啊。人都到了,我总不能不过去吧?"

颜凯麟一边解释,一边看着沈于淮的脸色,只见对方在听到庆功宴的时候迟疑了片刻。正当他以为沈于淮反悔的时候,沈于淮却打开了车门,直接坐在了驾驶座上。

沈于淮:"还愣着干吗?"

"来了来了!"颜凯麟坐上车,还不忘夸赞两句,"淮哥,你可真是好人，比我哥好太多了！"

沈于淮没说话，发动车子，很快就驶离了沈家。

车里并不安静，颜凯麟上车之后就一直在跟酒吧的人互发消息。

"啊？昭哥在等我？"

"快了快了，半个小时就到。"

"程荣开好酒了？给我留点啊……"

颜凯麟应付完人，也不好催促沈于淮开快些，只能低着头看手机，忽然听到旁边的问询。

"你经常跟陈其昭出去喝酒？"

颜凯麟自然不敢老实交代："偶尔，也就偶尔。"他怕沈于淮不相信，又补充道，"你也知道我哥管得严，怎么可能让我出去喝酒啊……"

沈于淮没再开口，车辆驶进了主干路，遇到了七十秒红灯。

颜凯麟感到有些无聊，他谨慎地瞥了沈于淮一眼，发现对方似乎并不在意，便低下头开始摆弄手机。他的朋友圈里满是那群朋友发布的视频，个个都显得异常兴奋，唯独自己仿佛被遗忘了。

刷着刷着，他突然刷到了陈其昭的朋友圈，一时间激动起来，不慎触碰到了全屏播放。酒吧里欢快的音乐即刻弥漫在整个车厢中，嘈杂的背景声中依稀夹杂着别人的谈话声。

颜凯麟手忙脚乱地关掉视频，抬头注意到沈于淮的视线，急忙道："我不小心点到朋友圈视频了。"

"陈其昭的朋友圈？"沈于淮突然接话。

"是啊……"颜凯麟尴尬地笑了笑，"你怎么知道是昭哥发的朋友圈？"

绿灯亮了，沈于淮平视前方，简短回应："我听到了他的声音。"

酒吧里的热闹还持续着，桌面上的酒瓶倒了不少，猜拳玩骰子输的人又一口闷了杯酒。

喝过几轮，周围年轻人的脸上都带上了几分醉意，陈其昭晃着骰盅，低头看了眼时间，正思索着，忽然被一只手重重地搭住了肩膀。

刘凯喝得有点头晕，伸手揽着陈其昭的肩膀："小昭，再来啊，你都没喝几杯。"

"谁说的？"陈其昭与他碰杯，当着他的面把酒喝了，又道，"你不干？"

"干！"刘凯喝多了，一头栽下去半天没说话。

与梦里遇到的老狐狸相比，跟这些人喝酒简单多了，这些年轻的小屁孩逗英雄拼酒量，稍微多说几句就老老实实喝了酒。陈其昭微微仰着头，顶上的灯光闪烁刺眼,他把酒杯放下,旁边已经有人替他倒满。

陈其昭突然想起他也有喝到胃出血的时候。

梦中,他常和狐朋狗友畅饮,总自以为酒量过人,然而在商场上,这种自视甚高的资本却往往沦为他人利用的手段。那些老狐狸会笑眯眯地说着好话,夸赞你、捧着你,让你不由自主地走进他们的圈套,最后趁着你喝醉酒的时候从你口中骗取更多的承诺或者是把柄。

陈其昭被骗过很多次,自以为是、年轻、自负,总以为自己能做得很好,实际上什么也不是。

他吃过最大的一次亏是在醉酒后,不慎说漏了一句机密,导致当时一个较为重要的项目被人钻了空子,几乎导致项目的失败。他清晰地记得,自己如同斗败的公鸡一般垂头丧气地回到家中,发现陈时明正坐在轮椅上,在客厅中静静地看着他。在这略显狭小的公寓里,满脸胡楂的兄长显得格外醒目。而他,醉得神志不清,与陈时明爆发了一场激烈的争吵,最终踉跄着回到了自己的房间。

自那以后,他开始变得小心谨慎,咽下吃过的亏,后来百倍奉还。

确实,他没什么优点,人也是个废物。家人在世时,他每天都在找事捣乱。他自信地以为等到自己有所成就的时候能让陈时明另眼相看,但陈时明死了。

之后他喝得更多了,人也变了。

直到喝到胃出血,一个人躺在医院里的时候,他才知道什么叫孤独。

陈其昭盯着酒杯中啤酒的浮沫,心想着现在要是真喝到胃出血,张雅芝可能会哭着骂他,陈建鸿只会板着脸,陈时明估计还会跟他吵一架。

不过结果好一点,住院的时候估计有人照看。

他胡思乱想时,忽然就想到医院里那稳稳地拿着刀的手,沈于淮平静的侧颜出现在他的脑海里。

这时候有人道:"喝完要不要去会所玩玩?"

"也行啊。"程荣低头看了下手机,"不然等会儿吧,麟仔说他快到了,让我们等等他。"

有人道:"他这可够久的,这都过去多长时间了,怎么才到啊。"

程荣把聊天记录给其他人看:"这没办法,从他那边过来我们这儿至少要四十分钟,之前他一直没能走开,十五分钟前才给我发的消息,说快到了。"

陈其昭原本想走,听到颜凯麟要来就又改了主意:"他从哪里来的?"

"好像是西区那边吧，我问问看。"程荣刚把消息发过去没多久，就看到颜凯麟发过来的新消息，"他说是沈于淮送他过来的。"

陈其昭眼神深邃地看向程荣，语气中带着几分不确定："沈于淮？"

刘凯的酒醒了大半："沈于淮要过来？有没有搞错，他来我们这儿干吗？"

陈其昭握着酒杯的手松了几分："到哪儿了？"

"快了，刚说已经到凯旋路了。"程荣说完看到颜凯麟的消息，"到了。"

刘凯道："估计就送他过来，应该不会进来吧？"

陈其昭目光一顿。

第十章 装醉

酒吧外，沈于淮的车驶入了停车场。颜凯麟开门下车，瞥见沈于淮还坐在驾驶座上，刚想说声谢谢，就看到沈于淮从驾驶座下来，当着他的面锁了车门。

昏暗的夜里，沈于淮低头看了一眼手机，而后将手机放进衣兜里，用眼镜下狭长的眼睛扫了颜凯麟一眼："不走？不是庆功宴吗？"

颜凯麟有些语塞："是……是啊。"

沈于淮身上还穿着宽松的常服，与出入酒吧那些打扮得花枝招展的男男女女显得格格不入。颜凯麟跟在他身后，原本满腔的兴奋在此刻仿佛被浇了一盆冷水，连走路的步伐都不自觉地放慢了几分。踏入酒吧，震耳欲聋的摇滚乐迎面扑来，他禁不住又向沈于淮投去一瞥，却发现后者神色如常，与平日里并无二致。

正当颜凯麟心中暗自思量时，他留意到沈于淮的目光正朝向他们平日常坐的卡座。他们这帮人偏好热闹，不喜欢封闭的包间，通常选择在大厅落座，加之刘凯与酒吧老板交情匪浅，因此那个视野最佳的卡座总是为他们预留，很轻易就能捕捉到它的位置。

沈于淮的目光穿过密集的人群，最终定格在了坐在其中的陈其昭身上。相比周围同龄人花哨的装扮，陈其昭的穿着显得极为朴素低调，他就那样静静地坐在人群中，直至与沈于淮的目光不期而遇。

卡座里一群年轻人还在讨论着沈于淮，陈其昭没有动，但他的眼睛一直留意着酒吧门口，所以当沈于淮走进来时，他一眼就发现了。

正在畅谈的众人看到沈于淮立刻收敛了几分，程荣有些尴尬地站起来，给对方让了座："淮哥来了？"

陈其昭注意到他的目光，随着其他人喊了声"淮哥"。

"嗯。"沈于淮移开视线，语气如常，"你们随意。"

程荣松了口气："淮哥喝什么？"

沈于淮兀自走到陈其昭的身边坐下，面对程荣的询问，只道："啤酒就行。"

沈于淮坐下，听到旁边有声音传来，陈其昭问道："淮哥怎么过来了？"

"听说是庆功宴。"沈于淮的视线在陈其昭面前满杯的啤酒上停留片刻，"恭喜，没带什么礼物过来庆贺。"

"没事……不用带礼物。"陈其昭微微低着头，只觉得身边人那股薄荷味特别清晰，更显得他身上的酒气浓重。

沈于淮不爱喝酒，陈其昭记得以前每次跟他出门吃饭的时候，他的桌面上从不摆放酒品。不久前的林家慈善晚会，旁人与他碰杯的时候，沈于淮也是做个样子，酒杯里的酒从没少过。

说到庆祝，陈其昭忽然回想起来沈于淮还没遭遇意外的时候，曾有一次到他家里给他庆生。

除了公司里那些形式古板的模式化庆生，他从来没刻意记过生日，所以当那天下班回家，在公司楼下看到沈于淮的身影时，他感到非常意外。

男人坐在前台待客的沙发上，安静地看着手机，身边的桌上摆着一个小蛋糕。

那天他加班到晚上九点，据前台姑娘后来的解释，沈于淮下午六点就到了，在沙发上等了他三个小时，却没打电话告诉他。

那是他跟沈于淮认识的第二年，他二十四岁，沈于淮二十八岁。

虽然说是随意，但沈于淮过来之后，一伙人到底还是变得拘谨了。

程荣一直给颜凯麟使眼色，还在微信上轰炸他，问他为什么把沈于淮带过来。

颜凯麟欲哭无泪。他也不想啊，他只是想蹭个便车，但沈于淮跟他昭哥的关系还算不错，来参加这种庆功宴也没问题。

不过这种拘谨很快就消失了。沈于淮来了之后没多说什么，已经酒意上头的年轻人很快忽略了他，继续玩了起来。程荣努力热着场子，他刚想去给陈其昭倒酒，发现后者的酒杯还是满的。

"小昭？"程荣问了一句。

239

陈其昭没说话，他扫了一眼旁边的酒杯，沈于淮的酒也没动。

颜凯麟刚喝了几杯，见状道："昭哥醉了？"

"不会吧，小昭，这才几杯啊？"已经缓过来的刘凯在旁边催促道。

陈其昭没有动，颜凯麟注意到陈其昭有些不自然的表情，昭哥以往很能喝的，也没像今天晚上这么安静。他向程荣等人投去谴责的目光，站出来给陈其昭挡酒："昭哥可能醉了，别喝太多了。"

沈于淮扭头看向陈其昭，明明前不久刚经历过军训，可灯光之下陈其昭裸露在外的肤色白皙，似乎没有受到任何影响。陈其昭很喜欢穿深色的衣服，此时乖乖坐在卡座里，与周围人相比模样更是显得年轻。

他收回目光，看到手表上的时间已经是十二点多。

陈其昭这会儿特别敏感，注意到沈于淮看了他好几眼。

"不舒服吗？"沈于淮突然问。

陈其昭视线停在前面的酒杯上，没敢看人："可能是醉了，有点头晕。"

"那我送你回去？"沈于淮问。

陈其昭慢了半拍，鬼使神差地应了句好。

后半场陈其昭的异样大家都看在眼里，所以当沈于淮说要送他回家的时候，大部分人都没阻止。老实说他们想阻止的，这才十二点多，不换个场子再玩一玩实在说不过去，可对上沈于淮，他们的话又说不出来了，总不能说还要带着喝醉酒的陈其昭去别的地方玩吧。

"能走吗？"沈于淮问。

陈其昭点了点头，可他刚站起来，沈于淮就伸手扶住了他。

"对了，淮哥。"颜凯麟突然想到什么，"你可别送昭哥回家，你给他开个房间住就好了，他喝成这样回家不太合适。"以往陈其昭没喝酒，回家也就算了，要是现在回家，被陈时明撞见，说不定两人又要吵起来。

沈于淮问："你呢？"

颜凯麟支支吾吾道："我再玩一会儿就走，保证两点前到家！"

"送你回家吗？"

陈其昭没出声。

沈于淮微微偏头，注意到陈其昭的沉默。

两人很快到了停车场，上车后，陈其昭的后背出了不少汗，他闭上眼睛，听着身边的车门关闭，另一边的车门打开。

沈于淮坐上了驾驶座。

陈其昭忽然感受到旁边有人探身过来，最后停在他的面前。冰凉的手擦过他的手背，最后停在他手边的安全带上。

陈其昭下意识地屏住了呼吸，薄荷气息强势地扑面而来，安静的车厢内传来安全带卡扣被系上的声音。

沈于淮的声音清晰地响在耳畔，声音带着笑意："陈其昭，你朋友圈是屏蔽我了吗？"

陈其昭："……"

跟沈于淮相处这么久，他第一次遇到这种尴尬且被动的局面。

远处扫过的路灯在沈于淮的镜片上留下短暂的光亮，男人的话直接而又坦然，仿佛问出的只是一件很普通的事情，眼底带着不易察觉的笑意。

沈于淮的目光停在陈其昭的脸上，近距离地打量着这个男生，他的视线在那双好看的眸子上定格："其昭？"

陈其昭的脑袋靠着车座，稍稍偏头，没有直接回答沈于淮的问题，而是有些迷茫地眨了眨眼，含糊地说："……什么屏蔽？"

沈于淮轻轻笑了笑，坐回驾驶座。

车窗降下了半边，车内的酒气散去。

"没什么，最近很少和你聊天，可能是我误会了。"沈于淮启动了车辆，视线注视着前方，"颜凯麟说你现在不方便回家，你想去附近的酒店还是去我公寓将就一晚？"

他最近确实因为非宏的事情很少和沈于淮联系，只是偶尔互道晚安。

最主要的是他不知道找什么理由在假期与沈于淮聊天，少了 S 大一起吃饭，两人出门的理由似乎变得屈指可数，但开启对话的话题并不包括屏蔽对方朋友圈这种尴尬到差点"社死"的情况，他想不起来哪里出了岔子，就判断只有可能是沈于淮从其他人的手机上看到了他的朋友圈。

陈其昭的大脑清醒了几分，脑中已经快速思索这件事的始作俑者。他和沈于淮共同的好友不多，在谁那里暴露的不言而喻。

短短几秒的时间里，在删除朋友圈与装糊涂两个选择中，他选择了后者。

这句话他不能接。他佯装在思考，没有主动回应沈于淮的话。

车平稳地行驶起来，夜间的黑暗成了此间唯一的掩护。沈于淮没再多问，仿佛刚才只是在简单地询问。

跟沈于淮相处很舒服，除了他一贯的温和态度，其实还有他有时直接明了的行为。陈其昭不太爱猜别人的想法，揣摩别人的心理。在生意场上

241

与那群老狐狸来回试探已经够烦了,这种下意识去揣摩别人心理的习惯在某些时刻会给他带来无法形容的疲惫。

刚刚那一瞬,他忽然想起问过沈于淮的一句话。

那时候在咖啡厅里,他开玩笑地问了一句:"像我这样糟糕的人,你为什么会愿意跟我做朋友?"

"我觉得你并不糟糕。"沈于淮闻言放下咖啡,一双眼睛认真地看着他,"如果真的不愿意相处,我想我们可以坦然地跟彼此说一声。但很明显,你跟我都愿意利用宝贵的休息时间在这里度过下午。"

真像啊……

陈其昭半垂着眼,心里已经在琢磨怎么合理地删掉部分朋友圈,又或者在沈于淮再次问起的时候,该用怎样的理由去回应。

过了好几个红绿灯,高楼大厦的光影一晃而过。沈于淮面色平静地拐弯,视线短暂地在陈其昭身上停留。

在平稳的行驶中,陈其昭渐渐起了困意。车停下来,副驾驶座的车门打开,有人扶着车窗站在他身边:"其昭,醒醒,我们到了。"

陈其昭睁开眼,看到车外站着的沈于淮:"……到了?"车门外是地下车库,他应该是到了沈于淮的公寓。

沈于淮替他解开了安全带,扶着他从车里出来。陈其昭站稳,沈于淮又往前倾身,让他的手很容易地搭在对方的肩膀上:"手放好。"

陈其昭"哦"了一声,顺从地搭上他的肩。

下一秒,沈于淮干脆利落地把他背了起来,轻轻说了句:"太轻了。"

陈其昭有点手足无措,这人的力气怎么这么大,一点也不像是经常泡在实验室的。

陈其昭将头靠在沈于淮的肩上,对方的话仿佛隔着一层玻璃,听不真切。他看不见沈于淮的脸,却能听到对方关车门、锁车的声音,沈于淮背着他进了车库的电梯,肩膀抵在楼层的按钮上。

十层,陈其昭想着,1002。

沈于淮的市区公寓,他来过。

出电梯后,沈于淮把他放下来,似乎是担心他没站稳,一只手始终扶着他。

"把鞋脱了。"沈于淮低头解开他的鞋带。

陈其昭只好蹬了一下,却一下子把鞋蹬出去老远。

陈其昭:"……"

沈于淮笑了声，评价道："脚劲还挺大的。"

陈其昭避开目光，选择不去看那只被蹬远的鞋。

脱完鞋，沈于淮把陈其昭扶到沙发处坐着，转身进了厨房弄醒酒汤。

陈其昭的视线停在屋内的装饰上，与他以前来的时候一样，充其量就是家具更新了些。他打量了一圈，视线最后停在不远处开放式厨房里沈于淮的背影上。

没过一会儿，沈于淮从厨房出来进了卧室，拿出了一套较为宽大的睡衣。

见陈其昭靠在沙发上，他动作轻缓地停在他身边："别在这儿睡，换套睡衣去房间里睡？"他半蹲在陈其昭的面前，"其昭？"

见陈其昭没反应，沈于淮重复了一遍。

过了一会儿，陈其昭才假装反应过来地应了一声："哦。"

沈于淮见他一直没动，只好把睡衣放到一边，直接拉开了他的外套拉链。似乎担心他不受控制地往旁边倒，沈于淮的另一只手一直扶在他的颈侧，碰过冷水的冰凉的手碰到皮肤，差点让陈其昭控制不住打个寒战。

以前他喝醉酒都是随意将就的，哪会换什么睡衣，能躺在家里的沙发上睡觉就算不错了。

陈其昭顺从地任由沈于淮给他解开外套，等到对方的手搭上他裤腰带的时候，他浑身一僵，余光看向沈于淮那双白皙的手以及旁边整齐叠放的睡裤。

怎么还要换裤子？！

"……淮哥，我自己可以。"

沈于淮很有耐心地问："自己可以吗？要不要我扶你？"

陈其昭："我可以，我醒了。"

今天出门的裤子还是从衣橱里随便扒拉出来的，稍微有点紧身还拴着两条小银链，陈其昭弄了好一会儿才把裤子脱下来，其间还要保持着喝醉酒的样子，慢吞吞地把睡裤穿上。

沈于淮见他自己可以，转身去厨房拿了醒酒汤。

陈其昭换完裤子又喝了一大碗热汤，出了一身汗。

沈于淮的衣服到底是大了，衣袖盖住了他的手，裤子直接拖地。陈其昭面无表情地想着，目前他和沈于淮身高确实有一些差距，但问题不大，他以前上大学的时候身高也往上蹿了一些。

沈于淮在厨房里洗碗，视线往左一瞥，注意到沙发上男生的小动作。

243

对方穿着他的睡衣，白皙的皮肤染上了酒精导致的红晕，更显得他皮肤白皙。宽大的睡衣穿在对方身上没有半点不协调，反而有种不易察觉的可爱。

突然，清脆的声音响起，男生的视线朝厨房看去。

沈于淮回过神，看到掉落在厨房水槽里的汤勺。

他手滑了。

等到沈于淮把厨房收拾干净，回到客厅时，陈其昭已在客厅蜷缩着躺下，闭着眼仿佛已入睡。

沈于淮轻轻推了他两下，见没反应，便小心翼翼地将他抱起，送进了卧室。

房间的灯已熄，陈其昭待沈于淮离开后，才悄然睁开眼，好一会儿才适应黑暗，看清楚室内布局。

这间简约的卧室并无多余装饰，床头柜上仅摆放着一本英文书籍和一副备用眼镜，此外就是沈于淮刚拿进来的他的手机。

陈其昭留意着室外动静，直至万籁俱寂，才伸手拿起床头的手机，果断删除了一条朋友圈，随后将手机复归原处。

大概是周围都是那股令人安心的味道，使得他身心放松了下来，他的困意渐渐上涌，沉沉地睡了过去。

沈于淮忙完之后回到屋内，见到床上已经睡熟的人，便悄悄走过去替男生拉好了被子，将另一个枕头拿起来，无声地离开了卧室。

"今晚不回去，我在市区这边。"沈于淮摘掉了眼镜，疲惫地捏了捏眉心，"嗯，知道，我明天会回去……今晚吗？接了个人来家里住，不好回去。"

沈雪岚在那边询问着是什么人，沈于淮却没有回答，只是说还有点事就挂了。

挂完电话，他给颜凯麒发了消息，随后略微疲惫地靠在椅子上。

过了许久，沈于淮的余光扫了眼旁边陈其昭换下来的衣物，只是这一伸手，衣服口袋里有只打火机掉到了地上。他的视线停顿了片刻，失笑一声，把地毯上的打火机捡起来，重新放回陈其昭的口袋里。

半夜，陈其昭突然惊醒。月光透过窗户照了进来，他低着头，死死地盯着自己惨白的一双手。过了好一会儿，他紧绷的身体松弛下来，余光瞥见另一边空荡荡的位置。

沈于淮没进来睡？

他轻手轻脚地起身,将卧室门开了一条缝,看到不远处沙发上侧身睡着的男人。

陈其昭在门后站着,沉默地打量着对方。

看了许久,他才轻声关上门。

陈其昭不知道自己是什么时候睡过去的,等清醒的时候阳光已经照了进来。他起床的时候被裤腿绊到,只得弯下腰把裤脚卷了起来。弄完之后,他推开门,闻到了从厨房传来的香味。沈于淮围着围裙站在厨房里,正在做饭。

"洗漱用品在浴室里,换洗的衣服也在,先去洗个澡吧。"沈于淮说,"早饭要等十分钟。"

"好。"陈其昭看了沈于淮好一会儿,余光瞥见沙发上自己的衣服,然后直接向浴室的方向走去。

十分钟后,陈其昭回到餐厅,见到桌面上色香味俱全的面。

沈于淮:"试试看,不知道合不合你的口味。"

陈其昭试了口汤,不假思索:"好吃。"

这顿饭吃得有点久,陈其昭边吃边打量着沈于淮,见对方神色如常,只好主动开口解释:"我平时不喝那么多的,昨天是意外。"

沈于淮闻言抬眸:"我知道,我们项目组办庆功宴的时候,我偶尔也会喝点酒。"

陈其昭松了口气,想到昨天上车沈于淮问的问题:"我昨天喝醉之后没做别的事吧?我忘了……"

沈于淮:"你喝醉之后挺乖的。"

陈其昭不想听这个答案,可见沈于淮没再提,他也不好再问。

吃完饭后,沈于淮送陈其昭回陈家别墅。临近过年,街道上都是过年的气息,陈家的别墅门口也挂上了两盏红灯笼。

陈其昭:"淮哥要不要去家里坐坐?"

"下次吧。"沈于淮道:"一会儿有点事要忙。"

陈其昭只好道:"那淮哥再见,下次约。"

"嗯,再见。"沈于淮坐在车里,看着陈其昭走进别墅,最后消失在他的视线里。

他微微后仰,拿起手机翻看了一下,看到陈其昭朋友圈更新了。他发了一张庆功宴的图片,附着一个简单的拉礼花筒庆祝的表情包。

沈于淮低笑了声,在朋友圈底下点了个赞。

"小骗子。"

今天周末,家里也没什么事。

陈其昭一进屋就看到陈时明坐在沙发上,桌面上摆着几份文件。

见到他进来,对方的目光直直地看过来:"陈其昭,夜不归宿不需要解释一下吗?"

"就去了场庆功宴。"陈其昭忽然被叫住,莫名其妙地看向陈时明。

管家在旁边看着,生怕这两兄弟一言不合就吵起来。

昨天晚上二少爷出门后,大少爷没有像以往那样直接出门去找人,而是坐在客厅里等了大半宿,最后打了个电话才去睡觉。今天早上起来吃完饭后,他又早早地在客厅里等人,说是处理文件,实际上是看二少爷什么时候回来。

陈其昭对这样的场景再熟悉不过,以前多少次他跟陈时明就是这样吵起来的。

他正想着,忽然听到陈时明的声音,陈其昭诧异地抬起头:"什么?"

"我说。"陈时明的视线在陈其昭身上停留片刻,最后又看向文件,"下次出门或者不回家,跟家里人说一声。"

陈其昭愣了:"哦。"

陈时明微微皱眉:"听进去了吗?"

陈其昭又回:"听了。"

陈时明翻着文件,头也没抬,继续道:"去把衣服换了。"他说完之后见陈其昭一直没动,不得已抬起头,"一身酒味,你自己受得了吗?"

陈其昭问:"你今天心情很好吗?"

陈时明的声音带上几分不耐烦:"你觉得我像是心情很好?"

大半夜出去喝酒,喝完酒还夜不归宿,要不是他联系了人,知道陈其昭早走了,说不定他就直接去酒吧找人了呢。他尽量控制着语气:"你是特意留下来跟我吵架的吗?"

陈其昭忽然笑了下:"没,这样挺好的。"

陈时明正想说话,陈其昭却已经转头上楼了。

陈时明在陈其昭离开之后才看向管家:"去问他吃饭了没有?弄点吃的给他。"

房间里还是昨天的布置,陈其昭回到卧室后坐了一会儿,脑海里莫名就想起梦里陈时明临死前的情景,与多场梦魇叠加在一起,像是恶鬼张开了口露出獠牙。

直至管家来询问,他才回过神来,失笑一声。

"这样挺好的。"

"……这辈子别那么早就死了。"

陈其昭打开了一个页面,特殊处理后的页面呈现灰白色,几份邮件处于定时发送的状态。鼠标停在某个发送按钮上,陈其昭的眼神无波无澜,最后他看到定时的时间点,遗憾地说了句:"太慢了,林士忠,你的命真长啊。"

时间飞快地流逝,转眼就到了年前的最后几天,《心眼》迎来了它的大结局之日。在大结局播出的那个晚上,《心眼》剧组一举占据了多个热搜话题,而非宏公司内部也举办了一场盛大的庆功宴,以一片欢腾的景象宣告了该项目的圆满结束。

《心眼》的爆火让众多演员一炮而红,其中最大的受益者当属男主演聂辰骁,宣传部部长望着荣光这份接近两年的合约,笑得合不拢嘴,对陈其昭的赞誉之词毫无保留。

聂辰骁同样出席了非宏公司的庆功宴,坦白讲,他最初并未预见到自己能够取得如此巨大的成功,因此,他对陈其昭的知遇之恩充满了感激之情。

陈其昭:"这全凭你自己的本事,我早就说过聂老师很厉害。"

聂辰骁说不出太多感谢的话,但他已经把陈其昭的这份恩情记在心里:"陈总,以后要是有需要帮忙的地方,你尽管开口。"

陈其昭笑了笑:"那一定。"

"《逍遥》那部剧演得真不行,我那天还特意去看了几集,就没坚持看完五集。"

"现在就全靠演员撑着,你没看到剧评那边说得多难听,我听别人说这部剧还拉了不少投资,估计这波下来赚回本都够呛。"

"我最近观察发现,付言雨团队还针对同剧组演员,他那人心思怎么这么歹毒啊!"

非宏的所有人对付言雨的看法都非常不好,起初谁也没料到付言雨会用这种损害自己名誉的方式放他们鸽子。事实上,对方依仗自己在圈内的高名气,根本不把非宏放在眼里。

娱乐圈有时就这么现实，即便对方名声不佳，只要流量能转化为收益，仍有不少公司排队寻求合作。何况付言雨还擅长自我经营，比如这次《逍遥》失利后，他立刻将焦点转移到其他配角上，比如某演员增加戏份，或是女主角在剧组内耍大牌。

在公众面前，他把自己撇得一干二净，好像这部剧失败不是因为他的演技问题，而是剧组其他成员作祟。

聂辰骁听到了旁人的议论，他与付言雨合作过一次，早就了解付言雨的性格大概如何，也清楚这次非宏的代言是从付言雨手里捡的漏。但在娱乐圈摸爬滚打多年，他的棱角早已被磨平，对于这样的结果也能坦然接受。至少这次双赢的局面，是建立在相互信任的基础之上，他没有怨言，甚至很感谢陈其昭给予的信任。

听着周围人义愤填膺的话，陈其昭忽然道："聂老师怎么看？"

聂辰骁愣了一下，很快反应过来："非宏的产品质量不差，我觉得好的代言是产品和代言者互相促进，付言雨没有把握住这个机会，是他的损失。"

"你在夸我吗？"陈其昭微微挑眉，"聂老师场面话说得很好。"

"我实话实说。"聂辰骁的视线停在面前的陈其昭身上，"陈总确实是一个好人。"

好人？陈其昭细细琢磨着这两个字，忽然笑出声："你说得对，我确实是个好人。"

他话锋一转，话里另有深意："好人得好事做到底，你说是不是？"

深夜，持续热闹了几天的《心眼》热搜刚刚下去，而这时候，国内多个娱乐博主和娱乐记者工作室同时收到了一封匿名文件。一打开文件，所有人都惊呆了，甚至有部分人神色仓皇。

娱乐记者办公室里，叼着烟的男人看着这些照片和视频，有些还是他们曾经放出去的，有些是不知道从哪里来的，林林总总好几个文件，也不知道是谁重新汇总发给了他们。

"老大，怎么回事？要放吗？"小弟站在旁边问道，"要不要通知付言雨的工作室？"

叼烟男人啐了一口，目光停在邮件里的某句话上："他们团队压不住，恐怕不止我们收到了这封邮件……"

夜里两点，各大娱乐博主争先恐后地发布博文，一连串的视频突然在微博上流传起来。

"付言雨"三个字突然上了热搜，直接引爆了娱乐圈！

假期夜间流量大，付言雨的视频一经发布便迅速传播开来。身为当红演员之一，付言雨向来不缺少话题，但这次的话题尤为震撼。娱乐博主上传的视频中，付言雨吞云吐雾、眼神恍惚，与荧幕前光鲜亮丽的形象截然不同，展现出极为不堪的一面。

"哪家娱乐记者这么给力，能拍到这种照片？"

"你们不知道吗？付言雨的'黑料'可多了，他背后还有靠山呢！"

"何止啊，你们以为之前《逍遥》的'黑料'哪里来的？他倒是把自己摘得干净，'黑料'全是其他人的。"

"你们还记得之前《心眼》的赞助商吗？据说付言雨跟人谈了一个多月，最后放鸽子签了其他家，啧啧啧。"

付言雨和工作室的微博接连被冲，不仅如此，还波及了正在播放的《逍遥》。这条信息太劲爆了，而且直接卡在过年这个节骨眼，热搜根本压不下去。一见付言雨出事，关于付言雨的各种"黑料"接连冒了出来。

付言雨脸色苍白地看着网上的言论，气急败坏地问着经纪人："你不是说这些都能压住吗？这就是你说的压住？"

"这件事还要问你，我上次就跟你说要收敛，你有把我的话放在心上吗？"经纪人目光微沉，"结果呢，你不仅不收敛，上综艺节目前还乱跑，私下联系他人爆'黑料'我就不说了，你到底会不会爱惜自己的名声？"

"方总呢？你联系方总，让他帮帮我。《逍遥》还在播，他投了那么多钱，不会放任我不管的。"付言雨完全听不进去，"这件事还能压，只要压下去了，我们就说是其他剧组造谣就行了……"

"付言雨，你还记得《逍遥》现在是在播期间！"

经纪人冷笑了一声，把聊天记录里各个联系人的消息给他看："你自己看看，这件事压不下去了，现在你该想办法赔这笔巨额违约金了。这件事别说公司，就连方总也不敢保你，你就等着被封杀吧。"

与此同时，逸诚医疗的管理层因为这突然爆发的事情来了一场深夜加班。

逸诚的老总更是接连问责了多个负责人，代言人出了这么大的事情，他们有许多渠道都还挂着与付言雨相关的宣传，遇到这种事情只能连夜撤除，所带来的影响完全不可估量。

249

"付言雨，付言雨，这个人出了这么大的问题，当初是谁审核的？"

"老板，当初推荐付言雨的人在前几天辞职了。"

有人突然开口："这件事会不会是陈氏集团动的手啊？我们前段时间跟他们有过冲突……"

"不是陈氏集团，这段时间陈氏集团都忙着处理内部事务，之前跟他们闹矛盾的事情，陈时明后来也处理了，这件事是我们做得不对，这种娱乐圈的手笔不像是陈时明的作为。"

"没必要啊，他们当初也差点出大问题，《心眼》的爆火本来就是意外。"

逸诚的高层们黑着脸，跟着其他人开远程会议。付言雨给他们带来了太多麻烦，当初签合约之后，他们才知道付言雨与陈氏旗下的非宏闹得不愉快，后来陈氏集团也没主动找碴，除了投资的一部剧与付言雨有竞争外，也没其他事情发生。

就在这时，逸诚高层们的邮箱里突然收到了一份邮件，同样是匿名，里面全是些某些不为人知的事情，还贴满了各种照片。

付言雨的经纪人与投资方，付言雨与某娱乐大拿方总……以及方总与林士忠。陈氏确实没必要搞这些，但林士忠虎视眈眈地盯着逸诚已久，想到辞职的员工以及林士忠这段时间的平静，他们也不是傻瓜。

"林氏……"

陈氏集团在年前的最后一次会议上，陈时明雷厉风行地提交了部分证据，当着所有董事的面问责某些以权谋私的高层，甚至当着陈建鸿的面把手伸向了他的助理团。提交的证据当时就问责了两个助理，连总助蒋禹泽也难辞其咎。

于助理站在办公室里，看着调查人员翻查他的工作电脑。他不知道陈时明什么时候开始怀疑他，明明一切他都做得非常干净，可以说是完全没有露出马脚。某些证据早就被他处理掉了，可现在这些证据重新出现在大众面前，陈时明甚至找到了他与付言雨经纪人偷偷联系的证据。

他脸色苍白地看着远处的蒋禹泽，后者的目光冰冷，对他求助的目光完全视而不见。

"这次的事情非常严重，于杰还与前两个项目有关联，我们怀疑他与外面某些公司有勾结。"

面对同事的话，蒋禹泽语气平静："我们这边一定会配合，需要提交的材料和证据，我们这边也可以提供。"

于杰面如死灰地听着周围的讨论,但他完全没有辩解的机会。

"蒋哥,你帮帮我……我还有用……"于杰不愿意放弃,在电脑被搬走之后,他拉着蒋禹泽小声哀求。

蒋禹泽目光直视前方,语气冰冷:"于杰,你老实闭嘴也不过是坐两年牢,但如果你管不住自己的嘴,你知道的,我有办法让你在里面待得更久。"

于杰的神色僵住了:"蒋哥,我……"

蒋禹泽又道:"你也不想妻儿老小每天被追着讨债吧?"

与蒋禹泽那样的目光对视,于杰知道自己彻底完了。他还有把柄在蒋禹泽手里,面对这样的结果,他只能咬咬牙硬扛下来。而且因为他的暴露,可能会让蒋禹泽的部分布局前功尽弃,他已经是蒋禹泽的弃子了。

于杰颤抖着声音道:"我知道了。"

蒋禹泽这次受到非宏项目的牵连,让陈时明把手伸进了陈建鸿的助理团。于杰被发现还只是一件小事,最关键的是因为这件事,他被陈建鸿再三问责,助理团内的两个人也被查了,损失可以说非常大。

离开办公室后,他收到了另一条消息。

"你说什么?付言雨出事了?!林总在《逍遥》里投资不少,不是让你们先把消息压着吗?"蒋禹泽的声音微沉,"是谁把这件事放出来的,仔细查。"

"就昨天晚上的事。完全控制不住了。前不久上面刚说这段时间要严查,这件事爆出来马上就被人注意了,不是我们能控制的。"电话里的人焦急道,"全网的娱乐博主都收到了匿名邮件,除了知道发件方是国外的邮箱,查不到任何消息,完全不知道这件事是谁干的。"

蒋禹泽:"方总呢,他怎么说?"

"方总被查了,有人顺着付言雨查到他,说他涉嫌违法。"

电话里的人欲言又止:"还有一件事……林总那边出了点事,逸诚不知道从哪里得来的消息,查到林总身上了。逸诚跟疯狗一样,直接开始咬我们了。"

蒋禹泽脸色微变:"怎么可能?!"

方总确实跟林总有点关系,但是他们的交流向来隐蔽,这次付言雨的事件也是方总全权在做,林士忠可以说完全置身事外,逸诚不可能查到林氏身上……他们的直接怀疑对象应该是有冲突的陈氏才对。

"可事实就是这样……逸诚认为是我们设计让他们签约了付言雨,现

251

在付言雨的负面消息一出来,我们这边完全无法招架。蒋先生,林总现在很生气,这次计划给我们造成的损失非常大!"

逸诚就是条疯狗,原先按照他们的计划,逸诚应该跟陈氏对咬才对。然而这次陈氏安然无恙脱身了,反倒是他们被逸诚彻底缠上。

就在这样的日子里,除夕夜到来了。

"付言雨那件事闹了几天,他估计要凉了,我看官媒都发微博痛斥不良艺人。还好你当初没签他……"颜凯麟打着电话,"昭哥,你今晚要出来玩吗?反正你家除夕晚上肯定一堆亲戚来,应付那些人没意思。昭哥,你在听吗?"

陈其昭看着林氏的股票大跌,心情愉悦地关了页面:"不出去,晚上留在家里过年。"

这个年注定不平静,林氏和逸诚项目上起了冲突,彻底撕破了脸皮,闹得非常难看。陈其昭乐在其中地"吃瓜",时不时还往里面搅下浑水,看着这场火越烧越旺。林士忠分身乏术,往年还会在除夕夜过来拜访,今年却早早地通过电话拜了年。

陈建鸿挂断电话后道:"老林这次遇到的问题很大,恐怕会牵扯到年后的两个项目。"

陈其昭在旁边补了一句:"唉,那林伯新年肯定过得不开心,要不我们改天上门给他拜拜年?这拜年送礼得周到不是吗?"

陈建鸿余光扫了陈其昭一眼,后者若无其事地玩着手机,似乎是在跟谁聊天。

"其昭没说错,礼数还是要周到。"他开口道,"时明,年后找一天上你林伯家坐坐。"

"知道。"陈时明视线停在陈其昭身上,注意力集中在他的手机页面上,"陈其昭,你谈恋爱了?"

张雅芝突然朝着陈其昭看过来:"小昭?真的假的,妈妈怎么没在你朋友圈看到?!"

陈建鸿也难得关心,视线停在陈其昭身上:"哪家的姑娘?"

正在聊天的陈其昭手一抖,直接按了好几个表情图出去。他看向陈时明:"你在哪儿听到的?"

陈时明目光停在他的手机上:"半个小时了,你聊天界面没换。"

陈其昭懒得理他:"哦,那我在跟徐助聊天。"

陈时明："……小徐有女朋友。"他又道，"再说，他头像不是那个颜色。"

陈其昭扫了陈时明一眼："你很无聊吗？"闲着没事盯着他聊天界面看半个小时？

"你们聊。"陈其昭道，"我出去打个电话。"

见人出去，张雅芝谴责地看着陈时明："有你这么问弟弟的吗？"

陈时明看着陈其昭的背影消失在门口，重复道："他聊天界面确实没换。"

屋外冷风阵阵，陈其昭走向角落，打算给沈于淮拨打拜年电话。刚踏入花园，他猛然发现车库方向有光亮，隐约可见一个人影伫立在车辆旁，似乎正是司机老林。

老林在他们家做司机已经有很多年了，自陈其昭记事起便在陈家做事。陈其昭幼时的出行皆由他负责接送。遗憾的是，老林的妻儿早年间因意外离世，留下他独自一人，因此每逢过年，他都会选择留在陈家，与他们共度佳节。

"林叔？"陈其昭问了一声。

那人影见状转过头来："二少啊？"

陈其昭走近说道："天冷，别忙了，马上吃年夜饭了。"

"快了，这边弄完就好。"老林拿着扳手站在那里，身边放着一个备用胎，"大少爷今天说这车左边有点颠簸，我刚才发现轮胎确实有点小问题，趁早换了。"

颠簸？陈其昭的目光在周围的汽车零件上停留了片刻："轮胎漏气？"

老林手上沾了不少机油，解释道"路上扎了根铁钉，幸好没出大问题。"

"那你忙。"陈其昭点点头，没有再站在旁边打扰。

他往花园的方向走，刚走没几步，听到外面的声响，别墅外远远传来光亮。

陈其昭稍稍扭头，谁来了？

车灯扫进来的时候，门口已经有人迎上去了。

陈其昭的手从语音聊天键上移开，微微皱眉地望向拐入车库的车辆，看见两名男子从车内走出。其中一位中年男士装束较为正式，平凡的面容上挂着一丝拘谨的表情，而立于他身旁的则是个年轻男孩，穿着花哨，显得颇为桀骜不驯。

来者并非外人，正是陈家的成员，也就是他父亲陈建鸿的亲弟弟，陈其昭的三叔。紧跟在三叔身边的那位，是他的堂弟。陈家上一代创业起家，家族关系并不算融洽，后来陈老太爷将家业分割，陈家几兄弟各奔前程，遗憾的是其他兄弟才能平平，最终仅有陈建鸿早年间把握住了机会，一举将陈氏集团发展至今日的规模。

陈家人有的早就搬离了S市，有的去了国外发展，基本上没了联系，留在S市的只有三叔一家。

陈其昭对这些人没有多深的印象，或者说这些人对他来说可有可无。他三叔就是典型的见风使舵之人，陈家辉煌的时候挤在集团里分红利，而等陈家落魄的时候，他也是最先撇清关系的人之一，还在某些产权有争议的时候出来搅过浑水，拿走了郊区的一块地。

管家张叔走过来，指引着两人进屋。

陈其昭站在旁边的花园里没出声，他大概能猜到他的好三叔今天过来是想干什么，无非是给他儿子谋个机会，或者是找他爸要项目要钱。

他正想着，手机忽然嗡嗡地振动起来，才想起还没回沈于淮的消息。

陈其昭："刚刚不小心按错了。"

沈于淮："没事，我以为发生什么了。"

陈其昭："淮哥，晚点聊，家里来客人了。"

"你这煲汤弄得够久的。"沈雪岚从外边进来，见到穿着围裙的弟弟动作熟练地将清汤倒入事先准备的汤盆里。

沈于淮："马上好了。"

沈家的阿姨放假回家，年夜饭向来是由沈于淮准备。沈雪岚倚在墙上，本意是想看看厨房里有什么能帮忙的，余光却瞥见放在料理台旁边的手机："刚刚就一直看到你在玩手机，跟谁聊天……"她话还没说完，就见沈于淮把手机屏幕按灭了。

"来帮忙。"沈于淮简短地说。

沈雪岚看了他的手机一眼："哦，来了。"

陈其昭回到别墅的时候，他爸正在跟三叔聊天。

注意到他的到来，陈三叔的脸上立刻挂上了几分笑容："其昭来了？我刚听你爸说非宏的事，你这孩子年纪轻轻也有时明当年的风范。立尧，没事跟你哥学学。"

堂弟陈立尧坐在旁边，闻言只是简单地应了一声，目光在陈其昭身上停留了一会儿，很快就又低头玩手机。

陈建鸿客气了两句：“立尧也不错。”

“这孩子就闷，哪能比得上时明、其昭，平时成绩也一般。”陈三叔语气中带着几分恨铁不成钢，又对陈建鸿说道，"这不，他前段时间争气了一回，说想要去我公司锻炼锻炼，结果过去之后三天打鱼，两天晒网，我手下的人不敢违逆他，就一点东西也没学到。哦，对了，大哥，你那儿有没有简单点的岗位？我把立尧送到你那儿去好了，让他跟时明学学，以后也好帮我管理公司。"

陈立尧没说话，看向了陈时明。

"跟我哥学？"陈其昭突然笑了声，"还是别了吧，他连我都不带，哪有时间带别人。既然要学不如跟我学，非宏那儿还有几个岗位空缺，来混混日子不错啊。"

陈三叔道："你不还在上学，哪有时间……"

陈其昭又道："我哥还上班呢，怎么，三叔看不起我啊？"

陈建鸿适时开口道："想要锻炼确实最好是从基层做起，总部事务繁杂，跟其昭去子公司学习可能会更容易入手。他们俩是同龄人，平时能更好相处。"

陈其昭注意着对方的神情变化，果不其然看到陈三叔脸上露出尴尬的神色。说是给孩子求职，只不过是想让陈立尧去陈时明手下捞捞金，谁不知道现在陈时明手底下的项目利润大。

在梦里，陈三叔做的事情更多。他这个人没什么本事，每次来要么就是以某个项目为借口，跟陈建鸿要投资，实际上这类投资每次都是打了水漂，扔进去的钱基本上也要不回来。

陈家家大业大，陈建鸿在S市的兄弟只剩下陈三叔一人，看在兄弟情分上也就没跟他计较。奈何这种人就是贪心，一次次的让步只会让他变本加厉。

陈其昭余光扫向餐厅，还挑着饭点来，事情是真多。他开口道："三叔之前投资了不少项目，术业有专攻，市场毕竟不一样，到我这里学的东西，回去确实也派不上用场。"

陈三叔见状说道："也是，其昭还要忙学业，怎么好意思让立尧去麻烦你。"

陈其昭笑了下："之前三叔找我爸拿了不少投资吧，现在项目应该也定下来了，不如就让堂弟去练练手，说到底还是在自家工作最好。"他说完又问,"三叔今年生意应该不错吧,那么多项目。"

陈三叔没有说话了,他今天来确实是带了一个项目过来。可经过陈其昭这么一搅和,陈三叔反而不好开口,只能和陈建鸿套近乎。

说到后面,陈三叔口干舌燥,好几次想要主动提起要钱的事,都莫名其妙地被打断了。眼看时间不早,陈建鸿主动开口说晚上还有点事情,陈三叔也不好多留,只是离开的时候狠狠地瞪了陈其昭一眼。

陈其昭看着陈建鸿把人送到门口,视线扫向车库。他迈步走进车库,见老林已经把刚才换车胎的工具收拾干净,放进了车库的工具柜。

陈其昭扫了一眼,走到陈时明常坐的那辆车附近,蹲下仔细查看了换上的车胎,随后又走到那个坏掉的车胎处,仔细观察了铁钉的位置,看起来确实像是行驶时被扎破的。

老林已经进了别墅,人不在车库这边。陈其昭走到车窗边,发现车没锁,车钥匙还插在钥匙孔里。他干脆坐了进去,启动试了试油门和刹车,确定没有问题后才下来。

"你在这儿干什么?"陈时明正好经过,见到陈其昭从车里下来。

"没,你这车好像不错。"陈其昭道,"回头借我开开吧?"

陈时明瞥了他一眼:"等你驾照拿下来再说,钥匙放里面,林叔估计晚点还要收拾。"

"哦。"陈其昭把车门关上,收回目光,"你之前不是开这辆吧?"

"之前那辆送去车场定期检修了。"陈时明道。

陈其昭问:"哪个车场?"

陈时明道:"上次你去的那个。"他说,"陈其昭,你今晚的话有点多。"

"心情好。"陈其昭将目光收回。

陈时明发生车祸时坐的那辆车是新车,现在也没停在车库内,兴许是他多疑了。

陈三叔走后,陈家重归宁静,开始吃起了年夜饭。

一家人围着桌子,家里的用人也同桌吃饭,桌上的饭菜散发着袅袅热气。

"你不喜欢三叔?"陈时明坐在陈其昭旁边,顺手给他倒了杯酒。

陈其昭直言道:"不喜欢,我看得出他满脸写着要钱、要权。你喜欢的话,要不跟他说说,你改主意了?"

张雅芝把最后一盘菜摆上,循声看向远处的两兄弟:"过年不许吵架,你们都少说一句。"

陈时明望了陈其昭一眼，往常陈其昭都会选择与朋友们外出共度除夕，每每吃完年夜饭后便急不可耐地想要离开。然而今日，他一早就起了床，下午还陪伴在张雅芝身边，陪她筹备年夜饭，全程未曾催促，甚至出奇地有耐心坐在客厅里聆听他们的交谈，这与他过去总是上楼玩游戏的习惯大相径庭。

张雅芝夹着菜放进陈其昭碗里："试试这个，妈上次学的新菜，多吃点。"

陈其昭看着碗里的东西："妈，你是在喂猪吗？"

"要是能把你喂成猪，妈还高兴呢。"张雅芝的视线停在陈其昭身上，"小昭，最近是不是又瘦了？怎么感觉你脸颊的肉都没了。"

陈建鸿平静地看着母子俩说话，视线在陈其昭身上停留了许久。他看着陈其昭随性的模样，心想一段时间没怎么相处，他有点看不清这个孩子了。

陈其昭罕见地保持着沉默，他这段时间在饭桌上确实话少，但偶尔也会应两声。但今晚吃饭的时候，张雅芝问的几个问题，陈其昭的反应都慢了半拍。

吃完饭后，陈其昭没有回房间，而是坐在客厅里陪张雅芝看春晚。

电视上播放着春晚节目，搞笑的小品、相声并未在陈其昭的脑海里留下任何痕迹。他坐在客厅中，耳边是张雅芝的笑声，身旁则是专注阅读财经报纸的陈建鸿和翻阅杂志的陈时明。一家人在客厅里各忙各的，而陈其昭却觉得这样的氛围异常宁静，丝毫不感烦躁。

直至零点一过，随着一声"新年快乐"，张雅芝拿着两个红包递给他。

陈其昭目光在红包上停留许久，最后接过。

社交软件的消息振动未停，陈其给沈于淮发了句"新年快乐"，接着收到颜凯麟连番的祝福。陈其昭心情很好，干脆就给小屁孩颜凯麟发了个红包。

颜凯麟："就喜欢你这么直接爽快的人！"

陈其昭："哦。"

颜凯麟："祝昭哥今年赚大钱发大财，桃花旺旺，早生贵子。"

陈其昭："……"

走廊传来脚步声，陈其昭正想开门，就看到陈时明站在他面前。

陈时明穿着睡衣，手里还端着一杯东西："昨天听小徐说了声，你去非宏技术部了？"注意到陈其昭的视线停留在他手上，他将杯子给他看，"水。"

"去了。"陈其昭回答道，"荣光2.0做得不错，我就去那边逛逛，听说他们想继续研发新产品？"

荣光项目形势大好，很有可能成为新一年度集团的重点建设项目。

陈时明收到了不少关于非宏荣光系列的相关提案，但这些只是计划，具体流程还没开始，年底事情实在太多，这个项目被他搁置了。只不过他昨天听小徐说，年底陈其昭也跑了两次荣光技术部，还提了一点意见。

"你说的智能家居大概是什么想法？"陈时明直言道。

现在市面上的电器太多了，同样功能的产品不少，非宏电器确实做得还算不错，但会在后来的市场中逐渐被淘汰。

"你说这个啊？"陈其昭语气自然地解释道，"我就提个智能家居，这个概念老早就提出了，国外也有不少大公司在试行。我们国内几个大品牌现在没什么动静，但你没发现他们这几年推新产品的次数减少了吗？"

陈时明微微停顿，注意着陈其昭的表现："确实有这个说法，其他大厂在做技术革新。"

"产品的功能被开发得差不多的时候，大多数就会化繁为简。以国内现在的发展速度，仅研发平价的电器产品肯定不行。荣光项目提出的智能概念不错，但这种不算完全的智能，你倒不如打造一个荣光智能体系……"

陈氏确实有做智能家居的资本，毕竟是从房地产起家，旗下拥有建筑公司、电器公司，想要打造一体化的品牌并不难。梦里陈家就是晚了一步，非宏电器被逸诚拖累，没能提前走上这条路，最后只能看着其他大厂分割市场。

现在势头这么好，不趁热打铁太可惜了。智能家居电器，再过几年才在国内盛行，一切还来得及。

说到一半，陈其昭注意到陈时明审视的目光，忽然住了嘴。

陈时明问："怎么不说了？"

"等会儿。"陈其昭进了屋，没过一会儿拿着一本杂志放在陈时明手里。

陈时明："嗯？"

陈其昭道："其他我就不跟你多说了，没记住，杂志上都有写，回头你自己翻翻。"

陈时明："……"

陈其昭提醒道："第八页，你自己翻。"

兄弟俩的对话短暂地停了，陈其昭见陈时明拿着杂志干站着，正打算回房间，忽然面前递来了一个红包。

陈时明给他递了个红包："拿着。"

陈其昭过了会儿才接。

陈时明问："你不说点什么？"

"哦。"陈其昭停了停，"爸在红包里给了张卡。"

陈时明："今年少惹点麻烦。"

走廊重新安静下来，兄弟俩各自回了房间。

陈时明知道陈其昭对人工智能感兴趣，经常阅读相关的书籍，他的房间里出现这本杂志并不奇怪。他把东西放下后翻开了杂志的第八页，版面上提到的文章是"人工智能与智能家居"。

他迟疑地想："真是背下来的？"

另一边，回到房间里的陈其昭看着手里沉甸甸的三个红包没有动，也没说话。过了好久，他打开桌柜的锁，把一堆文件拿出来，将这三个红包放在最底下。

等他躺在床上玩手机的时候，微信里已经积累了好多条未读消息。

他点开与沈于淮的聊天框，看到沈于淮半个小时前给他发了个红包。

"你领取了沈于淮的红包。"

他领完正想发句"谢谢"，就见聊天界面里弹出一张图片，是夜幕里绽放的绚烂烟花。

陈其昭转头看向安静的窗外，他们这边没人放烟花。

陈其昭："好看，我们这边今晚很安静。"

沈于淮："那给你看看烟花。"

一个视频请求弹了出来，陈其昭从床上坐起，理了理睡衣才接通视频。刚接通就看到了天空。安静的室内，爆炸声伴随着呼呼的风声，绚烂的烟花繁复又漂亮。

手机上的光亮倒映在陈其昭的脸上，他的注意力全被烟花吸引了，目不转睛地看着。

沈于淮站在二楼的阳台上，手抵着栏杆，给陈其昭拍摄远处的烟花："现在没零点那时候热闹，再放一会儿估计就停了。"

陈其昭盯着烟花看了一会儿，被风声中沈于淮的声音吸引。对方并没有出现在视频内，声音却极为清晰，仿佛就近在耳边。

突然间，他觉得烟花有点索然无味，他有点想看沈于淮的脸。

陈其昭："那边是什么？"

沈于淮声音微顿道："哪边？"

"左边。"

沈于淮将摄像头调向左边："是西区的展览塔，晚上有灯光秀。"

陈其昭又问了几个地方，忽然道："是不是卡了？好像没动。"

视频对面传来声音："能看到我的手吗？"沈于淮的手在镜头前挥了挥。

修长的手离得很近，陈其昭能看到他手腕上的手表。

"能听到你的声音，但影像没动。现在声音有点断了，是不是摄像头卡了？你切换一下。"

视频对面没了动作，下一秒视频镜头翻转，沈于淮穿着睡衣出现在镜头里，陈其昭看到了他的下颚线以及喉结。

对方喉结动了动，声音通过听筒传过来："现在能看到吗？"

黑暗中，陈其昭对上沈于淮的眼睛。沈于淮今晚没戴眼镜，眼里仿佛淬了墨。

"其昭？"

突然，对方挂断了视频通话。

陈其昭目光停留片刻，沈于淮已经发来了消息。

沈于淮："应该是我这边信号不好。"

陈其昭："嗯。"

沈于淮："很晚了，早点休息。"

陈其昭："淮哥晚安。"

夜风呼啸，沈于淮的目光停在聊天界面许久，想到刚刚夜间模式下对方较为模糊的脸。

他打字："嗯，晚安。"

陈其昭一晚上睡得不太好，等到醒来的时候，外边的天已经大亮。

大年初一天气不错，陈其昭慢吞吞地起床，草草地洗漱完毕准备下楼吃饭。

一楼餐厅内，管家见到一脸起床气的陈其昭，拿茶叶的手微微一抖："二少爷，先生在会客。"

陈其昭瞥了他一眼，看了看桌面上的几个杯子："哦，白天喝茶没事。"

管家松了口气，继续忙碌。

陈其昭一边想着大早上谁来拜年，一边从冰箱里拿了瓶啤酒。他绕过拐角走到落地窗边，往客厅的位置看去，忽然看到坐在不远处沙发上的沈于淮。

刺啦，啤酒罐口冒出了白气。

"其昭醒了？快过来。"张雅芝招手道。

陈其昭下意识地退了一步，把冰啤酒往身后藏了藏。

沈于淮循声看去，远远地朝他点了下头。

管家正在厨房里准备茶水，见到陈其昭匆匆走回来，疑惑道："二少爷？"

陈其昭："你忙。"

管家有些疑惑，接着他就看到对方将手里的冰啤酒放下，转身从冰箱里拿了一瓶冰牛奶。

"沈家人怎么会在今天过来？"陈其昭拿完牛奶站在旁边，略有些迟疑地问道。

"沈先生昨晚与先生通过电话，先生原本想过去沈家拜年，沈先生今天却过来了。"管家解释道，"沈家已经很多年没在S市过年，今年得空就过来了，以前沈先生也常在初一过来拜年。"

沈家根基在S市，但因为沈雪岚雷厉风行的作风，沈氏早早便搭上了互联网这艘大船，分割出了属于自己的市场。实际上，商业版图已经扩展到其他城市，B市便是其中之一。沈于淮常年在外读书，沈家这边的亲戚不多，每年过年基本上都会去B市。今年沈于淮恰好在S市，沈家也就留在了本地过年。

陈其昭对小时候的记忆有些模糊，印象中沈伯父跟他父亲关系很好，后来交流少了，也有一部分原因是在沈家。

今天沈家来了三个人，除了沈于淮，还有沈伯父和沈雪岚。

陈其昭扫了一眼沙发上的空位，最后选择在靠外的位置坐下，旁边就是沈于淮。

他落座后朝沈于淮打了个招呼："淮哥。"

沈于淮的视线在对方微翘的头发上停留了一瞬，微微一笑："刚起？"

"嗯。"陈其昭喝了口牛奶，"你昨天都没跟我说。"

沈于淮："我也是今天早上才听我爸说的。"

陈其昭有点心神不宁地打量着沈于淮今天的穿着,目光最后停在沈于淮的眼镜上。

注意到陈其昭的目光,沈于淮问:"怎么了?"

"没什么。"陈其昭问,"淮哥今天换眼镜了?"

"嗯。之前的那个镜框出了点问题,送去修了。"沈于淮问,"这个很奇怪?"

"不会,挺合适的。"陈其昭脑海里浮现出昨晚沈于淮的眼睛,现实中看好像要更亮一些,沈于淮的眼睛没那么黑。

陈其昭转移注意力,很快被一个女声吸引了。

坐在他对面的是沈雪岚和陈时明,两人正在交谈,陈时明那张时常紧绷的脸庞显得放松了不少,没有摆出平日的冷面孔。陈其昭的目光从陈时明的脸上移开,最终落在了沈雪岚的身上。

他猛然忆起沈雪岚身穿黑色西装,立在墓碑前的情景。那天是个阴沉的天气,前来吊唁的人络绎不绝,而沈雪岚却在墓碑前端立良久,直至人群渐渐散去,她才放下手中的花束,默默离去。

他这辈子只在林家慈善晚会上远远地看过沈雪岚一眼,但实际上陈其昭与沈雪岚的交流并不少。陈家破产后得到了沈家的帮助,在某些场合他经常遇到沈雪岚。陈其昭代表陈家重新走进 S 市的社交圈时,曾面对来自四面八方的嘲讽与刁难,沈雪岚曾给他解过围。

沈雪岚常年偏爱穿西装,陈其昭记忆中最深刻的画面是她在晚宴上微笑举杯、与人应酬的场景,那时的她显得格外自信且沉着,那双眼睛仿佛能洞察人的内心世界。尽管双方交谈不多,她却给予了他不少帮助。

陈时明正与沈雪岚讨论着近期热门的电商领域,不过交谈不久,他便察觉到对面陈其昭的眼神。陈时明用余光扫到陈其昭放在桌面上的牛奶,带着几分惊讶向他望去。

"陈其昭,你还没吃早饭吧?"陈时明突然开口。

他说完注意着陈其昭的表情,眼看着对方眉头一皱,以为对方又要回嘴的时候,就听陈其昭道:"……刚醒不太饿,一会儿去。"

"我听雪岚说了,非宏那个项目是真不错。"沈父看向陈其昭,"听说小昭在这次项目里立了大功。"

听到沈父提非宏项目,陈家几人的表情不一。非宏荣光项目确实做得不错,可陈其昭不太喜欢提,每次一提这个项目,陈其昭总要多说两句。

陈其昭:"还好。"

陈建鸿扭头，见到陈其昭老实地坐在原地："这孩子玩性大，这次项目也是上心了，交了一份不错的答卷。"

陈其昭："嗯。"

陈建鸿："……"这孩子今天话怎么这么少？

比起昨天晚上陈三叔一家来时陈其昭的能言善辩，今天早上的陈其昭安静了不少，就算沈父提到非宏的事，他也只是简单地应了两句，没有阴阳怪气地说话，行为举止十分反常，反常得像是没睡醒。

等到沈家三人离开后，陈时明看着陈其昭拿着那半瓶没喝完的牛奶准备走，不禁皱眉："你今天没睡醒？"

陈其昭回头："哦，比你清醒。"

陈时明见陈其昭往楼梯处走，开口："……去哪儿？厨房有粥。"

陈其昭头也没回："不吃了，一会儿吃午饭。"

陈时明没理陈其昭，偏头看向陈建鸿："年后可能还有其他事情，你说要去林伯家，大概什么时候？"

"那就下午吧，确实得过去看看。"

陈时明点点头，非宏的事情还有部分存疑的地方，比如林氏跟逸诚的关系为什么会突然恶化，外面传闻的消息是因为项目冲突，可发生的时间点太巧……更何况在去年的慈善晚会上，查出来的药物问题，实在让人很难不怀疑。

林伯真的跟这件事没关系吗？

他若有所思，刚往外走忽然看到陈其昭站在楼梯处看着他。

陈时明："……你不是上楼了吗？"

"要去给林伯拜年啊？"陈其昭面上带笑，"哥，我也想去，带我一个。"

行驶的轿车内，沈父难得夸赞："陈家小儿子好像跟外面的传闻不一样，这不还是挺好一个孩子吗？看来老陈让孩子去公司历练历练还是不错的。"

沈于淮应了声："嗯。"

"我怎么觉得小弟最近对陈家那小子很关注啊，"沈雪岚看向沈于淮，问，"关系还不错？"

"这不很正常吗？我们两家关系交好，于淮小时候跟小昭的关系不是很好吗？"

沈雪岚回忆起客厅里安静的陈其昭，确实感到很是意外。她知道得还比沈父多一点，非宏闹得沸沸扬扬的那件事她也略有耳闻，陈其昭一时意气用事，选择了聂辰骁代言，在营销上跟陈时明吵架的事如今也还有耳

263

闻:"也有可能是今天收敛了。陈时明刚刚跟我说了,非宏那边可能要做智能体系,想要跟我谈合作。"

沈于淮闻言侧目:"合作?"

"就是陈其昭先前负责的那个荣光项目。陈家毕竟不是互联网起家,他们也没把重点放在智能方面,很多技术都不算成熟。"

相反,沈家占据了互联网市场的半壁江山,其发展重心亦在于科技智能化领域。近两年来,其核心技术更是取得了突破性进展,呈现出蓬勃发展的态势。而对于在这一领域存在短板的陈家来说,沈家恰好能够填补这一空白。若陈家有意构建智能家居体系,势必需要借助外部力量的支持。

沈雪岚也有所心动,毕竟这是一件合作共赢的事情:"唯一让我有点不确定的是合作对象。陈叔似乎打算把非宏给陈其昭当作锻炼的机会,如果是和陈时明合作,我不会有丝毫犹豫……"她边说边留意着一旁沈于淮的反应,捕捉到对方在提及陈其昭时细微的表情变化,随即改口道,"不过,这件事还需要再斟酌斟酌,具体等年后再做决定吧。"

给林士忠拜年怎么能少了自己。陈建鸿跟陈时明出门的时候,陈其昭也跟了上去。

林家与陈家相距不远,仅需半小时车程即可抵达。对陈其昭而言,这是他生平首次踏入林士忠的领地,面对这些熟悉的景致,总是不经意间勾起梦中的回忆,他求过林士忠多少次,就来了这个地方多少次。

在佣工的引领之下,陈家三人步入客厅,映入眼帘的是端坐于沙发之上的林士忠。陈其昭的目光短暂停留在桌面,捕捉到了烟灰缸里堆积的烟蒂,继而将视线转向林士忠身旁摆放的雪茄盒,心中暗自思忖,在他们到来之前,林士忠好像已经有其他宾客造访?

"都来了?"林士忠笑问道,"快坐快坐,小昭也来了?"

比起慈善晚会上见到的林士忠,现在的他似乎显得更加苍老了,看来这个年对方过得"不错"。陈其昭的心情因此愉悦了几分,开口说:"林伯,新年快乐,新的一年里要多注意身体啊。"

林士忠的神色略显不自然,但很快又恢复了那张和蔼可亲的面容:"新年快乐,长大一岁就要多给家里人帮忙了。"

陈建鸿看了陈其昭一眼,解释说:"正好他在家,就带他一起过来了。嫂子今天没在吗?"

"和小旭去她爸妈那儿了。"林士忠解释说,"我正打算过去,听说你们要来,就在家里等了一会儿。今年实在太忙,都没能过去你那儿喝茶聊天。"

林士忠又道:"听说时明这次做得不错,多给你爸帮帮忙,集团里现在正需要你们这些年轻血液来支撑。"

陈时明微微颔首:"会的。"

陈建鸿与林士忠聊了起来,不可避免地说到了林氏和逸诚的事情。林士忠三言两语把自己摘得干净:"这件事确实是我手下做得不对,有些事没处理好,碰到了逸诚那边的市场,加上之前累积的矛盾,逸诚就针对我们下手了。"

"如果需要帮忙……"陈建鸿道。

林士忠笑笑:"那自然会找你,放心好了。听说时明近期在集团里查出了不少问题?"

"都是些吃里爬外的商业间谍。"陈其昭看着林士忠,继续道,"林伯,你是不知道,陈时明前段时间还从我爸的助理团里揪出了两个,其中那个叫于杰的,还跟过我一段时间呢。"

林士忠的声音沉了下来:"是吗?"

"是啊。"陈其昭叹了口气,眼睛直直地看着林士忠,道,"林伯,我爸对他也不薄,你说那人看起来人模人样的,谁能想到心肠那么黑呢?"

"商业场上,无非就是利益问题。"林士忠扫了陈其昭一眼,转而对陈建鸿道,"这次的事情暴露了不少问题,你也要多加小心,尤其是董事会里的人,说不定还会针对时明,这点你要多加注意。"

"好。"陈建鸿又道,"时明,听到你林伯说的吗?"

陈时明在旁听着,听到陈其昭这句话不禁盯着他,又听陈建鸿问话,于是道:"嗯,这件事我心里有数,董事会那边我也会留意。"

陈其昭注视着林士忠那副道貌岸然的样子,心中明白陈氏集团确实面临着内忧外患的困境。集团内部最大的困扰源自董事会的百般阻挠以及林士忠精心布置的迷局,前者在明,后者在暗。

陈其昭对林士忠布下的这盘棋局了如指掌,每一处细节都是他亲自查证所得,谁存心不良一清二楚。但眼下,由于某些事态尚未显露,缺乏确凿证据将林士忠的党羽一举清除。

这次非宏事件后,陈时明主要针对的是集团内部涉及重大项目的人员,这对林士忠极为不利,因为他的诸多安排均嵌入这些项目之中。例如,此番助理团队中就被查出了两位深藏不露的成员,于杰等人便是其中之一。

林士忠的布局显然已遭受重创。

对林士忠而言，数十年的精心布局出现裂痕，多个核心棋子过早被曝光。加之逸诚在外不断给林士忠制造麻烦，这个年对他来说注定难以平静，他不得不设法填补计划中的缺陷。

林士忠是只老狐狸，他能花几十年筹备一场大局，不可能因为这件突发的事情方寸大乱。很有可能就是休养生息，等待下一次的机会。所以他现在最想做的就是稳固在陈氏内部的布局，想办法转移陈时明的注意力，把矛盾引到董事会上，为自己争取调整的机会。

陈其昭不可能让林士忠如意，对方既然不想动，那他就得想办法让林士忠动。

"在想什么？"陈时明忽然问道。

陈其昭回过神，林士忠正在跟陈建鸿说话，没注意到他们这边的动静。他对上陈时明疑惑的眼神，随口答道："想找个助理。"

陈时明目光略显诧异，直接说道："你要是需要人，我派个人给你。"

"我可不要你的人，万一再遇到一个于杰，那我岂不是很吃亏？"

陈其昭没想要陈时明的助理，陈时明自己的事情一大堆，要是抽一个人过来给他，万一再安排什么不三不四的人进陈时明的助理团，那问题更大了。

林士忠年后肯定会有动作，陈时明要应付的事情太多，徐特助未必有时间来回跑。虽然说徐特助确实很不错，但他也不能在这个时候调动陈时明的人。所以陈其昭想找个信得过的助理，来给自己打下手……要说信得过且有能力的人，他心里倒是有个人选。

他们聊了一个多小时，陈其昭就在旁边听了一个多小时。

离开林家的时候，陈其昭的目光投向别墅后面的车库。他没记错的话，林家后面应该还有几个备用停车场。他心下存疑，刚往那个方向走了两步，身后的陈时明就喊住了他。

"去哪儿？"陈时明说，"我们的车在这边。"

林士忠看向陈其昭。

"林伯家的花园还挺大的。"陈其昭若有所思，说道，"我就随便看看。"

林士忠道："年后有时间，也可以来家里玩。"

等陈家人一走，林士忠脸色立刻就沉了下来，他回到客厅，蒋禹泽已经从书房里出来了。

"陈家的人怎么突然来了？"蒋禹泽皱眉，"差点就被发现了。"

"不用担心,你的行踪没有暴露。"林士忠点燃了雪茄,"陈建鸿说来拜年,我以为起码要两个小时后,没想到来得这么快。"

林士忠又问:"逸诚那边怎么样了?"

"没办法处理。"蒋禹泽皱眉,"我们想了很多方法转移逸诚的注意力,但是他们高层那边现在一口咬定是我们干的,以逸诚现在的作风,年后与我们相关的两个项目他们估计会硬抢,建议放弃。"

林士忠没动,一脸阴沉地看着面前的茶盘。

所有的布局本来好好的……只要陈家和逸诚闹起来,他们既可以坐观虎斗,也可以坐享其成。蒋禹泽提到的两个项目是他们之前早就筹备好的,为此投入了不少资金,本想着等逸诚与陈家斗得不可开交,无暇他顾时,将这两个项目轻松收入囊中。

可现在一切都乱了。就因为陈家,他们林氏准备了大半年的项目可能要付出更多的代价才能抢回来,还要被逸诚这条疯狗时刻紧盯,处处受限。

过了许久,林士忠开口:"上次让你查陈其昭,查得怎么样了?"

蒋禹泽答道:"他的那群朋友我们都查过了,陈其昭每周基本上都会跟他们出去喝酒,性格还是那样,偶尔喝酒的时候还会闹脾气。表面看起来跟我们以往调查出的结果没什么区别……年底的时候,他经常在程荣那些人面前表现出对逸诚对付言雨的不满。"

"有个疑点,但也不算疑点,陈其昭近期很在意陈建鸿、张雅芝的身体健康。"蒋禹泽思考片刻后道,"是去年年中发生的事。陈其昭跟张雅芝去医院做过检查,张雅芝的身体查出一点小毛病,陈其昭十分重视。"

"突然关心?"林士忠皱眉,"他发现问题了?"

"陈其昭在陈家与张雅芝的关系最好,他会关心张雅芝的身体也算是人之常情。陈建鸿的'三高'问题也是在那之后被发现的,年后还让我预约了一次全身体检。"蒋禹泽道,"因为陈其昭除了关心,就没做多余的举动,其实也不算是疑点。"

"这件事你小心一点,近期不要暴露。"林士忠又问,"他学校那边呢?"

蒋禹泽继续道:"没其他收获。陈其昭在学校的交际圈有限,我们查了跟他相处的人,他唯一走得近的就是沈家的沈于淮,两人似乎因为之前研究所的事关系变得不错。而且我收到消息,沈家今天早上也去陈家拜年了。"

沈家……林士忠有点想不明白,沈家的沈于淮他也略有耳闻,不像是陈其昭会交往的对象,这两人为什么会突然间拉近关系:"这段时间注意沈家的动静,别让他们来坏事。"

"最主要的是盯着陈时明,一旦他查出什么问题。"林士忠冷笑一声,"剩下的事也不用我交代你了。"

第十一章 最大的隐患

过年期间，陆陆续续都有人来陈家拜年。陈其昭前两天还在楼下陪客听着，后来就实在没兴趣了，除了吃饭就待在房间里，还被颜凯麟拉去打游戏。

陈其昭年轻时确实爱打游戏，自认为还打得不错，可太久没打，手感也早就没了。胡乱跟人玩了两把，陈其昭实在难以拾起年轻时的兴致，干脆下楼去找张雅芝。

张雅芝在小花园里画图，陈其昭过去的时候她还没反应过来。

"你这孩子，过来也不跟妈妈说一声。"张雅芝侧开身，又道，"你爸跟你哥在那边下棋。"

陈其昭问："你今天的血压量了吗？"

"量了。"张雅芝用余光看了他一眼，把手里的东西放下，"怎么来这儿了，不是说跟小颜打游戏去了吗？"

"你画你的，我就是过来看看。"陈其昭在旁边的椅子坐下，没打算打扰张雅芝，问完事后就拿起手机看消息。

是徐特助发来的消息。

陈其昭："这么快？"

徐特助："车场那边上次审查有资料，不难查。"

徐特助这个年过得还可以。对于他们这样的职业，已经习惯了老板随叫随到，但今年老板家里没有出现跟前年一样吵架的事，至少没有让他过年期间紧急出外勤。为此，徐特助新年祈福的时候还多为老板说了一句，愿他家庭和睦。

老板没找他,老板的弟弟却找上他了,说是让他查一查郊区车场的维修师傅和技术师傅,年后把资料发给他。正好他有车场年底审查的资料,就临时整理发给了陈二少。

只是他好奇二少爷为什么突然就开始查车场了,这跟非宏也没关系啊!

徐特助:"二少怎么突然想查车场了?"

陈其昭:"哦,陈时明让我考驾照,我看看哪个教练技术好。"

徐特助:"……"您就找个驾照教练还要这么多资料?!

徐特助:"……那维修师傅?"

陈其昭:"想搞辆改装车。"

徐特助:"……"驾照还没考,这就打算改车了!

在徐特助天人交战考虑要不要给老板打小报告的时候,陈其昭已经点开车场的资料仔细查看起来。

资料异常详尽,涵盖了车场的所有工作人员,从上层的各位经理到下层的工人师傅。车场在年底审核中未发现任何问题,陈建鸿的车队也正常运营,而这些人员的资料初看之下似乎均无异常,从表面看,这是一个毫无破绽的车场。

工作人员、车场设备、合作零件商等,如果要细查车场,那涉及的问题就是方方面面。

陈其昭稍有迟疑,仔细地看着维修师傅的资料页面。

陈时明当年出车祸的事,他无法确定是意外还是人为,毕竟车祸的原因是市内超速和拐弯时遇到的肇事货车。后来陈其昭也不是没有怀疑过有人为的因素,但司机都死了,陈时明也承认自己有问题。

所以那个车祸是按照交通事故处理的。

如果是人为,问题很有可能出现在肇事货车上。陈时明出事那会儿,于杰已经在蒋禹泽的安排下进入了陈时明的助理团队。作为助理,于杰完全有可能拿到陈时明的行程表,那货车的出现可能就不是意外,有可能是林士忠做的安排。

除了肇事货车,还有另外一个可能,就是陈时明出车祸时所坐的车辆有问题。

司机老林在陈家工作多年,驾驶技术受到很多人认可,即使是遇到恶劣天气也能开得很稳。行驶中即使有超速行为,作为一个经验丰富的司机,在发生特殊情况时,不可能不采取任何行动……

当时的车祸十分惨烈,事后查看监控时,交警调查表示,车辆在撞上货车之前方向盘可能存在过变动,因此在那场重大的车祸中,老林不幸当场罹难,陈时明的双腿受重伤致残,但幸免于难。由于车辆损毁严重,且现场随后发生了小规模火灾,车辆的调查进展一直十分缓慢,最终未能得出明确结论。

可如果重来一次,在无法确定是人为还是意外的情况下,陈其昭不可能让陈时明重蹈覆辙。如果肇事货车的出现是因为助理泄露行程,那造成车祸的其他原因可能是车辆被动了手脚……司机老林可能有问题,但更大的可能是不是问题出在车场的定期维修上?那车场就必须得查了。

张雅芝的注意力看似在画上,实际上一直在斜前方坐着的陈其昭身上。

陈其昭就坐在她的前方,视线停在手机上,可他的手指已经很久没动了。

这孩子看起来确实瘦了,原先带肉的脸庞棱角渐渐分明,即便穿着厚重的棉衣,她也觉得他的身体比以前瘦弱了很多。

除此之外,还有这孩子身上的变化,他沉默的时间远多于以前,不像以前那样直接明了地表达自己的需求。有时候她看着这孩子,观察他微妙的表情变化,却不知道这孩子心里在想什么。

陈其昭忽然注意到张雅芝的目光:"妈?"

张雅芝回过神来:"你出来怎么不多穿点?冷吗?妈去给你拿件衣服?"

"不冷。"陈其昭注意到张雅芝的穿着,"我去给你拿一件。"

"哎,不用……"

陈其昭已经走远,张雅芝微微抿嘴,将到嘴边的话咽下去,心里思绪万千。

她觉得这孩子身上好似压着一座山。

大年初七后,陈家人陆续开始上班。陈其昭原本打算在家里待到开学,结果大年初七那天,陈时明一大早就叫他起床,让他去公司。

直到坐上车,陈其昭的起床气仍未消散,整个人显得有些迷糊。

近两日,他一直在研究那个车场的资料,光看资料还不够,他还吩咐人调查了车场工作人员的社会背景,企图从这些人的交际圈中找出与林士忠及其亲信有关联的人,但遗憾的是,一番排查下来,没有任何发现,可

271

可以说是徒劳无功。

陈其昭与前座的徐特助对上目光后收回,继而看向旁边一上车就开始看文件的陈时明:"你去上班关我什么事?"

"我跟爸商量过了,准备把非宏全权交给你。"陈时明头也没抬,"所以你年后要到总部来。"

陈其昭莫名其妙:"那我去非宏不就好了?"

陈时明:"非宏荣光项目是新季度重点打造的项目,到时候你免不了要经常跑总部,我让小徐在总部给你腾出一间办公室,今天有开年第一场会议,你跟过去认认人。"

陈其昭闻言一顿,陈建鸿之前跟他说过去总部历练,但他觉得太快去总部不利于他私下行动,原本打算缓缓再说。可陈时明这么一安排,倒是给了他一个合适的理由出入集团总部……

陈其昭思索片刻:"重点打造?智能家居的事你考虑好了?"

陈时明扭头看着陈其昭,他原以为陈其昭还会多问,没想到这么快就换了个话题:"对,已经确定了合作方,确定之后让你去签合同。"

他说完观察着陈其昭的反应,发现后者偏头看着窗外,似乎只是随口一问。

其实他是经过深思熟虑后才跟陈建鸿提出的建议,他并不完全认为当时签约聂辰骁的事是巧合,特别是之后付言雨的事情败露后带来的结果,总有些让他想不明白的地方。可是他再去细查,却查不到陈其昭与付言雨事件有任何关联。一个巧合可以说是运气,但太多的巧合就不能说是运气了。

他觉得陈其昭似乎知道些什么,但没有任何证据。

很快,几人到了公司。陈时明还要去办公室准备会议,陈其昭则在徐特助的指引下来到了自己的新办公室。

"二少,如果有其他问题,你再叫我。"

陈其昭没说话,兀自打量起这间办公室,隐秘性还好,没有安装任何监控设备。但表面没有,不代表不会有其他人私下在办公室内安装监听设备。

虽然这间办公室与陈时明、陈建鸿的不在同一层楼,但这个地方能通过玻璃墙看到行政办公区。对于陈其昭来说,这样的办公地点确实方便他认人,很显然是陈时明特意为他准备的。

但他没有直接开口询问,而是处处试探,就可以看出陈时明只是怀疑,并没有证据。

陈其昭微微沉思，有一个敏锐的潜在队友也挺好的，他该想的是如何利用现在的好机会将蒋禹泽揪出来。

蒋禹泽实在隐藏得太好了，即便是与他关系密切的于杰出了问题，也没能将他牵扯进来。只能说此人行事极为谨慎，总是利用他人，自己从不亲自参与。陈其昭留意到集团近期发布的一则公告，非宏事件波及了不少人，加之锐振电子事件引发的内部整顿，一些他熟知的名字已被行事果断的陈时明处置了。此外，还有一些虽然与林士忠并无直接关联，却损害了集团利益的人，也一并被清除。

集团剩下的人员名单里，最大的隐患还是蒋禹泽。

其他高层对外有联系，但行事不够大胆。蒋禹泽虽然胆子大，但林士忠能安排的人手有限，他未必有那么多资源。他更多的时候是借用利益或其他手段煽动别人为他做事，不动声色地利用别人来达到自己的目的。

陈时明迟早会查到其他高层的问题，也迟早会关注那些在集团内针对他的人，但他不一定能注意到蒋禹泽。

在梦中，林士忠扳倒陈氏的手段，无非是在短时间内制造多起人为的项目事故，切断陈氏的供应链，从而使陈氏的资金链陷入紧张状态。彼时陈建鸿离世，陈时明瘫痪，陈氏外部面临强敌环伺，内部又遭遇叛徒作乱，才会迅速衰败。

内贼难防，陈氏只要对外招聘，不可能完全没有疏漏。但这些疏漏难以在短时间内击垮陈氏。再加上现在林士忠少了几年的布局，一些潜在的隐患也被拔除……

说到底，最主要的也只剩下一个蒋禹泽。

陈其昭进入总部不是秘密，当天就在公司内部引发了议论。众所周知，陈建鸿育有两子，一子出色，另一子则被视为无能，这样的传言早已不胫而走。如今，陈家这位小霸王空降至集团总部，加之外界盛传兄弟不和，起初大多数人持观望态度，但自去年非宏荣光项目大获全胜后，一些人开始蠢蠢欲动。

多数高层并不认为陈其昭在荣光项目中起到了关键作用，加之项目中还有陈时明的参与，以及当时会议室内陈时明的沉着冷静，他们更倾向于认为是陈时明的幕后运作，才使得项目得以完美收官。至于陈其昭，被视作无能之辈的他，能够凭借此项目取得成绩，多被认为是侥幸得利。

可无论陈其昭是天命之子还是有点本事，对于他来总部，欢迎的人那

273

可太多了。

　　陈时明的动作太大，高层里敢说自己完全干净的人没几个。虽然不是人人都违背集团利益勾结他人，但多多少少都徇过私。陈时明办事雷厉风行，受他的辖制，说不难受都是假话。现在有个陈其昭过来，他们巴不得看这兄弟两人闹起来，用陈其昭来牵制陈时明，这样陈时明才没闲心总是查这查那。

　　会议在早上十点召开，陈其昭随着其他人进入会议室，一路上遇到不少跟他打招呼的人。他微微挑眉，看着这些人热情的模样，若有所思地坐在会议室的后排，一个个地观察起来。

　　熟人当然不少，现在看到他们，感觉还真有点奇妙。

　　陈其昭想起破产后挣扎的那段日子。陈氏集团破产太快，瓜分利益跑路的人确实有，但也有一部分陈建鸿、陈时明的旧部留下来帮他。可惜早期他确实是扶不上墙，还识人不清，浪费了一部分人的心血……现在想想，陈时明后来对他失望也不是没有原因。

　　但如今不一样了，陈时明都清除那么多内奸了，只要把蒋禹泽揪出来……

　　开年例行会议无非是总结过去与展望未来，陈其昭觉得今天这一趟没白来，至少在这一年里，集团内重点建设的项目都在这个会议上或多或少地被提及，便于他进行之后的谋划：明确哪些项目需要留意，哪些项目可以加速推进，同时也便于观察蒋禹泽的动态。

　　听了几个项目后，陈其昭向蒋禹泽的方向看去。

　　如果他的记忆没错，这个时间点应该有好几个项目开始筹备，那些项目中就有林士忠后来动手脚的项目……一些部门因为陈时明的排查而丢失了部分棋子，林士忠不敢再安排，但还有两个部门尚且未波及，是林士忠便于操作的，可他依然还没有安排。

　　林士忠变谨慎了，他不敢在这个时间点大肆作为，安插人员。

　　陈其昭若有所思，陈时明的动作搞那么大吗？把那只老狐狸都吓得夹起尾巴了。那可就难办了，蒋禹泽不动手，他怎么找证据？

　　这时候，屏幕上的幻灯片跳到了下一页，一个熟悉的名字出现在陈其昭的面前。

　　陈其昭的脸色忽然变了，眼睛直直地盯着那个项目——盛洺。

　　盛洺项目，是陈氏集团在收购盛洺公司后启动的转型计划之一。作为一家以房地产为根基的集团，陈氏集团长期面临着市场需求变化等外部因素的挑战，因此，探索转型路径与拓展业务范围一直是其核心发展战略。

盛洺项目便是这一战略导向下的关键举措，遗憾的是，该项目实质上是林士忠精心布置的一场大戏，其策划周期极长，自陈氏集团收购盛洺之初，林士忠便暗中布局，直至时机成熟方才触发。

此刻，尽管会议室中主讲人正详细解析项目内容，陈其昭的内心却逐渐沉重。事情显得很不对劲，根据他掌握的时间线索推算，盛洺项目理论上应在两年后才会被正式摆上议程，而非当下。按原计划，林士忠应在确保其在陈氏集团内部布置的"眼线"万无一失后，才会推进该项目。但目前这些"棋子"大多已被清除，为何林士忠会选择在此刻启动这一计划？

陈其昭眼睛转了转，目光四处扫视，注意到陈建鸿正专心聆听讲解。

盛洺确实是陈氏扩张业务的好机会，陈建鸿原本就有这个打算，但现在收购盛洺需要付出比两年后更多的资金和精力，想要成功收购并非易事。如果不是打算在未来利用盛洺做文章的话……这个时候提出这个计划，林士忠应该是想消耗陈氏的元气。

果然，在盛洺之后，PPT上又出现了几个收购目标。

陈其昭更加确定了林士忠的计划，他不敢直接对陈氏下手，而是接连抛出多个诱饵来消耗陈氏，从而给自己创造其他机会。毕竟开展的项目越多，人员越混杂，他再安插人手就变成了一件非常容易的事情。

会议还在进行着，多个方案被陆续提及。

蒋禹泽在主讲人的话语声中悄无声息地看向陈其昭，后者非常随意，即便来到这种场合也只是穿着一身休闲的服装，注意力没有持续停留在屏幕上，目光更是四处游移，也不知道他在看什么，更像是在走神。

他想到接下来的安排，不由得对陈其昭格外注意。

秦行风和于杰先后栽在陈其昭这边，无论陈其昭的性情如何，这个人还是得放在眼皮底下更合适，以免影响后续的其他事务。

这时候，荣光项目出现在屏幕上，蒋禹泽看到该项目底下负责人的名字，瞳孔顿时放大。

"荣光智能家居方案初步拟定为本季度的重点建设项目，该项目的负责方是非宏电器，主要负责人由陈时明变更为陈其昭。"

主讲人的话刚说完，会议室里就有不少人讨论起来，齐齐看向坐在会议室最后端的陈其昭。

陈其昭面前的记录本都没翻开，穿着一身与会议室里其他人格格不入的衣服，外套上还破了两个洞，看起来十分不正式。面对其他人的目光，他没有半分拘谨，甚至打开了矿泉水，仿佛这个项目与他没有太大关系。

几个高层见状皱眉，似乎完全没想到陈时明会把这个项目交给陈其昭。

"荣光这个方案整体上没问题，只是我们的技术储备足够吗？"有个高层提出意见。

陈时明站起来，开口道："这个你放心，非宏电器将与沈氏合作，技术问题我们双方会协力解决……"他的话刚说完，会议室里忽然传来一阵咳嗽声。

陈其昭缓过来后，注意到会议室里其他人的目光，对还站立着的陈时明道："不小心呛到了。"

陈时明："咳完了吗？"

陈其昭："没事，你继续吧。"

众人纷纷看向陈时明，见到他紧蹙的眉头，心中更加确定两人不和。开年第一场会议，陈其昭就这样打断陈时明，也太不给面子了。

离开会议室之后，陈其昭马上就去了陈时明的办公室，跟在后面的几位高层不禁进行目光交流，预料到办公室里将会有一场好戏。

蒋禹泽对身边一个人道："一会儿到陈时明办公室那层看看，注意下他们有什么动静。"

陈其昭一开始确实是呛到了，谁能想到仅凭非宏电器那个项目，陈时明居然搬出了沈家这尊大佛。但后面长时间的咳嗽是他故意的，项目从陈时明手里移交到他手里，有人不生疑那才奇怪。

他走进办公室，问道："跟沈家合作，你怎么没跟我说？"

"这不是你接手项目之后就知道的事？"陈时明道，"我早上让徐特助放在你办公室桌上的文件你没看？"

陈其昭非常坦然："没看。"

陈时明叹了口气，继续看文件："教练定了吗？"

陈其昭看着陈时明办公室内各处，没有发现什么异样，随口答道："还在挑选。"

陈时明："……陈其昭，你是在挑教练还是在挑什么？"

"七天叫久吗？"陈其昭不赞同地皱起眉。

办公室外，徐特助敲门的手微微一顿，他深思熟虑后退了两步，与其跟老板和老板的弟弟讨论挑教练到底需要多少天这种问题，他宁愿站着摸会儿鱼。

"徐助，你这是在罚站？"

徐特助看了眼来人，见是蒋哥手下的小江，尴尬地笑了笑："嗯，站一会儿。"

小江用余光瞥了办公室一眼，听到里面稍微大一点的声音，点点头道："那你加油，我去送文件了。"

看着小江从自己的视野消失，余光瞥见秘书台几个同事同情的目光，徐特助往旁边挪了挪，争取站得不太显眼。里面的声音终于消失了，他整理仪容准备敲门，门却忽然被打开了。

陈其昭从办公室里出来就看到徐特助，他朝人点了点头，很快就回到了自己的办公室。

他确实从办公桌上一堆文件里找到了荣光与沈家合作的方案，发现还需要做前期考察，这段时间与沈家那边的联系估计少不了。

他打算给沈于淮发消息询问，刚打开聊天框，忽然看到上方出现"对方正在输入中"的字样，陈其昭打算打字的手停住了。

沈于淮的消息发了过来："在非宏吗？"

陈其昭："没有，淮哥找我有事吗？"

沈于淮将车停在陈家别墅门口，他刚从里面出来，家里只有张姨在。他坐进车里，正想回答，对方却直接打了个语音电话过来。

"喂？"陈其昭问，"哥你在非宏附近吗？"

沈于淮系上安全带："今天本来有事找你的，以为你在家就直接过来了，张姨说你出去上班了。"

"我今天来陈氏总部了。"陈其昭稍稍一顿，道，"就在市区。"

"那你下午有事吗？"沈于淮笑着问道。

"有时间。"陈其昭余光瞥了眼桌面上的文件，他其实也没什么事，今天过来主要是为了开年会。这次没白来一趟，至少他把林士忠后续可能动手的目标确定下来了，接下来只要锁定这些项目和蒋禹泽就行了。

他刚刚看了陈时明桌面的行程表，他们下午估计还有好几场会议要开，他没理由参加那些会议，而蒋禹泽不会在那些会议上搞小动作。他与其在公司浪费时间，不如直接去车场看看，还得让人提前查查盛洺现在是什么情况。

"那你把地址发我，我过来接你。"沈于淮又问，"吃过午饭了吗？"

"还没。"陈其昭注意到时间已经下午一点多了，早上的会议开得太久，居然到这个时间点了。

沈于淮停了一下，又道："那正好。"

桌面上的文件积累得太多,陈时明整理的时候突然注意到了某个文件夹,他神色骤然一变,立刻把负责调查这件事的人叫了进来。

"这是怎么回事?"陈时明指着上面的名字,"方程杰?怎么会查到这个人身上?"

"老板,方程杰是我们在调查逸诚的时候通过查付言雨查到的。"负责调查的助理开口说道,"方程杰是付言雨的靠山,掌握了一部分的娱乐产业,在娱乐圈内地位不低。但在付言雨出事之后,他很快就撇清了关系……我们会查到这件事是因为逸诚最近也在追着方程杰算账。我们顺着方程杰那条线往下查,发现方程杰最近因为涉嫌非法交易而被带走调查。"

陈时明皱眉:"非法交易?"

"是的。"助理继续道,"警方通过付言雨查到了方程杰,虽然方程杰第一时间销毁了证据,但还是在付言雨经纪人那里查出了不少证据。而后警方通过方程杰锁定了圈内其他有问题的艺人。据说这件事里有逸诚的手笔……"

陈时明垂眸继续看着资料上的细节,在方程杰涉嫌非法交易的物品中看到一个熟悉的药品名字。他眸光一凝,直接上网搜了该药品的资料,页面上显示的第一个作用就是"致幻"。

先前陈其昭住院的时候,主治医生曾提到他摄入过这种药物,现在却在方程杰走私的药品中看到……

陈时明问:"你说这件事有逸诚的手笔?他们是怀疑方程杰连同付言雨搞他们?"

"具体的原因我们还在查。"助理思考片刻道,"但在调查过程中我们听到了一个小道消息,说是逸诚会对上方程杰,主要是在付言雨的事情发生后,逸诚的高层收到了关于方程杰的邮件资料。"

注意到陈时明的沉默,助理站了一会儿,小心问道:"老板,还有其他问题吗?"

陈时明挥挥手,让助理出去了。他坐着沉思良久,最后直接离开办公室去了陈建鸿那里。

陈建鸿刚结束一个远程视频会议,见到陈时明进来,就屏退了其他人。

"这么着急,发生什么事了?"陈建鸿问道。

陈时明把方程杰的那部分资料递给陈建鸿,后者看完微微皱眉,也同样注意到那个药品名称。陈建鸿永远记得当时慈善晚会上陈其昭被下药的事,那件事的调查结果也只说是服务员的个人行为,唯一的答案似乎是只有好友林士忠所说的商业竞争对手逸诚的所作所为。

因此这段时间，所有关于逸诚的消息他都没有放过。

直到看到这份资料，他心中有了另外的猜想，目光略显深沉："调查现在有结果吗？方程杰相关人员呢？"

"目前还在调查中，没有传出其他消息。"陈时明继续道，"方程杰没有交代药品的相关买家，但买家不会是逸诚。如果是逸诚，他们不会在这个重要关头跟方程杰扯上关系，更不会去协助警方……"

"买家……"陈建鸿盯着资料看，想到逸诚近期的动作，某个可怕的猜想从他脑海里浮现，他微微闭上眼睛，却不敢去想那个结果，握着文件夹的手冒起了青筋。过了一会儿，他才开口道，"还有可能是林氏……"

注意到陈建鸿的表情，陈时明立刻道："我会让人继续去查。"

"无论是什么结果，都立刻跟我说。"陈建鸿把文件合上，重新递给陈时明，"把东西带走，不要留在这边。"

陈时明眸光微顿："好。"

办公室的门关上，陈建鸿微微倚着椅背，余光扫向桌面的文件，闭上了眼睛。

过了好一会儿，门外传来敲门声。蒋禹泽进来送文件，他扫了一眼陈建鸿的桌面，敛下眼底的深意，道："陈总，提案已经出来了。"

陈建鸿闭着眼睛，语气中带着几分疲惫："你安排一下行程，把跟G市的视频会议改到明天。"

"好的，还有其他安排吗？"蒋禹泽问。

陈建鸿问："逸诚的事情是谁在负责调查？"

蒋禹泽停了一下，继而说道："原先是于杰负责，去年年底他离职后还没交接到新人手里，现在已经交由小江负责。"

"那行。"陈建鸿听完了摆手，"最近老林跟逸诚闹得挺僵的，他那边要是有什么需要帮忙的地方，你帮我留意一下。"

蒋禹泽闻言一顿，原来是陈建鸿在关心林氏。他马上答道："好的，我会让小江留意的。"

把文件放在桌面上，蒋禹泽转身离开了。待他离开办公室后，陈建鸿睁开眼，目光停留在办公室的门上，表情若有所思。

陈建鸿知道大儿子并未放弃对逸诚的调查，可陈时明事务繁多，重心其实是放在解决年前陈氏集团内部暴露的各种问题上。按理说，陈时明在逸诚问题上投入的时间和精力应该较少，但即便如此，陈时明的人还是把方程杰这条线索查了出来……

逸诚与林氏的事件较为复杂，暴露在业内的基本都是以前的争端。外界各种各样的传言都有，他并非没听过逸诚因为代言人而迁怒林氏这样的传言，只是这件事缺乏证据。他从业多年，也吃过谣言的亏，捕风捉影的说法再多，他还是倾向于相信老友。

逸诚与林氏或陈氏闹矛盾，那是积怨在先，符合情理。但方程杰这件事的暴露，那就不同了。

除此之外，他一直让蒋禹泽及其他助理去调查逸诚的事情，这是他特别交代过的。他之前确实收到过不少相关消息，但既然陈时明的助理团队能查出方程杰的情况，蒋禹泽等人的能力更为出色，为何却没有一条相关消息送到他面前？

是方程杰的事情是假消息，还是他底下的人出了问题？

出门后，蒋禹泽把小江叫到了办公室，重新交代一些事情："逸诚那边交给你去查，查完之后把东西交给我。"

小江点头。

想到最近闹得沸沸扬扬的那件事，蒋禹泽目光微沉，该给陈建鸿的消息不能漏，但消息也不是不能加工……他思考着其他的计划，忽然想到什么："让你去盯着陈时明，他跟陈其昭怎么样了？"

"陈时明跟陈其昭似乎在办公室吵了一架，我去的时候，徐特助站在门口没敢进去，我也确实听到了一些声响。"小江道，"而且刚刚来的时候，我得到消息，陈其昭翘班了。"

蒋禹泽难以理解地笑了下："翘班？"

翘班的陈其昭收到消息下楼的时候已经是下午两点多，刚到楼下，他一眼就看到站在会客区等他的沈于淮。沈于淮今天穿着一件深色的风衣，站在展览栏前，周围仿佛都安静下来。

陈其昭没有动，也没有出声。即便陈氏大楼的会客区与他公司的装饰布局截然不同，但现在的沈于淮似乎与梦中在楼下等他下班的某个身影重叠了。

沈于淮看完了展览栏上的陈氏集团历史介绍，转头，注意到站在不远处的陈其昭，开口道："来了啊？我的车停在外面，我们走吧。"

"哦，好的。"陈其昭回过神来，走上前与他并肩而行。

就像回到了梦中，沈于淮也是这样等他下班，然后一起出去吃饭。

陈其昭说不出那种感觉，就像是走过了大半个人生。

唯一在他身后等着他的人，也只有沈于淮一个。

上车后，陈其昭系上安全带，开口道："我们去黄记餐馆吧……"

沈于淮与他同时开口："这附近有家餐馆很不错。"

两人同时开口，又同时停下。

沈于淮笑了笑："这么巧？我刚想说带你去黄记，之前来市区办事的时候吃过几次，感觉那边的菜品都不错。"

"嗯，我也吃过几次。"

陈其昭稍稍侧目，开车的男人目不斜视，注意力全在道路上。

其实他去黄记餐馆是梦中沈于淮带他去的。两人没什么讲究，每次想不到吃什么的时候，总会默契地去黄记餐馆。

到了地方，陈其昭主动到角落里某个位置坐下，沈于淮去点餐。

他坐的那个位置正好能看到餐馆的点餐台。

或许是在楼下见到沈于淮引起了部分回忆，他现在看着沈于淮，总在拿他与梦里相比，面孔更年轻，身高好像有差异，声音似乎也比以前清亮一些……他想着想着，忽然在沈于淮身上看到一个年幼的身影，脑海里莫名浮现了一段残缺的记忆。

背景应该是在他家中，毛毯上放置着一张小书桌。摊开的习题册上写满了算术题，而沈于淮正坐在他的身旁，耐心地指导他写作业。

"在想什么？"沈于淮正好回来，"看起来在走神。"

"没。"陈其昭回过神，可能是有了先入为主的印象，又在家里看过沈于淮小时候的照片，刚才脑海里浮现的情景仿佛是他的臆想。不过如果他小时候跟沈于淮一起玩，估计就是刚才所想的样子。

餐馆里人不多，菜很快就送上来了。

"还没问，淮哥你找我有什么事吗？"陈其昭问。

"我听家里人提起，陈氏有个项目合作，负责人是你。"沈于淮搅拌着浓汤说道，"我姐姐知道我跟你的关系不错，让我找个时间带你去技术部那边转转，提前熟悉一下人员。这样之后你带非宏的团队过来考察也会更方便些。"他看了看时间，接着说，"一会儿吃完过去也来得及，去吗？"

"好。"陈其昭知道非宏如果能发展起来，对于陈氏来说是非常大的助力。

沈氏后来飞快地成长为国内首屈一指的科技集团，甚至开始自主研发芯片。在未来沈家智能产品遍布市场的情况下，非宏电器如果能跟他们达成合作，从某种意义上来说也是一场双赢的事情。

沈于淮的视线停留在陈其昭身上，注意到对方表情的细微变化。今天陈其昭没有戴帽子，面对面坐着的时候，能更清楚地看到对方的脸。

"年后要忙了？"沈于淮问。

"嗯。"陈其昭问，"淮哥呢，年后研究所有其他事吗？"

"年后有周期答辩，之后是论文。"沈于淮解释道，"同组的朋友需要准备论文，三月后才开始忙。"

陈其昭漫不经心地想着，那就是不忙了，之后想约沈于淮出来吃饭也容易。他想着接下来的安排，要跟进非宏电器的项目，得盯着陈建鸿和陈时明别在盛洺的项目上乱来……他正想着，手机忽然振动了一下，颜凯麟给他发来了消息。

颜凯麟："哥，晚上出来喝酒吗？我哥今天加班，估计不回家！"

陈其昭："不了，晚上有事。"

颜凯麟："不是吧，我都好几天没见你了，你在家里不闷吗？"

陈其昭："还好。"

颜凯麟："那我过去找你玩吧，你在家吗？"

陈其昭微微抬头，正想对桌面拍一张照片，却忽然注意到出现在镜头里的沈于淮的手。他的动作停了片刻，将手机微微上移，让沈于淮出现在他的镜头里。

男人微微垂目，手里的汤勺舀起了浓汤。

在对方抬眼之际，陈其昭迅速按下拍照键，突如其来的咔嚓声让沈于淮的目光瞬间锁定在陈其昭身上。

陈其昭镇定地对着桌面又拍了一张照片，淡定地解释道："颜凯麟问我在干什么。"

他把随手拍的第二张发给了颜凯麟，按灭屏幕后将手机放在桌上。

沈于淮笑了笑，提醒道："汤要冷了。"

陈其昭低下头："这就喝。"

沈氏的技术中心距离就餐的餐馆不远，用餐结束后，沈于淮驾驶车辆，两人迅速抵达了目的地。

新年过后刚开始复工，技术中心内显得较为忙碌。

技术中心负责人刚好在研发中心，听到沈于淮过来的消息，急忙安排人去迎接："让小丽过去当向导，他应该是过来看看，有什么问题到时候回来跟我说一声。"

接到消息的人很快跑开了，负责人继续与研发中心的技术员交流："这块的报告最迟月底要交，日志那边也记得补充，上级可能会下来检查。"他注意到人群中有个一直没有说话的人，便问道："冯总监？"

冯总监回过神来，询问道："你刚才说沈于淮来了？他怎么会突然对我们研发部感兴趣？"

其他技术员也面面相觑。沈董事长膝下有一女一子，长女沈雪岚自不必多说，全集团上下无不钦佩这位年轻女强人的能力，尤其是在她的带领下，沈氏集团的年利润一直在稳步上升。他们也知道董事长还有一个出色的儿子，但对方对公司业务似乎并不上心，据说沈董事长和沈总尝试过多种办法，然而这位少爷一年里在公司顶多出现两次。

负责人知道他们在想什么，安抚道："你们放心，沈于淮不是空降来我们技术部的。再说人家一个搞化工的跟我们也搭不上边，你们不用有太大的负担。趁着这个机会跟你们讲讲，年后我们这边可能要跟非宏电器技术合作，陈氏那边也要派技术员过来交流，当然消息还没正式公布……今天好像是沈总安排让沈于淮带陈氏的那位负责人过来我们这边参观。"

技术员们松了口气，他们还以为发生了什么大事，原来只是项目合作而已。

冯总监却在听到负责人的解释后微微皱眉："为什么跟陈氏合作？"

"你不知道吗？"负责人看向冯总监，"也是，你刚来几年，没听说过这事。沈总跟陈氏的小陈总是同学，沈氏跟陈氏的关系也还好，我们以前还给陈氏提供过几次技术支持呢。就是以前都是小陈总过来，这次负责人换成陈二少，有点棘手。"

其他技术员问："这陈二少怎么了？"

负责人摇摇头："听说人品不怎么样。"

冯总监没说话。

另一边，陈其昭在沈于淮的带领下进入技术中心，旁边还有技术中心的技术员作指引。沈氏的业务广泛，技术中心分成好几个部分，他们去的地方是这次合作的A研发部。

一到那边，技术员就给陈其昭讲解起目前能做到的技术储备。陈其昭站着听了一会儿，发现对方的主要着眼点还是在优化电器功能上。他不禁微微皱眉："可能有点问题。"

沈于淮看向他。

"我对这个有点研究……"陈其昭解释了几句，然后道，"在家里听我爸说过这个。"

沈于淮朝身边的技术员道："你们负责这个项目的经理在吗？"

技术员小丽道："在的，我去喊他。"

很快，经理就过来了。

陈其昭不想显得太直白，毕竟身边还有一个沈于淮，他重新调整了一下措辞道："合作事宜上有几项技术问题我们需要重新确认一下，优化电器功能是要做，但做智能家居不仅仅是要优化电器，我们要打造的是一体化智能家居。比如通过手机、电脑等智能媒介来提高家居产品的智能互动，通过声控或智能控制等方式来实现……你们看过国外对于此类项目的实践成果吗？"

经理闻言一顿，听出对方说话中的细节，回道："智能方面我们清楚，但我们部门以往做的都是小型产品，目前确实是第一次接触大型电器，这些都可以调整。"他从电脑中调出事先准备的资料，"之前给我们的方案比较模糊，我们沈总也说先看你们的想法，之后再来讨论合作细节。"

陈其昭已经有了个计划，这个计划对陈氏至关重要。未来几年，房地产行业注定要受到市场的冲击，拓展业务和谋求转型一直是陈氏的发展策略。除了要去除林士忠这个定时炸弹外，他也要想办法让陈氏提前规避未来市场的风险。

梦里他在陈时明那里看到陈氏的相关规划，知道自己现在的做法与陈氏的想法一致……只是他知道一条更好更便捷的路，而现在的时间点刚好。非宏电器是必须做技术转型的，不仅要改变非宏电器，他还要以非宏电器作为起点，让陈氏集团旗下其他类型的公司，比如建材、装修、销售等业务联动起来，避免陈氏在市场冲击中出现负盈利或财政危机。

陈其昭和经理聊起来，目光时不时瞥向旁边的沈于淮，见对方没有其他动作。

他放下心来，斟酌着哪里需要让写方案的人重新调整，想着回去之后可能要去一趟非宏。

沈于淮在旁边听着，他的目光停在陈其昭身上。说不出为什么，他总觉得陈其昭有点不一样。

经理拿着调整好的方案说："这些我们要递交上去确认，其他细节问题你们确认后，也让技术员来跟我们确认一下。"

"好的，麻烦你了。"陈其昭回道。

经理离开后,陈其昭心中想着别的事情,刚转过身就发现沈于淮在看着他。他愣了一下,正打算说些什么,却听见对方开口:"时间不早了,要不一起去吃晚饭吧?"

陈其昭看了看时间,确实已经过了下午五点。他应了声好,突然开口道:"我以前很喜欢人工智能。"

"你之前说过,你对计算机有点兴趣。"沈于淮垂目翻着手机,随后将手机递给陈其昭,"我也不常来这附近,你看看有没有什么想吃的。"

陈其昭猝不及防地接过手机,沈于淮已经走了出去,与经理交代了两句后回头看他。

"走吗?"沈于淮问道。

陈其昭连忙跟上,与沈于淮并肩而行后,才继续浏览手机,在美食软件上寻找晚餐的去处。

沈于淮余光瞥了他一眼,轻轻拉了拉他的手肘,将他往自己身边带了带:"小心点。"

陈其昭这才反应过来,发现自己差点撞上眼前的玻璃墙:"刚才没注意看。"

等两人走远,技术部的小丽刚出门,忽然见到门口站着个人,她意外道:"冯总监,您怎么到这边来了?"

"过来看看。"冯总监扫视了室内一圈,"陈氏的人走了?"

小丽答道:"是的,他们刚离开。总监您找陈氏的人有事吗?他们应该还没走远,我可以现在去叫他们回来。"

"不用了……"冯总监眼神微黯,视线投向走廊的尽头,随口说道,"没什么好印象,算了吧。"他说完就走了,留下小丽一脸茫然地站在原地。

经理从办公室里走出来,对小丽说:"哎,不要跟冯总监提陈氏的事情,你知道为什么这个项目没到冯总监那里,反而到了我们这边吗?"

"冯总监以前在陈氏工作过几年,但那年陈氏闹出了一件很大的事情,冯总监所在的部门出了事,当时他的导师进去了,现在还没出来,也不知道具体情况。"经理说,"当时冯总监只是个小技术员,因为那件事部门解散,冯总监才会来到我们这里。但因为他导师的事,他对陈氏的印象一直不太好。"

两人最终决定前往西餐厅,陈其昭坐上车后继续查看手机,这时才发现手机里累积了许多未读信息,其中包括车场经理发送的好友请求。这应该是徐助理事先与对方沟通过,待陈其昭接受好友申请后,对方即刻发来一份名单，名单上列有当前车场内能够负责指导陈其昭学习驾驶的工作人员。

这个车场的历史也就十年左右，雏形是由陈建鸿投资的赛车队，等到后来规模大了才逐渐扩建。目前有一个专业的团队负责那些出去比赛的赛车手，其他人则负责维护车场的日常运作。陈家的车辆维修基本都是由车场内的老师傅负责，这样可以直接锁定目标。

陈其昭又询问了车场的合作伙伴，由于养着赛车队，车场的合作伙伴都是业内的顶级公司，所有零件在进入车场前就经过筛选，基本上不会出现二手零件等问题。

一下子就缩小了范围，从目前来看，车场本身应该不会有问题，问题只可能出在负责车辆维修的人身上。陈其昭从经理发来的名单中筛选出几个可疑对象，连同盛洺事件一起匿名给人发了邮件。

没过一会儿，他收到了一条回复消息。对方发来简短的"好"，接下了这份工作。

陈其昭扫了一眼，直接关掉了手机。往窗外看的时候，他忽然看到了一个熟悉的小区，顿时怔住。

梦里，陈家破产之后，别墅遭到被没收，导致他和陈时明搬迁至这个小区居住。新家自然比不上从前的宽敞，仅是一间小小的居所。考虑到陈时明坐轮椅进出多有不便，他特地将家中所有门槛铲平，并选购低矮的家具，同时确保常用物品放置在低位……客厅中央悬挂着父母的婚纱照，而他们幼年时期的合影则安放于客厅之内，营造出全家人依然共处同一空间的温馨氛围。

后来，陈时明去世了，那个家里就只剩下他一个人。

车子行驶得很快，小区很快就离开了视野。

随着离那个地方越来越远，陈其昭的目光最后收了回来。

车内安静，陈其昭没再看手机，而是静静地看着窗外的风景。沈于淮的视线在陈其昭脸上短暂地停留了一会儿就收回视线，看着拐角的路标，变更车道往另一个方向开去。

过了大约十五分钟，陈其昭敏锐地注意到窗外的风景变化，偏头问他："走错路了？"

"没有。"沈于淮道，"我们换个地方。"

车没有往市区开，而是往市郊开。沿途的风景从高楼大厦变成树丛，直至开阔的景象出现在陈其昭的视野里，他看到了夕阳下的大海。

沈于淮将车开到停车区："不下来看看吗？"

陈其昭随之下车，迎面的海风吹来，远处的沙滩上聚集了不少人，热闹似乎随着风声传来，他远远地看到海边度假村。

沈于淮带着他从堤坝上走到沙滩边，凉风袭来，夕阳停在远处的海岸线上，陈其昭一下子忘记了说话，他踩在沙子上，一步步往海边走。

"我心情不好的时候喜欢来这边散步。"沈于淮看着远处，说道，"特别是日落的时候，这里总能让人心情愉快。"

陈其昭下意识道："我没有心情不好。"

沈于淮微微看了他一眼："是我心情有点不好，想来海边放松放松。"

陈其昭想问沈于淮为什么心情不好，忽然看到远处涨潮涌来的浪。他不由自主地退后几步，看着那海水冲来之后又渐渐退去。

陈其昭不记得自己是从什么时候开始就没有出去旅游了，生活对于他而言就是公司与家的两点一线，短暂的歇息时间大概是在车内闭眸浅睡，记忆中看过这样辽阔的大海还是在学生时期。

他低头看到沙滩上的脚印，又往前走了几步，满身的疲惫仿佛被风带走了。他脑子里一片空白，好像不需要去考虑任何事情，往前走也没有任何压力。

沈于淮悄无声息地站在陈其昭的身后，看着男生在夕阳下越走越远。

夕阳渐渐消失，夜幕降临，沈于淮拿出手机对着陈其昭的背影拍了一张。照片里的男生看不见脸，从日暮走到日落，融入温柔的夜色中。

他无声地笑了下，把照片保存了下来，抬脚跟了上去。

陈其昭正踩着沙滩往前走，突然听到咻的一声，他猛地抬起了头。绚烂的烟花在夜幕绽放，在黑暗中留下光华。陈其昭不由自主地又朝前走了几步，被涌来的浪潮惊了一下，急忙后退，撞在沈于淮的胸膛上。

低低的笑声从身后传来，沈于淮扶稳了他："度假村夜晚会有海边烟花秀，今天刚好是最后一天。"

陈其昭回过头，与男人对上目光。

"手机里看不清楚，现在呢？"沈于淮望着远处，声音在风中若隐若现，"漂亮吗？烟花。"

"漂亮。"陈其昭回答道，"比那天晚上更漂亮。"

沈于淮道："我也觉得。"

陈其昭退后了几步，避开越涨越高的海浪，静静地站在沈于淮的身旁。远处的烟花盛放着，他藏在衣兜里的手紧紧握着，刺痛感提醒着他眼前的

287

一切都是真实的。

两人一直看到烟花结束，才在度假村里找了家餐厅吃饭。

等到陈其昭到家的时候，已经是晚上十点多。下车的时候，陈其昭问："淮哥……要不要进去坐坐？"

沈于淮微微摇头："太晚了，下次。"

陈其昭说了声"再见"，沈于淮点了点头。

他望着陈其昭离去的背影，回想起下午陈其昭的话语，透过那渐行渐远的轮廓，脑中浮现了伏案于课桌前的陈其昭的身影。童年时的他想法天马行空，立志将来要研发智能机器人，梦想着能如科幻电影中的科学家那般有创造力。

那么喜欢，可不是只有一点兴趣。

沈于淮停止了回忆，见陈其昭的身影已经消失，便启动车辆离开。

进入别墅后，陈其昭站在离入口较远的地方等了几分钟，才听到车辆启动离开的声音。他目光幽深，若有所思地停了好一会儿，见车灯消失在夜幕里才转身进了车库。

车库里，前不久送去维修的车辆已经回来。老林不在车库，应该是已经去休息了。

他检查了那几辆车的轮胎，没发现有问题。又检查了一遍陈时明常用的几辆车，他正想离开，忽然又停住脚步，看向停在最里面的车辆，那里有一辆是陈建鸿外出时经常使用的商务车。

陈其昭想了想，还是走去放备用钥匙的地方，但打开柜门后没有在里面看到那辆车的钥匙。

"二少？"管家开了车库的灯，疑惑地看向这边。

陈其昭回过神："这里的钥匙不全吧？"

"可能是老林拿走了，他习惯提前拿走第二天要用的车钥匙，以避免出现其他情况时占用车辆。"管家欲言又止，接着问，"二少爷需要用车吗？我可以为您安排司机。"

"张叔，你明天给我安排辆车，商务车就行。"陈其昭随手一指，语气有些烦躁，"省得每次都蹭陈时明的车，谁想跟那个工作狂一起早起。"

管家松了口气："好，我明天安排。"

他还以为二少爷要自己开呢，那可不行，二少爷的驾照还没下来。

陈其昭若有所思地扫视了一下车库，随即迅速离开，返回别墅内部。客厅中仅坐着张雅芝，而陈时明和陈建鸿并不在场。他向张雅芝打了声招呼,正准备上楼时,张雅芝忽然叫住了他。

"下周跟妈妈一起去体检吧?"张雅芝问道。

陈其昭原本正想着事,听到张雅芝这么问立刻皱起了眉:"爸呢?"

"你爸本来答应了下周跟我一起去,结果这两天好像又有什么事要忙,吃完饭就跟你哥去了书房,到现在也没下来。"张雅芝埋怨了丈夫几句,"也不知道在谈什么……"

陈其昭若有所思地看了眼楼上,陈建鸿的体检是要做的,比起张雅芝,陈建鸿的身体更像是定时炸弹:"健康体检要做,他有'三高',各项指标都没稳定下来,有什么理由不做体检?"

"他最近的情况倒是好了些,就是跟我说容易犯困。"张雅芝想了想,道,"也有可能是休息时间不够。"

陈其昭的眉头皱得更深:"他是不是不知道自己今年多大岁数了?"

张雅芝突然听到陈其昭较为严厉的声音,顿了一下:"你爸也没说不去,只是说可能要推迟几天……"她也只是随口说下丈夫而已,叫住陈其昭主要是想让孩子跟她一起去,她总觉得孩子最近实在瘦得太厉害,想让他也一起去做个体检。

陈其昭也意识到自己的语气可能过了点,他态度稍稍缓和了些:"我是希望你们能多看重自己的身体,我同学他爸爸……"

"妈妈知道。"张雅芝笑着说,"不说这事了,今天去哪儿了?你哥说你去沈家公司了,怎么这么晚才回来?"

陈其昭沉默了会儿,过了一会儿才答道:"晚上去海边……看了烟花。"

张雅芝问:"玩得开心吗?"

"……开心。"

跟张雅芝在客厅里说了会儿话后,陈其昭上楼本打算去书房看看,但转念一想,陈建鸿和陈时明可能正在谈论要紧事,便决定稍后再去打探。

洗完澡后,他躺在床上,给沈于淮发消息询问他是否到家了。

沈于淮迅速回复,表示已经到家。

陈其昭躺在床上,盯着手机屏幕上对方发来的消息,脑海中却不由自主地浮现出沈于淮站在海边的身影。

陈其昭忽地按灭了手机屏幕,仰躺在床上,一双眼盯着天花板。

过了许久,他闭上眼睛,从胸腔里迸发出来的声音使得他的肩膀微微颤动着。他张开右手的掌心,里面有几个指甲掐的印迹,自言自语道:"烟花真漂亮,但太不真实了。"

陈其昭在陈氏集团上了几天班,他没有整天待在办公室里,其间去了车场把"驾照教练"定了下来,是车场的一位老安全员,恰巧也姓陈。他每天在公司待半天,在车场待半天,也方便观察其他人的动向。

与沈家合作的事基本上已经敲定,拟定的方案将交由非宏电器荣光项目组的人商谈。

徐特助把这一消息带到办公室时,同时也给陈其昭带来了另一个消息:"二少,之前你说的那个助理,他今天就可以来上班了。"徐特助把资料递给陈其昭,又道,"上午刚来公司办理入职手续。"

陈其昭拿过资料翻看,看到证件照上熟悉的面孔,问道:"人现在在哪里?"

"在外面的办公区,他的工位先定在行政区里,之后会调整到这边来。"徐特助小心翼翼地观察着陈其昭的脸色。

在寻找助理这件事上,徐特助非常用心。很早之前,陈其昭就一直让他联系猎头公司,说要招聘助理,人也看了不少,但一直没定下来人选。直到去年年底,陈其昭留意到一个人,让他派人过去挖。

其实也用不着挖,对方姓周,研究生毕业没两年,一直在做行政工作,似乎在原公司做得不太如意,猎头联系之后,基本也就确定下来,过完年就离职,今天是第一天来公司。

徐特助不太理解陈其昭为何最后要了一个工作经历只有两年的新人,公司里不乏能力比这个新人更突出的员工,甚至老板也说过可以给二少调派人手,结果二少都拒绝了,就要这个姓周的。

陈其昭:"人呢?"

徐特助道:"我这就去把他带过来。"

没过一会儿,徐特助就把人带了进来。

小周之前做的是普通的行政岗位,在原公司里因为能力过于出众受到同事的排挤,原本打算辞职换个岗位,却没想到遇到了一个天降的馅饼。

有个人找上他说给他提供岗位,是做私人助理,就职地点是陈氏集团。

由于对方提供的各种证明非常真实,他在确认无误后前往陈氏集团参加面试。面试结束后,对方通知他年后正式上班。而他今天到公司已经有一段时间了,却一直没有见到自己的上司,也不清楚自己是要给谁当助理,直到他注意到办公室前方坐着一位男生。

从进来开始,那个男生的视线就一直停留在他身上。

对方实在太年轻了,与他想象中的老板模样相去甚远,但打量人的眼神格外认真。

小周不自觉地挺直了腰板，正准备打招呼，陈其昭却看向徐特助："你很闲？"

"没有。"徐特助给小周递了个自求多福的眼神，转身离开，还贴心地关上了门。

人一走，办公室便安静了下来，小周突然有点紧张。对方却没有说任何寒暄的话，直接把一份文件递给了他。

"小周是吧？"陈其昭余光扫了眼资料，"你去一趟非宏电器，项目资料都在上面，然后跟技术部的人去沈氏跟进后续工作。"

小周一愣，马上接过资料："好，我马上去办。"

"业务初期有不明白的事直接问徐特助。"陈其昭注意到手机亮了下，又道，"没其他事了，你走吧。"

小周不敢怠慢工作，接到任务后马上就离开了。

陈其昭等人离开后，才将另一边的资料合上。

他要经手的事情太多，要找个信得过的人非常难，想到最后还是小周最合适。

梦里为了找到合适的人选，他也更换了不少助理。最终，在他身边待得最久，也是最令他信赖的人就是小周。工作能力自然无须多言，最关键的是小周性格随和，社交圈简单，从不打听不该问的事情，交代给他的任务总是能超出预期地完成。

要想对付蒋禹泽，就得派个人去沈氏，小周刚好合适。

他打开手机，查看邮箱时发现已有一封新邮件，点开后发现是匿名发送的，内容是关于盛洺的调查报告。

陈其昭把文件下载下来。

盛洺的表面信息均可通过网络查询获得，而陈其昭所委托调查的内容则是盛洺背后的关系网及历任法人股东。盛洺作为林士忠布局中的棋子之一，其本身就存在着问题，否则不至于后来给陈氏集团带来如此多的困扰。不过，盛洺项目的隐患显露较晚，林士忠此时提前将其摆上台面，其目的何在，他必须弄清楚。

原本预料调查过程会相当艰难，但在翻阅资料时发现，这一时期关于盛洺的资料相对较为完整明了，与后期难以追溯的情况大相径庭。他继续深入查阅，直至查阅到两年前盛洺发生的股东变更记录，在其中意外发现了一个熟悉的名字——秦云轩。

秦行风的同父异母哥哥？

陈其昭有点意外，就如发现秦行风与林士忠有关系一样，他没预料到秦云轩还曾是盛洺的股东。

盛洺后来成为林士忠手中的棋子，被彻底洗了牌，公司高层几乎清一色是林士忠安插的人手。他在调查盛洺项目的进程中遭遇了巨大阻碍，因为林士忠早已销毁了大批核心证据。表面上，盛洺的破产看似缘于经营不力，加之可查阅的股东信息仅局限于近几年，所以在那个时间点上，他的调查并未指向秦家。

秦家在S市远不如陈氏这样的巨头，到后来也有点衰落的迹象，好几个子公司被收购。陈其昭不认为秦家跟林士忠有关系，双方没有生意上的往来，也没有产权交集。秦家遭遇市场冲击而没落的时候，也没见林士忠出手帮过忙，甚至林士忠还暗中踩了几脚。

陈其昭再次核查了秦云轩在盛洺的持股比例，发现比例相当高。鉴于盛洺目前的发展态势良好，秦云轩没有理由放弃这个盈利的平台，而将股权转让给他人。

当时他没去深究这件事，因为秦家与陈氏毫无交集。可现在回想起来，林士忠对利用完的对象向来不会手软，以前被他利用过的公司和个人一个个都没好下场，比如秦行风，又比如付言雨的靠山方程杰。

那很有可能，秦家也是林士忠布局里的一个倒霉蛋。

陈其昭想到此处，翻开通讯录找到秦云轩。

去年秦行风出事后，秦云轩就加了他为好友，之后多次邀请他外出喝酒，但他都拒绝了。起初是因为与秦云轩不够熟悉，但现在情况不同了，要调查盛洺，与倒霉蛋做朋友，或许能让某些人的运气变得更糟。

近期事情较多，陈家人体检的事情推迟到了下个月，陈建鸿更是连续几天出差没有回家。陈时明身上担负了不少任务，以至于他手下的助理团队也跟着连轴转，但即便是在这样的情况下，他的工作上也没有出现任何问题。

部分高层等着看陈时明与陈其昭闹笑话，可陈其昭开头确实闹了几天，随后上班也变得不积极，三天打鱼，两天晒网。尽管明知陈二少是扶不起的阿斗，这些人也没料到他连一周都坚持不了，以至于眼下只能眼睁睁看着陈时明在工作上游刃有余，却抓不到他的一点把柄。

蒋禹泽也注意到了这一点。陈时明的全面清查给他的行动造成了巨大阻碍，公司内许多蠢蠢欲动的人纷纷收手，他精心设计的说辞也无法鼓动这些人主动冒险。自去年年底以来，他这边的损失接连不断，连林总也多次对他表示不满。

甚至由于这些原因，公司今年的战略转向了求稳，年初会议中提到的众多项目，最终获得审批通过的寥寥无几，而他能从中寻找到操作空间的项目则更是少之又少。

最关键的是，他原本计划安插在陈时明身边的人也安排不进去。

现在陈时明和他的助理团队就像铜墙铁壁一样，想挖出点消息来都很难……这样一来，似乎只剩下了一个办法。

"蒋特助？"

蒋禹泽回过神来，注意到行政办公区站着的人。陈其昭穿着花里胡哨的衣服，裤子上还挂着两条银链子，说话时眼睛一直盯着他。

"剩下的文件到时候你直接拿去办公室。"蒋禹泽与身边的部门经理说了一声，随后朝着陈其昭点头，"二少。"

陈其昭笑了下："跟我爸出差刚回来？"

"是的。"蒋禹泽答道，"二少有什么事吗？"

"就路过，跟你问声好。"陈其昭端着咖啡，问，"来一杯？"

蒋禹泽略表歉意："晚点还有个会议，就不叨扰了。"

陈其昭"啧"了一声，十分没趣地往自己办公室走去。

蒋禹泽时刻留意着陈其昭的动向，自然也听说了陈其昭聘请了一位助理的消息，因此他多次指派小江去探查那位新助理的底细。

新人，社会经历也就两年多，蒋禹泽以为能被陈其昭看上的人有多厉害，没想到实际上是个只会埋头苦干的人，除非工作上有交集，否则与其他人的交流很少。

回到办公室后，蒋禹泽问："这样的老实人没什么威胁。他现在是在跑非宏那个项目？陈其昭呢？"

"是的。"小江继续道，"陈其昭基本上不管跟沈氏合作的那个项目，全让他助理去跑，现在倒是每天会来上半天班，然后就去陈家郊外的车场练车。据说陈时明给他找了个教练，准备考驾照。"

蒋禹泽略有所思："该盯的时候别松懈，陈其昭在公司里的状况都跟我汇报。"

"今天的事交给你安排，我有事出去一趟。"他继续道，"如果有人找我，就说我出外勤了，知道吗？"

小江点点头。

蒋禹泽离开公司后,拐进一条路,在某个停车场换了车。

在车里,他打了个电话,利用变声软件跟对方对话:"之前说的事,司机你找了吗?"

"其他的事我会安排,把司机定下来,履历做干净点。"

"多久?就这两个月,不能给陈时明留太多时间,他查得太多了。"

很快,对方挂了电话。

看到手机里收到的其他消息,蒋禹泽眉头一皱:"盛洺这些人可真会给我找事。"他把短信删除,启动车辆往盛洺总部开去。

落地窗外阳光甚好,办公室电脑屏幕上接二连三地弹出了消息。狐朋狗友群内已经在约晚上出去喝酒,陈其昭闲适地坐在办公桌前,任由消息的"噔噔"提示音外放,而他在噪声中淡定地看着手机里的各种文件。

等他看完时,正好看到秦云轩也在群里冒头了。

秦云轩说要跟他做朋友的事情不假,似乎知道他喜爱喝酒,自从去年加了好友后,他隔三岔五就约他出去小酌一杯,只是陈其昭一直含糊其词地拒绝。上次秦云轩约他喝酒的时候,陈其昭干脆回复他说家里太忙,时间一直对不上,又说秦云轩之前约他这么多次,老是拒绝他也不太好意思……

他没去秦云轩的酒局,而是在颜凯麟组的局里叫上了秦云轩。

秦云轩欣然应允,来了几次之后快速跟程荣、刘凯等人攀上了关系,现在狐朋狗友群里多了他一个。

想从秦云轩嘴里套话,如果太直接,那目的性实在是明显。能把秦行风挤出秦家,秦云轩本身也是个有本事的人。他能做到的其实就是组局,让这人跟他的圈子快速熟起来,才容易让人放松警惕。

狐朋狗友群里虽然大多数是无所事事的富二代,但难免也有家世不错,可以攀附关系的人,像他和颜凯麟。只要陈其昭在群里开口应承参加聚会,秦云轩三次就有两次同意去。

比如今天,他前脚在群里答应去喝酒,后脚秦云轩就出来了。

"砰砰",外面传来敲门声。

"进来。"陈其昭道。

小周走进办公室后,更加清晰地听到了频繁的微信提示音。早在门外时,他便已察觉,依据他数年的工作经验判断,这种接二连三的信息提示音声,并非与客户私下的交谈,更像是来自群聊中连续不断的对话。

来公司几天,他对上司也有了新的认识。

陈家的二公子在公司内的名声并不佳,据说有不少人曾遭受他的刁难,但小周对此持有不同看法。在他看来,若将工作量大视为刁难的话,那么现任老板比起他之前的那位要好上太多。在这里的几天里,他学到了大量的知识,而不是日复一日地从事端茶送水、打扫卫生之类的杂务。

"陈总,非宏与沈氏的合作方案已经确定。"小周将文件递给他,"如果没有什么问题,计划这两天与法务部门拟定合同,下周进行签约,之后双方的技术人员就可以开始合作了。"

陈其昭翻了几页,确定他想要的几项已经列入方案才放心:"好,其他的事你跟法务确定,合同出来之后送一份到我这儿。"他顿了一下,又道,"不用送到我这儿了,我下周不在。"

小周疑惑地看向他。

陈其昭在便笺上快速写下一个地址,交给他。

小周拿过,愣了一下:"S大?"地址是S市名校S大的地址,详细到了学生公寓号。

陈其昭语气淡淡:"我下周回学校,有课的时候直接把文件送到S大。"

小周:"……好的。"他老板居然还是个大学生!

小周有点恍惚地离开了办公室,陈其昭继续"玩手机"。有个来电提示冒了出来,是他特意找的跟踪蒋禹泽的私家侦探,他停了几秒,接通电话。

"怎么?"陈其昭问。

"老板,你让我跟踪的那个人有消息了,他今天又换了一辆车。"电话那头的人继续道,"车是外地车牌……"

陈其昭听着那边的汇报,把车牌号码记了下来。

他看着面前的车牌号,这是蒋禹泽换的第四辆车了。他的车遍布在S市各个停车场,每次外出都会换车、换行头:"然后呢,他这次去了什么地方?"

"西区翡翠路的商务大楼地下停车场,但这栋商务大楼需要登记出入信息,我无法确认他是去的哪一层楼。"

翡翠路商务大楼……那里确实是个普通的商务大楼,蒋禹泽去那儿合情合理,只不过在那商务大楼往后几百米的地方就是盛洺公司所在地。

陈其昭又问:"拍到照片了吗?"

"没拍到,对方太谨慎了,直接进了地下停车场。"

"没事,你继续盯着。"陈其昭之前找的几位侦探差点被蒋禹泽察觉,为了不打草惊蛇,他便换了人。虽然现在找的这人盯得不太紧,拿不到第一手的信息,但足以留意到蒋禹泽的行踪。

无法拿到关键证据就咬不死蒋禹泽,但至少能确定一点,盛洺这件事,蒋禹泽本人掺和在内。

那就好办了,他还怕蒋禹泽不进来呢。

第十二章 导一部戏

私人会所里，一群年轻人聚在一起喝酒。

各种名酒摆了一桌，颜凯麟正跟人勾肩搭背说着话："下周又要痛苦了，回学校之后就要被我哥盯着。"

程荣道："你哥不是不怎么管你了吗？"

颜凯麟长叹一口气："在家还好点，在学校逃课，我哥准知道。还不是因为上次庆功宴的事，也不知道我哥从哪儿得到的消息，还来酒吧找过我。那次回去之后他就在学校安排了人了，我现在如果敢逃课估计就要完蛋。"他说完看向陈其昭，"昭哥，你最近跟淮哥的关系好，看看能不能在淮哥面前给我说点好话，他跟我哥关系好，他的话好使。"

陈其昭闻言抬眼："我说？"

"那是，淮哥对你可太好了。"颜凯麟道，"你的话也好使。"

"也不好使吧？"刘凯插话，"我听说其昭上次打架的事还是他打电话告诉陈时明的。"

陈其昭翻着手机，跟沈于淮最后一次聊天的时间还是昨天上午。

沈于淮给他发了句"早安"，他回复之后就没了下文。他微微后仰靠在沙发上，余光看到从门口进来的秦云轩。

秦云轩的性格跟秦行风不一样，秦行风是装谦虚的伪君子，秦云轩却性格豪爽、说话直接，跟程荣等人很合得来，因此才能那么容易就进了他们的圈子。相处两次后，陈其昭大概判断出秦云轩这人有点城府，但不够深，警惕性也一般，酒过三巡后就容易打开话匣子。

秦云轩进来后，跟众人简单地打过招呼，随后选了一个靠近陈其昭的位置，拿起一杯酒就跟陈其昭碰杯："今天怎么样？"

"还行，也就那样。"陈其昭语气平平，还带着几分倦意。

秦云轩观察着陈其昭。

陈其昭长相英俊，即使身着一件不起眼的黑色外套坐在人群中，也异常显眼，邻座的他着实令人赏心悦目。撇开其他不谈，秦行风之所以会进局子，陈其昭起到了不小的作用。每当秦行风出现在他眼前，秦云轩便觉得碍眼至极，尤其是此人总爱在他父亲面前表现，每次都激起他的反感，而他却对秦行风束手无策。直到陈家介入，这个碍眼的存在才从他的世界中消失不见。

别的不说，无论陈其昭是不是草包，就凭扳倒秦行风这一点，他就想跟陈其昭交朋友，甚至他还打听清楚了陈其昭的喜好。奈何每次约喝酒，都被陈其昭给拒绝了。

这几次聚会，他也观察过陈其昭，别人都说陈其昭是个草包，他倒觉得陈其昭骄纵是骄纵，但性格简单、有话直说，也没什么心机，还敢当着他们这些人的面吐槽他大哥陈时明，也不知道家丑不可外扬，甚至也不担心其他人把这些话柄传到陈时明那里。

太单纯了，也容易受骗。

但秦云轩就喜欢这种性格的人，伪君子、笑面虎他见多了，像陈其昭这样张牙舞爪却没攻击力的小猫，相处起来也放松，关键是他还能跟陈其昭找到共同话题。

陈其昭也刚接手公司的事务，偶尔会问他一些管理公司的经验。

为了能跟陈其昭拉近关系，秦云轩也乐意解答。这一说，就谈到了陈其昭在公司里的情况。

陈其昭说他在公司没实权。

"不会吧？你不是都接手那个非宏电器了吗？"程荣看过来，"现在应该整天忙死了，我老子前两天还在夸你呢。"

秦云轩喝得有点上头，见状道："非宏发展得还不错吧？"

"非宏不好管，它在集团里没什么地位，就一个新项目，搞砸的可能性更大。"陈其昭喝了两口酒，继续道，"新项目说是试水，但可能好几年都不出成果，没意思。"

颜凯麟见状道："那你让你爸给你个别的项目？你上次不是说你爸给你很多项目让你挑吗？"

"他让我挑,我哪知道哪个好、哪个不好。"陈其昭叹了口气,"要是没做好,下次可不一定有机会让我挑了。"

程荣道:"有哪些啊?说出来,看看兄弟们能不能帮你参谋参谋。"

陈其昭余光瞥了秦云轩一眼,借着酒意把好几个项目说了出来,他说的时候掺杂了不少小项目,直到最后才道:"还有一个什么盛洺吧,想要收购他们,上次开会的时候看到的,听别人说这个项目还挺大的。"

狐朋狗友们开始出主意,有的对这个熟悉,有的对那个熟悉。说了一圈下来,这些项目各有各的好处。陈其昭听了半天,最后偏头看向秦云轩:"秦哥,你也给我拿个主意?"

颜凯麟立刻道:"哦,对,秦哥是两家公司的老板呢。"

秦云轩确实有自己的看法,他先是针对几个较为熟悉的项目表达了自己的观点,随后又说道:"还有一个……就是你提到的盛洺。我早前也曾是盛洺的股东之一,不过后来因为资金周转问题,我把股份转给了我的一个朋友。但如果你打算涉足这个项目,恐怕会比较棘手。这里有一个小道消息,鉴于我们的交情,我觉得应该告诉你,据我朋友透露,盛洺公司内部目前股东之间存在意见分歧,想要进行收购的话,很可能难以以理想的价格达成目的。"

陈其昭听完直接道:"那就不弄这个了,一听就很麻烦。"

其他的朋友又提出了不同的建议,但陈其昭内心更加确信了一点:秦云轩所言不虚,他的公司确实在两年前遇到了问题,最终不得不通过转让股份来维持运营,而那家与之抗衡的公司他也有所了解,正是林士忠名下一个账目混乱的小公司。

秦行风若与林士忠有关系,就不会透露内部消息给他。毕竟,林士忠和蒋禹泽意在促使陈氏集团收购盛洺,就必须让此事在表面上显得风险很小,以确保陈氏集团能够心甘情愿地完成收购。

林士忠耗费大量精力,从秦家手中收购了大量股份,很可能早已在盛洺内部暗中布局多时。如今,他意欲将盛洺并入陈氏集团,这无异于亲手将自己的棋子送入陈氏的棋盘之中。由于他自身损失惨重,因此急于求成,选择提前亮出盛洺这张底牌,期望能够借此弥补先前的损失。

但是他这步棋走得过早,股东中有一部分人不受控制,这才导致了内部矛盾的出现。

蒋禹泽前往盛洺,估计也是为了这件事。

注意到陈其昭的目光,秦云轩道:"怎么了?"

"没什么，突然觉得权力太大也不是好事。"陈其昭与秦云轩碰杯，"能者多劳，身居高位总该多做点事情。"

要想让陈氏收购盛洺，盛洺那边就必须协调好。

那这就简单了，既然盛洺股东起了争执，那放点假消息让盛洺争得更凶，岂不是更好。位高权重，能者多劳，让林士忠多花点钱，让蒋禹泽多做点无用功……他乐意之至。

酒局持续到半夜，场内众人基本都有了几分醉意。陈其昭瞥向秦云轩，发现对方也有些醉了，与人交谈变得随意起来。

人到了陌生的环境，通常都会自然而然地产生警惕心理。而想要消除这种警惕，关键在于让目标人物感受到所处的环境是安全无虞的，没有任何威胁。

陈其昭已经达到目的，没必要久留了。他找了个理由带着颜凯麟先撤，到门口时看到家里的车已经到了。

颜凯麟喝醉了，走路的时候都飘飘忽忽，身体的重量全压在陈其昭的身上。

陈其昭一脱离包间里那群人的视线，脸上的醉态便瞬间消失。他将颜凯麟安置在车的后座，随即自己也跟着上车。驾驶位上坐着的是家中的司机老林。近期，由于饮酒次数增多，为便于及时离开聚会现场，他常以陈时明作为借口，并安排家里的司机前来接送。

"我们好惨啊！已经成年了，为什么喝个酒都要被查岗？"颜凯麟口齿不清地说着，"我现在还没找老婆就这样，那我以后找了老婆该怎么办？"

陈其昭开窗通风，捏了捏眉心，对老林道："先去趟颜家，把人送回去。"

老林应了一声。

陈其昭微微闭目，心中想着接下来的安排。秦云轩今晚能将盛洺内讧的消息告知于他，自然也会把他陈氏集团预计收购盛洺的计划透露给他那位身处盛洺高层的朋友。一旦涉及利益纠葛，估计有些人就要头疼了。

喝酒是个好机会，能假装喝醉，把某些真假难辨的消息通过秦云轩直接传给盛洺。

"林叔，能不能开快点？"陈其昭皱着眉，"一会儿回去又要被说了。"

"好。"老林应了一声，把车速提高，并解释道，"不过这条路夜间视线不好，不太适合开得太快。"

通过后视镜，能注意到驾驶座上人的表情，陈其昭的目光在后视镜上停留了片刻,最后望向窗外沿途的风景。

非宏项目的事务变多了,但有小周帮忙,陈其昭还算轻松。

大一下学期的课程比上学期多了一些,开始有了专业课。

陈其昭坐在教室后排,讲台上,高数老师正激情地讲解着函数解法。他翻看着聊天记录,早上发给沈于淮的消息到现在也没收到回复。

沈于淮这段时间有点忙,据说是年后研究所那边有了新安排,经常跟他聊天聊到一半就断了,再回复就是三个小时后了。

他这段时间经常做梦,梦到那数不尽的糟心事。有时候甚至分不太清梦境和现实,总有一种超脱现实的虚妄感……但他这几天经常会梦到沈于淮,梦到与对方在咖啡馆里喝着咖啡安静地工作,梦到与对方在海边吹风看烟花。没有后来那些烦心的事情,就停留在与沈于淮相识的那段较为美好的时光里。

陈其昭垂下眼睑。

两个人各自忙着自己的事业,闲暇时间一起吃饭、游玩……

他心想着,握笔的手却漫不经心地在演算纸上写着。

小周:"老板,中午有时间吗?"压在演算纸上的手机屏幕上弹出了消息,陈其昭回过神来,给对方回了消息。

从沈氏大楼出来已经十二点,赶到 S 大的时候已经一点出头,比约定的时间迟到了半个多小时。小周急急忙忙按照微信上的地址找到 S 大的第三食堂,刚上二楼就看到坐在窗边的老板。

见老板已经无聊得开始玩手机,小周的心里更忐忑了,让老板等半个小时会扣工资吗?

"老板,抱歉,我迟到了……"

他斟酌着想要解释,却忽然听到陈其昭开口:"吃饭了吗?"

小周脱口而出:"还没。"他说完又想解释几句,就见老板递了张饭卡过来。

陈其昭:"食堂还没关,爱吃什么自己去买。"

小周愣了一下,呆呆地说了句"谢谢",拿着饭卡刚准备走,又被陈其昭喊住。

"饿死鬼投胎吗?把文件留下再走。"陈其昭扫了一眼小周手里的公文包,"打饭的时候顺便给我打一份那边的鸡肉饭,点他们家的招牌。"

小周把公文包放下,急急忙忙就去了。

陈其昭看了他一眼，很快收回目光，沉下心来看起手中的文件。

小周点了两份招牌鸡肉饭，等餐的时候，他偷偷看了看坐在窗边的老板。对方正在看计划书，翻页的速度很快，也不知道看进去没有。店家把两份鸡肉饭放上托盘的时候，小周还有点恍惚。他把饭端了过去，见老板还在看文件，一时半会儿也不知道该不该动筷子。

"你吃你的。"陈其昭头也没抬，又翻了一页，"计划书里有几项工作应该提前准备好了，怎么沈氏那边的速度反而慢了？"

沈氏和陈氏两家关系甚好，这样的项目不应该存在怠工的情况，进度慢实在可疑。

小周解释道："那边的技术中心有点问题，有几项一直卡着没通过，说是预算数据不对。"

他今天之所以迟到，也跟这件事有关。两边合作最麻烦的一点就是每一个细节都需要双方确认。他们这边的项目组效率很高，但沈氏的技术中心慢了好几天，所以他不得不亲自过去确认和核对："按理说应该是快的，但他们那边有个人审核非常严格，每一项数据都要问清楚。我们的技术员只能先确认之后，再去跟他交流，这样一来一回就变得非常慢。"

陈其昭抬头："哪个人？"

"他们那儿的总监，叫冯儒逸。"小周解释道，"虽然严格一点也不是什么问题，但项目负责人说有些数据本来就没法做到精确，以往跟别的公司合作就是直接忽略……"

他说到一半，忽然注意到老板的脸色有点奇怪。

"有照片吗？"陈其昭突然问。

小周没有拍别人照片的习惯，但毕竟新上任跑业务，以后免不了要跟沈氏技术中心的人打交道，他第一时间就在大厅的员工布告墙前拍了张照片。他翻了翻手机："我找找……有了，就是他。"

陈其昭接过小周的手机，看到被放大的证件照，突然笑了一声。

小周诧异地看向自己的老板。

陈其昭也没想到，冯儒逸在这个时间段居然在沈氏担任总监。毕竟，当他在梦中见到此人时，对方已是孤注一掷，显得狼狈不堪。他与冯儒逸并不相识，双方之间也没有任何交集。他之所以知晓冯儒逸，还是因为蒋禹泽。在梦中陈氏集团破产后，蒋禹泽凭借陈氏遗留的基础，转身成为一家上市公司的掌舵人，在林士忠的扶持下，事业蒸蒸日上，风光无限。

而冯儒逸正是在蒋禹泽最为得意的那段时期出现的，他早前是陈氏集团项目组的一名研究员,参与了陈氏一个最终未能成功的项目。彼时,项目组管理层中混有蒋禹泽的亲信,这些人导致项目失败后,又将责任推卸给了冯儒逸的导师,导致冯儒逸的导师锒铛入狱,承受了巨大的非议。

自陈氏离职后,冯儒逸从未放弃为导师搜集证据,耗时数载方才找到关键证据,最终孤注一掷举报蒋禹泽。然而,蒋禹泽当时的权势不容小觑,尽管冯儒逸尝试多种途径欲使事态扩大,最终仍被蒋禹泽压制下去。

当时,陈其昭正在调查林士忠与蒋禹泽之间的勾结,冯儒逸因此进入了他的视野。他顺藤摸瓜,找到了许多被遗漏的信息,这才知道林士忠布下的局有多大。后来,在成功扳倒蒋禹泽之际,陈其昭也将冯儒逸的相关事宜公之于众。

蒋禹泽利用过许多人,但每次都能轻易脱身,原因在于他在布局之初就已找好了替罪羊。

冯儒逸的导师,以及不久前还紧随其左右的于杰,都曾是被利用的对象。

恩师因为陈氏的项目入狱,冯儒逸对陈氏抱有好感才怪。他记得项目发生问题时,冯儒逸仅是一名普通的研究员,并未被卷入其中,但出于对事件处理结果的不满,冯儒逸毅然决定主动辞职,离开了陈氏。

陈其昭把手机还给小周,随口说道:"看照片想起这人了,这人麻烦是麻烦了点,但没什么问题。他刁难你们的原因我也知道,这件事我让人去处理。"

小周没能理解,看一眼就能知道原因了?老板认识这个姓冯的吗?

陈其昭心里却有了其他想法。

下午一点多的食堂人不多,吃完饭的学生已经离开了。

"可累死我了,一早上盯看看,感觉我的眼睛都有点酸了。"刘随边走边伸着懒腰,"你这么喜欢三食堂,那家鸡肉饭有那么好吃吗?"

沈于淮正在玩手机,闻言抬头:"还不错。"

"我不跟你一起吃了,我去那边点餐……"刘随随意扫了眼食堂里还开着的档口,忽然注意到窗边坐着的两个人,一个西装革履大长腿,另一个反戴着帽子、穿着黑白外套。他眯着眼睛辨认了一下,"于淮,那边那个是不是陈其昭啊?"

沈于淮忽地一顿,顺着刘随指的方向看去,注意到了那两个人。

"是他。"他的视线在戴帽子的男生身上停留了一会儿,随后看向与

303

男生面对面坐着的西装男。食堂的餐桌上还放着公文包,能看到几份文件。

刘随:"他怎么这个时间点还在吃饭?"他话还没说完,就见身边的沈于淮已经走了过去,"哎,等等我。"

陈其昭把小周带来的文件粗略看完,没发现其他问题。刚想让小周把另一份文件拿过来,一抬眼就看到远远走来的人,动作骤然一顿。

小周与老板同桌吃饭,本来也不敢有多余的动作,甚至时不时地注意着老板的表情。这几天他没少向徐特助请教,作为一个合格的下属,了解老板的喜好是必要的,以免说错话、做错事惹老板不快。只不过每次他向徐特助询问时,总能从徐特助的脸上看到一丝与年龄不符的沧桑,这让他变得更加忐忑,对老板更是观察入微,就怕出点小错被炒鱿鱼。毕竟想找一份上升空间大、薪资待遇好,且能学到东西的工作真是难上加难。

他正想着,忽然注意到老板脸上一闪而过的紧张,下一秒对方坐直了身子。

小周以为发生了什么,也随之坐直,刚想说话却看见老板的视线投向他的身后。他回过头,见到两个穿着简单的年轻人,一个外套宽松,见到他们就伸手打了招呼,还有一个穿着暖白色的卫衣,戴着眼镜,给人的感觉有点冷淡。

"淮哥。"陈其昭喊了声,"刘哥。"

沈于淮走了过来,看到桌面上的鸡肉饭:"怎么这个时间点才吃饭?"

陈其昭早上睡过头,早餐吃得晚,到中午的时候完全没有饥饿感。只是刚刚见小周去打饭,才想着随便对付一点,他看了旁边的小周:"在等他,所以吃得晚了点。淮哥你们是来吃饭吗?"

"对,我们做完实验都这个点儿了。"刘随叹了口气,他看到桌面上的文件,"你们在忙吗?"

陈其昭道:"没有,我们刚好处理完。"

小周瞪大了眼睛,心想:老板,不是还有一份没看吗?!

他小心翼翼地瞥了老板一眼,发现老板脸上并无多余的表情,只是平日里那股随意的气息收敛了起来。这与老板在公司里面对陈时明陈总时的态度截然不同。上次他跟着老板去陈总办公室,结果老板跟陈总当面吵了起来,当时他心里十分纠结,不知道是该站在老板这边,还是出面调和,最终还是满脸倦容的徐特助将他拉离了那个修罗场。

这还是他第一次见老板这么收敛,眼神不由自主地瞥了眼旁边的人。

"那一起吃?"沈于淮问。

陈其昭应了声"好"，就见沈于淮绕到他身后，最终在他旁边的座位坐下。他挑选的是四人桌，以便放置物品，然而四人桌之间的距离并不宽敞，沈于淮落座时，衣角蹭到了陈其昭的手臂。

刘随道："那我去点餐，于淮，你还是要招牌鸡肉饭是吧？"

沈于淮点头："麻烦你了。"

小周急忙把桌面上的文件收拾好，放进公文包里，把旁边的位置空了出来。他忙完后，注意到沈于淮的目光。小周最近经常跑沈氏，虽然沈于淮不认识他，他却认识沈于淮。

陈其昭道："他是我新招的助理，姓周。"

"你好，周先生。"沈于淮道。

小周有点惶恐，急忙道："沈先生，叫我小周就可以了。"

两人吃饭变成了四人吃饭，陈其昭一扭头就能看到沈于淮放在桌面上的手机里显示着如同天书般的外文电子期刊，能清楚地看到对方拿筷子时手指上清晰的骨节。

陈其昭收回目光。

沈于淮与刘随交谈着，视线微微偏移便能望见身旁正低头吃饭的人的侧脸。

从这个角度看，能发现陈其昭的睫毛很长……沈于淮不知何时停止了与刘随的对话，后者正喋喋不休地吐槽着实验室的事，而他的目光却留意着陈其昭。

"于淮？"刘随喊了一声。

陈其昭扭头看来。

沈于淮与陈其昭的目光有了短暂的接触，他不动声色地看向陈其昭身后不远处的档口："你们喝汤吗？那边的汤店还开着。"

刘随道："我还想说你怎么不回话，原来看汤去了。"他扫了一眼道，"那家我刚问了，老板说卖完了。楼下的奶茶店还开着，一会儿去买奶茶吧。现在的天气还是喝奶茶舒服。"

沈于淮问陈其昭："下午有课吗？"

"第二节有。"陈其昭道。

"那时间来得及。"沈于淮看了眼手表，"那喝奶茶吧？你穿得有点少，喝点暖和的。"

刘随看向旁边的小周："兄弟，你喝吗？"

"谢谢你的好意。"小周说，"不过我一会儿就走了，下午还有工作。"

刘随感慨一声："可怜的打工人。"

小周："……"

吃完饭后，陈其昭把餐具放到回收区，说要去趟厕所。

沈于淮和刘随下楼去点奶茶。

陈其昭从卫生间出来，走向食堂门口时，发现小周已拿着文件返回公司，而他自己还有一些事务需要安排。关于沈氏集团冯儒逸的问题，解决起来并不复杂，尽管冯儒逸审核严格，但实际上并不会采取其他过分的举动，这一点大可放心。然而，令陈其昭挂心的，不仅仅是与沈氏的合作事宜，更多的是关乎冯儒逸导师的那件事情。

陈其昭记忆中，冯儒逸曾筹备多年，积累了大量资料，其中不乏一些连他自己都未曾发掘的信息。这表明，冯儒逸在离开陈氏集团时，极有可能携带走了部分相关资料，抑或是他拥有能够协助调查蒋禹泽的人脉资源。

不过，话说回来，冯儒逸本质上就是一个身为研究员的普通人，要想找到确凿证据并非易事。假使他后来能够出示如此多的证据，那么现今他手中应当也保留着一部分关键证据。

陈其昭拿出手机，若有所思地翻着联系列表。

蒋禹泽在陈氏集团这么多年，布下那么多局，安排了那么多人，不可能不留任何痕迹。他原本对付蒋禹泽的计划是利用林士忠将他牵扯进来，而更多的证据则是后来通过设局陆续获得的。现在，对付蒋禹泽的难点在于很难一举将他置于死地。

对方就像是一条滑溜的泥鳅，徒手抓的难度毕竟还是很大。一旦不能一网打尽，这个人就会变得更加警惕，之后想要动手就没现在这么容易了。

冯儒逸的出现让他有了新的想法，仅用一个盛洺来对付蒋禹泽还是太便宜对方了，要干就干一票大的。蒋禹泽这么多年运筹帷幄，自以为能够干净脱身，但这把火要是烧起来，最终他能不能脱身还是未知数。

陈其昭站在食堂门外，切换了手机卡打了个电话。

很快，电话就接通了。陈其昭开启了常用的变声软件，简短地说："是我。"

对方反应过来："老板？怎么突然电话联系了？有什么急事吗？"

"上次让你查的秦行风、于杰和方程杰的资料还在吗？哦，对了，还有锐振那个姓王的。"陈其昭换了个语气与电话另一边的人交流。

"老板，这资料肯定在的。说到这事，之前您让我关注后续，我还发现点有趣的事。姓王的那家人在出了事之后,就被放高利贷的人盯上了,现在已经逃到邻市,不敢回来。另外,于杰的家人嗜赌如命,据说之前欠下了一笔债,虽然不久前刚把钱还清,但最近又开始赌博,欠下了几百万的债务。听说这次没人兜底,现在他们连家门都不敢出。"

有的人不敢开口,是因为有把柄落在别人的手里,自以为某些人会好心地不断替他善后,心甘情愿地成为别人的刀。然而,出事前与出事后有着天壤之别,一旦事发,未必能够脱身。事情没有败露之前,谁也分辨不清对方讲的是人话还是鬼话。

陈其昭笑了声:"可有时候养熟了的狗也是会咬人的。"

电话那头的人听到变声过后的诡异笑声,不禁觉得有点毛骨悚然,又问道:"又有什么好活儿,老板你直说好了。"

陈其昭的余光瞥向远处的沈于淮,继续说道:"明天我会用邮件发给你一份资料,具体怎么做我会教你,但我需要你找一个社会背景简单的人……"

沈于淮买完奶茶出来的时候,就看到陈其昭站在食堂门口正在打电话,他没有出声,直接走了过去。

男生揣着兜站着,估计是说到感兴趣的事情了,眼睛滴溜溜地转,尤其是他最近瘦了之后,那双眼睛更显灵动。对方似乎听到了脚步声,忽地看了过来,又和电话那头的人说了两句。

沈于淮把买的奶茶递给他。

陈其昭挂断了电话,接过温热的奶茶。他的视线在沈于淮点的奶茶上停留了一会儿,道:"谢谢淮哥。"

"刘随那边还要等会儿。"沈于淮问,"在聊什么?你看起来很感兴趣。"

"没,戏剧社的同学最近想导一部戏。"陈其昭撕开吸管包装,"啪"的一声穿透奶茶封口,"题材还挺有意思的。"

城市另一头的办公室内,花衬衫男人翻着桌面上一堆如山高的文件,从中找到一份抽了出来。

"等等啊,秦行风、于杰……"花衬衫男人快速地翻着页,抓了抓头发,"老板可真会找事,幸好资料还没处理。哦,找到了……"

另一边吃泡面的小弟见状抬头,询问道:"老大,哪个老板啊?"

"钱多的那个。"花衬衫男人翻到一页停下,嘟囔道,"这几个人怎么还分两个地方关,那岂不是还要多跑几趟,到时候车费报销得算上。"

小弟:"这次什么活儿?好干吗?"

花衬衫点了一支烟,"啧"了一声:"好干,老板让我们去探监。"

陈氏集团表面风平浪静,内部却暗流涌动。

陈其昭因为上课的事没怎么去公司,这周五刚好有空到公司一趟,却看到陈三叔家那浑小子陈立尧到公司里实习了。

"所以你到最后还是妥协了?怎么有空给别人当老师?"陈其昭坐在陈时明的办公室里,玩着他摆在桌面上的魔方,语气随意,"看来事情还不够多。"

"前天三叔直接把人带到了办公室找爸,人都求到办公室门口了,你觉得爸会不理吗?"陈时明看着陈其昭,继续说道,"给他安排了个轻松的部门,我没时间带他,只要他不到我面前来找事就不管他。"

陈其昭把魔方拼完放下:"今天在这个部门,明天就到你面前诉苦。"

陈时明闻言看了陈其昭一眼,别人家的小孩都知道在长辈面前示弱讨要糖果,他这个弟弟口齿伶俐,别说示弱,能不气人就是大进步。

"蒋禹泽今天没在,没意思,我走了。"

陈时明问:"你对蒋特助的意见很大?"

"你这还要问?"陈其昭毫不遮掩,"之前就说了,我不喜欢他。"

陈时明:"陈其昭,以貌取人是不可取的。"他见陈其昭准备出门,又问,"去哪儿?你下午没课吧?"

"工作,我也出外勤去。"陈其昭的声音隔绝在门外。

陈时明看向身边的徐特助:"他要出什么外勤?"

"可能是去沈氏。"徐特助回答道,"近期小周经常往沈氏跑,估计有些事情还没处理好。"

沈氏?陈时明垂目继续处理公务,去非宏都没有去沈氏勤快,陈其昭跟沈家的关系有那么好吗?

离开陈时明办公室后,陈其昭问了一声小周,得知蒋禹泽还没回来。盛洺那边并不安静,最近有几个高层在闹腾,蒋禹泽有空才怪。

他让小周备车,准备去一趟沈氏。有些事情可以安排别人去做,但冯儒逸这边他得亲自过来。

到沈氏的时候刚好是午后上班时间,小周已经跟沈氏的工作人员混熟了,来了之后说要见冯总监,部门经理就立刻去叫人了。

冯儒逸到办公室的时候,就看到陈其昭正坐在沙发上与他们的经理交谈。他瞥了一眼近期常过来的周助理，随后将审视打量的目光定格在陈其昭身上。冯儒逸认识陈其昭，早在陈氏集团工作期间，他就对这位陈家小霸王有所耳闻。

那时，陈时明进入陈氏工作仅两年，其手腕和魄力已让众多同仁心悦诚服。冯儒逸曾十分羡慕那些被分配到陈时明麾下的同事，但鉴于自身能力有限，初入职场的他只能在导师的指导下逐步学习业务。

与周围的同事混熟后，他自然也就听到了陈家另一位"太子"的故事。说是太子，其实都是同事对他的戏称。陈时明的出色无疑宣告着他作为陈氏集团继承人的身份，而未成年的小霸王陈家二少爷则骄纵任性，传闻中他逃学、夜不归宿……

现在看到陈其昭，尤其是他尚且算得上稚嫩的面孔，冯儒逸心想多半是为了他的事来的。他这几天对陈氏的项目审核严苛，这位脾气暴躁的小霸王作为负责人，免不了要找他麻烦。

果然他进来没多久，小霸王就让其他人出去，办公室里只剩下他们两个人。

陈其昭看着面前的冯儒逸，他比梦里年轻，也比梦里更有前途。

在离开陈氏之后，能在沈氏这样规模的集团做到总监的位置，冯儒逸本身的能力就相当不错。只可惜后来为了他恩师的事情奔波，因为上诉的过程不顺利，他干脆辞了职。

陈其昭看着他说："不坐吗？"

"不了。"冯儒逸道，"一会儿还有其他事要做。"

"不懂圆滑那可要吃亏的。"陈其昭笑了声，"我听说你审核陈氏项目的事了。这件事本来不是你的部门负责，最后能到你手里审核，我知道这里面有你的手笔。"

冯儒逸闻言一顿，而后道："陈总有事直接说吧。"

"审核严格我没意见，这对我们双方都有利，但是吧……"陈其昭把一份文件推到桌子的另一边，"冯总监要是公报私仇，那可就不好了。"

陈其昭与他想象中有些不同，但转念一想，能够做到负责人这个位置，即便对方再怎么不羁，也必定有其过人之处。冯儒逸垂眼看向那份文件："项目书应该不是我看的。"

陈其昭笑了笑："冯总监先看看感不感兴趣。"

冯儒逸不知道陈其昭是什么意思，他伸手拿了起来，看到其中内容的时候面色骤变。他猛地看向陈其昭，拿着文件的手有点颤抖。

309

陈其昭依旧带着那张笑脸,重新问了句:"冯总监,这下可以坐下聊了吧?"

办公室外,小周与经理站在门口,完全不知道里面两人在聊什么。

"周先生,要不我们去隔壁办公室喝茶?"经理问。

小周道:"谢谢好意,我在这边等老板安排。"

透过玻璃窗,小周看到老板和冯儒逸聊了起来,顿时肃然起敬。那位冯总监古板得要命,每次与他交流都不顺畅,能和这样的人坐下来聊天,老板不愧是老板。

盛洺这几天可不平静,陈氏想要收购的风声传出之后,内部高层因为这件事各执一词,走动关系就费了不少劲。蒋禹泽在某地下停车场,把文件丢在副驾驶座上,满脸阴沉。不知道谁放出的消息,真假混杂,让他原先已经谈好的人改变了主意。为了处理这件事,他不得不亲自出马解释,以免计划出现纰漏。

可就算是这样,那些假消息还是传得离谱。

盛洺本来是他们还没准备好的计划,但陈时明的动作太大,让林总不得不动用了这颗棋子。按照原先的计划,他们能在陈氏收购盛洺之前安排好所有步骤,可现在被各种小道消息左右,原先确定的人动摇了,该签的合同签不顺利。

弄到现在,他们的布局还没完成,盛洺的矛盾却传到了陈建鸿的耳朵里。

这样下去,计划未必能成功实施。

"到底是谁在背后……"从去年年底开始,他们的计划开展得就一直很不顺利,就好像背后有谁在推动,他们却无法找到这个人。他原先最怀疑陈家父子,可如果对方发现了问题,不可能还会放任自己活动至今,除了陈家,还有谁能在背地里搞鬼?

电话响了,蒋禹泽收回思绪,接通了电话:"林总。"

林士忠在电话那头质问蒋禹泽怎么还没把这件事搞定。

蒋禹泽再三解释,保证下个月一定能让收购计划启动。

"陈时明的事,你怎么还没处理?等着他来盯这个项目吗?盛洺的负责人绝对不能是陈时明,你知道吗?"

"知道,事情已经安排好了……"蒋禹泽肯定道,"收购会议上,我不会让陈时明出现的。"

"你最好办到。"林士忠挂断了电话。

蒋禹泽挂完电话,目光在通讯录上停留了片刻。他深吸了一口气,将胸中的烦躁与愤怒压了下来,然后拨打了另一个电话。

"喂?"蒋禹泽道,"司机安排好了吗?"

"安排好了,你确定时间之后告诉我,还有那个位置……"

蒋禹泽接口道:"我会给他的车里装定位,其他的事就交给你们去安排,别把人撞死了。时间和定位信息,我稍后发给你们。"

"放心好了,我会让人注意分寸。"

林士忠的办公室里,他吸着雪茄,看向坐在沙发上的人。

"蒋禹泽的电话?"见他打完了电话,对方道,"他之前办事还挺利落的,收购这件事一直没办成,确实不是他的处理水平。但你这么逼他,他还能听你的话去做,就算报恩,也没见这么……"

"我资助他上完了高中、大学,还亲自把他送进了陈氏集团,让他一路高升到现在的地位。"林士忠笑了声,眼镜微微反光,"这恩情确实很大,只可惜蒋禹泽不是只会报恩的狗,他是匹狼。"

"狗忠诚,主人给多少,它吃多少。"林士忠又道,"可狼不一样,狼有野性,一不小心它就会朝你露出獠牙。"

坐在沙发上的人疑惑地看向他,林士忠却没再解释。

他将蒋禹泽从那个家庭解救出来的时候,就知道那孩子是什么性格。这人像他,会隐忍会等待时机,但同时也是睚眦必报、渴望往上爬的人。蒋禹泽的目标远不止于陈氏集团董事长助理的位置,没有安全感的人不会信任其他人,再好的地位与薪酬都比不上那高高在上、掌控一切的感觉。

蒋禹泽是有野心的人,他只会为了满足自己不断增长的野心而不择手段。

平静的日子背后是风雨欲来。

今天天气正好,阳光明媚。陈其昭这几天课程较多,他向辅导员申请部分课程请假,但考虑到考勤要求和学分,该上的课还是免不了。

沈于淮约他中午一起吃饭,他下午没课,本打算吃完饭后回宿舍看邮件……只是沈于淮吃完饭去图书馆之前问了一句,陈其昭看邮件的地点就从宿舍换到了图书馆,为此他还特意回宿舍拿平板电脑,顺带拿了本高数书装模作样。

中午的图书馆还有位置,沈于淮带他到平时经常坐的地方。一眼望去就看到很多化工系的学生正在埋头看文献，陈其昭找了个空位坐下，就看到沈于淮去了书架前找书。

这几天的邮件量比较大，陈其昭干脆把邮件都下载下来，把需要的资料整合放在一起。

沈于淮找到书回来，远远就看见陈其昭在操作平板电脑，旁边的高数课本打开着，边上还放着一个草稿本。

见到沈于淮走过来，陈其昭关闭了邮件页面，打开了事先准备好的高数题页面，手里拿着笔，假装在思考问题。而沈于淮没有出声，他的注意力集中在书本上，开始阅读起来。陈其昭观察了他一会儿，发现沈于淮十分投入地在看书，便也继续做自己的事情。

上次与冯儒逸交流时，对方起初十分谨慎，误以为陈其昭前来兴师问罪，因而不断回避话题。陈其昭费了一番周折，才终于从他口中探得些许信息。

冯儒逸离开陈氏时，其实并未带走多少资料。项目组发生问题时，他的角色相当于打杂，因此事故并未牵连到他，他也因此没有掌握太多信息。他目前所了解的情况，实际上源自其恩师设定的定时邮件。

冯儒逸的导师在项目出事后被迫承担了所有责任。但是，他在项目出事之前就已经隐约察觉到组内的情况不对，因此提前留下了部分记录。只是他当时并没有料想到，自己后来会成为替罪羊。那些记录不足以成为证据，公开出去也于事无补，甚至可能被对方歪曲成他心怀不轨。

所以，最后这些记录落到了冯儒逸的手里。

冯儒逸这些年来没少调查陈氏，多亏了那些记录，他能准确地锁定部分相关人物。经过几年的调查，最终他把目标锁定在了蒋禹泽身上。冯儒逸毕竟是个普通人，查出来的信息有限，也无法利用这些信息扳倒蒋禹泽。但这些信息如果到了陈其昭手里，就有大作用了。冯儒逸做不到的事，陈其昭可以做到；冯儒逸接触不到的陈氏，陈其昭能接触到。

陈其昭答应冯儒逸，会尽力将当年的项目真相公之于众，并从对方手中拿到了记录的备份。随后，他让徐特助和小周去调取陈氏内部的资料，使用的借口也非常合理——非宏近期在开展技术合作，想要从数据库里调取技术人员等其他资料，这是合乎规则的。

没过两天，资料就发到了他的邮箱。

时间有限，在时机成熟之前，他也不知道能通过冯儒逸这边的线索查到多少。但这并不影响他的计划，因为他让去探监的人带回来了不错的消息。

陈其昭正想着，抬眼看到沈于淮在写笔记。他的目光不由自主地停留在那不停画着的笔尖上，继而上移到握着笔的骨节分明的手。

沈于淮抬头看来，无声地询问着。

陈其昭顿了一会儿，微微探身靠近，小声问："怎么了？"

沈于淮把随身带的本子翻给他看，已经到了最后一页，他的笔记本用完了。他继而指了指陈其昭手压着的草稿本："能撕两张稿纸吗？"

陈其昭干脆把草稿本递给了沈于淮，让对方随意撕取。他刚递过去，脑海中突然闪过一个念头，但还未等这个念头变得清晰，他忽然看到平板电脑上弹出一条消息，注意力顿时被转移。

陈其昭的草稿本很新，总共也就写了几页，上面能看到一部分函数推演的痕迹。男生的笔画带着锋芒，写出来的过程流畅利落，不像是不擅长函数公式的人。沈于淮微微抬眼，见到对方还在摆弄着平板电脑，从这个距离看过去看不清平板电脑上的内容，只能隐约看到些文字，但这不是重点，重点是那本高数书已经摊开了十五分钟，陈其昭根本没翻过页。

陈其昭看完消息的时候，沈于淮已经把草稿本递回来了。他接过草稿本，顺手把高数书翻了一页，装模作样地写了两道题，顺便观察着沈于淮。

他总觉得每次都能从这人的脸上看到不一样的东西。

梦里，沈于淮也约过他去图书馆，但他的工作性质注定了他不适合待在图书馆。

沈于淮在看书的时候，他就因为工作电话时常往返图书馆内外，后来沈于淮也明白了，两人相约的地点就变成了咖啡馆。

他与沈于淮一起去图书馆的次数有限，更何况是与学生时期的沈于淮。陈其昭漫不经心地想着，按照现在的发展趋势，沈于淮毕业后会继续读博，最终将在第九研究所就职。一般人读完博士都已年过三十，而沈于淮早早上大学，完成学业时仍很年轻，前途无量，自然而然地成为国家的栋梁之材。这个人的人生大半顺畅无比，却在实验室的一场意外中不幸离世。

意外这个词，本身就带着不确定性。

陈其昭记得沈于淮去世的日子，如果真到了那一天，他一定会想办法让沈于淮避开那个时间点。

沈于淮笔记本上的文字不知不觉中重复了一行，他的落笔缓了下来，脑中记到一半的知识突然没了后半段。他不经意地抬眼，看到对面的人的手已经很久没动，陈其昭虚握着笔，也没去划那个很感兴趣的平板电脑。

沈于淮的笔停下了，这时候，陈其昭的手机却亮了起来。沈于淮抬起眼睛，注意到对方的手放了下来，原本闲适懒散的姿态瞬间变了，像是遇到威胁的懒猫，在一瞬间调整好了自己的姿态。

他望向陈其昭的手机屏幕，显示的是一串陌生的号码。沈于淮本以为陈其昭会直接挂掉这个未知来电，却出乎意料地发现对方的神色在刹那间变得凝重。

陈其昭拿起手机，朝沈于淮点头，指了指手机示意自己去接个电话。

沈于淮颔首，指了指旁边的位置，小声道："那边。"

陈其昭点点头，往沈于淮所指的位置走了过去。他从安静的图书区域出来，走进图书馆的楼梯间，关好门才重新将电话拨回去。

刚拨过去，对方就马上接通了电话。

"老板，你总算接电话了。"说话的人的语气有点急促，似乎在路边，背景声有点嘈杂。

陈其昭问："什么事？"

"上次您不是让我去跟踪车场里的那几个维修师傅吗？"电话里的人道，"今天总算有点收获了。您让我们跟的几个人里有个姓刘的师傅，他今天原本上班，但是跟经理请了假，坐地铁到了市区的一家餐馆里跟人碰头。"

陈其昭的脸色骤然一变："跟谁接头？"

"不知道，对方看起来像是个小混混。"电话里的人继续说道，"我跟进到餐馆里，看到那个小混混把一个东西交给了刘师傅，两人连饭都没吃，交接完东西就离开了。我已经把对方的照片拍下来，并传到了之前的邮箱里。"

陈其昭又问："姓刘的呢？"

"交完东西，刘师傅就坐地铁回去了，又去车场上班了。"

"继续盯着姓刘的，再找个人去跟那个与他接头的混混。"陈其昭握着手机的手冒出几根青筋，他控制着语气道，"别跟丢了。"

"老板放心吧，这种事我们是专业的。"

对方说完就挂了电话，陈其昭却站在安全通道里紧紧地攥住了自己的拳头。在调查这件事之前，他设想过事情可能是意外，可即便如此，他还是不愿意放过任何一点蛛丝马迹，哪怕现在的时间比梦里的车祸时间早了几年。

陈其昭的脸上带上了几分狠厉，过了一会儿，紧绷的身体松弛了下来，他盯着紧闭的楼梯门,似乎在那扇门上看到了林士忠道貌岸然的模样。他冷笑一声,语气又冷又狠:"林士忠,你可真敢啊……"

图书馆内,沈于淮再次看向手表,注意到时间已经过去了十五分钟,可陈其昭还没回来。他正疑惑着,忽然看到陈其昭从安全通道出来,左右看了看,注意到他在这边,于是步履匆匆地走了过来,神色略显严肃。

陈其昭在沈于淮耳边小声地解释了一句:"我有点事要出去一趟。"

沈于淮压低声音,疑惑地询问:"很着急?"

陈其昭只好解释道:"要去车场一趟。"他说完,过去把桌面上的东西收拾好揣进书包里,只是刚抬头,他突然看到沈于淮把书合上,将笔记本放进包里。

陈其昭愣了一下,就见沈于淮站了起来,看了他一眼,而后走到他身边道:"我送你。"

郊区车场离S大不远,陈其昭原先打算自己叫辆车过去,听到沈于淮的提议后,陈其昭犹豫了几秒钟便答应了。

驾照没下来确实有点麻烦,有些时候出行不太方便。

"怎么这个时候要过去那边?"沈于淮启动车辆,随口问道,"发生什么事了吗?"

"有东西可能掉在那边了。"陈其昭看了沈于淮一眼,撒谎道,"是我妈的耳环,好像落在车里,让我去练车的时候帮她找找。"说完,他又觉得这件事不太紧急,只好换了个措辞,"那耳环挺重要的,时间久了万一被人顺走……"

沈于淮点头道:"确实得马上过去找。"

陈其昭松了口气,用背包遮掩着垂目查看平板电脑里的邮件内容。刘师傅与混混在餐馆碰面的照片已经发过来了,他仔细看了那个混混,是个不认识的人。他猜想蒋禹泽或者林士忠应该不会在众目睽睽之下跟刘师傅交流,这个混混多半是他们找来的人。

只能顺藤摸瓜查下去……陈其昭快速编辑了一条短信,让对方留意最近跟混混接触的人。

做完这些,车已经拐进到车场所在的路口。沈于淮询问道:"是这条路对吧?"

陈其昭:"再开一公里左右。"

沈于淮的车开得很稳,陈其昭低头看消息的工夫,对方已经把车拐进

315

了路口，车场近在咫尺。

陈其昭把东西胡乱塞进背包里，打开车门下车："淮哥，你先去忙吧，我等会儿找完自己回去……"

沈于淮却从驾驶座下来，随手把车门关上："两个人找比较快。"

陈其昭目光微顿。

沈于淮问："不走吗？"

"……走。"陈其昭突然发现，他好像不太会拒绝沈于淮。

车场的经理很快就跑了出来，听说陈其昭是来找耳环的，他热情地询问着细节。陈其昭看了眼经理，却道："我不清楚丢在哪辆车上，我们家最近送到这里维修的车辆有哪些，你干脆带我过去好了。"

见陈二少着急，经理马上带他去了维修车间，只是半路上又听陈其昭道："你把维修车场的几个师傅叫到办公室问问，看看他们在修理的过程中有没有发现东西。"陈其昭看向车间里的几个员工，"一会儿让他们帮忙找就行了。"

经理见状道："那好，也有可能是他们发现后拿走放在别的地方了。"

陈其昭又道："要是没发现，你就让师傅们在那儿喝茶等候，到时候我过去问问看。"

沈于淮闻言看了陈其昭一眼，但没说话。

陈家这一次送来维修保养的车辆也就三辆，其中正好有陈建鸿和陈时明的出行车辆。家里的车辆基本会定期检修，等到检修完成后才会送回去替换其他车辆过来，陈其昭快速找出了陈时明的车辆："我去这边找找。"

沈于淮的目光落在旁边的商务车上："好，那我去那边的车上找。"

陈其昭快步走到陈时明的车旁边，先查看了车辆外围的情况，没发现轮胎有什么问题，随口问身边的工作人员："这几辆车都是谁负责维修的？"

工作人员闻言，给陈其昭指了指："是刘师傅，那边两辆是陈师傅和唐师傅。"

"那应该已经快修好了吧？"陈其昭打开后座的车门。

工作人员有问必答："都修好了，晚上会有人来把车开走。"

车都修好了……陈其昭看了眼时间，晚上就要开走，姓刘的想要动手脚恐怕时间不太够。再加上对方是把东西交给了他，那更大的可能是让他在车里放什么东西，而不是对车辆本身动手。

陈其昭垂目翻找着周围的东西，从刚刚发来的邮件照片看，那是用盒子装的……有什么东西是需要放在车内却不易让人察觉的？

车场的员工已经在检查车座的缝隙，陈其昭却退了出来，直接进了副驾驶座。他检查了前座的各个角落，都没找到可疑的东西。正当他思索的时候，抬头忽然看到了后视镜。

车内的后视镜上挂着一块玉和护身符包，陈家的车上都有这个东西，是他母亲张雅芝特意去寺庙求来的香火符，保佑家人出行平安。陈其昭伸手去摸那个符包，隔着棉布摸到了里面的符纸，他顺着往下摸，却忽地停下了手。下一秒，他的脸色沉了几分，直接把护身符包从后视镜上解下来。

拆开符包后，他小心地将符纸从里面拿出来，最后在符包的底部看到了一个指甲盖大小的黑色物品。他把东西拿出来，脸色又沉了几分……如果他没猜错，这应该是一个定位器。

有人让刘师傅放这个东西，是想监控车辆的位置。

这辆车今晚维修保养完毕后，接下来的半个月若无意外，陈时明将使用这辆车出行。蒋禹泽难以在陈时明的助理团队中安插人手，因此想获取陈时明确切的行程信息并非易事，故而选择冒险利用GPS定位器来监控车辆位置，其目的……不言而喻，对方显然有所图谋。

陈其昭想到与陈时明的车相撞的那辆违规驾驶的货车，捏着定位器的手指紧了几分。

他把信号器重新放回护身符包，挂上了后视镜。工作人员正巧看到这一幕，忽然觉得二少的举动有些莫名其妙了，毕竟耳环怎么可能掉进那个位置呢？

陈其昭坐在副驾驶座上没动，脸色阴沉。

另一边，沈于淮跟在其他工作人员身后去查看别的车辆。他刚打开车门就闻到了浓郁的香氛味，车场内机油的味道较重，乍一闻到这样的香味，沈于淮不自觉地皱了皱眉，视线扫向仪表盘右边的车载香氛。

沈于淮问："这香氛的味道有点重了吧？"

"这是陈总喜欢的香氛，他车里都会摆这样的香氛盒。这车前两天就修好了，闷了两天没通风，味道重是正常的。"工作人员道。

车辆行驶时会通风散味，放香氛也是为了给汽车除味。

工作人员在车场工作这么多年了，早就习惯了这些味道："先生，我在后座找找，你在前座找？"

沈于淮应了声"好"，但目光依旧停留在香氛上。常年与化工品打交道的他对某些材料的味道较为敏感，香氛的各种材料含量都有特定的标准，市面上不乏不合格的车载香氛或香水，长期接触会对人体产生危害，特别是像车辆这种密闭时间较长的狭窄空间，通风不畅带来的危害更大。

沈于淮翻找了前座的狭小缝隙，没发现类似耳环的小型物件。

他正打算离开，目光却在香氛盒上停留了片刻，犹豫再三后，他靠近香氛盒闻了闻味道，然后眉头微皱地将香氛盒直接拆了下来。

香氛需要定期更换，卡座扣得并不紧，很容易就能拆下来。

沈于淮把盖子打开后，注意到浅色的香氛上出现了略微暗沉的痕迹。他凑近闻了闻，闻到了不同于香氛本身的刺鼻气味。

看到沈于淮的动作，工作人员疑惑道："先生？"

"你好，车场有酒精和干净的器具吗？"沈于淮拿着香氛下车，扫了一眼，没发现陈其昭在哪儿，只好对这个工作人员说，"最好给我准备一个一次性塑料袋，我需要装点东西。"

工作人员闻言道："有是有，我去找找。"

车场内工具较多，大部分都是汽车维修的大型器具。工作人员看他好像要取香氛里的东西，想来想去只好去拿一次性用品："干净消毒过的东西没有，这个可以吗？还没拆封的一次性餐具。"

"可以。"沈于淮刚从另一辆车下来，没发现上面有这种味道的香氛，出现异常的只有这一辆车。

沈于淮用一次性勺子从固体香氛的表面分别挖下了两块，一块是干净的香氛，另一块包含了那点暗沉。他让工作人员拿来干净的塑料袋，把两块香氛分别装好，才把香氛复位。

工作人员对此不太理解："先生，这有什么问题吗？"

"没太大问题。"沈于淮把东西放好，"只是这香氛味道有点重，我带回去研究一下是不是用料出了问题。"

陈其昭从车内出来的时候，正好看到沈于淮在跟车场的工人交流，他迈步走过去，见到沈于淮的手上拿着两小袋东西，他微微迟疑，询问道："淮哥，怎么了？"

"正想跟你说，我从那辆车里取了点香氛准备拿回去化验。"沈于淮把两个塑料袋递给陈其昭，"取了两个样品，一块表面正常，另外一块已经出现了化学反应。"

陈其昭闻言目光沉了几分："香氛出问题了？"

"可能有点小问题，这车里的香氛一般是谁来负责更换的？"沈于淮询问道。

"家里的香氛通常是我妈妈负责的,她非常喜欢这种香料,一般都是通过私人定制的方式让人送过来。"陈其昭走过去把香氛取下,眼神变得凝重,"是这个吗?"

沈于淮道:"你可以对比一下这个味道和车内的味道。"

陈其昭坐过一两次这辆车,但当时车里的味道没这么浓,他就没有注意到这个问题。

如果不是沈于淮提起这件事,陈其昭完全没注意到香氛有问题,因为这是张雅芝准备的东西,他从不去怀疑。

沈于淮说完,注意到陈其昭的脸色有点难看,于是道:"也有可能是使用的材料出现了问题,这点要化验之后才能清楚。"

"私人定制的东西有可能是香料师在处理的时候出现小问题,导致某些用料不平衡,不过一般应该没什么大问题。保险起见,我拿回去化验看看。"

陈其昭听到沈于淮这么说,却没有完全放松下来。刚刚在陈时明的车内发现定位器,沈于淮又这么巧发现了有问题的香氛,他之前一直关注的是车轮胎或零件的问题,从未考虑过这些方面,这是他的疏忽。

"化验需要多久?"陈其昭问。

"快的话,大概一周。"沈于淮注意到男生微沉的脸色,询问道,"张姨的耳环找到了吗?"

陈其昭回过神:"还没有,可能是她放在家里了,等回去后我找找。"

陈其昭没有动定位器,也将香氛放回了原位。他跟着经理去办公室询问那三个师傅,以耳环为借口套话,但没发现其他疑点。除了那个刘师傅说话有点奇怪外,其他的问题并未发现,可以确定的是,香氛跟这几个师傅没关系。

从车场出来后,沈于淮送陈其昭回学校,之后才回去研究所。

陈其昭到学校后没多久,直接打车回了家。张雅芝正好在家,见到陈其昭回来有点意外:"小昭,怎么这时候回来了?晚上没课吗?"

"没课。"陈其昭撒了谎,"我好像有东西掉到车里了,我去车库找找。"

张雅芝询问道:"晚上在家里吃饭吗?"

陈其昭随口应了声,张雅芝已经招呼管家张叔晚上多准备些饭菜。

来到车库后,陈其昭首先检查了每辆车上的香氛,发现其他的香氛均处于正常状态。接着,他又仔细检查了护身符包及角落里的其他物件,同

319

样没有发现任何可疑之处。见他一直在车库中寻找,张雅芝与管家也过来一同帮忙寻找。

"你这孩子,掉了什么东西这么着急啊?"张雅芝问,"上次坐的哪辆车?"

"一个小配饰。"

陈其昭从车里钻出来,目光沉沉地盯着眼前的车辆,这辆车里的香氛与车场那盒异常的香氛并不相同,却有着相似的特点,一旦靠近细闻,就能觉察到香氛气味中的异样。

巧合的是,这也是陈建鸿出门常坐的车。

陈建鸿出门经常根据场合不同而更换车辆,但常用的其实就那么几辆。然而,他频繁使用的这两辆车都出现了香氛的问题……陈其昭不相信巧合,巧合多了,那就是蓄意为之。

张雅芝不知道陈其昭掉的是什么配饰,正想问问长什么样,一回头,见到陈其昭站在车门前背对着她。她走近两步,目光却忽然停住,她看到陈其昭搭在车窗上的手背冒起了青筋,手指的骨节因为用力稍稍泛白。

陈其昭把车门关上,一回头见到张雅芝就站在他身后几步远:"妈,怎么了?"

张雅芝反应过来,她收拾好情绪,笑笑问:"没……妈刚想问你那东西长什么样,会不会掉到你哥车上了?前几天,你不是坐他的车去公司的吗?"

"可能是。"陈其昭道,"那先不找了。"他说完往旁边走,在离开车库的时候还侧目观察了另一辆车。

"夫人?"管家问。

张雅芝深吸了一口气,将视线收回:"老张,麻烦你叫几个人帮忙找找,看这孩子着急的样子,那东西估计也挺重要。"

陈建鸿车内的香氛,陈时明车内的定位器……陈其昭返回屋内后,首要之事便是调查香氛的来源。确认这些香氛是由张雅芝托人特别定制的,他在家中的储藏室找到了装有剩余香氛的盒子,并从该盒子的包装上获取了私人定制店的地址信息,将这些细节拍照记录后,他的目光转向了剩余的香氛。

陈家父子下班回家,发现陈其昭在家,略感意外,尤其是陈时明,他微微蹙眉,目光投向了陈其昭。

用餐时，陈建鸿与陈时明聊了几句工作上的事，猛然察觉到陈其昭的脸色不太对劲，眼前的饭菜几乎没动几口。近期，虽然陈其昭在餐桌上话不多，但他不说话并不代表吃得少，更不用说桌上摆的都是他平时喜爱的菜色。

"最近学业怎样？"陈建鸿问道。

陈其昭闻言看向陈建鸿：香氛会有什么问题？陈建鸿脑出血是否与香氛有关，林士忠与蒋禹泽在其中又扮演了什么角色……为何张雅芝购买的香料出了问题，是有人中途调包，还是那家私人订制的店铺本身有问题？这些香氛为什么会精准地出现在陈建鸿的车上……

他正想着，忽然注意到陈建鸿的头发中出现了几缕白发，藏在餐桌下的手又紧握了几分。

陈其昭道："还好。"

"小昭今晚没课，好不容易回来，怎么总是问这些问题。"张雅芝给陈其昭夹了菜，"你这孩子最近瘦了这么多，来，这是你最喜欢的，多吃点。"

陈时明微微扭头。

吃完饭后，陈时明问了张雅芝，得知陈其昭回来之后去了车里找东西。他正有些疑惑陈其昭的举动，就见别墅外面亮起了车灯，他站在二楼的阳台往下看，看到是车场的人过来换车。

想到陈其昭丢失的东西，陈时明下楼，见到老林与车场的人交接，他询问道："这几天修车有没有发现车里掉了东西？"

"是耳环吗？"车场的人以为陈时明问的是耳环的事，回答道，"这倒没有，下午二少爷在车场找过了，没找到。"

陈时明皱眉，陈其昭下午也去车场找了？

交接完车辆之后，车场的人把车库里的其他几辆车开走，陈时明扫了眼正在停车调整位置的老林，很快就回到了别墅内。

"大少爷，先生在书房等你。"管家道。

陈时明步入书房，看到桌面上的文件已被摊开，展示着他近期搜集到的部分资料，这些都与林氏集团和逸诚公司之间的纠纷紧密相关。一旦找到了线索，调查工作便进展得更加顺利，特别是当他把注意力集中在付言雨和方程杰这两个人身上后，整件事情的来龙去脉就显得合情合理了。比如，逸诚近乎偏执地向林氏发难，其背后的直接动因实际上指向方程杰，逸诚内部认为最近其医疗新产品代言出现的危机，是林氏集团与方程杰共同策划的一个阴谋。

"逸诚的高层收到了匿名邮件，说林氏相关人员与方程杰有来往。付言雨当初也在我们非宏的代言人名单上，后来因为对方放鸽子，我们才会退而求其次选择聂辰骁。"陈时明看着陈建鸿，继续道，"但如果当时聂辰骁没有大火，付言雨的临时倒戈带来的后果是我们新产品宣传全线崩溃。"

陈建鸿闭上眼，过了一会儿才睁开："而我们因为项目失利，会把矛头指向高价挖走付言雨的逸诚。"

"是。"陈时明道，"这么做可以说是一箭双雕。"

他安静地看向父亲，也不知道是不是他的错觉，他觉得这段时间的陈建鸿苍老了许多。

"接下来，我会把事情重点放在对外合作上，林氏将成为我们的主要目标。"陈时明没有再说太多，他停顿了片刻，又道，"您多注意身体。"

回到自己房间，陈时明又安排了一些其他事务。等这些做完之后，他下楼去倒水，途经陈其昭的房间时看到门缝下透出微弱的光，他贴近房门，没听到房间里有类似于打游戏敲键盘的声音，很快就离开了。

而房间里的陈其昭把家里剩下的香氛取来，用干净的器具挖了一些香氛，一一整理好，打算明天去一趟研究所，把这些东西交给沈于淮，都化验一遍。

至于香氛店的位置，他已经委托他人去调查，但调查出结果还需要一段时间。他走到窗边，望着花园另一侧的车库，随后视线移向桌面上他刚从车库里取出的定位器。

陈其昭确认过，这只是简单的定位器，甚至为了做得更小，还做了功能上的精简。

目前定位器是启动状态，但总归在陈家别墅，没有发生大范围的移动，背后监控的人估计不会有太大的怀疑。他微微沉思，按照车场换车定期检修的时间以及定位器上电池的状态，推断最多两周内就会有事情发生。

想到此处，陈其昭微微握紧了拳头。

隔天一早，陈家人陆续起床去上班。

陈时明去公司的时间较早，他刚上车，忽然看到别墅里跑出来一个人。陈其昭拦住了他的车，二话不说就敲了敲他的车窗："我蹭一下车，去公司找点东西。"

车门打开，陈时明疑惑地看着他："你吃早饭了吗？"

"吃了。"陈其昭越过他，径直跑向后座，经过的时候还扫了一眼徐特助。

陈时明怀疑地看了他一眼，但没说什么，他让徐特助把前座的挡板升起来，而后继续与他讨论今天的工作安排。

徐特助谨慎地观察着上司与弟弟，发现双方表情均无异常后，方才安心继续进行工作议题。

陈其昭坐在后座，仔细观察着车内的状况。当他看到隔离驾驶位与后座的挡板升起时，眼神略微暗沉，随后将手中的某样物品塞进了身后的座椅缝隙。

"部分项目已经步入正轨，不出意外的话下周有几个专项会议，应该会着重讨论这季度的项目细节……"徐特助的话说到一半，忽然听到后座的声响。他停下话，注意到上司在往后看。

"这是什么东西？放这儿硌人吗？"坐在后座的陈其昭突然从坐垫边拿出了一个小小的黑色物品，他把那东西捏在手里看，微微皱着眉头，"什么玩意，你们掉的吗？"

徐特助凑近看了看："是昨天车子维修后遗留的零件吗？"

陈其昭用余光瞥了眼陈时明，声音大了一些："不知道，里面还夹着个东西，看起来像是芯片……等会儿，这东西怎么看起来有点眼熟？"

黑色的东西约莫成人拇指大小，立方状，外壳远看有点像是塑料。陈时明本来没怎么注意，闻言多看了一眼，道："给我看看。"

陈其昭干脆地把东西给他："不是你们掉的？那是谁掉在这车上的？"

陈时明接过来一看，眼神突然沉了下来："这不是汽车零件。"他忽地看向陈其昭，"这东西你在哪里找到的？"

陈其昭假装不知道，让开了位置，指着座椅的缝隙："就这儿，跟皮椅的颜色挺像的，刚刚不小心摸到的。"他若有所指地说道，"汽车哪有这种零件，这东西倒是有点像我在杂志上看到的……哦，对，窃听器。"

按照电池时间推算，对方会行动的时间估计就在这半个月内，陈其昭无法确定那辆该死的货车会在什么时候出现，也不知道会出现在陈时明必经道路上的哪个路口……

他没办法直接把这东西丢掉，如果被对方发现定位器消失了，陈其昭无法预料对方会再拿出什么丧心病狂的手段。

所以这定位器不能丢，但他也不能坐以待毙。暗箭难防，说到底他能知道的也只有车祸这件事，他不能算无遗策。他哥是聪明人，最好的方式就是让他意识到这个问题的严重性。

车内安静了几秒,其余两个人看向陈其昭。徐特助哭笑不得,但又不好直言,只好道:"二少,市面上普通的窃听器不会这么小……"

陈其昭又道:"那要不是普通的呢?我看的那杂志里经常有小型零件,这东西装纽扣电池也能用吧?"

陈时明知道陈其昭平时就爱看那些科技杂志,听他这么一说,这东西确实有点奇怪。陈时明拿着那个黑色的东西,微微抬高,在车外光线的映照下看到塑料壳表面印着的三个简单的英文字母:"GPS……"

"这不是窃听器,有可能是定位器。"

"不是窃听器?"陈其昭凑近,装作好奇,"定位器?你车上为什么有这玩意儿?"

在商场混迹多年,徐特助也见过不少在车内或者办公室内放窃听器的案例,他立刻反应过来:"这么小的定位器……"

"特制的。"陈时明微微皱眉,这不是市面上普通的定位器,也不是车载定位器,这东西十分小巧,看起来应该是特别定制的特殊发信器。他看向徐特助,"你觉得这种特制的东西为什么会无缘无故出现在我车上?"

定位器能有什么用途,自然是把车辆的位置实时报告给放置定位器的人。徐特助意识到事情的严重性,马上道:"我让司机停车。"

陈其昭皱眉,现阶段不能停车,定位器是开着的。

短时间的停车可能是因为红灯或者其他原因,但在去公司的路上出现莫名的原因长时间停车,如果对方恰好在盯着信号器,那很可能会引起对方的怀疑,对方可能随时变更计划,这与陈其昭的本意相悖。

他刚想阻止徐特助,忽然听到身边响起的声音:"等等。让司机继续开。"

徐特助迟疑地看向老板,等候老板接下来的指令。

陈时明道:"这附近最近的子公司是锐宏吧?绕路去那边。"

陈其昭到嘴边的话停住,然后以平常的语气试探道:"为什么突然这么严肃,我还要去总部拿东西……"

徐特助神情严肃,立刻与司机交流,更改行程。

"现在不去总部,路太远了。"陈时明捏着那个定位器,看向陈其昭。后者的表现与平时没有太大的不同,就像是偶然发现的定位器,但他疑惑了,"这么小的东西完全可以放在更隐蔽的地方,为什么会随便地丢在容易让人发现的后座?"

徐特助与司机交流完,低声道:"我已经让司机改道了,这里离得近,大概五分钟就能到。"

他问道:"老板,接下来怎么处理?"

"不要惊动任何人。"陈时明回过神,冷声吩咐道,"到锐宏之后,报警。"

全新番外 偶遇

商场里人流来来往往,陈其昭穿着羽绒服,将半张脸都埋在了衣服的领子里,脸色依旧很臭,只有同学靠近的时候,他才酝酿出几分好情绪跟人说话。

他感冒发烧了好几天,又跟陈时明大吵一架,三天都没回家,一直躺在学校宿舍里。最后还是几个同学约好出门买东西,强行地把他从宿舍里拉了出来,让他出来透透气。

商场十分热闹,一群高中生好不容易得空出学校,一转眼全钻进了游乐城。

陈其昭跟人玩了一会儿篮球机,觉得没有在篮球场打球有意思,于是找了个角落坐着看手机。

手机里的信息没有更新,陈其昭对金融相关专业没什么兴趣,他现在高二,虽然还没到高三的关键时期,但家里早就帮他安排好了以后的路该怎么走——读相关的专业,毕业后进陈氏帮忙,家庭教师的名单早在几周前通过他爸的助理发到了他的手机上。

一切按部就班的安排都踩在了陈其昭的逆鳞上,他一点也不想看,对这些一点兴趣都没有。陈其昭低着头,兄弟两人的对话停在好几天以前,他抿了抿嘴,凭什么理陈时明,犯错也是陈时明犯错,道歉也应该由他先道歉,不就是说了两句不想读金融吗,摆着张冷脸给谁看啊?

"跟谁聊天啊?"同学问,"你哥吗?"

陈其昭:"没,不小心点到的。"谁跟他聊天?狗都不聊。

没一会儿，周围几人说要去隔壁的游戏厅玩，问陈其昭来不来。

陈其昭没什么兴趣，人多吵闹，在那个环境待久了耳朵疼："你们去。"

"是不是不舒服啊？"同学问。

陈其昭不想扫了同学的兴致，道："你们玩，我有点闷，我出去透透气。"

同学见陈其昭实在没兴趣，跟他说外边有个奶茶店可以坐坐。

陈其昭应了声，刚走出去就见到对面人满为患的奶茶店，只好绕开，往另一边安静的地方走去。离开热闹的游乐区域，喧哗声减少不少，陈其昭漫无目的地往前走，快走到尽头的时候，他看到拐角的地方有一家书店。

书店里很安静，一走进去，陈其昭不由自主地放轻了脚步。远处的休息区里有好几个人坐着看书休息，柜台上的猫懒懒地瞥了他一眼，打了个哈欠继续睡觉。

陈其昭将手机揣进口袋，往更里面的书籍陈列架走去，走到了科技科普类书籍的陈列区，他才停下了脚步，从整齐排列的书籍中一眼看到了某本书——《机械智能程序设计3.0》。

这是一个比较旧的版本，外界已经绝版了，没想到这里居然会有。陈其昭有点意外，抽出来一看，发现是已经拆了封的。

远处几处书架边都站着人，大家都在安静地看着书，陈其昭也迫不及待地站在原地翻阅起来。

没过几分钟，口袋里的手机振动了一下。陈其昭从口袋里掏出手机，手指轻轻划过亮起的聊天框——

"其昭，我们晚几分钟……"外放的语音消息响起，打破了此间的宁静。

陈其昭急忙调低了手机音量，却没注意到裤子的拉链钩到了书架旁边的动漫周边摆放台，随着他的动作，旁边两三个小立牌被带动前倾，还没等他反应过来，东西接连落地的声音引来了更多人的注意。

陈其昭暗骂一声，急忙弯下腰将地上的东西捡起来。

东西散落得到处都是，有的还滚到了远处的书架下方。就在这时，一个身影进入了陈其昭的视野，似乎也是在这里看书的人，见到东西掉落，便顺手帮忙捡起来。

那个戴眼镜的男生将东西捡起来。

陈其昭一抬头，看到他时稍停了片刻，才迅速将东西拿好。

幸好东西都是耐摔的小立牌，没有磕坏什么，陈其昭注意到远处老板的目光，便老实地将东西摆好，才对面前的男生说了句谢谢。

"谢了，哥们儿。"陈其昭的声音还带着点感冒发烧后的沙哑。

327

男生听到他沙哑的声音一顿，然后微微颔首："休息区那边有供应热水，有空位可以坐。"

陈其昭顺着对方所指的方向，果然看到了书店阅读休息区的空位，他愣了一下，顺口又道："谢谢。"

男生没多说别的，转身回到原先的位置继续看书。

不知道是不是因为对方提了句热水，陈其昭忽然感觉自己的喉咙有点干。发烧这几天，他喝水的频率都比以往高得多，一会儿去买瓶水算了。

陈其昭的余光落在了对方手里的书籍上，隐约看到他正在阅读的页面里夹杂着几行复杂的化学方程式。他是附近S大的学生吧？

两人离得不远，陈其昭盯着的眼神也没收敛。

"感兴趣？"男生目光带着几分询问。

陈其昭摇了摇头，转身继续看自己的书。化学啊……他几门理科里就数化学最差，一看到那些方程式就开始头疼，更别提对方手里拿的那本书了，书页上密密麻麻的元素符号拼接成的都是他不认识的化合物。

大学……陈其昭心中郁闷，拿起静音的手机看了一眼。

主屏幕上一片空白，没有新消息。

两个书架隔得不远，几步路就走到，两人却没再交谈。

过了一会儿，陈其昭绕到书架的后方找书，那个大学生还站在那里，书似乎已经翻过了好几页。书架上有几本陈其昭没见过的计算机类的书，他挑了几本，想着其他人也差不多该走了，便准备去结账。

路过时，他顺手把不久前碰倒的几个立牌扶正。

柜台旁边摆着各式各样的书签，离陈其昭最近的是一只打着哈欠的小猫，黑白相间的大头十分俏皮。刚才那本书陈其昭已经看了十几页，于是他拿了一个书签夹进去，递给老板："这三本加个书签。"

老板结账利索，陈其昭拿着东西往外走，目光扫过书架的缝隙，看到那个帮他捡书的人还在看书。

从远处看，他突然有一种说不清的熟悉感。陈其昭皱了皱眉头，他见过这个人吗？

算了，想不起来。

书架那边的人忽然抬头，两人的目光一对上，陈其昭莫名感到一阵心虚，脚步匆匆地走出了书店。

书店里响起清脆的丁零声，客人从门口离开了。

刘随手拿着挑好的书过来，沈于淮合上书，跟着好友去结账。目光落在旁边柜台上摆放的小书签，沈于淮想了想，从中抽出一个："还有这个。"

书店老板目光扫了扫东西："好了，收您一百二十四元。"

刘随见沈于淮手里拿着的东西，他这兄弟平时在宿舍里看书都是直接折页角，或者拿演算的草稿纸做标记，难得见他买书签，还是这种花里胡哨画着卡通图案的书签："你喜欢这种书签啊？小孩喜欢的玩意儿。"

沈于淮没说话，将书签夹进了看了一半的书里，才道："你东西买完了吗？"

"买完了。"刘随抬了抬手，塑料袋里沉甸甸的，"跑了好几家书店，总算全找到了。这家店真不错，也够大，下次咱们再来淘书……"

两人说着话，忽然被远处的说话声吸引。几个男生凑到一块儿，说话的声音有些大。

"陈其昭，你偷买什么练习册？"

"不是吧，哥，不要'卷'了，再'卷'要命了。"

"你上周测试是全班第一还'卷'，能不能给我们留一条活路？"

"'卷'你们，我还用练习册？"

被围着的男生停了下来，从口袋里拿出手机看了两眼，眉眼间的郁气散开了不少，似乎是收到了什么好消息。

"晚上要不要吃烤肉啊？我听隔壁说开了家新店。"有人兴致勃勃地说。

陈其昭随口应道："我不去了啊，晚上回家吃。"

同学问："你不是说这周不回家了吗？"

"改主意了不行吗？"陈其昭道。

陈时明的消息浮现在主屏幕上，陈其昭没回，将手机揣进兜里。装着书的袋子的提手从他指尖滑落，袋口大大方方地敞开着。同学凑过来看，陈其昭往后退了一步。

"干吗？没买练习册。"

"陈其昭，你买动漫周边啊？"

"赠品，书店买书送的。"

沈于淮的视线停留在不远处的一个男生身上，对方拽了拽羽绒服的领口，身旁的同学搭着他的肩膀，有说有笑地查看他选购的东西。陈其昭面带微笑，边把装着书籍的袋子往身后挪了挪，边与身旁的同学嬉戏打闹着向前行进。

"附近的高中生吧，周末学生放假，商场才热闹。"刘随感叹道，"年轻真好,我高中的时候快被身边的人'卷'死了,放假全都在补课。"见到沈于淮的目光还停在那群人身上,他又问,"于淮,怎么了?怀念高中时期了?"

他忽然想起沈于淮是 S 市人,但他好像从小就离家去了外地读书。

沈于淮目光微敛,商场玻璃橱窗的倒影中几个勾肩搭背往前走的身影越来越小,直至完全消失在他的视野里。

"没什么。"

只是遇到了一个好久没见的老朋友。